# Nos destins sont liés

Walid
Hajar Rachedi

# Nos destins sont liés

ROMAN

Emmanuelle Collas

Couverture & intérieur: Cheeri
Photographie de la jaquette:
© Drunaa/Trevillion Images

Éditions Emmanuelle Collas
SAS Emmanuelle Galaade éditeur
3, place André Malraux
75001 Paris, France

www.emmanuelle-collas-editions.com

*À tous ceux qui s'y reconnaîtront.*
*Que votre lumière abreuve nos sillons.*

«J'ai tout essayé pour me soustraire,
Mais personne n'y est arrivé,
On est tous des additionnés.»
Romain Gary, *Pseudo*

«Construire est ma seule excuse
au fait de prendre de l'âge.»
Suprême NTM,
«That's My People»

# I

# CINQ VOIX

« Vous allez voir qu'il n'est pas
si inutile de comparer le roman
à la musique. En effet, l'un des
principes fondamentaux des grands
polyphonistes était l'égalité des voix :
aucune voix ne doit dominer,
aucune ne doit servir de simple
accompagnement. »

Milan Kundera, *L'Art du roman*

# 1

## Dialogues de sourds
Salem Bensayah

Ce jour-là comme tant d'autres, c'est à une meilleure place que Salem voudrait prétendre. Mais, à l'aéroport international Chep Lap Kok, l'agent de comptoir ne veut rien entendre. *French touch* ou accent chewing-gum, sourire charmeur ou ton ferme du *business traveller* arc-bouté sur ses exigences, rien n'y fait: même la carte Platinum Grands Voyageurs ne peut lui ouvrir le droit à une place en première.



Durant les treize heures du vol Hong Kong-Londres passées en compagnie du commun des mortels, l'impitoyable valse des plateaux rend vaine toute tentative de trouver le sommeil. Et plus encore, ces questions qui parasitent ses pensées: *À quoi ça rime cette convocation d'urgence? L'Europe ne pouvait pas attendre ses chiffres encore deux semaines?*

Arrivé à l'aéroport d'Heathrow, Salem espérait que son BlackBerry le mettrait dans la confidence. Raté. La rafale de nouveaux mails reçus rapporte des urgences qui n'en sont pas. En ouvrant son agenda, Salem relève que, malgré le préavis très court, aucun directeur n'a décliné l'invitation. Du jamais-vu. Voilà qui en dit certainement plus long que n'importe quel ordre du jour.

Dans le *black cab* qui file vers la City, ses yeux restent rivés sur l'écran qui continue de livrer sa litanie de chiffres sur les deals en cours – l'activité fusion-acquisition (M&A) de l'entreprise ne s'est jamais aussi bien portée. Tout juste s'autorise-t-il à jeter un regard furtif par la vitre quand le véhicule prend le Blackfriars Bridge pour traverser la Tamise et lui offrir une vue imprenable sur les tours du quartier d'affaires de Canary Wharf, au loin.



*En plissant les yeux, on pourrait croire que c'est la Skyline de Hong-Kong.*

Où qu'il aille, c'est le même dédale de gratte-ciel qui se répète, le seul horizon qui semble capable de retenir l'attention de Salem.

Au moment même où le taxi arrive au 42 Old Broad Street devant la Smith & Carlson Tower, son téléphone se décide à alimenter l'intrigant jeu de piste : *Salle de réunion (mise à jour) : 1^er^ mars 2005, 8 h 30, salle du Conseil, 47^e^ étage.*

Salem est parcouru d'un frisson. La salle du Conseil n'est-elle pas réservée aux seules réunions du board ? Dans l'ascenseur, il se repasse mentalement les dernières opérations en cours, comme on préparerait sa défense à un procès dont on ignore la teneur. Sur le panneau, les chiffres en rouge lui semblent défiler de plus en plus rapidement, au fur et à mesure qu'il se rapproche du sommet. Avec l'altitude, l'oxygène comme le temps se font plus rares.

Au sortir de l'ascenseur, l'assistante, regard perçant et sourire de circonstance, lui demande s'il a fait bon voyage et propose de garder son bagage. Elle le conduit vers la salle du Conseil, le bruit de leurs pas amortis par la moquette épaisse. Tout le long du couloir, défilent les bureaux des grands pontes du siège européen, plaque au titre ronflant, mobilier de luxe et grande baie vitrée qui donnent à ces lieux des airs d'appartement témoin – de ceux qu'on vendrait à de riches retraités de Floride, la vue sur les Caraïbes en moins. Une confusion des genres entre univers corporate et hôtellerie de luxe, savamment entretenue, qui continue de le cueillir un peu à froid, malgré les années passées au service de la firme américaine.



— Votre café, Salem, vous le prenez noir et sans sucre, n'est-ce pas ? s'enquiert l'assistante avant de s'éclipser.

Mais la réelle surprise intervient quand, dans la salle du Conseil, il trouve la petite dizaine de directeurs M & A déjà attablés – et pour certains, en grande discussion. Il salue d'un discret signe de tête les visages les plus connus, avant de prendre, en bout de table, la dernière place vacante – celle d'ordinaire réservée au président de séance.

Sans plus de cérémonie, la réunion s'ouvre sur la revue du plan d'action trimestriel. Les monologues comptent deux slides. Salem, déjà passablement éreinté par quelques longues soirées passées avec ses feuilles Excel, ne peut retenir un bâillement. Un non-événement au milieu du bourdonnement des BlackBerry sur lesquels chacun pianote en catimini.

*Ils ne s'écoutent pas, ils attendent seulement leur tour pour parler... C'est dans quoi ça, déjà ?*

Il observe sur le visage de chacun autour de la table la variation d'une même expression, subtil mélange de concentration surjouée et de détachement. Il se dit qu'il doit leur offrir la même posture, participer à la même comédie. S'ils savaient que l'écho de leurs voix est de plus en plus lointain… Un bruit blanc que trouble par intermittence cette petite voix intérieure qui persiste à vouloir l'emmener ailleurs.

*C'est avec cette actrice, la brune qui fume comme un pompier… Dans le film, elle s'appelle… Marla. Oui, c'est ça, Marla.*

Dans son esprit affleure le visage d'Estelle. Il n'est pas sûr de savoir pourquoi l'une lui fait penser à l'autre – Marla est aussi brune et dépressive qu'Estelle est blonde et pleine de vie. Peut-être à cause de cette même manière théâtrale de porter la cigarette à leurs lèvres ?



Toujours est-il que c'est bel et bien Estelle qu'il jurerait entendre lui souffler à l'oreille, une irritation contenue dans la voix : « Franz Kafka disait : " Le capitalisme est un état du monde et un état de l'âme. " Lâche un peu ce téléphone ou je vais finir par croire qu'il avait raison.» Sa façon de lui signifier qu'elle voudrait rester plus longtemps dans ses bras après leurs ébats, qu'il y a des minutes qui ne devraient pas être comptées, même pour un financier.

Salem se sent soudain saisi de la même irritation, agacé par la situation et, surtout, amer que le sens profond des événements lui apparaisse trop souvent à retardement. Comme si son esprit était un ordinateur à la mémoire vive saturée par de trop nombreuses tâches exécutées en arrière-plan. Jusqu'à la déflagration.

*C'est pour cela qu'on m'a fait revenir de Hong Kong, vraiment ?*

Pas exactement.

Si on a fait se déplacer Salem jusqu'aux bureaux londoniens de Smith & Carlson, c'est moins pour un commentaire sur les fusions-acquisitions en cours que dans l'espoir qu'il mette la petite assemblée dans le secret des dieux. Le directeur français n'est-il pas désormais un intime de John Carlson, le jeune et télégénique président de la compagnie ? Depuis son intégration en début d'année au pool des hauts potentiels, il sillonne la planète pour intervenir sur les deals les plus stratégiques de la compagnie. La voie royale pour accéder au top management de l'entreprise.



Salem douche leurs espoirs de grandes révélations.

— J'ai reçu la même note que vous : Carlson prévoit une tournée en Europe à l'automne pour rencontrer les équipes. C'est une simple visite de courtoisie.

De Stockholm à Madrid, les visages blêmissent.

— Vous n'avez vraiment pas à vous inquiéter, tente de rassurer Salem. Malgré les restructurations en cours, l'Europe reste un marché stratégique pour le groupe.

Peine perdue. À chaque nouveau mot rapporté, c'est leur sort qu'on scelle davantage.

— Stratégique ? Il a dit que l'Europe était stratégique ? *Dio mio,* on est mal, on est très mal ! s'écrie Milan.

— Le président fait certainement le déplacement jusqu'ici pour le seul plaisir des vieilles pierres et des belles tables, n'est-ce pas ? ironise Londres.

Distribuer les bons et les mauvais points, promouvoir les uns et sanctionner les autres, mettre à plat toute la tectonique des filiales, voilà, d'après la petite assemblée, les buts poursuivis par cette « cabale déguisée en voyage d'agrément »

– pour reprendre les termes de Bruxelles, jamais avare d'un bon mot.

Salem cherche un appui du côté de Berlin pour mettre fin à la psychose, mais même le manager allemand, le plus senior de la bande pourtant, ne risque qu'un timide :

— C'est du 50-50. Espérons qu'il fasse beau à l'automne…

L'axe Milan-Londres-Stockholm propose de programmer une conf call le lendemain afin de consolider un argumentaire commun.



Salem décline l'invitation. Il se doit d'être de retour en Asie dans 48 heures. Hors de question d'alarmer ses équipes à Paris en sonnant le branle-bas de combat.

— Si on sait quelque chose en France, c'est que la ligne Maginot n'a jamais arrêté personne…, professe-t-il, cherchant à ménager les susceptibilités européennes.

Une remarque qui, à défaut de calmer les esprits, a au moins le mérite de faire hausser un sourcil complice de l'autre côté du Rhin.

Tandis que Madrid discute du sexe des anges avec Amsterdam, Salem pense à ce qu'il serait capable de donner à cet instant précis pour se retrouver instantanément chez lui… dans son lit… loin de ce brouhaha de *globish*. Un pur fantasme, hélas, surtout au train où l'Europe décide de sa stratégie :

— Pour la conf call, 9:00 GMT ? Ah non, 9:00 GMT + 1 ? Ou alors 9:00 E.T au cas où on aurait besoin de joindre la côte Est ?

De guerre lasse, Salem finit par s'en mêler.

— Plutôt que d'attendre fébrilement que le Groupe décide des modalités de la tournée, proposons à Carlson un agenda précis avec dates, lieux et équipes à rencontrer. C'est encore notre meilleure chance de montrer l'Europe sous son meilleur jour.

La proposition rencontre un écho favorable.

— La meilleure défense, c'est l'attaque ! renchérit Amsterdam.

Les tractations s'engagent illico sur le déroulé.

— Jusqu'à la mi-octobre, c'est déjà blindé, analyse Londres. Proposons les semaines 44 et 45. Quelles sont vos premières dates disponibles ?



On projette les agendas. Un point de convergence s'affiche en plein écran : 1er novembre.

Une décharge électrique parcourt le corps de Salem. Cette date recouvrera-t-elle un jour son caractère anodin ?

À la bataille des fuseaux horaires succède celle des ego. Qui accueillera la première date ? Londres et Berlin sont en pole position, mais leurs détracteurs ne comptent pas si facilement leur laisser les honneurs.

— Proximité culturelle avec le siège ? Quelle proximité culturelle ? Vous n'êtes pas les seuls à parler anglais, s'insurge Dublin.

— Berlin, oui, on sait... Vous faites toujours tout parfaitement. Mais l'avenir Europe, c'est chez nous ! clame Madrid.

Prague, qu'on n'a pas entendu jusque-là, fait remarquer à juste titre :

— En novembre, Carlson voudra sûrement marquer le coup un an après les événements qui ont endeuillé Paris et les équipes. La tournée devrait commencer là-bas. Ce serait un beau symbole, n'est-ce pas ?

Aux mots du petit nouveau, un silence de cathédrale s'abat sur la salle du Conseil. Les têtes se tournent vers Salem dans un ensemble parfait.

Il s'attendait à ce que ce scénario finisse par être mis sur la table. Pour la forme, il fait mine de réfléchir à leur proposition, offrant au passage son plus bel air faussement pensif. Mais c'est sa petite voix qui happe son attention.

Fight Club, *bien sûr.* Fight Club.

— Je rentre à Paris, je fais le point avec mes équipes



et on acte les dates au prochain comité, d'accord ? propose-t-il, trouvant un prétexte inespéré pour écourter cette réunion poussive.

La proposition fait l'unanimité. Ce consensus acquis de haute volée, l'écho du roulis des bagages cabine et des vibratos de BlackBerry se dissipent très vite vers la sortie.

S'il y a encore une chose sur laquelle on sait s'accorder en Europe, c'est bien celle-ci : remettre les décisions importantes à plus tard.

En bas de la tour, Salem hèle un taxi pour l'aéroport. Encore faudrait-il qu'il sache lequel : impossible de retrouver sa réservation dans sa boîte mail. Au téléphone avec les services de Smith & Carlson, il apprend pourquoi :

— Nous vous avons pris une place dans l'Eurostar de 13 h 15. Vous serez plus vite arrivé.

— Vous pouvez l'annuler, répond sèchement Salem. Réservez-moi un vol.

— Je suis désolé, mais c'est impossible. C'est contre la politique de voyage de l'entreprise sur ce trajet.

Des raisons de préférer l'avion au train, il en a – et pas des moindres –, mais il n'a ni le temps ni l'envie de les partager avec son interlocuteur. Tant pis, il paiera le billet de sa poche. À mi-chemin de l'aéroport, il songe que les comptoirs de Heathrow ne seront probablement pas plus cléments que ceux de Chep Lap Kok la veille. Alors, la mort dans l'âme, il se résout à intimer au chauffeur de faire demi-tour.

*Après tout, ce n'est pas comme si ça pouvait changer quoi que ce soit... Train ou avion, je serai ramené au même point.*



À la gare internationale de Waterloo, Salem embarque *in extremis* à bord de l'Eurostar.

Dans le wagon 17, il trouve sa place occupée par une jeune fille aux boucles rousses. Écouteurs sur les oreilles, accoudée à la vitre, les yeux clos, elle dort à poings fermés. Ou fait tout comme. Ses yeux clos lui donnent un visage angélique. Salem n'a pas le cœur de la réveiller ; côté couloir ou fenêtre, il n'aura jamais vue que sur un tunnel. Il s'assoit, prêt à goûter un peu de ce sommeil qui s'est refusé à lui dans le vol long-courrier la veille. La délicieuse extase des paupières qui glissent sur les globes oculaires. *Enfin.*

*Clac !* La porte du wagon bat violemment. Salem rouvre les yeux. Un enfant, des yeux brillants de petit chenapan, la tête qui dépasse à peine des accoudoirs, s'essaie à semer son père, un Indien à la moustache fournie. Poursuite effrénée qui s'arrête soudain lorsque l'enfant sent les regards se braquer sur lui. Avec son pantalon beige, sa chemise blanche, son gilet et ses mocassins vernis, Salem lui trouve des airs de petit lord. Le père arrive à la hauteur du fils, lui murmure quelque chose à l'oreille, l'intéressé baisse instantanément les yeux. Et c'est presque dans le silence qu'ils rejoignent la mère et le frère aîné, déjà installés juste devant Salem sur la rangée opposée.

*Avec des enfants en bas âge, ils se sont dit que deux places pour quatre suffiraient. Et qu'avec un peu de chance, un mardi, en heures creuses, il y aurait même des places vacantes.*

C'est du moins le calcul des parents tel que l'imagine Salem.



Plus ennuyeux encore que l'affluence inattendue, l'emplacement en carré dont ils ont hérité : la petite famille indienne se retrouve nez à nez avec deux autres voyageurs, ou plutôt voyageuses, que Salem voit seulement de trois quarts. Mais, à leurs mains fines, à ce quelque chose de moderne dans leurs chevelures poivre et sel et à cette manière affectée de tourner les pages de leurs livres rédigés dans la langue de Shakespeare, il parierait sur deux Londoniennes *born and bred* d'une cinquantaine d'années.

Séparées par une petite table qui rend plus inconfortable encore cette promiscuité, les deux parties ménagent leurs plus beaux efforts pour ne rien laisser paraître de leur malaise : l'Eurostar n'a jamais connu de lectrices aussi studieuses et les parents font preuve d'un sang-froid exemplaire pour contenir les deux enfants.

Salem pourrait brancher ses écouteurs à son téléphone, renouer avec Morphée, les laisser à leurs tracas. Quelque chose l'en empêche. Quelque chose d'étrangement familier dans la scène qui se déroule sous son nez. Ces parents qui font les gros yeux et vivent, comme une petite humiliation, chaque mot trop fort de leurs enfants, évidemment, ce sont les siens. Ces deux frères – l'aîné trop sage pour ne pas susciter l'agacement du second –, si l'on fait exception de la différence d'âge, ce sont Malek et lui, que leur mère ne manquait jamais de tancer : « Mais restez tranquilles ! Que vont dire les Français ? »

Repensant à cette mise en garde, Salem a un sourire amer. Jamais il n'a perçu aussi clairement à quel point ces huit mots et deux signes de ponctuation racontaient tout du tourment de ses parents. Les choses se seraient-elles passées différemment s'il avait compris plus tôt que « les Français », c'étaient eux, aussi ?

Les yeux mi-clos, il observe comment, en terre britannique, les mêmes causes produisent les mêmes effets : le père n'en peut plus.

Il se lève.

Cette fois, c'est l'aîné que le père emmène avec lui, pour le plus grand bonheur du cadet qui profite désormais d'un siège à lui tout seul. *Comme un grand.* Non content d'avoir gagné, par parent interposé, la guerre sourde qu'il livrait à son frère, il veut être certain qu'on lui accorde toute l'attention. Celle de sa mère, évidemment, qui ne sait plus quelle menace silencieuse brandir pour qu'il cesse ses gesticulations, mais aussi celle des lectrices d'en face.

*Un flegme pareil... C'est sûr, elles sont british.*

Qui d'autre, en effet, ne lèverait pas un sourcil quand, tout en cherchant leur regard, le cadet fait claquer pour la troisième fois la partie pliable de la table ? À la quatrième reprise, il a même acquis une certaine dextérité : c'est de manière délibérée qu'il en amortit la chute au dernier moment. Joli talent de provocateur.

De l'autre côté de la table, pourtant, on lui accorde à peine un bref coup d'œil. De son siège, Salem voit seulement une tête se tourner vers celle de sa voisine et des mains gesticuler brièvement. La mère, visiblement mortifiée, accueille avec soulagement le retour de son mari : à peine est-il revenu avec l'aîné qu'elle veut le renvoyer avec le cadet. C'était sans compter sur le haut-parleur, qui intime

aux voyageurs de regagner leur siège pour faciliter le travail du contrôleur.

Les minutes suivantes, la tension est à son comble dans le carré anglo-indien. Les parents résistent à la tentation de hausser le ton de peur que cris et pleurs ne viennent aggraver la situation, et peut-être plus encore, par crainte du jugement du tribunal qu'ils croient, à tort ou à raison, dressé de l'autre côté de la table.

Le passage du contrôleur libère les corps de l'emprise des sièges et apaise, aussi à son insu, les esprits. La jeune fille rousse émerge brièvement de son sommeil pour faire contrôler son billet sans même paraître remarquer la présence de Salem sur le siège voisin.

*Qu'il doit être agréable de pouvoir se laisser porter...*

Le jeu de chaises musicales se poursuit jusqu'à ce que le haut-parleur annonce l'arrivée imminente en gare du Nord. La voisine de Salem se réveille raccord, s'étire comme un chat trop longtemps alangui. Il se demande qui d'elle, dans ses rêves, ou de lui, dans ses souvenirs, est parti le plus loin pendant ce voyage.

Le train n'est pas encore tout à fait à quai mais, déjà, tout le monde est debout, la main sur son bagage.

— Alors, tu es content d'être arrivé ? demande en anglais une voix féminine à l'accent français au cadet, gai comme un pinson. Salem lève la tête, il croit enfin tenir la voix d'une des deux lectrices, mais il ne s'agit que d'une passagère assise au rang voisin. À la descente du train, les deux Anglaises ont déjà disparu. Salem est frustré de ne pas connaître le fin mot de l'histoire.

La grande horloge n'affiche pas encore tout à fait 16 h 40. Salem hésite à rejoindre La Défense et les locaux de Smith & Carlson. 

*J'avais promis à Estelle que je passerais...*

Rejoignant la borne de taxis, face à l'entrée principale, il aperçoit le mémorial de Gare du Nord dont la construction vient de s'achever.

Le monument, érigé en souvenir des victimes de l'attentat survenu en ce lieu, est une construction jumelle de celle de la gare madrilène d'Atocha, pour souligner la similarité des tragédies qui ont frappé les deux capitales, à quelques mois d'intervalle en 2004 : le onzième jour du troisième mois de l'année pour l'une et le premier jour du onzième mois de l'année pour l'autre. Onze, c'est aussi la taille en mètres des constructions sœurs.

*Quatre mois. Aujourd'hui, ça fait quatre mois.*

Salem traverse la rue et pénètre à l'intérieur du mémorial. La structure cylindrique en briques de verre abrite une grande salle vide et insonorisée, nimbée d'une lumière bleu nuit. Au plafond, un puits de lumière donne à voir l'intérieur du cylindre de verre, sa membrane transparente imprimée du nom des victimes et de messages de condoléances, en plusieurs langues, qui s'élèvent vers le ciel.

Il a la surprise d'y retrouver les deux lectrices. À leurs grands gestes appuyés, leurs mimiques faciales et leurs yeux si expressifs, il comprend alors pourquoi, malgré la proximité de leurs sièges, le son de leur voix lui est resté inconnu : elles sont malentendantes.

*Il fallait bien être sourd pour ne pas avoir réagi.*

Elles quittent l'enceinte, et Salem se retrouve seul, confiné en lui-même. Figé sous le puits de lumière, détaillant la liste de noms qui criblent la paroi, alors que sa petite voix fait encore des siennes.

*Il fallait bien être aveugle aussi pour ne rien avoir vu.*

# 2

## Working girl

Lisa Elatre-Levy

Dans la vie, tout est une question de timing. 

Si Lisa était partie plus tôt du bureau, à cette heure-ci, elle serait probablement déjà en route pour chez elle, tergiversant sur la suite à donner à la soirée – une sortie entre copines à Bastille ou un dîner de Shabbat chez sa mère, à Stains. Au trente-quatrième étage de la tour Smith & Carlson, les portes de l'ascenseur ne se seraient pas ouvertes sur les visages hilares de ses trois collègues de la direction des Ressources humaines, disparues depuis le début de l'après-midi pour une mystérieuse réunion de crise.

Mais Lisa était restée plus longtemps que prévu. Et la voilà donc, les yeux rivés sur son BlackBerry, à feindre de ne rien entendre de leur conversation à mots faussement couverts d'où affleure, répété à l'envi, le nom d'un bar qui lui évoque une musique jazz-électro de mauvais goût et des cocktails aux noms prétentieux. Quand les portes de l'ascenseur s'ouvrent, elle s'en extirpe la première, croyant pouvoir s'en sortir avec un « Passez un bon week-end ! » lâché du bout des lèvres. Mais l'une d'elles, titillée par l'attitude distante de Lisa lance dans son dos, comme on tire aux fléchettes :

— Attends, Lisa. On se fait un petit afterwork pour fêter le retour de Chloé... Tu veux venir ?

La proposition sonne à ses oreilles comme une question piège. Lisa se retourne. C'est une hydre à trois têtes au sourire corporate. Elle n'avait jamais remarqué à quel point elles se ressemblaient – la fonction finit-elle par transformer les visages ? Les yeux de Lisa crient non, son corps prend instinctivement la direction opposée, la pressant de rentrer directement chez elle, d'échapper à cette socialisation forcée, mais sa période d'essai court jusqu'à la fin du mois, ce n'est pas le moment d'avoir l'air de les snober.



« On préférera toujours les gens sympas aux gens brillants. Souviens-t'en, Lisa. » Deux ans plus tôt, c'était la phrase que lui avait balancée son senior lors de son éval' de fin de stage en cabinet d'audit, l'une de ces *Big Four* à la fringale insatiable pour les jeunes diplômés de formation élitiste. Lisa terminait alors son master à Paris-Dauphine. Une phrase qui l'avait d'autant plus surprise qu'elle avait bossé jour et nuit, qu'elle avait « délivré » pour reprendre le jargon managérial ; « du jamais vu pour une junior », de l'avis des clients comme de ses responsables. Elle aimait ce genre de périodes tout entières tendues vers l'objectif, où plus rien ne compte qu'un examen important ou une présentation finale au client. Elle retrouvait dans son corps, dans sa tête, une sensation oubliée, celle de ses veilles de compétition d'athlétisme ou de mini-concert de fin d'année au conservatoire. Un état de concentration absolu où l'effort n'en est plus un. Où chaque geste est exécuté à la perfection. Où tout le reste n'est plus qu'un bruit de fond. Les sportifs appellent cela « la zone ». Lisa aurait aimé ne jamais avoir à en sortir.

La vie est plus simple quand elle ne se fixe que sur un point.

Cet entretien de fin de stage devait être son jour de gloire : des félicitations doublées d'une proposition d'embauche. Ses rêves de CDI, d'autonomie enfin à portée de main. Ne plus *jamais* prendre le RER le matin en gare de Pierrefitte-Stains. Au lieu de ça, le senior avait continué du même ton, lui reprochant de manquer de *soft skills* – cette intelligence relationnelle qui fait grimper plus vite les échelon –, d'avoir l'air de « faire la gueule en réunion client » et in fine de « se saboter ». Elle aurait juré qu'il prenait un plaisir certain à la sentir vexée, comme une revanche sur cet air impassible dont elle ne se départait jamais – quand on retrouvait plus d'un junior à pleurer dans les toilettes après un one to one un peu corsé. Oui, ce jour-là, sa lèvre avait tremblé, son corps s'était raidi, elle n'avait plus su quoi faire de ses mains. Les pieds soudain douloureux, elle aurait voulu pouvoir enlever ses escarpins. Pour ajouter au supplice, le senior avait conclu son réquisitoire en jouant la connivence : « Je dis ça pour toi, Lisa, tu sais ? Ce genre de choses, on ne le pardonne pas à des gens comme nous. »

« Des gens comme nous ? » avaient hurlé tout bas les yeux de Lisa. Que connaissait-il d'elle, de son parcours ? Elle se l'était figuré un instant avec dix ans de moins, arrivant de province pour faire sa prépa. Encore un fils de prof ou de notaire qui croyait venir d'« en bas ». Elle s'était imaginé Pierre Bourdieu assis dans un coin, secouant la tête d'un air dépité.

La sociologie est un mode d'emploi du monde lu de travers.

Lisa n'avait jamais pensé venir d'« en bas ». Ses parents, sa mère en particulier, ne lui avaient en aucun cas inculqué le début d'une idée pareille. Son histoire familiale, elle ne l'envisageait pas se résumer à quelques décennies de déclassement – forcément temporaires – en Seine-Saint-Denis. Non, elle s'inscrivait dans une chronologie et une géographie aux bornes certes mouvantes et imprécises – « cinq mille ans, six langues, quatre continents, j'ai juste ? » aimait à plaisanter son ex, David, qui, contrairement à elle, avait la passion de ce genre de discussions –, mais plus larges que les grilles et l'esprit étriqué de ce petit manager.

N'empêche, ce vendredi soir de mars 2005, quelques semaines après avoir quitté le cabinet d'audit où elle avait passé dix-huit mois avant de rejoindre Smith & Carlson – une sortie « par le haut », débauchée par leur plus prestigieux client –, elle s'agace de penser qu'il n'avait pas tort sur tout.

— Avec plaisir, les filles ! lâche-t-elle d'une voix qu'elle jurerait être celle d'une autre.

*Une heure, juste une heure*, se répète-t-elle alors que l'envie de partir se fait au moins aussi pressante que celle d'aller aux toilettes un jour de cystite. Elle s'est promis de ne pas partir la première, de ne pas checker ses mails – oui, oui, son téléphone restera sagement au fond du sac, promis –, de se montrer *à l'écoute*. Mais arrivera-t-elle à s'y tenir ? Elle n'aurait pas cru qu'il lui serait si difficile de supporter la conversation de ses collègues – des jeunes femmes de trente-deux ou trente-trois ans au plus – qui, un jour, comme elle, étaient entrées dans le monde de l'entreprise avec l'ambition de faire la carrière à laquelle leurs diplômes leur permettaient légitimement de prétendre et qui, si l'on se fie aux bribes de conversations que Lisa entend à longueur de journée dans l'open space, ne rêvent plus désormais que de layettes bleues ou roses, de monospaces à sièges rabattables, de pavillons à Saint-Germain-en-Laye... et, dans la mesure du possible, d'un individu de sexe masculin raisonnablement assorti à ce décor. Elle sirote son deuxième Martini blanc en se forçant à écouter celle qui est devenue la coqueluche du service depuis son retour de congé maternité. La musique n'est pas si forte mais, visiblement pompette, Chloé braille aux oreilles de ses collègues :



— Je vous dis, les filles, ne prenez *ja-mais* une nourrice qui a déjà un enfant en bas âge, ça revient à la payer pour garder son môme ! assène-t-elle à l'assistance qui ne prend pas de notes mais c'est tout comme.

Lisa laisse échapper un rire nerveux.

— Qu'est-ce qui te fait rire ? se vexe la néomaman.

— Non, en fait, c'est... c'est ce que tu as dit. Vous n'avez pas trouvé ça marrant, vous ? demande-t-elle aux deux autres jeunes femmes, espérant quelque soutien de leur part.

Flop total. Solidarité d'hydre oblige, elles la dévisagent comme si elle venait de sortir la chose la plus incongrue de la décennie depuis l'annonce de la fin du monde par Paco Rabanne. Au bout de deux mois à la direction des Ressources humaines, Lisa devrait pourtant savoir qu'on ne badine pas avec les monospaces et encore moins avec la couleur de la layette, surtout lorsqu'on n'a pas encore vingt-cinq ans et qu'on bénéficie d'une attention de la gent masculine proportionnelle à la longueur de ses jambes.

Malgré des efforts soutenus pour trouver la paire de bas de grand-mère adéquate qui ferait oublier ses interminables gambettes, Lisa n'est toujours pas à son aise. Quant à ses collègues, elles continuent de voir en elle l'ex-auditrice un peu trop éloquente à leur goût, pour ne pas dire « grande gueule », la stakhanoviste du BlackBerry qui répond aux e-mails à des heures indécentes – « à croire qu'elle n'a pas avec qui dormir », ricane la clique au monospace –, la courtisane qui aurait profité de l'emplacement stratégique de son bureau près de celui de la directrice du service pour devenir une de ses intimes – « pourquoi la boss, elle nous a jamais invitées à déjeuner, nous ? » s'étonne-t-on du côté des aspirantes saint-germanoises.



L'intruse, en somme.

Lisa croyait pourtant avoir laissé pour de bon derrière elle les croche-pattes de cour d'école, du temps où elle n'était pas encore une jeune femme brillante à la beauté sortant de l'ordinaire, mais seulement une petite noiraude un peu claire de Seine-Saint-Denis, un peu trop sérieuse, un peu trop silencieuse, au goût des grandes prêtresses de la coolitude préadolescente, parachutée par ses parents dans l'un des meilleurs collèges de la capitale « pour son plus grand bien ». Depuis la découverte du fer à lisser, elle ne compte plus les boules de couleur dans ses tresses pour faire passer le temps ; elle n'a plus à se cacher derrière lunettes et appareil dentaire ou à vouloir gagner la confiance de ces profs qui n'aiment pas qu'on joue à saute-mouton avec la carte scolaire ; elle n'a plus à redouter l'interstice de l'entre-deux – banlieusarde embourgeoisée aux yeux des uns, Parisienne banlieusardée aux yeux des autres.

Pourtant, elle en revient au même point : trouver la posture adéquate pour ne pas déplaire.

Un doute l'assaille : et si elle s'y prenait différemment pour une *fois, si elle leur parlait pour de vrai* ? Qui sont ces femmes ? Qu'ont-elles bien pu voir dans cet angoissant tunnel qui mène à la trentaine pour que, soudainement, le jeu n'en vaille plus la chandelle ? Ont-elles croisé la directrice, qui sort rarement avant 21 heures, qui part en vacances avec son BlackBerry et qui, entre deux calls, écoute sa fille lui réciter ses devoirs au téléphone, et se sont-elles juré 
avec effroi de ne jamais finir comme elle ? Peut-être Lisa devrait-elle leur poser la question, comme ça, franco. Peut-être qu'alors sa réaction ne serait pas interprétée comme un rictus goguenard de *working girl* solitaire mais jugée pour celle qu'elle est : un rire dépité au nez et à la barbe de leur sort de femmes, tiraillées entre des aspirations contradictoires.

Mais c'est un jeu trop risqué. On ne fend pas l'armure comme ça, sur une lubie, sans garanties. La confession des trois n'aura pas lieu, l'instant de communion sororale non plus, la conversation a d'ailleurs déjà repris :

— Alors, les filles, qu'est-ce que vous avez commandé au CE pour Noël ? La journée chez Disney ou le dîner pour deux sur un bateau-mouche ?

Son verre est vide. Elle a sifflé son deuxième Martini blanc en trois gorgées. Si elle continue sur sa lancée, ses collègues risquent de prendre de plein fouet le fond de sa pensée. Lisa n'a pas le goût de son frère, Ronnie, pour le rap, mais son sens de la repartie vaut son pesant de punchlines.

Et puis, mine de rien, elle a tenu sans impair majeur le temps qu'elle s'était imposé : soixante minutes. Elles n'iront certes pas voir Mickey ensemble, mais au moins elle ne s'est pas sabotée – le mot tourne en boucle dans sa tête, comme si le senior d'hier le lui soufflait à l'oreille.

Elle fait signe au serveur de lui apporter son addition. Au même moment, l'une de ses collègues s'exclame, les yeux écarquillés devant l'écran de son BlackBerry :

— Les filles, vous avez vu la dernière lettre de nomination ? Le directeur M&A France va prendre la tête de l'Europe.



— Bensayah, tu veux dire ?! Tu es sûre ? s'exclame la deuxième, qui se saisit précipitamment de son téléphone pour vérifier. Ça me paraît incroyable. C'est le plus jeune directeur fusac de toute la boîte... Il a quel âge ? Trente ans ?

— Vingt-neuf. Moi, ça ne m'étonne qu'à moitié, c'est le chouchou des Américains ! tonne la néomaman, sirotant à grand bruit le fond de son cocktail. On verra s'il tient le choc.

— S'il y a bien quelqu'un d'imperméable à la pression, c'est Salem, tranche Lisa d'une voix si assurée, presque martiale, qu'elle fend le flot de la conversation.

Les regards intrigués se tournent synchrones vers elle, et l'hydre de demander en chœur :

— D'où tu le connais ? Vous avez bossé dans la même tour ?

Le serveur arrive avec l'addition et lui offre le timing parfait pour ne pas avoir à en dire davantage. Mieux, la plus belle des sorties :

— Ce n'est pas exactement ça... même si oui, il y a une tour dans l'histoire, répond Lisa, un sourire intrigant aux lèvres. Je dois filer, mais promis, je vous raconte tout très vite.

Elle n'en pense pas un mot. Évidemment.

# 3

## La graine et la cartomancienne

Matthieu Vincent

Ce dimanche de mars, je m'étais promis de changer : je trouverais un vrai boulot, je ferais des abdos, j'aimerais Sarko... Moi aussi, je peux être un winner, un salaud comme un autre.

Je m'étais même levé tôt... Onze heures, grand prince ! J'étais dans les starting-blocks, prêt à entendre les prophéties de Linda sur cette destinée qui n'attendrait que moi pour se réaliser, mais, arrivé à la station Marx-Dormoy, impossible de me rappeler quelle sortie prendre pour me rendre chez elle. Au tabac où je me suis arrêté prendre des clopes, j'ai voulu me renseigner, mais la commerçante était déjà à beugler :

— Je sais bien, m'dame. Ces jeunes, toujours à se plaindre qu'ils ont pas de boulot, mais suffit qu'on leur en propose un et là, paf, y a plus personne !

Dans la queue, on n'en attendait pas davantage pour relancer :

— Ils sont pourris gâtés, c'est pour ça. Et ça se lève à onze heures, ça traîne toute la journée et ça se réveille juste pour toucher son RSA...

Un troisième, de concert :

— Et pendant ce temps-là, qui doit se lever, qui doit

trimer pour qu'on paie ces fainéants ?

Un dernier, pour la route :

— Je vous le dis, si ça n'tenait qu'à moi...!

Heureux que la file d'attente n'ait pas été plus longue, sinon sûr qu'il y en aurait bien eu un avec la riche idée de bavasser sur les immigrés.

D'habitude, j'aurais réagi aussi sec : « J'irai allumer un cierge pour vous... Je m'en voudrais qu'on vous loupe à la prochaine canicule ! » Mais étonnamment, je suis resté calme, serein, limite Mime Marceau. Ça m'a presque inquiété. J'ai seulement soufflé du bout des lèvres :



— Ah, elle est belle la France...

Ce que ces vieux schnocks – d'ailleurs, même pas si vieux que ça, à bien y regarder – ont interprété comme un appui à leurs propos !

Bon dimanche sous vos applaudissements.

Le plus badant dans l'histoire, c'est que ce sont les mêmes à qui leur boîte doit la faire à l'envers toute l'année, qui se gardent bien de l'ouvrir et qui, lorsqu'on finira par les abandonner au bord de la route comme un chien un jour de départ en vacances, pousseront le syndrome de Stockholm jusqu'à trouver des circonstances atténuantes aux fossoyeurs de leur avenir : « Vous comprenez, c'est la rentabilité... »

Vraiment kiffante, l'époque.

Sorti de là, j'étais mal en point. Bousillée, ma journée. Je n'avais plus qu'une envie : craquer un spliff et me coucher. Heureusement, j'ai finalement reconnu l'immeuble de Linda, de l'autre côté de la rue. Bizarre tout de même que je galère autant à chaque fois pour me souvenir de l'endroit où elle habite. Ça fait pourtant un bail que je viens la voir : une fois par trimestre quand ça va bien (ou du moins aussi bien que je puisse aller, cette norme restant chez moi toute relative...), une fois par mois quand ça va moins. Pas besoin de préciser laquelle de ces deux options est la plus fréquente...

La première fois, c'était il y a quoi... deux ans ? Je venais d'arrêter la fac. J'avais poussé jusqu'à bac + 3, c'était déjà pas mal pour un ex-gamin placé. Un enfant de la DDASS, comme on dit. La juge pour enfants m'aurait plutôt vu faire un BTS que tenter de décrocher une licence en langues étrangères appliquées. Elle s'en foutait de mon goût pour les mots, pour les langues. Elle disait qu'il fallait « penser pratique ». Que « vu les circonstances », les longues études, surtout dans les filières « bouchées », c'était vraiment « pas la panacée ». Que je devrais déjà m'estimer « chanceux » si je pouvais « bénéficier » d'un contrat jeune majeur pour m'aider jusqu'à mes vingt et une piges... Qu'il ne faudrait pas que je me retrouve « à la rue ».



Bizarre comme c'est toujours les mêmes qui doivent revoir leurs ambitions à la baisse. Et se faire à l'idée que la vie les baise.

J'avoue, avec le recul, elle avait un peu raison : cette licence, c'est une porte qui ouvre sur un mur. Au lycée, leur procédure pour recenser ces « vœux », ça a l'air anodin, indolore... *Recensement automatisé des vœux des élèves*, ça sonne bien, même... L'illusion du choix... Mais en vérité, Ravel, c'est la roulette russe mise à la portée des bambins.

Du coup, j'ai décidé de prendre *mon* avenir en main, de consulter une professionnelle, une vraie : une cartomancienne.

Quand on parle de tireuse de cartes, les gens s'imaginent souvent une vieille gitane fripée avec un bandeau sur le front, vociférant ses prédictions dans un français flingué. Et j'avoue, moi-même, c'est un peu ce à quoi je m'attendais, surtout quand la première fois, dans l'escalier C, j'ai croisé des locataires de cet immeuble, tous plus étranges les uns que les autres, agrippant la rampe d'une main désespérée comme si leur vie en dépendait. Lorsqu'on veut leur adresser la parole, ils détournent le regard, effarés. Leurs corps cherchent appui contre le mur du palier le plus proche pour se remettre d'une telle audace. Mais il est rare qu'une telle occasion se présente : les Parisiens – puisqu'il ne s'agit que d'eux ici – sont passés maîtres dans l'art de l'esquive. Quant à ma cartomancienne, dès que sa secrétaire – oui, oui, elle a une secrétaire – a ouvert la porte, j'ai su que la rencontre vaudrait le déplacement.

Au début, ça m'a un peu surpris, son allure proprette et son air de ne pas y toucher, mais on s'y habitue vite. Ce dimanche-là, quand, d'un ton doux mais assuré, Linda m'a pris la main comme si elle allait prendre mon pouls, m'a demandé si je mangeais et dormais correctement et a consulté son agenda pour voir à quand remontait ma dernière visite, je n'ai même pas tiqué. Elle prend un malin plaisir à savamment entretenir la confusion sur le service qu'elle rend à ses clients. Je connais désormais tout de ses méthodes. N'empêche, j'ai encore le réflexe du novice : j'ai sorti ma carte Vitale en début de consultation. Il faut dire que l'endroit y est pour beaucoup : de grands murs blancs flanqués de reproductions impressionnistes, des étagères encombrées de livres poussiéreux, un bureau en merisier plaqué, un fauteuil en cuir vert, un agenda écorné, une musique d'ascenseur en fond sonore... Un vrai décor de cabinet de médecin généraliste, à ce détail près que Linda ne formule son diagnostic qu'après lecture de trois tirages de vingt et une cartes de tarot.

« Voyante », ça sonne comme « voyeuse », quand elle ne voit probablement que ce qu'on lui laisse voir. Sa carte de visite la désigne « conseillère spirituelle ».



Aller chez un psy ? J'y ai pensé, c'est vrai, mais seraitce vraiment une bonne chose ? Je veux dire, « guérir » d'accord, mais pour quel résultat ? Imaginez Mère Teresa, après quelques années d'analyse : « Je suis égoïste en croyant que les nécessiteux ont besoin de moi. Ma place n'est plus en Inde, je dois rentrer en Europe et songer comment réaliser mon épanouissement personnel à travers moi-même et non en prétendant vouloir secourir les autres. » Et voilà comment on aurait retrouvé la religieuse au sari blanc bordé de bleu à Paris en 1940 à faire la java avec les plus beaux collabos.

D'accord, c'est *un peu* exagéré.

Je brode seulement pour ne pas avoir à me séparer de mes névroses. Sans elles, j'aurais sûrement déjà succombé à l'overdose d'ego qui me guette à chaque passage devant le miroir. Si je les cédais à bon prix à un de ces pourvoyeurs de bonheur assermentés par l'État, quelle garantie aurais-je que ça aille mieux ? Aucune. Que me resterait-il alors pour identité ? Presque rien : un nom attribué par les services de l'Aide sociale à l'enfance, un numéro de Sécurité sociale et quelques jeans usés. Et pire encore, un honnête travailleur, à la formation des plus « pratiques », s'enfoncerait dans la précarité : mon dealer. Comment trouverait-il les ressources pour envoyer sa progéniture sur les bancs de l'université si je lui faisais faux bond ?

Voilà pourquoi, plutôt que de consulter, je préfère laisser ces trois rangées de sept cartes me renseigner sur ma destinée. J'aime voir Linda effleurer du doigt chacune de la gauche vers la droite, les scruter une à une comme on regarderait dans un puits sans fond et, enfin lire sur ses lèvres quelques mots inaudibles.



Pourquoi vouloir entendre quand on peut deviner ?

La dernière fois pourtant, devant son silence trop long à mon goût, je me suis senti obligé de sortir :

— Si je vais crever ou un truc du genre, faut me le dire… C'est pas grave, je m'en remettrai.

Un doigt appuyé sur les lèvres, elle a une nouvelle fois effleuré chacune des cartes, de la droite vers la gauche cette fois-ci, jusqu'à ce que son visage s'illumine, comme sa voix :

— Tout est clair à présent…

— Me voilà rassuré, je peux y aller maintenant ?

— Très drôle, Matthieu. Tu devrais écouter ce que j'ai à te dire. Ça risque de t'intéresser…

Je me redresse, solennel. C'est pas tous les jours, l'échafaud.

— Très bien. Après tout, je suis là pour ça, pour savoir.

— Je vois une rencontre. Une jeune fille, brune.

— Ah, vachement précis comme description.

— Chut ! Cette jeune fille, elle n'est pas tout à fait celle qu'elle a l'air d'être. Elle a comme… un double visage, dit-elle en désignant deux cartes de la première rangée. Ne la laisse pas partir, tu aurais tort !

— D'accord, c'est noté : la prochaine fois que je rencontre une meuf brune dans la rue, je l'attrape par le bras et je la lâche plus.

— Matthieu…

— D'accord, d'accord. Fille-brune-pas-laisser-partir. Message reçu. Et sinon, le prix Goncourt, c'est pour quand ?



— Ah, parce que ça y est, tu as une publication en vue ?

— Non.

— Un contact chez un éditeur alors ?

— Non, ou alors j'suis pas au courant.

— Tu as fini par écrire un roman ?

— Si seulement…

— Au moins une nouvelle ?

— Non plus. J'ai toujours rien écrit. Rien de rien. Nada. Peanuts. Walou.

Linda, secouant la tête d'incrédulité :

— Matthieu, *je vois* l'avenir, les choses qui *vont* arriver. Mais pour ça, il faut y mettre un peu du sien.

— Ce serait vous rendre la tâche trop facile. J'voudrais pas vous offenser…

Linda, atterrée :

— T'es vraiment pas croyable. Je plains ta future femme…

— La brune, vous voulez dire… ? Celle que j'dois pas laisser partir ?

Balayant ma remarque d'un revers de la main, elle enchaîne :

— Tu me rappelles ce monsieur qui vient me voir toutes les semaines pour me demander quand il va gagner aux jeux d'argent. C'est toujours le même cinéma avec lui. Il entre, il s'assoit et je n'ai pas fini de tirer les cartes qu'il me demande : « Madame Linda, vous voyez une somme pour moi ? » Et toujours, moi, je lui réponds : « Vous avez la chance de votre côté. Je ne vois pas d'obstacle à ce que ça arrive. » Il repart aussi sec avant de réapparaître la semaine suivante, même jour même heure. Mais hier, j'étais un peu fatiguée d'entendre la même question encore et encore et encore, alors je lui ai demandé : « Au fait, à quoi vous jouez ? Loto ? Keno ? Grattage ? Tirage ? Tiercé ? » Et là, il me dit : « Mais je ne joue pas, madame Linda ! » J'ai cru que j'allais tomber de ma chaise ! Je peux te dire que je lui ai passé un sacré savon. Je lui ai dit : « Mais monsieur, si on ne plante pas la graine, rien ne sert de prier que ça pousse ! »

J'aurais bien éclaté de rire, mais la sonnerie de grelots du vieux téléphone fixe sortie des *eighties* m'a coupé le sifflet. J'avais l'impression d'être dans un épisode de *Marie Pervenche*. Je n'ai pas exactement capté la conversation mais, à la tête qu'elle a faite tout à coup, pas difficile de deviner qu'elle en avait entendu une bonne. J'ai pensé : *Si même les cartomanciennes sont prises au dépourvu, le monde court vraiment à sa perte...*

— Tu sais qui c'était ? a-t-elle demandé, incrédule. Le monsieur qui ne joue pas ! Et, devine quoi ? Il a joué au tiercé et gagné deux cent cinquante euros ! Et il appelle quand pour me dire ça ? Juste au moment où je te parle de lui. C'est un signe Matthieu, c'est un très bon signe ! N'oublie pas : la graine, Matthieu, la graine !

Après ça, je suis sorti de chez Linda le cœur un peu plus léger. Non pas que j'aie pris au pied de la lettre ses prédictions. Cet accès de mysticisme éclairé, c'était sûrement un joli bobard pour se faire mousser. Qui peut cafter le destin, en vrai ? Mais quand bien même... Quelle importance ? Puisque soudain, et pour la première fois depuis très longtemps, j'ai de nouveau ressenti la profonde et irrémédiable envie de *croire*.

L'espace d'un instant, électrisé, j'ai retrouvé mes jambes d'enfant, dévalant à toute vitesse l'escalier C comme si ma vie n'attendait réellement plus que moi pour être vécue. L'espace d'un instant, l'espoir. L'espace d'un instant, seulement.

Au terme de cette course folle, une fois ces bottes de sept ans rendues à l'enfant que je n'étais plus, il a fallu me rendre à l'évidence : c'était toujours le même tabac, de l'autre côté de la rue.

# 4

## Madame Diamanka
Céline de Verrières



Comme chaque mardi, t'es seule pour le petit déj'. Et, comme chaque mardi, M$^{me}$ Diamanka se croit obligée de te le préparer.

— Juste un café... bien serré, s'il vous plaît !

Raté. Elle t'entend pas davantage que lorsqu'elle avait à la main ce foutu aspirateur qui a précipité ton réveil. Une pleine assiette de pain grillé atterrit devant toi.

— C'est gentil, madame Diamanka, mais...

À peine t'oses protester, la voilà lancée dans cette tirade que tu connais si bien :

— Hé ! Ma petite, il faut te nourrir ! Le petit déjeuner, c'est le repas le plus important de la journée ! Si tu t'entêtes à rien vouloir manger, un jour, on retrouvera plus personne sous les habits, même...

T'en rigoles, autant pour le propos que pour sa manière théâtrale d'assortir le geste à la parole. T'étales un peu de beurre, de confiture de figues sur un toast pour lui faire plaisir. Ça suffit pour l'enthousiasmer :

— Ah, tu vois quand tu veux ! Déjà que tu te gâtes en t'habillant comme ça – tout en noir là tout le temps, on dirait un corbeau... Les garçons pourront pas voir combien t'es jolie si tu te laisses mourir de faim.

— Oh, vous savez, les garçons...

Elle a un regard approbateur. Elle doit croire que t'as jamais vu le loup. Si seulement elle savait que c'est à cause de toi qu'il ose plus s'aventurer dans les bois...

— Tu as bien raison, va. Ne laisse jamais un *bonhomme* te dicter ce que tu dois faire. À ton âge, la priorité, ça doit être les études. C'est ce que j'ai toujours dit à mon grand, Djibril. Je t'ai déjà parlé de mon fils ?



Pas besoin de répondre. Tu sais très bien que quand M^me^ Diamanka est lancée sur ce sujet, elle ferait passer la plus possessive des mères juives pour un parent indigne : « Mon fils, il a fait ceci... Mon fils, il a fait cela... » Même quand elle passe dans la pièce d'à côté, sa voix continue de porter.

Et toi, à maugréer dans ton café brûlant :

— Pauvre Djibril, s'il finit pas cinglé... ça sent l'Œdipe à plein nez... Par pitié, qu'on m'enferme si je deviens un jour comme ça.

— Qu'est-ce que tu dis, Céline ?

Mince, tu l'avais pas entendue revenir.

— Je disais : votre fils a l'air d'être quelqu'un de tout à fait brillant. Vous devez être fière de lui.

Bien joué. Elle remet une pièce dans la machine « mon-fils-ce-héros » :

— Tu sais, déjà quand il avait six ans...

Tu t'apprêtes à partir lorsqu'elle pointe un Post-it collé sur une brochure que le lycée vient de t'envoyer. Ah, encore ces histoires d'orientation... Tu la feuillettes brièvement, agacée par les petites bandes adhésives de couleur dépassant de certaines pages, autant d'indications bienveillantes vers les « bonnes filières » que tes parents n'osent plus citer en ta présence. Tu te lèves de ta chaise, laissant en plan la brochure sur la table.

— Ça y est ? s'étonne Mme Diamanka, outrée de te voir si vite abandonner ta lecture. T'es pas plus curieuse que ça de savoir ce que tu peux faire l'année prochaine ? Regarde ce que ta maman a écrit : « Il est temps de te décider. Ravel n'attendra pas. » Ça commence à devenir sérieux, non ? C'est qui ce Ravel, déjà ?



— Ah... Ravel, c'est juste un type qui a composé deux, trois musiques vite fait, genre y a cent ans, quand c'était à la mode d'être chiant et qui, depuis quinze piges, saoule des générations et des générations de lycéens en leur demandant de choisir ce qu'ils vont faire de leur vie. « Connecte-toi. Fais un vœu, fais un vœu » qu'il te dit. En vrai, j'ai rien contre lui... Mais comment tu veux confier ton avenir à un type qui passe de musicien à conseiller d'orientation sur Internet ? Si c'est pas la loose, ça, hein ?

— Céline... Ta maman serait pas contente. Une jeune fille comme toi devrait pas parler comme ça, gronde-t-elle. C'est pas bien de se moquer d'une vieille dame sénégalaise.

Toi, confuse :

— J'suis désolée, Mme Diamanka. D'abord, vous êtes pas vieille... Enfin, pas vraiment. Et puis, je voulais pas...

On sonne à la porte. Ouf ! Tu commençais à être à court d'explications foireuses. De loin, tu reconnais la silhouette *posh* de Mme Anicet, cheftaine témoin de Jéhovah. Une bible calée sous son bras gauche, un magazine *Réveillez-vous* dans la main droite, elle sort sa tchatche habituelle – des mises en garde sur l'Armageddon prochain, sans cesse reporté certes, mais toujours très prochain… Juré, craché ! T'attends un interlude dans la conversation pour t'éclipser. Elle t'a jamais adressé la parole, c'est pas aujourd'hui qu'elle va commencer… Elle te juge sûrement déjà promise, vu ta dégaine de gothique, à une fin tragique lors de cette fin du monde qui se fait désirer. Du coup, logique qu'elle te calcule pas : qui voudrait se lier avec quelqu'un qui de toute façon va bientôt y passer ? Mme Diamanka, l'air ennuyé, lui répond :

— Écoutez, j'ai rien contre vous… Dieu, c'est bon pour tout le monde, ça donne de l'espoir, même. Mais moi, j'ai déjà trouvé ce qu'il me faut, je suis musulmane.

— En tant que musulmane, vous devez savoir que le Coran énonce que Dieu a 99 noms…

Mme Diamanka acquiesce mollement. Elle doit se dire que, décidément, on les rencarde drôlement bien.

— Eh bien sachez que le centième, c'est Jéhovah. Jéhovah, Notre Seigneur, a créé la Terre…

Mme Diamanka fixe son poignet gauche comme si elle avait une montre :

— Tss. Bon là, il faut vraiment partir. J'ai du travail. J'ai deux autres maisons à faire aujourd'hui. C'est pas vous qui allez me payer si j'arrive en retard.

— Ne pensez-vous pas que Dieu mérite quelques minutes d'attention ?

Silence glaçant. Tu pourrais partir, mais ça prend un

tour intéressant : t'attends avec impatience qu'elle lui explose à la figure. Mais elle a la classe, Mme Diamanka, pas question de se laisser emporter :

— Bon, il faut laisser Dieu tranquille maintenant. Dieu a besoin de personne pour venir me parler. Il est là dans mon cœur, dit-elle tapotant du bout des doigts son imposante poitrine. Quand des gens veulent te persuader qu'ils sont les seuls à entendre Dieu, ça fait des choses mauvaises comme en novembre à Gare du Nord...

Mme Anicet fait la sourde oreille. La géopolitique, c'est pas son truc. Elle tente une autre approche. Sur sa brochure aux personnages Benetton, elle lui montre un article parlant d'un projet humanitaire des Témoins en Afrique :



— Il faut sauver l'Afrique, c'est notre berceau, lui assène-t-elle, sûre qu'elle l'aura ce coup-ci.

Raté. Mme Diamanka, furax :

— Madame, partez maintenant ! Il faut laisser l'Afrique un peu tranquille, aussi : vos sacs de riz, votre Dieu, là... on n'a plus de place pour les ranger ! Allez, au revoir !

La porte claque sur une Mme Anicet hébétée. Mme Diamanka se retourne vers toi, le visage encore contrarié :

— Céline, tu pars où comme ça sans ton sac ? Ah, non, me dis pas que tu vas recommencer comme l'année dernière à faire du souci à tes parents !

Et toi qui croyais pouvoir te tirer tranquillement.

Mais tout le monde te tient à l'œil, depuis que t'as redoublé ta terminale. T'es déjà saoulée à l'idée de voir ce jour sans fin se répéter : comater, affalée sur ton pupitre. Le bout de regard qui dépasse de tes coudes frondeurs à guetter l'horloge. Une heure de passée et tu te demanderas si t'espères la fin du cours, la fin de l'année ou la fin de la vie. Tu sauras pas plus que d'habitude. Partir est devenu une fin en soi.

Tu révises un minimum quand il le faut et oublies tout une fois le contrôle terminé. Tu oublies aussi que tu te sens vide, comme si, dans ton corps, y avait plus d'organes.

Même la rébellion, ça t'a passé. Fini de faire des vagues depuis que l'an dernier t'as failli être virée. Quelle riche idée aussi d'avoir dit à la prof de philo qui te reprochait tes airs frondeurs : « Quoi, mon regard ? Qu'est-ce qu'il vous a fait mon regard ? Votre liberté à vous, en tout cas, elle a une sale gueule. »



Tes parents ont pas trop kiffé cet épisode – impossible de leur faire entendre que t'as précisément exercé « cette notion fondamentale de libre arbitre » dont cette mégère ne cessait de te rebattre les oreilles.

La liberté, c'est toujours mieux en théorie.

Depuis, on t'envoie chaque jeudi discuter avec la dame qui s'ennuie – une plaque collée sur sa porte la prétend « psychologue ». T'as bien été obligée d'accepter, sinon t'aurais fini le lycée chez les bonnes sœurs. Dans son cabinet, le fauteuil est confortable et, en plus, il s'incline. T'aimes la couleur de son carnet et les bobards que tu lui racontes. Le plus drôle, c'est qu'elle fait comme si elle y croyait. Elle a un petit hochement de tête à peine perceptible pour te rassurer sur le fait qu'elle t'écoute. L'autre jour, tu lui as parlé de l'anniversaire de ton père : « Je lui ai offert un tee-shirt noir avec une croix renversée, en mode messe noire, mais classe, hein ! Au début, j'avais pensé à un bijou, genre un collier à clous, mais ça lui fait des allergies. Il a *a-do-ré.* Pour dire, il l'aime tellement qu'il fait son jogging avec tous les dimanches.»

T'hésites à lui demander de te donner un double de ses notes, parce que, d'une séance à l'autre, t'as du mal à rester cohérente dans ton autofiction. Du coup, la dernière fois tu lui as raconté l'histoire d'une autre... Enfin, c'est comme ça que tu l'as présentée : « Je connais une fille, elle était déléguée de sa classe. Y a trois ans de ça, en seconde. À la base, cette nana, elle était du genre discrète, à pas moufter, à jamais avoir eu un mot sur son carnet. Un peu sac d'os à l'époque, un peu tête d'ampoule sur les bords même, sur qui on essaie de copier ou à qui on demande les devoirs qu'on a pas faits... Vous voyez le style ? Comment elle s'appelle ? Euh... Cél... Stéphanie ! Elle s'appelle Stéphanie. Bref, on s'en fout de comment elle s'appelle. La meuf, donc, elle était déléguée. Un jour, c'est le conseil de classe. Elle est là, au milieu des profs qui passent en revue le cas des élèves. Elle les entend sortir toujours leurs mêmes appréciations à la con, comme si au lieu d'écrire avec un stylo ils avaient trois énormes tampons au choix, genre " Bravo "., " Peut mieux faire "., " Nul ".. Mais à un moment t'as la prof de lettres qui a voulu la ramener, une vieille peau qui aime t'alambiquer les phrases jusqu'à ce que ça veuille plus rien dire. Elle voulait mettre un peu de " fantaisie ". dans une appréciation pour égratigner un élève qu'elle pouvait pas sacquer – un mec pas méchant du reste, mais qui arrêtait pas de bavarder et de se faire remarquer avec des blagues pas marrantes. Elle avait une expression sur le bout de la langue qu'elle voulait absolument placer, mais elle la trouvait plus. Les autres profs non plus, d'ailleurs. Alors Stéphanie, qui la connaissait l'a pensée trop fort. À voix haute. Ça a fait jazzer tout le monde, une élève " si cultivée ".. Pfff... Et v'là que le prof principal l'écrit sur le bulletin de l'élève. Le pire, c'est qu'elle l'a même pas dit pour faire la belle, ça lui a juste échappé. Mais le résultat a été le même : la déléguée des parents qui était là, la meilleure amie de la mère du type en question, le genre à squatter la messe le dimanche et à te pourrir le lundi, est allée raconter à tout Versailles que "la petite de Verr...".,je veux dire que "la petite Stéphanie se croit tout permis, jusqu'à dicter aux profs les appréciations sur les bulletins de ses camarades".. Ni une ni deux, toute la classe a été au courant. Et tout le monde l'a prise alors pour la pire des lèches. Du jour au lendemain, on lui a presque plus adressé la parole. La lèpre à côté, ça lui aurait fait des vacances. T'en as même qui lui ont volé des affaires ou trouvé des prétextes pour l'afficher en classe. C'était vraiment *dégueu* quand t'y penses, surtout vu tous les trucs relous qu'elle s'est coltinés quand elle était déléguée. OK, elle a été conne de dire ce qu'elle a dit. Faut jamais donner l'impression d'être du côté des profs. Mais franchement, est-ce qu'elle méritait ça ? »



La dame qui s'ennuie n'a rien dit. Elle t'a juste demandé : « Et cette jeune fille, est-ce qu'elle sait que ce qu'elle a subi, ce dont elle a été victime – et j'insiste sur ce mot –, ça s'appelle du harcèlement scolaire ? »

Chaque jeudi soir, tu repars de là-bas en te disant qu'on vit une drôle d'époque où il faut payer pour qu'on vous écoute. Ou du moins qu'on fasse semblant.

Celle qui t'a préparé un sac « pour goûter » comme si t'avais encore six ans, elle fait pas semblant, alors tu lui dis, en te sauvant :

— Merci, madame Diamanka. Vous êtes... vous êtes chouette !

# 5

## L'esprit d'escalier

Ronnie Elatre-Levy



Le problème avec les ascenseurs, c'est qu'ils sont souvent en panne – surtout chez nous.

Le problème avec le onzième et dernier étage de la tour H, c'est que j'y habite depuis aussi longtemps que je sais marcher.

Le problème avec les sacs plastique Carrefour, c'est qu'ils s'étirent à volonté jusqu'à vous lacérer la paume des mains, frottent contre les marches et manquent de s'éventrer.

Le problème avec M$^{me}$ Bensayah, c'est qu'elle ne sait pas qu'un sourire empreint de gratitude vaut tous les remerciements du monde ; elle est plutôt de celles dont le sentiment de culpabilité délie la langue.

— Comme tu as grandi ! s'émerveille-t-elle. C'est le bac cette année, hein ? Tu te rappelles quand j'allais vous chercher à l'école, toi et Malek, que vous preniez le goûter devant les dessins animés... ? Ah, qu'est-ce que vous étiez mignons !

Et la voilà lancée dans une hagiographie du « petit Ronnie » – comme elle s'obstine à m'appeler, malgré le mètre quatre-vingt-cinq qui m'oblige à baisser la tête dans le virage étroit de l'escalier.

La nostalgie fait grésiller sa voix un peu nasillarde qui roule les *r* et donne des ailes aux *i*. Dans ma tête, des bouts d'images s'assemblent en flash-back: le jour de la rentrée où l'on cherche à qui donner la main, les ballons qui s'écrasent contre le grillage de l'école primaire, le goût du filtre humide de la première clope fumée derrière le préau du collège...

Et Malek.

Malek, toujours avec moi, de la maternelle à la troisième; du temps des petits-suisses à l'époque insolente des canettes de 8.6, on était inséparables... Presque siamois. Si l'enfance n'est dans mes souvenirs qu'un long moment d'attente entre deux récréations, l'adolescence me semble avoir été au contraire une course effrénée où, atteints de daltonisme, nous n'avons jamais su faire la différence entre le feu rouge et le feu vert.



Fuir nos pères et leurs constants reproches d'être trop ou pas assez; fuir l'école et ses mauvais bulletins scolaires; fuir la haine de l'affiche du trottoir d'en face.

Fuir, fuir, fuir.

Perpétuelle fuite en avant où notre seule force était la force du nombre. Tous soudés comme des points de suture. On ne se déplaçait qu'en packs de douze, en escouades resserrées, à se rassurer en se disant que s'il y avait de la peur, au moins comme ça, elle serait des deux côtés: «Qu'ils nous détestent. Nous, on les aime encore moins.» On cultivait jalousement notre langue, notre style vestimentaire – fidèles au survêt'-baskets même quand ça caillait –, notre musique – toujours le volume à fond dans le casque –, et tous ces tics, ces codes censés nous affranchir mais qui ne faisaient que durcir l'apartheid que d'autres avaient instauré. Mais cela, jamais on n'aurait pu l'admettre : pas de victime dans ma team, que des torses bombés, des alligators aux crocs argentés prêts à se faire les dents sur l'ego d'à côté, des têtes brûlées qui préféraient susciter la crainte que la pitié.

Une fierté toute relative quand on pense à nos drôles de rôles de composition. Moussa, vêtements extra-larges, plus de clinquant bling-bling sur lui que sur Jay-Z et Puff Daddy réunis, se prenait pour un vrai « cainri ». Antoine, son tempérament aidant, s'était mué en un Tony Montana plus vrai que nature, et citait les répliques du narco balafré : « J'ai des mains faites pour l'or et elles sont dans la merde », comme s'il les avait lui-même soufflées à Brian De Palma. Quant à Malek et moi, on plagiait *La Cité de Dieu*. Les Peupliers étaient notre « French favela » ; Malek était le teigneux Zé Pequeno, le feu dans les yeux, dans la bouche et dans les poings, les nerfs à fleur de peau avec pour devise : « L'œil au beurre noir, mieux vaut le faire que l'avoir », tandis que moi, j'étais Béné, le mec *peace* aux bouclettes décolorées, un peu dans la lune, qui arrondissait les angles quand les embrouilles étaient sur le point de déraper avec la cité pétaouchnoc – Les Acacias en l'occurrence, mais ce nom avait-il plus de réalité que les rôles que nous nous donnions ? À trop vouloir calmer le jeu, parfois, je passais pour un *fragile* et je m'en foutais. Parce que, comme Béné, j'étais amoureux. Un amour impossible. Les prétendants, trop nombreux. Une Américaine aux hanches virevoltantes nommée Hip-Hop me faisait tourner en bourrique. Combien de jours, de semaines à chercher le nom d'un morceau passé sur *Générations*, à traduire mot à mot les lyrics d'une chanson ? Dans mes oreilles, le *storytelling* de Nas, les délires de Dr. Dre. Ce n'était pas le bitume de Stains que je foulais. Sous mes semelles, c'était New York, c'était L.A. « C'est un poète, un artiste », disait Malek pour m'encourager ou pour me chambrer. Avec lui, on ne savait jamais.

Les étages précédents s'enfoncent dans l'obscurité. Bizarre comme tout me paraît plus clair après coup, dans ces escaliers à la peinture écaillée où M$^{me}$ Bensayah commence à s'essouffler. Peut-être parce que désormais je distingue des teintes différentes selon l'éclairage… Pourtant, sur le moment, je n'avais pas l'impression qu'on faisait le « mal » : naïfs comme nos vices, basiques comme nos désirs, on voulait juste « avoir pareil que les autres ». Le mercredi après-midi, on allait chercher à la sortie du collège privé La Madeleine du Raincy ce portable qu'on pourrait se mettre au cou le lendemain.

« T'inquiète ! Ses parents lui en achèteront un autre… », me disait Malek pour chasser nos remords naissants, tandis qu'il balançait la carte SIM dans le caniveau. Ça ne me consolait en rien. Presque l'envie d'en vomir parfois, comme un boulimique qui aurait largement dépassé les bornes de sa faim. Alors je préférais lui laisser tout le butin et, avec l'argent récolté, ça finissait en plan McDo-ciné. Un vrai Robin des bois, ce Malek : voler aux pas-si-riches pour donner aux pas-si-pauvres. Il n'avait jamais de mal à trouver preneur puisque tous cherchaient à se mettre quelque chose autour de leur cou : un sac, un portable, une chaîne, une corde… Combler le vide.

Moi, ce que je préférais et que je ne regretterai jamais, c'étaient ces premiers soirs d'été qui paraissaient ne jamais vouloir se terminer, ou ces fins d'après-midi de printemps où l'on ressentait déjà de la douceur dans l'air. Dans les paysages lunaires de Stains, dans ces façades grises où les paraboles tournées vers ailleurs germent comme des fleurs, dans ce bout de ville dans la ville, oublié de tous jusqu'au moment où les cœurs s'embrasent, on ne trouve a priori rien de commun avec les décors enchanteurs des récits algériens de Camus – Djémila, Tipaza, Alger, Oran et toutes ces villes de pierre et de mer qui n'ont rien fait de mal pour mériter les hommes et leurs jeux de sang.



Pourtant, les découvrant il y a deux mois dans *Noces*, un bouquin laissé par ma sœur Lisa après son déménagement, rien ne m'a jamais paru aussi familier que ces lieux où se confondent vent, terre et poussière pour rendre au mot «liberté» son sens premier. Télescopage inattendu: je me suis retrouvé de nouveau adolescent, sur ce scooter en compagnie de Malek, grisé par l'air brûlant s'engouffrant entre mes doigts. J'avais quinze ans et la certitude que les limites n'étaient qu'un leurre; un sentiment forgé en mon for intérieur dans ces discussions à bâtons rompus sur la place éclairée du feu de camp de nos imaginaires: on refaisait le monde avec notre vision décalée, on appelait le bonheur par son petit nom, on oubliait l'avenir sombre que d'autres nous promettaient, et on rêvait aussi fort que nos pupilles pouvaient se dilater. Chacun son histoire, chacun son cas particulier… et pourtant, tout soudés comme des points de suture. La voix rocailleuse de Joey Starr aurait fredonné:

*Croyant que la galère nous ralliait sous une bannière*
*Croyant que la galère faisait de nous des frères.*

Souvent, Malek avait le dernier mot, me clouant le bec d'une réplique inattendue au moment où je croyais qu'il ne m'écoutait plus, comme cette fois où, évoquant le sort de mon grand-père poursuivi pour une branche de trop à son étoile dans l'Europe des années rouge et brun, il s'est exclamé : « Ma parole, ta famille, c'est le bordel de l'Histoire à domicile. Pire, c'est Sarajevo ! » Mon blaze de rappeur était

trouvé.

Et moi, le souffle coupé par Marie-Jeanne et ses barrettes brunes, le cerveau endolori par ce qu'il restait du pack de Bavaria, le regard perdu dans les reflets du carrelage bleu virant à l'orange sous le soleil crépusculaire, comme un con, j'étais heureux.

La drogue est si douce... Jusqu'à ce qu'elle te scotche au carrelage du sous-sol du commissariat. Comme ce soir d'avril 2001. D'une certaine manière, oui, c'est ce soir d'avril 2001 qui a tout précipité.

L'air de rien. De presque rien, à peine quelques grammes de chocolat *made in Morocco* qui font que, lorsque l'amitié t'appelle, la police t'interpelle.

Encre sur les doigts, lumière dans la gueule. Empreintes, photos empruntées. La salle de garde à vue peinte à la chaux, exiguë, puait la pisse et la poisse. Le banc portait les marques obscènes de ceux qui nous avaient précédés. Les visages étaient crispés. Malek cachait le sien en rabattant la visière de sa casquette sur son nez. Rageur, il marmonnait entre ses canines : « On ne lâche rien ! » Il m'a fait promettre de ne pas donner le nom de ceux qui pourraient nous sortir de là. « On n'avait rien, à peine deux grammes. Ils finiront bien par nous laisser partir », rabâchait-il. Mais, dans cette salle qui s'enfonçait de plus en plus profond sous terre, les secondes duraient des minutes qui duraient des heures. Impossible de distinguer le jour de la nuit. La pression augmentait, me prenait aux tempes, j'essayais de faire de mon esprit un scaphandre. Le gardien nous guettait d'un air maussade : porte-clés à perpétuité, chaussures sans lacets, lui aussi était prisonnier. Un type, le crâne rasé, le visage blême, le bouc mal taillé, les yeux fous, enfonçait ses ongles entre deux carreaux disjoints. À ses pieds, le passe-montagne avec lequel il s'était présenté à son conseiller financier. Il tremblait. Le grincement de ses dents m'empêchait de m'évader mentalement. Malek, en mode off, ne répondait plus à mes remarques. Le scaphandre perdait de son étanchéité : plus je gambergeais, plus les murs se rapprochaient ; plus les murs se rapprochaient, plus j'étouffais ; plus j'étouffais, plus je croyais que jamais nous ne sortirions. Dans ma tête, une phrase lancinante : « Garde à vue… Au vu de qui ? Au nom de quoi ? »



Le lavabo était sale. L'eau était glacée mais ne me rafraîchissait pas. L'encre sur mes pouces ne s'en allait pas, comme l'encre sous mes yeux. Ils m'avaient laissé aller aux toilettes. À peine entré, je suis pressé de sortir. « Ferme ta gueule », m'a dit l'agent quand j'ai voulu lui parler. J'ai regagné l'aquarium. Malek était sorti du mode veille, m'a demandé où j'étais. Il n'écoutait rien de ce que je lui disais depuis qu'il avait aperçu son frère, en discussion avec nos geôliers. « Putain, t'as pas pu t'en empêcher. Il fallait que t'appelles, Salem… », s'est-il emporté, croyant que cette pause était un prétexte pour donner un nom qui pourrait nous faire sortir.

Dehors, j'ai retrouvé l'usage normal de mes poumons. La lune était pleine, c'était la première fois que je remarquais les étoiles dans le ciel. Je marchais quelques pas derrière Malek et son frère, en pleine discussion. J'étais trop loin pour saisir tout ce qui se disait, mais je devinais tout de cette scène que j'avais vu jouer mille fois : Salem, le grand frère modèle, le visage rendu sévère par de fines lunettes ciselées, sermonnait le petit frère qu'il jugeait sur la mauvaise pente, lui demandait quand il comptait « arrêter ses conneries et enfin grandir un peu » et menaçait de raconter le tout au père Bensayah, connu pour ses larges mains d'ouvrier en bâtiment et son indulgence toute relative. Mais là où d'habitude tout se terminait dans un silence renfrogné, le ton est monté ; Malek s'est braqué ; la *caillera* a envoyé balader le *beurgeois* ; dans sa bouche, de ces mots qui tranchent jusqu'aux liens du sang ; l'outrance payée d'une gifle, la main de l'aîné est restée suspendue de surprise.



Dans la nuit calme, deux frères, blessés, ont fait vœu de silence.

Et moi, au croisement de la place des Copains D'abord et de l'allée des Gens Qui Sont Nés Part, j'ai perdu mon meilleur ami qui a cru que je l'avais trahi. Le dernier vrai regard qu'il m'a adressé, un mélange si fort de reproche et de déception… Jamais je ne pourrai l'oublier.

Je me demande comment les gens font pour supporter l'absence. Pire, la perte. La perte d'une amitié que quelques mots, quelques lignes auraient suffi à rafistoler. Kool Shen, l'autre moitié des Suprême NTM, m'avait pourtant prévenu :

*Tout n'est pas si facile*
*Tout ne tient qu'à un fil*
*Les destins se séparent*
*L'amitié, c'est fragile*

Besoin de cours de couture au passé. J'aimerais savoir faire un ourlet : mesurer, couper, ajuster. Modifier sans que ce soit trop remarqué, sans que cela finisse en tissu de mensonges. Comment retrouver le fil ? Difficile d'expliquer ces raisons qui ont fait que, si souvent, je me suis retrouvé devant la feuille, hébété ; de mes peurs, l'envie de m'éventrer ; de ma vie, l'envie de m'évader.



Des souvenirs en guise de cicatrices. Les points de suture ont cédé.

Bien sûr, tout ne s'est pas arrêté du jour au lendemain, la cassure a été moins nette que ça : il aura fallu un été entier. Le temps que l'inexorable escalade des guerres d'ego avec Les Acacias prenne des proportions démesurées, le temps qu'on perde nos dents de lait pour, au chevet de Moussa, découvrir que la vie ne tient parfois qu'à une intubation, le temps que Tony apprenne de la bouche du juge – « huit ans dont deux avec sursis » – qu'on ne peut se faire justice sans en payer le prix, le temps que Malek apprécie la distance qui sépare la furie de la foi, et qu'il se retrouve…

« Ronnie, tu vas monter jusqu'où comme ça ? » m'interpelle M$^{me}$ Bensayah, à la peine derrière moi.

Perdu dans mes pensées, j'allais passer notre étage sans

m'en rendre compte, monter jusqu'au toit dont l'entrée est condamnée. Elle cherche ses clés, la porte s'entrouvre sur la rencontre impromptue d'ex-meilleurs amis… Je m'arrête net, troublé. Je crois reconnaître son visage mais ce n'est pas lui. Ça ne peut être lui… Non, c'est son frère, Salem, le nœud de cravate lâche, le visage fermé. Il est de passage. Salem a toujours eu l'air de passage. De quel coin du globe rentre-t-il cette fois-ci ?

Il me salue sans savoir quoi ajouter, me remercie pour les sacs portés ; notre silence gêné est vite recouvert par les remerciements de la Maghrébine au souffle court. Promesses de cornes de gazelle et d'invocations divines pour moi, pour mes parents, pour ma sœur… et les dix générations à venir, rien que ça. Quelle baraka, hein ? Quand la porte se referme, les murs vibrent, les souvenirs se figent : ce qu'il restait de peinture sur un pan de mur tombe à mes pieds.

# II

# ÊTRE ET DEVENIR

Une vie, c'est fait avec l'avenir,
comme les corps sont faits avec
du vide.

Jean-Paul Sartre, *L'Âge de raison*

# 6

## Dans tes rêves

Ronnie Elatre-Levy

Paupières closes. Poings serrés. Une serviette humide recouvre ma tête et finit de m'isoler du monde extérieur. La pression ambiante me brûle le bout des doigts. Dans les coulisses, des ombres affairées à mille choses, s'affolent. L'angoisse les a pris à la gorge. Le stress pourrait moi aussi me saisir au cou, m'étreindre jusqu'à m'étrangler. Heureusement, le casque sur les oreilles, je suis d'une sérénité sans faille, et mon pouls d'une régularité métronomique. Inspiration, expiration, j'oublie les coulisses qui grouillent autour de moi. Je me concentre sur la musique, mon havre de paix. Un murmure parcourt mes lèvres, comme une prière païenne. Je profite de cette ultime seconde où je ne fais plus qu'un avec le riddim mélancolique, sample rythmique de mes aspirations.



La serviette tombe, le casque est abandonné, mes yeux s'ouvrent sur le bandage invisible qui recouvre mes poings. Des mains me tapent sur l'épaule pour m'encourager. Je meurs d'envie de fuir, mais ce serait pire que mourir. Plus de place pour le doute ou l'hésitation, la défaite n'existe pas, vaincre est ma seule option. Le ring n'a pas de cordes. Le lutteur n'a d'adversaire que lui-même. Une lumière se braque sur moi, la foule est dans la pénombre, mais comment ne pas sentir les regards qui pèsent sur chacun de mes gestes ?

Je saisis le micro, le porte à mes lèvres comme la coupe du Saint Graal et du fond de mes entrailles émane une voix qui n'est plus tout à fait mienne. Elle s'élève, déploie ses ailes au-dessus de la foule, survole les tribunes. MC Rapfeller, que je devine dans le siège qui lui a été spécialement réservé au balcon, est venu spécialement de New York pour écouter « le nouveau prodige du rap français ». Bien sûr, l'idée même de la présence du célèbre producteur américain m'intimide. Mais aux premiers bras levés dans le public, aux premiers mots repris en chœur, il n'est plus à mes yeux qu'un passionné de hip-hop parmi d'autres. Mon regard se porte au loin et je ne rappe plus que pour ce môme du dernier rang qui ne verra de moi que mon ombre sur l'écran géant. Je m'apprête à l'emmener dans mon monde, à lui montrer mes mots, à lui dire mes images... Mais j'en suis empêché : ma voix s'est perdue dans l'ampli en même temps que la scène s'est soudainement obscurcie. Tout s'est brouillé. Je suis bloqué.

— Ronnie, réveillez-vous, ça ne sert à rien de venir en cours si c'est pour dormir !

Une femme aux lunettes rectangulaires parle trop fort. Elle est responsable de l'annulation de ma tournée. Je vais devoir rembourser les spectateurs, m'expliquer auprès des sponsors et rendre ma Maserati. Comment ça, ce n'était qu'un rêve ?

Je me redresse péniblement sur ma chaise. J'étouffe un bâillement qui fait rire la classe. Mais pas la prof. Elle est du genre *old school,* M$^{me}$ Razard : mine sévère, vouvoiement et chignon de rigueur. Si ça ne tenait qu'à elle, on se saperait en blouses et on chanterait en chœur.

Elle retourne à son bureau d'un pas nerveux. Ses talons frappent si fort le sol qu'elle manque de tomber et de se tordre la cheville. Heureusement qu'elle s'est finalement rattrapée à un élève (qui, au passage, est devenu aussi rouge que ses escarpins), sinon, on aurait encore eu droit dans les médias au couplet « un professeur agressé en plein cours dans un lycée en Seine-Saint-Denis ».



Je demande à Lee, mon voisin de table :

— Dis-moi, j'ai raté quelque chose... ?

— Non, rien de spécial, le monologue habituel de rasoir Razard sur Platon, Kant, Nietzsche...

— La clique infernale au grand complet, quoi.

Je ne sais pas si c'est parce que je suis assis au deuxième rang, mais les yeux de M$^{me}$ Razard m'ont l'air exagérément exorbités. On dirait la gueule du loup de Tex Avery quand il aperçoit la fille en robe rouge moulante.

Le premier rang est trop près de la prof pour ne pas suivre. Le deuxième (dont je fais partie) prend des notes... du devoir de maths qui tourne dans la classe depuis le début du cours. Il est à rendre dans deux heures, il serait temps que je commence à m'y intéresser – travailler, c'est trop dur, plagier, c'est trop beau. Le troisième rang fait circuler des papiers et prend des airs de sitcom :

*Non, Kader ne veut pas sortir avec Sandra ? Pourquoi ? Parce qu'elle est encore maquée avec Cédric. Ah bon, c'est fini ? Faut voir alors, c'est vrai qu'elle est pas mal...*

Quant au dernier, il vaut mieux ne pas trop en parler. La prof n'ose plus rien leur dire. Si un barbecue s'y improvisait, elle se contenterait sûrement d'ouvrir la fenêtre pour aérer. Enfin, les cuistots hypothétiques restent des enfants de chœur à côté de sa bête noire tapie dans le fond du fond de la classe. Un glandeur impénitent ? Un turbulent sauvageon ? Un taulard en cavale ? Non, juste Lucie. Lucie, la blondinette aux grands yeux clairs de l'autre côté de ma rue, celle qui habite une jolie maison de briques rouges à la porte bleue. Un de ces pavillons pour lesquels les bas-fonds de la classe moyenne s'endettent pour trente ans, ignorant qu'à peine l'acte signé, leur bien ne vaudra déjà plus rien (ou si peu) puisqu'il est situé en face de ma forêt de ciment : la cité des Peupliers. Tout comme ils ignorent encore qu'un jour, vers quatorze ans, leur fille chérie, auparavant si sage, si mignonne avec ses nattes à la Laura Ingalls, leur balancera : « C'est nul d'être blanc. » Ils feront une tête effarée devant pareille déclaration – impossible, en effet, de confronter un citoyen français à son appartenance ethnique sans le jeter dans les affres d'une profonde crise existentielle. Et ils seront plus dépités encore que tant d'efforts pour faire d'elle une jeune fille bien élevée n'aient abouti qu'à décupler sa fascination pour les cages d'escalier des « bigarrés ».



Elle ira même jusqu'à s'inventer des origines polonaises pour avoir, comme les autres, un « bled » où retourner pendant les vacances. Elle jurera à coups de « sur le Co-ran ». Elle fêtera l'Aïd-el-Kébir avec les Sénégalais ; son plat préféré, ce sera le mafé – elle aura pris en grippe le bœuf bourguignon de sa mère : « Tu me fous la honte, c'est même pas halal ! » Elle portera des créoles, un maquillage appuyé, les faux cheveux des Noires qui veulent ressembler à des Blanches, et se fera mal au dos pour avoir la cambrure de Beyoncé. Quand elle sortira (enfin !) avec Moussa, ce grand Noir respecté du quartier, elle dira : « Je suis soninkée par mon gars, Mali represent ! » Elle pourra allumer du regard tous les lascars. Elle s'exercera à l'art du *tchip* – ça lui en aura pris, du temps, pour maîtriser ce son, à coincer correctement sa joue contre ses dents – se mettant à dos les filles qui ne supporteront pas qu'elle se la joue « plus black que black », et avec les autres, elle ira faire les puces de Clignancourt.



Je trouvais ça drôle, voire flatteur, jusqu'au jour où elle m'a traité de « bounty » – noir à l'extérieur, blanc à l'intérieur. Ce n'était pas la première à vouloir me donner des leçons de négritude ou de *nigger attitude*. Combien de fois ai-je eu le droit à des remarques du genre : « Ah, ouais, t'es des Antilles ? De Gwada ? On dirait pas... », mais là, c'était tout de même le comble, comme si Deschamps voulait enseigner à Zidane l'art du contrôle orienté. Alors je lui ai balancé : « Et toi ? Blanche à l'extérieur, noire à l'intérieur, ça fait quoi ? Un pain au chocolat ? »

Toujours est-il qu'elle est loin d'être la seule à jouer à ça. À Stains, on aime bien déborder sur la place des autres : des Blancs s'interpellent par des « Hé 'gro, hé Négro », des Jaunes virent Beurs, des Normands rêvent du style de vie du Cubain Tony Montana, des Indiens s'entraînent à danser comme Usher, des Arabes habillés à l'afghane veulent « nous ramener sur le droit chemin », des Antillais portent à leur cou la patrie de Haïlé Sélassié. Et, en fin de compte, on tourne sans cesse dans un jeu de chaises musicales qui ne dit pas son nom, espérant ne pas être celui dont on retirera la place. À croire que ce n'est pas cool de n'être que ce qu'on est. Moi-même, je ne compte plus les fois où j'ai pensé, rêveur devant un poster de MC Rapfeller : *Mais Dieu, pourquoi ne suis-je pas né new-yorkais...?*

— Mais allez-vous finir par faire silence, Lucie ? s'énerve la prof. On n'entend plus que vous !

Lucie continue sa discussion avec sa voisine sans même sourciller. Lourd débat dans ce nouvel épisode du ghetto sitcom :



— Mais non Sandra, t'es complètement à l'ouest, la meilleure boîte, c'est le Palacio !

C'en est trop pour Mme Razard qui brise sa craie de rage. Corps tremblant, narines pincées, sanglots étouffés dans la voix, elle s'écrie :

— Vous... vous mériteriez d'être bazardée dans un bordel polynésien !

Silence soudain dans la classe. Tous les regards se tournent vers Lucie. Que va-t-elle faire ? L'insulter ? Lui balancer une chaise à la figure ? Lui coincer la tête dans la seule fenêtre du préfabriqué qui nous sert de salle de cours ? Non, rien de tout cela. À la surprise générale, aucune réaction, pas même un sourcil froncé. Rien de rien. Lucie a l'air surprise de l'attention que lui porte soudain la classe. Des regards qui la font baisser d'un ton.

Lee, affalé sur la table, occupé jusque-là à vérifier si ses nouvelles dreads « sortent bien » avec sa tête d'Indien tamoul, commente :

— Peut-être qu'elle ne voit vraiment pas la prof. Un genre de superpouvoir.

Le cours suit son cours, la prof finit par retrouver son calme et moi, je parachève mon plagiat en y ajoutant ma touche personnelle : je souligne consciencieusement les réponses en rouge. Rasoir Razard nous colle un devoir de philo à faire pour mardi. Super week-end en perspective... « Que pensez-vous de cette citation : *L'enfer, c'est les autres ?* » Une sincérité inédite dans sa voix ou c'est moi ? J'ai failli lui demander pour la blague : « Madame, c'est vraiment une citation... ou c'est plutôt un truc autobio, genre expérience perso ? » Mais, à la vue de ce bleu qui révèle ses veines comme ses cernes, je m'en suis abstenu ; elle est d'ores et déjà trop usée pour endurer un nouveau round de prose-combat.



À la sortie du cours, je croise Lucie, face à qui je ne peux m'empêcher de jouer ma mère maquerelle :

— Lucie, t'as entendu ce qu'elle t'a sorti, la prof, tout à l'heure ?

— Non, j'ai pas fait attention... S'il fallait que je calcule tout ce que racontent les profs...

Je lui répète les mots de madame Razard, avide de capter dans sa rétine le moment précis où elle prendra la mesure de ce qui a été proféré.

— Et, alors ? Ça veut dire quoi ?

De mieux en mieux. Je me résous à lui expliquer.

— 'tain, c'est une psycho, la meuf, elle m'a traitée de pute devant tout le monde !

Elle retourne dans la classe, attrape la prof par les cheveux et lui crache à la figure. Oups. J'aurais dû me taire...

Enfin, cela aurait pu se passer ainsi. Non, ça n'aurait pas pu se passer comme ça. On n'est pas dans un reportage bidonné de TF1, quand même. Cela dit, ça aurait été un truc à raconter à la récré. On aurait pu faire une pétition. Le proviseur aurait donné une interview au *Parisien*. Peut-être que le maire serait venu avec la télé et qu'on aurait pu lui dire qu'on se les caille dans le préfabriqué.

Hélas pour ce qui aurait pu servir d'entracte dans le mortel ennui de cette journée, l'indignation de Lucie est retombée aussi sec qu'elle était montée. Après tout, elle n'a pas réagi sur le moment, qu'est-ce qu'elle peut dire maintenant ?



— Ronnie, merci pour les sous-titres, dit-elle, son sourire blasé déjà reconstitué. Bon, je dois y aller, faut que je recopie le devoir de maths. En histoire, j'sais pas si j'aurai le temps de le faire…

Moi, je reste là, un peu con, avec l'impression de ne pas être tout à fait réveillé, fermement empêtré dans un état entre sommeil et vie alors que je me traîne vers le cours d'histoire. J'y entends les autres se réjouir de ne pas se taper rasoir Razard mardi prochain et d'avoir deux jours en rab pour faire le devoir de philo.

Grosse manif sur Paname le 8 mars, apparemment. Contre la réforme du bac… Pourquoi quand j'entends ce genre de mots, j'ai toujours l'impression qu'on va nous la faire à l'envers ?

Je crois pouvoir me rendormir mais le fond sonore ne me laisse pas de répit. Assia, surnommée « l'avocate » pour sa verve, sa capacité à partir dans des débats interminables (et souvent chiants) sur tous les sujets, surtout ceux sur lesquels elle n'a aucune chance de l'emporter, et son obstination (pour ne pas dire son obsession) à se battre pour des causes perdues, sermonne la prof d'histoire.

— Madame, ah non ! Vous ne pouvez pas dire que la colonisation a eu "des effets positifs".. Si on arrive dans un pays, qu'on l'occupe, qu'on exploite ses habitants et que par-dessus le marché on ne leur donne pas les mêmes droits qu'aux colons, on ne peut pas après leur demander de dire merci. Madame, c'est abuser, quand même !

— Vous mettez dans ma bouche des mots qui ne sont pas les miens, s'insurge l'enseignante, en scrutant du coin de l'œil la réaction de l'assemblée.



Pour ajouter mon grain de sel, j'ai la tentation de balancer : « Lâche l'affaire, Assia. C'est toi l'effet positif de la colonisation ! »

Mais que vaut le kif d'une punchline face au spectacle de la prof creusant le sillon de son explication foireuse ? Je me la garde pour mon carnet.

— Je tentais seulement de vous expliquer le contexte dans lequel la loi du 23 février 2005 a été adoptée. La volonté de reconnaître les sacrifices des combattants de l'armée française issus de ces territoires... mais aussi l'opposition de certains historiens et juristes de voir reconnu dans les programmes scolaires le rôle positif de la présence française outre-mer et en Afrique du Nord, notamment en matière de santé, d'éducation et d'ordre social...

Ordre social, j'aime bien comment ça sonne. Ça me fait penser à ces dictateurs qui mettent « démocratique » au milieu du nom de leur pays, un lendemain de coup d'État.

Sur ma feuille, je griffonne « ordre social » façon tag, cherche une rime. Dans la marge, j'écris un seize mesures, ma façon de participer.

*Dans ma poche, un bout de plastique bleu et blanc voudrait délimiter*
*Les contours de mon identité*
*J'ai dû mal essuyer mes pieds à l'entrée*
*Il me reste un peu du soufre de ma terre sous mes baskets*

*93, Yiddishland et Basse-terre*
*À c'qui paraît, le métissage est une richesse*
*Dis-moi alors pourquoi chez moi c'est toujours la hess*
*Je pense à ma mère qui n'aime pas la couleur de ma casquette*
*À mon père qui ne parle qu'à son rhum, qui vote Le Pen*
*Fini le temps où il me laissait la monnaie du pain*
*Je cherche dans mon livre d'histoire*
*Si toute cette merde, sombres idées et Code noir*
*C'est de la faute du daron*
*Ou celle de ce bâtard de Christophe Colomb*
*Peut-être que je ne lui en voudrai plus lorsque je serai devenu comme lui*
*Sourd, muet et aveugle à toute cette sacrée folie*

Chez les autres, le débat ne suscite pas d'intérêt particulier : les petits-enfants de la colonisation dorment. Vendredi 4 mars 2005, 15 h 35 : ils attendent le week-end, comme les Français guettaient le débarquement des Alliés.

La prof, droite comme un i devant son bureau, reprend la main :

— Bon, bon, bon… Avec vos questions, on n'aura pas le temps de finir le chapitre et vous serez pénalisés pour le bac. C'est dans trois mois, je vous le rappelle. Reprenons.

Les meilleures choses ont une fin. Les pires aussi. La sonnerie stridente annonce la fin du cours de maths. On plante le prof en plein milieu de son explication. Évacuation précipitée de la salle : il faut sauver le soldat Week-end !

La pluie. Toute la pluie du monde pour saluer mon échappée belle. Heureusement, j'habite l'immeuble en face du lycée – difficile donc de m'absenter sans que les profs aient le réflexe de jeter un coup d'œil par la fenêtre. Capuche sur la tête, casque sur les oreilles, mains enfoncées dans les poches de mon jean large qui s'alourdit sous le poids de l'eau, lors de ma brève mais intense traversée du parking, je remarque une vieille AX immatriculée dans le 75, esseulée sur l'asphalte. Derrière le slalom des essuie-glaces sur le pare-brise, une main veineuse agrippe le volant. Je m'approche pour mieux voir : à la place du conducteur, une femme penchée, la tête presque au niveau des genoux, comme si elle cherchait quelque chose sur le plancher. Je toque à la vitre. Elle se redresse brutalement, manque de se cogner la tête contre le volant. Le visage collé contre la paroi embuée, j'ai dû lui faire peur. Je recule d'un pas. Elle descend la vitre d'une main hésitante, puis d'un coup, plus franchement :

— Ronnie, c'est vous ?

— Madame Razard ?

Je ne sais pas qui est le plus étonné de nous deux. Son rimmel a coulé ; abandonné, son chignon : elle a perdu dix ans, rendant soudain justice à sa petite trentaine. Elle essuie le noir qu'elle a sous les yeux, pour sauver la face et préserver le semblant de crédibilité que lui donne d'habitude le tableau noir. Seulement, il faudrait être aveugle pour ne pas voir à ses yeux rougis et sa mine défaite qu'elle a pleuré. Et pas qu'un peu.

— Oui, c'est moi, madame. Désolé de vous avoir fait peur. Je ne savais pas que c'était votre voiture... Vous avez un problème ?

— C'est cette fichue bagnole qui fait encore des siennes... Depuis quelque temps, j'ai souvent des problèmes de démarrage. J'ai l'impression que la batterie ne se charge pas comme il faut...

Elle désigne le tableau de bord, dont aucun témoin ne s'est allumé malgré la clé tournée de deux crans.

— Je peux jeter un coup d'œil ?

Elle ouvre la portière et se décale côté passager. Je m'installe au volant non sans difficulté : le siège du conducteur n'est pas ajusté à ma taille et, avec les genoux au niveau des coudes, j'ai l'impression d'être aux commandes d'une auto tamponneuse. Sur le tableau de bord, le contenu de la boîte à gants est étalé en vrac ; sa carte grise m'apprend qu'elle s'appelle Estelle. Qui l'eût cru : les profs ont un prénom.

Il aurait pu y avoir du comique dans tout ça si on n'était pas un vendredi soir pluvieux de mars qui fait une gueule d'hiver, au milieu d'un parking désert, dans ce tas de ferraille sur quatre roues que je n'arrive pas à faire démarrer.

— Vous perdez votre temps, soupire-t-elle en allumant une Camel. Cette fichue bagnole ne redémarrera pas, à croire qu'elle m'en veut...

Drôle de ton pour s'adresser à un élève. Entre deux expirations qui enfument l'atmosphère, elle se ronge les ongles jusqu'à en craquer le vernis, tournée de trois quarts vers la vitre qu'elle a entrouverte pour laisser sa cigarette se séparer de son quota de cendres. Le soir laisse couler dans l'habitacle de fines gouttes de rosée, qui viennent s'échouer sur son visage anguleux et se mêlent à ses larmes. Le moteur se noie dans une nouvelle tentative et permet à ses sanglots de garder le silence. En cette seconde précise, j'aimerais être n'importe où sauf ici. Je n'aime pas voir une femme défaillir devant moi, encore moins lorsqu'elle est censée représenter l'autorité. Où est passée la philosophe qui parcourait la classe d'un pas assuré ? Se serait-elle perdue quelque part entre la sortie à présent déserte du lycée et cette voiture aux sièges en jersey noir rehaussés de bandes et filets rouges, imprégnés de l'odeur du tabac ? Dans l'air, une atmosphère particulière. Cette promiscuité inattendue fait prendre à la relation prof-élève une tournure inédite. Elle a le regard de celle qui vient de se rendre compte qu'elle s'est mise dans une curieuse situation. Je ne suis pas plus à l'aise, ce huis clos humide fait germer dans mon esprit d'étranges pensées, que je chasse en faisant mine de m'intéresser à ce qui se passe sur le tableau de bord. Je cherche Rasoir Razard mais je ne trouve qu'Estelle, jeune femme seule perdue loin de chez elle, qui guette avec inquiétude la toux du démarreur.

— Madame, faut pas vous mettre dans un état pareil. Au pire, vous la laissez ici pour aujourd'hui et vous prenez le train pour rentrer. Malgré ce qu'on dit à la télé, je vous assure qu'il y a des gens qui survivent au RER D...

Bide total. Mon trait d'humour ne l'a même pas fait pouffer, c'est à peine si un petit sourire mutin façon Joconde s'est dessiné sur ses lèvres.

— Non, Ronnie, ce n'est pas ça...

Son regard se perd en direction du lycée.

— Madame, si c'est à cause de ce matin, ne prenez pas ça trop à cœur... Vous savez bien qu'on bavarde un peu trop, qu'on sera jamais du genre élèves modèles ou quoi. Mais faut pas le prendre pour vous. Vous verriez en maths... Pour être franc, tout le monde s'en fout un peu des cours.



Elle se redresse, piquée au vif.

— C'est quand même l'année du bac...

— D'accord, d'accord, il y a le bac à la fin de l'année. On l'aura comme partout pour faire plaisir aux parents, pour les stats du lycée... Mais vous croyez qu'on attend après nous pour les grandes études ? OK, y en a quatre ou cinq qui réussiront à tirer leur épingle du jeu, et après ?

— Il ne faut pas partir défaitiste comme ça, se désole-t-elle. Vous, par exemple, Ronnie, vous avez vraiment eu de bons résultats au bac blanc. Moi-même, j'ai été *bluffée* par votre copie de philo ! Au conseil de classe, tous les profs ont reconnu vos progrès à l'unanimité et...

— Alors, pourquoi vous êtes dans un état pareil si tout va bien ? Ayez l'honnêteté de reconnaître que ça vous saoule de venir nous faire cours. Vous préféreriez sûrement parler philo du côté de chez vous, des belles avenues pavées, dans de vraies salles de cours, plutôt qu'en face de ces barres HLM dans des préfabriqués.

La Gauloise s'allume une seconde Camel, l'air pensif, et

me dit, le filtre entre les lèvres :

— Ronnie, arrêtez, ça ne sert plus à rien. Merci d'avoir essayé. Je ferais mieux d'appeler un dépanneur...

— Dites-moi, vous avez déjà remarqué des problèmes avec les équipements électriques ? Par exemple, le chauffage qui se réduit, les phares qui éclairent moins et le compteur pas du tout...

— Oui, effectivement.

— Et vous entendez parfois une sorte de couinement par temps humide ?



Elle acquiesce, encore, interloquée de voir que je connais si bien cette vieille carcasse métallique.

— À mon avis, ça ne vient pas de la batterie mais de la courroie de l'alternateur. Elle doit être usée ou mal fixée. Du coup, ça patine sur la poulie et la batterie ne charge pas correctement.

Elle continue de me fixer sans rien dire. J'aurais parlé chinois qu'elle ne ferait pas une autre tête. Je me sens obligé de lui expliquer :

— Mon père est mécano, enfin il l'était avant de... Bref, il m'a appris deux-trois trucs. En tout cas, pour votre voiture, si j'ai vu juste, vous aurez seulement à changer la courroie, ça vous coûtera au maximum vingt euros. En attendant, soit vous restez là encore un moment, en espérant que la batterie se charge et que le moteur ne se noie pas complètement, soit on pousse votre voiture. Remettez-vous au volant, je vais chercher du monde pour m'aider.

Je m'apprête à sortir de l'AX lorsqu'elle m'agrippe par le bras :

— Attendez, Ronnie. Il faut que je vous dise quelque chose.

— Oui.

Son visage a repris des traits plus familiers. D'une voix posée, où je retrouve déjà quelques accents d'autorité, elle me dit :

— C'est par rapport à ce que vous disiez tout à l'heure. Vous avez raison : je n'ai pas été tout à fait franche. Et puisque vous avez eu le courage de l'être, je devrais en faire autant. Enseigner au lycée n'était pas mon premier choix, c'est vrai. Au départ, je voulais être enseignante-chercheuse à l'université.

— Et qu'est-ce qui vous en a empêchée ?

— Eh bien, il y a huit ans, j'ai raté l'agrégation pour la deuxième fois...

— Vous vouliez jouer la Ligue des Champions mais vous ne vous êtes pas qualifiée alors vous avez dû revoir vos plans, c'est ça ?

— Je ne l'aurais pas formulé de cette manière mais l'idée y est, sourit-elle.

— Du coup, vous êtes bloquée ici avec nous...

— Pas tout à fait. C'est peut-être ainsi que je concevais les choses à une époque, mais plus maintenant.

— Comment ça ?

— Au début, ça a été difficile, très difficile, avoue-t-elle. Ça l'est pour tous les jeunes enseignants, mais plus particulièrement pour ceux qui ont l'impression d'hériter d'une mauvaise affectation. Si vous aviez entendu mes proches... On aurait cru que j'étais envoyée en première ligne du front.

Chaque cours, c'était la même angoisse de ne pas arriver à faire face. Je n'attendais qu'une chose : une mutation. Puis, au fil des trimestres, j'ai accumulé de l'expérience, j'ai pris de l'aisance, j'ai rencontré des gens attachants... Et quand j'ai enfin reçu cette proposition de mutation que j'avais tant attendue, à la fin de l'année dernière, j'ai finalement préféré rester.

— Pourquoi ?

— Tout simplement parce que je me suis rendu compte que la vraie réussite d'un enseignant, déclare-t-elle en remettant de l'ordre dans ses cheveux et ses idées, c'est de réussir à intéresser un public qui n'est pas conquis d'avance. Et il faut reconnaître qu'ici je suis servie, n'est-ce pas ? Certes, les élèves n'ont pas le profil type de futurs pensionnaires de Normale Sup, mais qui sait ? Alors, en ce qui vous concerne, réfléchissez à ce que vous avez vraiment envie de faire et ayez le courage de vos ambitions. Je ne dis pas que ce sera facile... Mais rien n'est facile dès lors qu'on y tient un peu. Et ce n'est pas parce qu'on ne peut pas tout, tout de suite, qu'on doit croire qu'on ne peut rien. Réflexion qui, au passage, vaut autant pour vous que pour moi. Jean-Paul Sartre disait très justement à ce sujet : « La liberté, ce n'est pas de pouvoir ce que l'on veut, mais de vouloir ce que l'on peut. » C'est ce que vous aviez écrit dans votre copie, si je ne me trompe ?

Je quitte le véhicule sans lui répondre, lui adressant ce qui doit ressembler chez moi à un sourire. Car, cette fois, c'est elle qui m'a bluffé.

Quelques minutes plus tard, me voilà revenu avec deux compagnons de jeu qui m'aident à sortir l'auto tamponneuse de sa torpeur – et du parking, par la même occasion. Pas de faux départ pour l'AX et sa conductrice qui démarrent en trombe, franchissent ma ligne d'horizon et s'en vont rejoindre leur monde. De l'autre côté du périphérique.

Un homme, peau sombre et traits marqués, s'énerve sur la télécommande. D'un bras rageur, il menace la boîte à images qui l'ignore superbement. Une femme, peau claire et longs cheveux paille, lui dit que « les piles sont dans le deuxième tiroir ». Il maugrée quelques mots, français et créole mêlés, et pose la télécommande, résigné. Leur histoire à eux a commencé dans le Sarcelles des années 1970, dans cette boulangerie qui faisait les meilleures baguettes du monde, disent-ils. Un apprenti mécanicien-réparateur fraîchement débarqué de sa Guadeloupe natale vient y chercher son casse-croûte quotidien. Il croise dans cet endroit le chemin – et le regard – d'une étudiante franco-polonaise et l'aide à ramasser ses partitions éparpillées sur le sol. Il ne la quittera jamais plus. Les années ont passé ; ce sont des parents à présent. Les miens, en l'occurrence. Ils n'ont pas remarqué mon entrée, et c'est tant mieux.

Elle, si.

Elle, c'est Lisa, ma sœur. Elle adore se mêler des affaires des autres – on dirait qu'elle a des diplômes pour ça. Elle a déménagé à Paris, mais elle se pointe souvent le vendredi. Je crois que ça lui manque un peu, l'air de la Seine-Saint-Denis. Ou pas. Depuis qu'elle fait de l'audit en ressources humaines, elle s'habille toujours pareil : un tailleur gris. Un peu comme ces personnages de bande dessinée qui deviennent indissociables de leur tenue fétiche. Si j'ai bien compris, son job, c'est de désigner les employés que l'entreprise pourrait virer à moindre coût afin d'augmenter ses bénefs. Enfin, ça n'est que ma vision du truc, pas la sienne évidemment. Dans sa langue, ça donne une tchatche du genre : « Je propose à nos clients des pistes d'optimisation de leur capital humain. » Plutôt ironique comme situation quand c'est précisément ce genre de « bon plan » qui a mis le daron sur la touche. En début d'année, elle a obtenu une sorte de promotion. Elle travaille désormais pour une boîte américaine, Smith & Carlson. Pourquoi ce genre de blaze me donne envie d'acheter du dentifrice qui fait briller les dents ? 

Et surtout, pourquoi ma sœur brandit devant mes yeux une feuille à la manière d'une citation à comparaître ? Elle n'a toujours pas compris qu'à cette heure de la journée, *primo* je n'ai pas très envie de discuter avec qui que ce soit (surtout pas avec elle), et *deuzio,* il faut éviter de se mettre entre moi et le frigo.

*Oh, Coca-brioche-Nutella, oh, douce Trinité, je t'appelle de mes vœux les plus chers : écarte cette mécréante de mon chemin vers la Rédemption sucrée.*

Ma prière n'a pas marché. Dieu, c'est plus ce que c'était.

— Tu vois sur cette feuille, pointe-t-elle du doigt, il y a écrit « liste de vœux » et pour l'instant, sur ladite liste, je ne vois rien d'écrit. Par contre, ce que je vois, c'est que c'est à rendre à la fin de la semaine prochaine. T'attends quoi pour te décider ?

— Hmm, j'sais pas... Que tu te pousses de devant le frigo, histoire que je puisse prendre un truc à boire...

— Très drôle, monsieur-je-prends-tout-à-la-rigolade. Mais t'y couperas pas, cette fois... Tu t'es trop bien débrouillé au bac blanc pour me faire croire que tu vas en rester là. Pas loin de la mention bien même, commente-t-elle en hochant la tête dans une moue pseudo-admirative. Qu'est-ce qui s'est passé ? Tu as eu une révélation ?

Voilà donc la raison de ce soudain regain d'intérêt pour mon avenir : la sœur n'en revient pas que le cancre notoire que j'ai su interpréter avec brio ces dernières années ne soit peut-être qu'un rôle de composition.



— Ouais, ça doit être ça... J'vois pas d'autre explication plausible. Pour la suite, j'attends une inscription en lettres de feu dans le ciel ou un rêve prémonitoire... En mode Black Moïse, tu vois ?

Sur ce, je crois pouvoir rejoindre ma chambre pour communier avec mes tartines de Nutella, mais c'est sans compter sur Lisa, décidée ce soir à jouer les conseillères d'orientation. La messe chocolatée attendra. Elle me fait asseoir à la table de la cuisine et commence à m'expliquer toutes les subtilités de la réforme L-M-D (Licence, Master, Doctorat). Prépa, IUT, BTS, IUP, grandes écoles sont autant de mots qu'elle répète – avec un air très convaincu, il faut le reconnaître –, sans que ça m'avance sur ce qu'on y fait vraiment. Elle parle de plus en plus vite. J'attends le moment où la tête de la diplômée de Paris-Dauphine va commencer à tourner à 360 degrés façon *L'Exorciste.* Finalement, sa voix s'arrête juste avant l'échéance fatidique pour me demander :

— Alors, tu veux faire quoi ?

La parole est à la défense.

— Master en rapologie, tu situes ça où dans ton schéma ?

Elle bondit de sa chaise, furibonde, et m'assène :

— Ronnie, enfin... Je te parle de ton avenir et toi, tu me parles de rap ? Mais il n'y a pas d'avenir dans le rap !

— *Padig!* Pas grave ! L'avenir, c'est surfait : on m'a toujours dit que j'en avais pas...

— Ah, l'ironie, ça tu sais faire... OK, tu veux compter dans le monde de la musique ? Pourquoi ne pas travailler pour une major du disque, alors ? Puis qui sait, un jour, fonder ton propre label ? C'est pas ce qu'a fait MC Rapfeller ? Tu sais, après une bonne khâgne, tu peux même intégrer une école de commerce...



— C'est bon, Lisa. Stop ! Khâgne, prépa, grande école... Tout ça, c'est ton délire, pas le mien. Tu fais ton truc, moi, j'y trouve rien à redire. Alors s'te plaît, laisse-moi mener ma vie comme je l'entends, hein. Et puis, quand je vois le daron se faire virer après vingt-cinq ans dans la même boîte, je me dis : « L'important, c'est de ne *pas* participer. »

Interdite, elle me fixe d'un air hébété, comme si elle n'avait jamais rien entendu d'aussi invraisemblable. Si son visage était un écran de PC, il serait couleur bleu erreur système.

Depuis son plus jeune âge, Lisa a toujours été dans les premières – les études, le sport, la musique. Dans sa conception des choses, il n'est pas acceptable qu'on puisse refuser de figurer parmi les meilleurs si on en a la possibilité. Pour elle, la compétition ne s'arrête jamais – le genre d'entêtée à emprunter les escaliers même quand elle voit l'ascenseur arriver. Chevillée au corps, la grinta de ceux qui déjouent les pronostics. Chercher l'or, comme Marie-José Pérec.

Depuis quelque temps, pourtant, je trouve qu'elle a perdu son souffle. De son éclat.

Ou est-ce l'effet qu'ont sur moi ses tailleurs gris de *working girl* ? Même moi qui ai assisté à ses allers-retours constants entre ses mondes concomitants, je ne sais pas quoi en penser... Ceux qui « s'en sortent » s'en sortent-ils tout à fait... tout à fait indemnes ?

— Tu veux aller au bout de ta passion, très bien ! Seulement, pour l'année prochaine, c'est maintenant que ça se décide. Deux-trois concerts avec tes potes, des morceaux sur MySpace, un projet de mixtape, c'est bien... Mais, que je sache, t'es pas encore disque d'or pour te permettre le luxe de faire l'impasse sur des études supérieures. T'es en L, t'as la chance de pas trop mal te débrouiller. Il y a plein de métiers à ta portée : journaliste, avocat, psychologue, écrivain...

— Prof de lettres, tant que t'y es aussi...

Elle décoche son premier sourire.

— Chiche ! On te relooke un peu, tu pourrais faire un prof de lettres tout à fait potable.

Maman, qui a dû suivre notre discussion d'une oreille depuis le salon, fait irruption dans la cuisine d'un pas enjoué.

— Alors mon grand, ça y est, c'est décidé ? Tu veux devenir professeur de français ?

Je n'ai pas vraiment entendu ce que je lui ai répondu. Je me souviens seulement de ses bras qui entourent mes épaules, de sa joue contre la mienne et de ses yeux bleu-gris, souvent tristes depuis que papa s'est enfermé dans une bouteille, soudainement illuminés à l'idée de voir son fils devenir professeur.

Et voilà comment une vanne un peu facile et une mère que l'on n'a pas envie de décevoir vous amènent à écrire en premier vœu : *Licence 1 de lettres modernes – université Paris IV-Sorbonne.*

Après tout, pourquoi pas… LMD : 100 % des gagnants ont tenté leur chance.

Très tôt dans ce siècle, très tard dans la nuit, à mi-chemin entre la grotte de Saddam et celle de Platon, des images de clips de rap défilent sur l'écran de ma chambre. Réduites au silence, elles revêtent une autre signification. Sur Trace TV, dans un hangar désaffecté, des visages déformés par la rage prérévolutionnaire. Sur MTV, au bord d'une piscine, la vanité de poses postrévolutionnaires. À zapper entre les deux, j'ai le vertige : la révolution ne serait donc plus de changer le système mais de pouvoir en jouir ? Je suffoque, ouvre la fenêtre. Je m'accroche à la rambarde de la fenêtre pour ne pas défaillir. Dans ma tête, j'ai crié, crié « Hip-Hop ! » pour qu'elle revienne.

Il faut composer avec cet état de fait. Il faudrait composer tout court, d'ailleurs. Deux caisses de vinyles sous un drap constituent mon trésor. Platine et MPC, ma palette d'alchimiste ; un beat fat, une caisse claire, quelques notes de piano et un peu de l'âme des anciens, ressuscité par le sampler. Souffler n'est pas jouer, sampler n'est pas piller. Il faut s'armer de la patience du chercheur d'or, il faut rester longtemps les yeux ouverts au-dessus du tamis avant de voir émerger la pépite, le timbre au velouté inédit qui rendra la composition inoubliable. Voilà comment naît l'instrumental, d'habitude.

Mais cette nuit, les visages sur les pochettes m'apparaissent vieillis, obsolètes. L'or a la couleur du plomb. Je caresse le faux carat posé sur le lobe droit de mon oreille. Mes doigts effleurent les touches du piano sans trouver l'inspiration. Maman a raison : je n'aurais pas dû autant sécher le solfège. Ce piano qui a survécu aux pires heures du ghetto de Cracovie aurait mérité mieux que mon ghetto intérieur.

À la relecture, même plus sûr de comprendre ce que j'ai voulu dire dans mon seize mesures du jour. J'ai envie d'arracher la feuille, de m'arracher de toutes ces rengaines de rime et de rage, de m'arracher tout court.



Pourquoi le mot bleu m'évoque-t-il toujours les ecchymoses laissées sur nos corps et nos âmes par ceux qui ignorent que, si on nous désigne « quartier sensible », c'est parce que les gens y ont du cœur ? Pourquoi le mot bleu ne pourrait-il pas seulement décrire la couleur du ciel d'un jour parfait, d'un de ces jours d'été où rôles et places ne servent qu'à former les équipes de nos parties de foot improvisées ?

Dans une autre vie, sans toute cette furie, toute cette folie, ces destins qui nous plaquent contre le mur *manu militari*, j'aurais peut-être rêvé d'être pianiste ou littéraire, Nina Simone ou Aimé Césaire.

Mais nique sa mère, code 93240, Stains, Les Peupliers. C'est ça ma vie. La poésie ne m'a jamais saisi.

Qui sait, Lisa a peut-être raison ? Je devrais faire comme tout le monde, rentrer dans le rang, choisir mon troupeau. Parfois, j'envie ceux qui renoncent de leur plein gré. Quel est leur secret ? On ne me fera pas croire que les gens ne rêvent plus :

chaque fois qu'ils renoncent, c'est que la vie doit leur avoir donné de bonnes raisons de le faire. Peut-être que les années qui viennent me donneront les miennes. Je n'ai encore rien accompli. Et je ne sais même pas par où commencer. Au fond, il me reste bien peu de mes rêves quand je me réveille le matin. La coupure de presse scotchée au-dessus de mon lit me ramène si souvent à la réalité :

*8 avril 2001. Le corps de Malcolm Johnson, plus connu sous le nom de MC Rapfeller, a été retrouvé dans les décombres de sa villa de Malibu Beach, située sur la côte ouest des États-Unis. Suicide ou incendie criminel ? Les enquêteurs ne sont pas encore en mesure de se prononcer.*



En y regardant bien, le monde peut sûrement se passer de hip-hop, de musique comme de tous les mots qui ne rapportent pas d'euros. Mais si tout cela n'a vraiment pas d'importance, je crois que le monde peut se passer de l'homme encore mieux. De moi, en tout cas.

Heureusement, ces moments ne durent pas. Si je reste avec le casque suffisamment longtemps sur les oreilles, la musique finit par (me) reprendre. L'éphémère redevient palpable ; je lève les yeux sur le poster de MC Rapfeller pour me rappeler que je ne suis jamais qu'à 400 euros et huit heures d'avion d'un séjour à New York.

*Vouloir ce que l'on peut*, je ne peux que m'y tenir. Métis, ça ne fait de moi ni un héros ni un martyr, mais ma peau est trop marquée par la trace des voyages que d'autres ont déjà faits, mes paumes sont trop lacérées des lignes superstitieuses des enfants du Livre, mon corps est trop empreint d'une force qui me pousse irrésistiblement vers l'avant pour ne pas aller voir de moi-même si ce n'est qu'un mirage.

Mes paupières sont lourdes, mon corps est léger ; il me reste toute la nuit pour trouver le sommeil, toute la vie pour réduire l'écart entre mes rêves et la réalité ; je suis de nouveau dans les coulisses où tout grouille autour de moi mais, cette fois, le riddim n'est plus mélancolique, la prière n'est plus un murmure, des mots distincts s'échappent de mes lèvres et sont repris en chœur par la foule : Inspire, expire, espère.

Et quand je rejoins mon royaume, les distances sont abolies, celle qui ne dort jamais est presque à ma portée : New York est à peine un peu plus loin de l'autre côté du périphérique...

## 7

## Les enfants de Ravel

Céline de Verrières

*Boum-boum*. Encore ? Mais qu'est-ce que cette satanée porte a 
bien pu lui faire pour qu'elle s'entête comme ça ? Tu jurerais que c'est sur ton crâne qu'on s'acharne. Et encore, ce bruit, ça ferait limite berceuse, à force, mais voilà que ta tortionnaire préférée se met à gueuler :

— Céline, lève-toi, sinon tu vas encore arriver en retard !

La tête à demi enfoncée dans l'oreiller, t'essaies de taper l'esquive habituelle, grommelant :

— Cinq minuuuutes madame Diamanka... J'arrive.

Avec elle, ça prend pas – normal, ça fait plus de dix-huit piges que tu la sors à tout le monde, celle-là.

Au contraire, ça reprend de plus belle. La cadence des coups de boutoir s'accélère contre tes tympans. Rien à faire. Maintenant qu'elle sait que t'es réveillée, elle lâchera pas l'affaire avant d'avoir vu ta jolie bobine du matin. Alors tu bondis de ton lit, ouvres la porte, furibonde, et pousses à ton tour une gueulante :

— Oui, madame Diamanka, je *sais* que j'dois me lever... J'crois que tout Versailles sait que j'dois me lever... Même au Ni-ca-ra-gua, ils doivent le savoir que j'dois me lever... Je peux avoir cinq minutes maintenant ?

Mais l'autre réveil ambulant a pas dû entendre ta question, vu qu'elle a profité de la porte ouverte pour foncer vers la fenêtre, ouvrir les volets dans la foulée, et qu'elle est déjà penchée sous ton lit à chercher la prise pour brancher l'aspirateur.

Quel enfer, le mardi !

Si elle croit que tu vas t'avouer vaincue aussi facilement, elle se goure, et pas qu'un peu : tu pousses la musique à

fond pour couvrir le bruit de l'appareil – les chanteurs aux tronches de vampire de tes posters en vibrent de bonheur. De la salle de bains adjacente où tu viens de t'enfermer, t'en perçois plus que les mélopées rageuses des guitares saturées.

De retour, serviette enroulée autour des cheveux, pose de ninja, t'es prête à en découdre. Déception. M^me^ Diamanka a déserté. Tu trouves seulement une pleine assiette de pain grillé sur la table de la cuisine – ce mardi, elle a dû débarquer plus tôt pour éviter un nouveau clash avec la cheftaine Témoin de Jéhovah. Pourquoi les adultes semblent-ils toujours avoir plus de cran quand une cloison les sépare de toi ?

Ta chambre est désormais rangée ; la preuve, impossible d'y retrouver quoi que ce soit. Tu cherches ton tube de mascara. Il te semblait qu'il était là, sur cette chaise, sous cette tonne d'étoffes de velours et de dentelles qui servent à rien. Tu feras sans, pour une fois. Ton rouge à lèvres violet est presque terminé ; heureusement, il en reste assez pour aujourd'hui. T'enfiles tes longues bottes noires, les nouvelles, celles qui te montent jusqu'aux genoux et dont la lanière métallique a du mal à fermer. Tu mets cette immense croix en argent autour de ton cou. Tes yeux sont fatigués de te regarder ; t'aimerais te trouver belle ; tu trouves juste ton visage d'une pâleur stupéfiante... Ça tombe bien, c'est exactement l'effet recherché.

Tu refermes les fenêtres que M^me^ Diamanka a cru bon d'ouvrir ; il était temps, les chanteurs de tes posters supportent pas de rester trop longtemps privés d'obscurité.

Tes parents disent que ça sent le renfermé, que c'est mauvais pour une jeune fille de ton âge d'être entourée de murs si sombres, de visages si laids, que tu vas finir par devenir sourde à force d'écouter une musique pareille – « d'ailleurs, Céline, est-ce qu'on peut vraiment appeler ça de la musique ? » –, que tu peux plus t'obstiner dans tes gamineries maintenant que t'es majeure et qu'ils sont même prêts à te lâcher leur carte de crédit le temps d'un week-end, si tu consens à te relooker, leur obsession du moment. « Parce que vous croyez pouvoir m'acheter ? Mais est-ce que je vous dis, moi, comment vous habiller ? Donnez vos tunes à Emmaüs si vous savez plus où les claquer ! » On dirait qu'ils veulent pas comprendre que tu te fous de ce qu'ils disent, de ce qu'ils pensent...

Du moins, c'est ce que tu t'évertues à leur faire croire. En vrai, tu les écoutes... Enfin, parfois. D'accord, c'est pas les parents les plus funky de la terre. T'hallucines parfois de leur repartie : « Mai 68... ? Voyons, ma chérie, c'est un truc de bobos. » Au moins, ils sont toujours là quand t'as besoin d'eux. Le seul truc que tu piges pas, c'est la raison pour laquelle ils s'obstinent à te prendre la tête. Pourquoi ne pas admettre qu'il est désormais trop tard pour te modeler à leurs souhaits ?

Et puis, qu'est-ce qu'ils voudraient, au fond ? Que tu te travestisses en lolita façon Britney première époque, comme ta petite sœur, Marine ? À quatorze ans, elle est flattée du regard libidineux que lui lancent des mecs beaucoup plus vieux qu'elle. Ça lui passera.

De toute manière, Marine sera bientôt en prison. Enfin, c'est ce qu'elle croit parce qu'elle a téléchargé sans payer le dernier album de son boys band préféré. Maligne, t'as saisi l'occasion et tu la menaces de la balancer aux flics, alors elle t'obéit au doigt et à l'œil.



Évidemment, tu sais très bien que l'enfant modèle, c'est pas elle. Leur orgueil, c'est la grande, Ludivine, qui perd ses vingt ans à retaper sa première année de médecine. Apercevant de la lumière dans sa chambre jusque très tard, tu te dis parfois : « Elle est maso, celle-là. » Mais non, tu sais bien... C'est juste que papa est dentiste et maman biologiste, c'est-à-dire rien d'autre que deux recalés du concours de première année ; alors Ludivine veut réaliser le rêve de ses parents. « Que c'est émouvant, on dirait un téléfilm de la saga du dimanche. » Tu persifles le refrain à tout bout de champ, un brin envieuse de les voir si inquiets à son chevet en cette veille de concours blanc. Tu prépares la boîte de Kleenex pour le jour des résultats. Quels qu'ils soient, ça servira.

De ce côté-là, avec toi, ils peuvent être tranquilles : aucune chance que tu fasses pareil. Surtout que c'est le bac cette année et que, pour l'instant, toi t'as rien glandé. Tu seras avocate comme le veut ton père ou journaliste comme le veut ta mère. Enfin, c'est ce qu'ils croient. Mais toi tu t'en fous, tu te fous de tout, et puis c'est tout.

Sur le chemin du lycée Saint-Christophe, tu regardes cette ville avec les yeux de celle qui revient d'exil alors que t'en es jamais partie. Spectrale, tu fends la foule comme les fantômes traversent les murs. Tu te sentirais presque libre, malgré Versailles, son château, ses jardins et ses habitants, ces royalistes décadents qui t'insupportent. Parfois, boulevard de la Reine, tu croises tes compagnons de cellule de la semaine. Aucune envie de leur parler, de faire comme si, de participer à cette paix forcée.



Manquerait plus que ces pimbêches de ta classe, teint merisier UV hiver comme été, se croient obligées de faire amie-amie, elles qui au bahut te reluquent comme si t'étais un phénomène de foire. Plutôt te flinguer que d'entrer dans leur jeu. Tu les as surprises à te surnommer « Évanescence », comme la chanteuse de métal. « Je m'appelle Céline de Verrières, bande de pétasses attardées, arrêtez de me comparer à cette connasse tout juste bonne à vomir du commercial », leur avez-vous répondu, toi et ton troisième doigt. Tu leur voues une haine dont tu ne te croyais pas capable, toi la petite fille qui n'osait pas demander au garçon en salopette verte de te laisser la balançoire. Tu veux pas leur ressembler, tu veux pas de leur vie, de leur petit monde lisse et parfait de Versaillaises prétentieuses. Qui sort avec qui ? Qui aura son bac avec mention très bien ? Qui aura la meilleure prépa ? Qui aura la meilleure école ?

Dans tes pires cauchemars, tu t'imagines toi aussi contaminée, avec les pires de leurs stigmates imprimés sur ta ligne de vie : toi, trente ans, serre-tête en velours sur la tête, jupe bleu marine, col Claudine, mariée à un assureur, costume rayé et sourire Colgate. Tu te projettes *Desperate Housewife*, façon Bree Van de Kamp, obsessionnelle compulsive du bourgeoisement correct. Tu te vois tous les matins de la semaine arranger le pull jersey sur les épaules de ton aîné, mettre un ultime coup de peigne dans les boucles sages de ta cadette, jupe plissée, gilet torsadé Petit Bateau et socquettes blanches, et changer le bavoir de ton petit dernier dont tu auras déjà programmé l'inscription dans une maternelle bilingue alors qu'il en est encore à balbutier ses premiers mots.



Un songe si récurrent, si effrayant que tu jettes désormais un coup d'œil aussi attentif qu'inquiet vers les mecs de ton bahut. Quel pervers ici réussira le tour de force de te convertir à un truc pareil ? Et, pire encore, lequel te persuadera que tu aimes ça ?

En sursis, mais pour combien de temps ?

Pour l'instant, ce sont encore des petits branleurs qui aimeraient bien se faire une nana avant d'entrer en prépa. Mais pas toi, penses-tu. Toi, tu leur fais bien trop peur avec tes colliers cloutés, ton piercing à l'arcade – une barre avec un scorpion dessus, mais tu le mets de moins en moins – et tes fameuses bottes à cornes. Beaucoup te prennent pour une lesbienne SM – ce qui d'ailleurs les fait un peu fantasmer, mais à qui pourraient-ils l'avouer ? Pas le genre de conversations que tu les imagines avoir lorsqu'ils se font leur squat rituel Kronenbourg-PlayStation, sur fond de rock faussement indé dans l'une de leurs baraques délaissées par des parents en mal de campagne.

Ce qui t'effraie le plus, finalement, dans cette reproduction sociale qui te semble tenir de la reproduction bovine, c'est l'idée que tu rejoignes toi aussi, un jour, les « gens », cette masse informe et confuse qui se gêne pas pour te bousculer dans les couloirs de tes angoisses.

Si Molière t'avait connue, le Misanthrope aurait sûrement été une femme.

Les seules qui trouvent vraiment grâce à tes yeux: tes deux meilleures copines. Tu les as rencontrées via un forum gothique où tu tenais tribune. Dans certains posts, comme d'autres, tu te livrais un peu : *Les draps sont froids comme chaque soir.* T'aimais y parler musique avec des gens que tu verrais jamais: *Mais non, Linkin Park, c'est pas du métal... C'est un putain de boys band!* T'as pu te rendre compte aussi que t'étais pas la seule à te sentir mal : *Ça m'a fait bizarre de te lire. J'ai l'impression de me reconnaître* est le commentaire que t'as le plus souvent lu. Tu postes beaucoup moins dernièrement, mais tu conserves cette fenêtre sur toi, sur les autres. Une fenêtre devenue plus gaie depuis que t'y mets des photos de toi, de tes copines : *Là, c'était à la soirée de samedi dernier, vous y étiez?*



Elles non plus peuvent pas sacquer les gens de leur lycée et leurs parents les saoulent : Putain, tous des cons. Une phrase qui a soudé bien des amitiés.

Ces nouvelles fréquentations t'ont entraînée de soirée en concert, de bon délire en plan galère. Elles t'ont surtout permis de mettre de la distance entre Versailles et toi.

Samedi dernier, c'était le show de la bande masquée des Slipknot ; devant la scène, ils étaient une centaine rassemblée pour un pogo géant – on saute, on se bouscule de façon désordonnée, on s'écorche même... jusqu'à ce qu'on se sente aussi secoués à l'intérieur qu'à l'extérieur, jusqu'à ce qu'on se sente exister.

Ensuite, autour d'une bière trop âpre, vous vous êtes gentiment moquées des « goth-pouffes », ces midinettes vulgaires avec leurs tenues en latex et leurs porte-jarretelles apparents. Comme d'habitude, vous vous êtes fait dragouiller. Et, comme d'habitude, vous avez croisé les mêmes vieux goths avec leur baratin sur le romantisme – un truc un peu glauque quand on les écoute. T'as eu droit à une réplique du genre : « Est-ce que tu sais que Lord Byron pensait que chaque baiser est un tremblement de terre ? Moi, je suis sûr qu'avec une fille comme toi, il est même en dessous de la vérité... » « Et toi, tu sais que tu m'as déjà sorti ça la dernière fois ? Tu me fatigues avec ton Byron... Au fait, personne t'a dit que la cape, c'était passé de mode ? Mon pauvre, t'as l'air d'un Batman dépressif... »

Heureusement, certains font preuve de plus d'originalité. Il y en a même un qui t'a tapé dans l'œil ce soir-là : un goth aux dreadlocks bleu pâle et au regard énigmatique. Drôle de mélange. Il a vite remarqué que tu l'avais remarqué. Seulement, vous avez préféré jouer à cache-cache une partie de la soirée – la pénombre de la salle s'y prêtait bien. C'est lui qui a fini par céder, mais il t'a narguée en faisant mine de s'intéresser plutôt à l'une de tes copines. Il vous a parlé de son ambition de devenir médecin légiste. *Encore un goth qui veut voir la faucheuse de près*, t'es-tu entendue penser. Enfin, on peut pas jouer éternellement... Au rythme des langues qui se lient et se délient, l'interaction des piercings aidant, l'épilogue est pour le moins piquant ; un corps à corps prometteur, qui aurait pu aller plus loin... Il t'a proposé de l'accompagner dans sa piaule, mais t'as préféré rester avec tes copines. Il faut dire que la dernière fois que t'as accepté ce genre de plan, tu t'es franchement ennuyée. Tout t'a paru si procédurier, mécanique, du plastique qu'il faut mettre pour s'aimer à la choré qu'il a semblé vouloir exécuter. Où avait-il pêché un truc pareil ? Et, cerise sur le gâteau, tu as dû y mettre du tien pour pas le vexer... Finalement, Mister Dreads Bleues t'a laissé son numéro, tu lui as souri : tu savais déjà que jamais tu l'appellerais. 

*Si c'était lui l'homme de ma vie... et que j'étais passée à côté ?* Tu en pouffes de rire de t'entendre penser ce genre de conneries. *L'homme de ma vie... Qui peut encore croire à un truc pareil ?* Arrivée devant les grilles du lycée, t'essaies de te rappeler son nom, tout comme le goût de ses lèvres : Loïc ? Cédric ? Pas grave, au prochain concert, à la prochaine soirée, un autre viendra remplacer son souvenir.

Les salles de cours sont vides aujourd'hui. *8 mars, grève générale contre...* clame l'en-tête d'un tract traînant par terre. Comment t'as pu oublier ? Tout le monde est monté sur Paname pour manifester. T'es surprise : *Depuis quand ils ont une conscience sociale, ces cons-là...?* Alors, comme t'es curieuse, toi aussi t'y vas. Tu croyais que c'était encore une de ces marches antifachos qui donnent bonne conscience à peu de frais les lendemains de honte électorale. Apparemment, cette fois-ci c'est contre une loi du prochain ex-ministre de l'Éducation qu'on proteste. Sur le trajet, tu rencontres l'un des rares mecs de ta classe qui t'adressent la parole :

— Ils veulent mettre un peu de contrôle continu dans le bac, t'explique-t-il.

— Ouais... Et où est le problème ?

— Eh bien, s'il y a une dose de contrôle continu instaurée pour le bac, ça sera la fin du diplôme équivalent pour tous !

— Et donc ?

En vrai, t'as bien compris l'idée ; c'est juste que ça t'étonne que, tout à coup, il ait l'air de se soucier de l'égalité des malchances, ce puceau de la vie. Il t'explique avec sa voix de tête de petit garçon qui réciterait sa leçon :

— Eh bien, s'il y a réforme, on aura un bac par lycée et, à terme, même si notre lycée est très bon, ça risque de nous défavoriser par rapport aux grands lycées parisiens, alors que l'examen du baccalauréat permet d'avoir un référentiel unique primordial. Mention très bien au bac, ça reste mention très bien, quel que soit l'établissement.

Ah, là, tu comprends mieux... Pendant un court instant, t'as failli croire qu'un brin d'idéalisme avait germé dans l'esprit d'un pensionnaire du lycée Saint-Christophe. Il continue sur sa lancée, sûr de son fait :

— Toutes les prépas étoile ne se valent pas. Avec leur nouveau système, si ça continue, ils voudront nous envoyer en province...

— En province ? Tu crois vraiment qu'ils oseraient nous faire un truc pareil ?

Il n'a pas saisi l'ironie ; mis en confiance, il lâche le fond de sa pensée, parle des « places dont on veut nous spolier sous couvert d'égalité». Tu l'écoutes, ébahie. *C'est fou le nombre de saloperies qu'on peut balancer l'air de rien quand on emploie un langage châtié.* T'es tentée de déchirer sa peau d'un coup d'ongle acéré pour vérifier si un lézard visqueux se cacherait en dessous, comme dans cette série télé que ta mère voulait pas que tu regardes quand t'étais encore une fillette. «Mais c'est une fiction, ma chérie, aucun reptile humanoïde ne va débarquer d'une lointaine planète pour pomper l'eau de la terre et nous manger» Tu restes sceptique. *Et si ce V n'était pas le signe de visiteurs venus de l'espace mais celui de Versailles...?*



Vu qu'aujourd'hui t'es plus une fillette, tu décides de te barrer, de faire un tour, de voir ce qui se passe dans le reste du cortège. Pas question de rester avec ce naze qui veut sauver son système élitiste à la con. Les syndicats lycéens mènent la marche et tu trouves que ça fait ambiance colo de vacances, du moins ce que t'en imagines parce que toi, c'était plutôt scout catho – t'y as été un mois quand t'avais dix ans, ça t'a vaccinée *forever* contre tous les trucs de groupe. D'ailleurs, t'as envie de te casser de cette manif. *Ils font rien que gueuler et marcher, comme si ça allait changer quelque chose...* Mais toutes les bouches de métro sont bloquées par la police et t'as pas envie de prendre une douche au gaz lacrymo. Tu te retrouves avec un groupe de «wesh-wesh» – c'est comme ça qu'on surnomme dans ton lycée, avec un brin de mépris, les jeunes de cité ou assimilés. Filles, garçons, Blacks, Rebeus, Asiates, Blancs, y en a pour tous les goûts. Les voir se trimballer tous ensemble avec leur gueule de mappemonde, tu trouves que ça fait vachement sitcom américaine. Manque plus que le générique. Ils ont l'air motivés par la manif et plutôt cools, mais t'oses pas trop leur parler – t'as entendu dire qu'ils pouvaient pas piffrer les gothiques, tu te rappelles l'histoire de deux goths qui se seraient fait tabasser par des racailles en sortant d'une soirée. Tu te rends compte que tu méprises Versailles mais que, à l'extérieur de ton cercle d'amis goths, tu connais pas grand monde non plus.

Du coup, tu te retrouves un peu bête à marcher dans cette foule bigarrée sans trouver ta place.



Finalement, c'est l'un d'entre eux qui vient te parler ; il a compris que t'étais paumée et, surtout, que même cachée sous trois kilos de vêtements sombres et informes, t'étais jolie – tes yeux verts ont dû te trahir. Sa longue silhouette de métis est noyée dans baggy et sweat à capuche. Ses grands yeux sombres qui lui donnent l'air de rêver s'éclairent lorsqu'il te demande :

— Alors miss *lost in the dark* ? Moi, c'est Ronnie et toi, c'est quoi ton petit nom ?

Tu joues ta timide, alors il essaie de te faire rire, parle vite, emploie parfois des expressions que tu saisis seulement après coup.

— Ah, tu viens de Versailles ? Marrant... Nous, on vient du lycée Léo-Ferré de Stains, c'est en Seine-Saint-Denis... Tu vois le profil ? raille-t-il avec un sourire charmeur.

Il te présente aux autres : Lee, un Indien rigolard en maillot de foot écarlate ; Assia, une Maghrébine dont le regard perçant tranche avec son chignon sage et sa tenue noire informe ; Sandra, une Noire ultralookée, cheveux lissés et talons carrés, un brin défiante ; et Lucie, une blonde aux yeux clairs, jean taille basse et top très près du corps, qui fait celle qui t'a pas vue. Le reste de leur bande tout aussi hétéroclite suit.

Tu leur demandes, ironique :

— Pourquoi vous êtes là ? Vous aussi vous aviez envie de sécher les cours ?

Pas tout à fait faux, à en juger par le sourire de certains. Ils t'observent, intrigués. Leur regard dit : « Chelou la meuf, c'est carnaval ou quoi ? »

La blonde répond sur un ton agressif : 

— Pourquoi ? Tu crois qu'on est trop bêtes pour comprendre quelque chose à la politique ?

Ouh là. Tu sens qu'on t'entraîne sur un terrain glissant. T'essaies de rectifier le tir :

— Prends pas la mouche, je disais ça pour rigoler...

Elle partage avec Sandra une paire d'écouteurs. T'entends seulement de leur musique les basses lourdes. Tu fais celle qui s'intéresse pour changer de conversation.

— Vous écoutez quoi comme musique ?

— Lâche l'affaire, Morticia, fait-elle d'un geste las de la main, c'est trop ghetto pour tes oreilles, ça.

Sandra et elle partent dans un fou rire. Ronnie leur jette un regard désapprobateur. Assia intervient :

— Pourquoi vous lui faites la misère comme ça ? Elle vous a fait quoi ?

Lucie répond cash :

— Commence pas à faire la morale, toi. C'est elle qui tape l'incruste, elle gratte l'amitié genre on est les meilleurs potes du monde. Wallah, *v'là la victime*...

Tu sens tes nerfs monter comme ton père quand il reçoit son avis d'imposition.

— Victime ? Victime de quoi ?

Tu commences à chantonner, gimmick gestuel à l'appui :

— *Tu sais pas que moi j'm'appelle Céline...*

*Je rappe et je déchire !*

*Alors c'est toi la rivale ?*

*C'est toi qui face à moi flippes,*

*Tu marches de travers, 75A de poitrine !*



*Mais bon, vas-y rappe un peu, que j'rigole beaucoup et fort.*

*T'as intérêt d'avoir du cran et d'avoir fait beaucoup d'efforts.*

*Tu sais pas qu'chuis Céline ?*

*J'manie le mic comme le pieu de Buffy !*

*Pourquoi tu l'ouvres avec ta voix rauque ?*

*T'as trop forcé sur les Gitanes et le chocolat du Maroc ?*

*Ma grand-mère m'a dit qu'on parlait que de toi dans les clubs de belote.*

*J'te jure, dans les maisons de retraite, ils sont aussi fans de Johnny que de ton rap d'époque !*

*Éclat de rire général, exception faite de Lucie, visiblement décontenancée.*

Lee s'exclame :

— Comment elle t'a mis un *perfect* Buffy contre les vampires !

— Y a quoi ? Y a rien ! se renfrogne Lucie. C'est pompé à 80 % sur un titre de Diam's... Super ! Maintenant, on sait qu'ils ont la radio dans son bled.

— Allez, Lucie, faut pas avoir le seum, tempère Ronnie. Avoue, elle nous a bluffés, la miss. Mais Céline, va pas croire que t'as l'exclu de la confusion des genres...

Quand il enfonce sa tête dans sa capuche, tu le crois sur le point de te rendre mot pour mot. Mais sa repartie prend un tour inattendu : il ramène ses boucles sur le devant façon grunge, fend l'air en grattant une guitare imaginaire, et commence à siffloter l'air de « Smell Like Teen Spirit ».

— *Hello, Hello, Hello-o-o-o*, chante-t-il d'une voix grave en secouant sa tête et ses cheveux bouclés.

*With the lights out it's less dangerous*
*Here we are now, entertain us*
*I feel stupid and contagious*
*Here we are now, entertain us*
*A mulatto, an albino*
*A mosquito, my libido*
*Yeah, hey!*



On rit de plus belle quand Ronnie fait mine d'exploser dans cette dernière interjection. Devant un tel show, même Lucie ne peut plus se réfugier derrière sa mauvaise tête. Toi, ça te laisse perplexe :

— Ouais... C'est pas tout à fait ce que j'écoute... Mais ça reste un classique. En vrai, tu kiffes Nirvana ou tu fais ça juste pour me charrier ?

— Quoi, tu rigoles ? Tu crois que les paroles, je les connais d'où ? Quand t'écoutes Kurt Cobain, c'est du lourd... Le type, il t'explique qu'il en a marre, que tout part en vrille autour de lui et qu'il a envie de tout casser. C'est un écorché vif, un vrai, c'est vachement street comme attitude.

— Street ? C'est pas tout à fait l'idée que j'en avais... Et des petits lycéens avec trois pancartes, tu trouves ça street ?

Tu crois que c'est ça qui va changer les choses ?

— Si on fait rien, aucune chance que ça change en tout cas. Quand tu vois comment ça se passe déjà dans notre lycée après le bac... Ok, t'as le BTS qui est pas mal... Et encore, ça c'est pour les bons. Les classes prépa, vu la réputation que se traîne le lycée, c'est même pas la peine d'y penser. La plupart essaient la fac un an ou deux, s'inscrivent à l'arrache sans trop savoir où ils vont, touchent la bourse échelon 4. T'as bien une minorité qui s'en tire à peu près, mais pour les

autres... C'est déjà galère comme ça, mais si la réforme passe, t'auras plus d'égalité du tout et le bac 93 Stains, t'imagines bien qu'à côté du bac Henri-IV...

— Pour la prépa, vous perdez pas grand-chose si tu veux mon avis. Qu'est-ce que mes vieux me prennent la tête avec ça ! Tu entendrais les salades qu'ils me racontent en mode drama : « Pense à ton *avenir, Céline, ton avenir* ! » Mais est-ce que lui, il pense à moi, hein ? Il pourrait appeler des fois.

— T'inquiète, moi aussi, j'ai une sœur dans ce délire-là, sourit-il. En vrai, la prépa et le reste, c'est pas trop mon trip non plus. Mais c'est une question de principe : on devrait tous avoir les mêmes chances, quel que soit le lycée. Sinon, à quoi ça rime toute cette prise de tête autour de l'orientation, de la liste de vœux, de Ravel ?... Si c'est bidonné à la base, c'est pas trois clics sur leur site Internet qui vont y changer quoi que ce soit. En fait, c'est pire que des salades, c'est de la carotte !

L'éclat de rire qui suit sa réplique n'efface pas l'évidence qui vient de te sauter aux yeux : si vous avez tous affaire au même examen cette année, vous ne faites pas face aux mêmes enjeux pour autant. Ça t'empêche pas de te prendre au jeu : tu te regardes scander ces slogans que tu finis par connaître presque par cœur et ça te fait rire. Il fait doux, les grandes avenues de Paris sont à toi aujourd'hui et tu t'étonnes de passer un bon moment parmi ces gens que tu connais à peine, toi la misanthrope assumée.

À quelques pas, t'entends soudain des cris. Tu vois un garçon – on dirait un gars de ton lycée – se faire rouer de coups par un groupe d'ados, noirs pour la plupart, qui en veulent à son portable et à son lecteur mp3. Les CRS, à trente mètres à peine, regardent la scène de loin. Visiblement, ils hésitent à s'en mêler. Ronnie et deux de ses potes vont voir ce qui se passe. Tu les suis en restant un peu en arrière. C'est bien un mec du lycée Saint-Christophe. Il gît sur le sol, presque inconscient. T'es horrifiée. Un jeune Noir à casquette jaune lui met un violent coup dans les côtes ; il en crache du sang.



Sous les pavés, la haine.

Ronnie s'interpose et jette l'agresseur à terre. Cinq de ses potes viennent lui prêter main-forte. C'est maintenant Ronnie qui se retrouve au sol, roué de coups, qui se fait traiter de « suceur de Blanc ». Toi, tu cries, tu te dis que c'est pas possible que la police intervienne pas. Deux des potes de Ronnie arrivent en renfort. Et puis, deux autres encore. Ça tourne à la bagarre générale – on saute, on se bouscule de façon désordonnée, on s'écorche même... jusqu'à ce qu'on se sente aussi secoués à l'extérieur qu'à l'intérieur, jusqu'à ce qu'on se sente exister. L'autre pogo.

Des CRS arrivent, les casseurs se tirent. Ronnie et ses potes se font contrôler *manu militari* : à genoux sur le sol, mains sur la tête, on les traite comme si c'étaient les agresseurs. Alors toi, t'essaies d'expliquer ce qui s'est passé, mais toi et ta dégaine vous êtes pas leur meilleur avocat. Insiste encore un peu et tu risques de connaître le même sort. Finalement, d'autres de ta classe donnent la même version des faits. Il s'en est fallu de peu pour que vous vous fassiez tous embarquer. Ronnie a la lèvre inférieure un peu éclatée et toi tu comprends pas ce qui s'est passé. Des casseurs à des manifs, c'est pas nouveau, mais d'habitude ils s'en prennent aux vitrines, pas aux manifestants. Ronnie finit par lâcher d'une voix désabusée :



— Ils se sont fait bolosser, quoi.

— Bolosser ? Ça veut dire quoi ?

Il essuie un peu du sang qu'il a sur la lèvre, regarde sa main comme si ce n'était pas la sienne.

— Bah, en résumé… si t'es plutôt blanc, plutôt bourge… Pour eux, t'as de l'argent, forcément alors tu te fais dépouiller. Le boloss, c'est l'Autre, celui sur lequel on se fait les dents. Voilà.

Il est visiblement gêné de t'expliquer ça parce que ça ressemble à du racisme anti-Blanc ou plutôt à du racisme anti-bourge. Dans les faits, quelle différence aujourd'hui entre les deux ? Ronnie reprend d'une voix déterminée :

— Tu vois, c'est justement pour ça que se battre pour plus d'égalité, c'est important… Ça fera pas de miracles, mais ça évitera peut-être que des petits mecs comme ça se trouvent toutes les raisons du monde pour se venger sur le bourge d'en face.

Il croit devoir se justifier comme si t'étais en train de le juger. Mais toi, t'es juste admirative parce qu'il a eu le cran de risquer de se faire lyncher pour un inconnu, quelqu'un avec qui il avait pas grand-chose en commun. Si ça avait été le contraire, tu te demandes si les mecs de ton lycée l'auraient secouru. Au fond, tu sais déjà ce que ça aurait donné. « Il y a un règlement de comptes entre racailles, on ferait mieux de partir », ils se seraient dit avant de prendre leurs jambes à leur cou.

Tu prends des nouvelles de ton camarade qui s'est fait passer à tabac. T'es pas la meilleure copine du monde, mais tu l'aurais pas non plus laissé crever là, même un Versaillais  ne mérite pas ça. T'es rassurée : les premiers secours disent qu'il a seulement une côte fêlée, qu'il s'en est bien tiré... Tout le monde est un peu sous le choc. La manif se disperse. Ronnie enrage : — Les bâtards, ils ont réussi leur coup, tout le monde part... pff.

Ils doivent retourner chez eux. Ronnie a l'air très déçu, ses yeux ne décollent pas de ses pieds. Toi aussi, t'es déçue, mais pas pour les mêmes raisons : il t'a pas demandé ton numéro. *Il doit se dire qu'on est pas du même monde...* Tu t'imagines la gueule que tireraient tes vieux si tu ramenais ce lascar à la maison. Bien sûr, ils ont trop d'éducation et de tact pour lui faire mauvais accueil, mais ça suffirait pas à décrisper leur sourire forcé. C'est vrai qu'il a pas vraiment la dégaine du gendre idéal qu'on emmène en villégiature à l'île de Ré. Tu le vois mal, le temps d'un dix-huit trous sur le green, discuter avec ton père d'une future carrière d'assureur. Les cloisons sont épaisses entre vos mondes.

Vous marchez encore un peu tous ensemble, en essayant d'oublier ce qui s'est passé. Les enfants de Ravel parlent de ce qu'ils comptent faire l'an prochain si tout se passe bien en juin. Ronnie espère faire lettres modernes à la Sorbonne et pourquoi pas prof de français à terme, « mais pas en ZEP, y en a marre de la ZEP », dit-il en rigolant. Pourtant, tu sens que ses vraies envies sont ailleurs quand il te parle de musique et évoque New York dans une phrase évasive avant de s'arrêter net comme s'il en avait trop dit, comme si parler de ses rêves, c'était les tuer un peu. Toi, tu te retrouves un peu bête parce que t'as jamais pensé à demain. T'as toujours été



« contre », quoi qu'on te propose. Tu t'es construite par opposition. Il t'est difficile d'avoir une opinion qui ne soit pas un non. Non quoi ? Tu sais plus. Juste non, et l'illusion de se donner le choix. L'avenir peut bien t'appeler, tu lui raccrocherais au nez. Si la mort te fascine autant, c'est parce qu'elle est la négation de la vie. De la tienne.

Ronnie aimerait bien prendre une chambre à la Cité U à Paris ou pas loin, changer un peu d'air. Seulement, sa grande sœur, Lisa, qui a fait ses études à Dauphine, l'a averti : au CROUS, peu d'offres pour beaucoup de demandes, surtout en premier cycle. Tu te sens loin de toutes ces considérations.

Arrivés à la station RER de Saint-Michel, il est l'heure de se séparer. T'attends qu'il te propose un moyen de garder le contact. Il te fait seulement la bise, te souhaite « bonne chance pour la suite » et ajoute dans un sourire énigmatique : « À bientôt, qui sait ? » Tu sais pas quoi lui répondre à part un timide « oui, à bientôt. ».

Par le RER C, tu regagnes la patrie du V. Tu te sens un peu vide, un peu vaine par rapport à ces gens qui ont un étendard à porter, une lutte à mener. Toi, t'es seulement toi, une petite Blanche de la classe moyenne versaillaise sans cause ni but, sans peur ni espérance. Rien à sauver, rien à changer.

L'insoutenable légèreté de l'être dans toute sa splendeur.

Tes bottes te font atrocement mal aux pieds ; des New Rock, toutes neuves, vraiment pas pratiques pour marcher. Ton reflet dans la vitre porte sur toi un regard acide. Tu tournes la tête, esquivant sa présence tant bien que mal. Spleen et fatigue mêlés, les pensées en vrac se bousculent dans ta tête... Jusqu'à te faire croire que tu pourrais entendre le son de sa voix. T'aimerais pouvoir te vider la cervelle à coups de décibels pour te débarrasser d'elle. Mais ton lecteur mp3 a préféré la compagnie de cette tonne d'étoffes de velours et de dentelles qui sert toujours à rien. Te reviennent en boomerang les mots de Kurt Cobain dans la bouche de Ronnie. Un sourire désabusé aux lèvres, la jeune fille emprisonnée dans ton reflet fredonne :

*I feel stupid and contagious...*

Une dame qui ressemble à ta mère te dévisage de manière insistante. Aurait-elle vu la scène qui vient de se jouer ? Tu fais celle qui voit pas, parce que ça, tu sais faire. Tu voudrais te donner une contenance en fourrant tes mains dans les poches de ton long manteau en cuir noir. Ça marche pas, tu te sens toujours aussi creuse. Soudain, t'as le sentiment de porter le costume d'une autre. En dissonance. Sous ce maquillage qui te révèle quand il prétend te cacher, tu revois cette petite fille ingrate et solitaire qui savait pas s'aimer. T'es encore à attendre ton tour à la balançoire. Dans le fond de ta poche droite, tes doigts s'enfoncent, t'essaies d'agripper l'impalpable et tu tombes sur un ticket de métro. Tu te demandes ce que ça fait là, surtout que t'as pas pris le métro. T'as failli le jeter sans y prêter plus d'attention, mais tu le fais virevolter entre tes doigts et, au verso, tu remarques un nom et un numéro. Tu souris parce que tu viens de comprendre que Ronnie t'a glissé ce ticket dans la poche lorsqu'il t'a fait la bise.

Tu regardes ton portable et tu hésites à appeler. L'effronterie légendaire des jolies filles t'échappe encore.

— Allô Ronnie ? C'est Céline. J'ai bien réfléchi, lettres modernes à la Sorbonne, ça peut être pas mal... C'est quand déjà la rentrée ?

Voilà, tu l'as appelé, vous trouvez rien à vous dire de particulier, mais il entend ton sourire et c'est bien suffisant. Vous êtes peut-être pas du même monde mais vous habitez la même planète.

*Boum-boum*. Il est temps de tester l'épaisseur des cloisons. Plus que temps.

# 8

## Bonheur en sachet

Matthieu Vincent

Il est dix-sept heures du mat', encore la tête dans les vapes. 
La vibration du Samsung m'a réveillé... Ou peut-être est-ce la lumière qui filtre à travers les persiennes mal fermées.

Je la cherche, où est-elle ? Je crois la deviner encore dans la forme de l'oreiller, son parfum me rappelle à mes songes. Mais elle est partie depuis longtemps maintenant, ce matin... ou il y a un an.

Je deviens grave. Même plus foutu de distinguer le rêve de la réalité. Que reste-t-il de mes rêves quand je me réveille ? Juste un cul de joint qui me fait la nique, un petit papier sur lequel est écrit *à ce soir* avec une trace de rouge à lèvres presque totalement estompée. Vraiment... un an ?

Tout devient fiction quand tous les jours commencent à se ressembler.

Je me lève, je me bouscule... comme d'habitude. La glace me regarde, surprend l'œil creux souligné de noir, reconnaît ce bleu qui a marqué ma lèvre inférieure à la naissance, parce que l'amour, ça fait mal dès que ça commence. Et quand ça finit aussi.

J'hésite entre le café et le THC. J'allume la télé. Après

tout, j'ai le temps : une drogue après l'autre, donc. Je serais curieux de savoir laquelle de ces substances psychoactives me fait le plus d'effet. Un indice : la télécommande sous l'oreiller.

Levé depuis moins d'une demi-heure et déjà sapé, c'est à inscrire dans les annales. Quoique, le résultat n'est pas fameux : je flotte dans mon jean et ma chemise me semble trop serrée. C'est la mode, paraît-il. L'année prochaine, ce sera sûrement le contraire.



Autre vibration, le Samsung insiste. Cette emmerdeuse du répondeur ne prend donc jamais de RTT ? Elle me harcèle comme si je venais de la plaquer. Entre deux volutes de fumée diaphane, je finis par décrocher. Je l'appelle « ma chérie » parce que je dois sûrement avoir quelque chose à me faire pardonner. Je dois me rendre à l'évidence : elle ne m'écoute pas et me parle des autres pour ne pas me parler d'elle. Dans sa voix, une mise à distance évidente, de l'espace entre ses mots pour ne pas avoir à le répéter. Mais, faute de réseau, le portable capte mal, et moi, pas beaucoup mieux... Maxime quelque chose de la direction j'sais pas quoi... Connais pas, il rappellera.

Dimanche dernier, comme tous les dimanches, je m'étais promis de changer : je trouverais un vrai boulot, je ferais des abdos, j'aimerais Sarko... Moi aussi, je peux être un winner, un salaud comme un autre. Et puis, aujourd'hui, c'est encore dimanche, un dimanche de veille de rentrée et, malgré les conseils de ma cartomancienne, je suis toujours moi, connement moi, à me laisser emmerder par Drucker, son divan rouge et son air de s'étonner de tout et de n'avoir un avis sur rien...

Sur une autre chaîne, on a un avis sur tout et on ne s'étonne de rien. L'humeur de l'époque tient salon. On parle terrorisme et machinations. Comme des enfants, on se raconte des histoires qui font peur. Sans y croire tout à fait. Une voix off rappelle les faits : « Le 1er novembre 2004, 332 personnes ont perdu la vie et près de mille cinq cents autres ont été blessées, faisant des attentats de la gare du Nord les plus meurtriers jamais survenus en Europe… Après New York et Madrid… avant Londres », précise l'animateur sur le plateau.



On se repasse les images, on frissonne, on se cajole. Et les autres haltes meurtrières, c'était pour « jouer » ? Leur sang tacherait-il moins que le nôtre ? Dans les couloirs de la mémoire de nos conteurs du dimanche, nulle trace, en tout cas : chacun y va de sa petite anecdote sur comment sa petite histoire s'est fait fourrer par la grande aux quatre coins de son petit monde, le seul qui soit digne d'être mentionné… Leurs récits ont au moins un mérite, celui de la précision ; moi, à deux stations du point focal, ma vision reste troublée : la bouche de métro fermée, le cordon de sécurité, les voitures retournées, ma sale curiosité, les flaques de sang sur les quais, les bâches dorées sur les gens qui n'en étaient plus, les séances de cinéma gratuites dans tout Paris, les spectateurs hagards à la sortie, frais comme nos gueules de zombies.

Dimanche dernier, je m'étais promis de changer. *Vraiment.* Pas pour faire plaisir à qui que ce soit, pas même à Linda qui m'a rendu, le temps d'une course dans l'escalier, les jambes de mes sept ans, encore moins pour coller à un quelconque format, mais simplement parce que me laisser avaler par mon canapé, ce serait admettre qu'ils m'ont tué un peu aussi.

Alors, je prends ma veste et je m'en vais. Je m'en vais quelque part, nulle part, je ne sais plus. Autre part, au moins.

Je fugue.

Ligne 7. Le métro, son bruit, son odeur, mon livre sur les genoux mais je ne lis pas, sa présence me suffit. Je regarde les gens, j'écoute leur histoire. Je la devine à une cicatrice trop marquée, à un imper un peu dépareillé, à du maquillage trop appuyé. J'écoute sans entendre puisque Oxmo Puccino m'accompagne : ses rimes soignées, lettrées, mélancoliques m'entraînent dans l'univers de ces inconnus qui doivent se demander pourquoi mon regard est parfois insistant. Je fais alors mine de reprendre la lecture de ce livre que je n'arrive pas à finir, *Voyage au bout de la nuit*.



Peut-être arriverai-je à le terminer un jour, lorsque le métro de mes questionnements existentiels sortira enfin du tunnel. Mais avant ça, il faudra que je fasse la paix avec moi-même et que j'efface enfin ce « nous » insolent qui squatte encore mon répondeur et mes pensées.

Station Tolbiac. Déjà en retard, bien sûr… Je n'ai pas la moindre envie de me presser, pourtant. En attendant le pari qui me rapportera gros, je joue placé « métro, boulot, bédo ». Un tiercé toujours gagnant, même dans le désordre.

Si seulement…

En vrai, je me la raconte en disant ça. Les drogues, c'est comme la lutte contre le chômage et le Sidaction, ça se saurait si ça donnait des résultats. Au mieux, c'est comme les Assedic et la trithérapie : un coma artificiel pour ne pas trop en baver, comme moi qui m'allume un dernier spliff pour pouvoir supporter mon casque quatre heures durant.

Au début, j'aimais bien… quand ce devait n'être qu'un job étudiant. Et puis, j'ai voulu bosser plus, pour passer le permis (que je n'ai pas eu), m'acheter ces nouvelles sapes (que je ne mets plus), enfin, tous les trucs qu'on est censé faire. Tous les trucs qu'on est censé avoir pour être.

Au début, j'étais quelqu'un d'autre. J'avais même des ambitions, il paraît. Et puis, j'ai stoppé les cours comme on commence la cigarette, sans vraiment se souvenir ni comment ni pourquoi, quand le passe-temps est devenu une addiction, une malédiction, quand Dominique Lefranc a effacé mon nom. Depuis, je vis en décalé à travailler soirs, dimanches et jours fériés, payé à répéter : « Bonjour, Dominique Lefranc à l'appareil, je me permets de vous contacter afin de vous proposer en exclusivité la nouvelle carte Créditel associée à votre réserve d'argent Fiducis. »



Une offre proposée en exclusivité par le plateau des Dominique Lefranc, hommes, femmes, Blancs, Noirs et tout ce qu'il y a entre les deux… À raison de 45 secondes l'appel en moyenne, nous sommes programmés pour contacter en moins de quatre heures 7 000 prospects et plus si affinités, dont certains feront la folie de ne pas nous envoyer balader.

Je suis en avance sur le chiffre, malgré mon retard. Le métier rentre, faut croire. Les petits jeunes sont en stress. Envoyés par une boîte d'intérim, ils sont assis sur un siège éjectable. Les interlocuteurs les sentent nerveux au téléphone, alors ils n'arrivent pas à « performer », comme dit le superviseur qui se la ramène avec ses deux mots de franglais :

« Allez ! On accélère les calls, on impacte et on concrétise par un deal ! » *Fucking boss*.

La pause, enfin. Djibril, déjà de l'autre côté de la vitre, me fait signe. Grand Noir à la bouille ronde et aux épaules carrées, difficile de le rater. Déjà, à l'époque où je ne savais pas que je perdais mon temps à la fac, on ne voyait que lui dans l'amphi.

— Alors Matthieu, comment va ?

J'ai eu envie de répondre : « Non, je vais mal… mais je vais bien et toi, tu passes une agréable journée ? » Non, je ne peux pas dire ça. Et puis Djibril, c'est un vrai pote, un des rares qui a survécu à mon ex et qui me supporte encore malgré mon humeur de clebs. Il me fait rire avec ses grands gestes, ses intonations exagérées, sa drôle de façon de m'engueuler pour me remonter le moral. Comme l'an dernier quand ça n'allait vraiment pas : « Eh Matthieu ! Tu vas pas te tailler les veines. Crois-moi, tu t'en tires mieux comme ça. Cette nana, elle n'était pas faite pour toi… Je dirais même qu'elle n'est faite pour personne ! » Enfin, c'est comme ça que je réinvente ses paroles en mode plagiat, Renaud ne m'en voudra pas…

— Qu'est-ce qui se passe encore ? siffle-t-il, faussement agacé de me voir hausser les épaules. C'est le coup de fil de la RH de Créditel qui te met dans un état pareil ?

— Quel coup de fil ?

— Ils ne t'ont pas appelé ? Moi, je dois voir une certaine Lisa demain. Je dois être sur la blacklist ! rigole-t-il.

— Elle est facile celle-là… Je t'ai connu plus original, Mister Djibril Diamanka.

— Sérieusement, t'as pas remarqué qu'on était de moins en moins nombreux ? demande-t-il, désignant du menton un pan de moquette vide encore marqué de pieds de bureaux.

— J'avais pas fait attention. Mais c'est vrai qu'on a tout l'air de s'être débarrassé de ces postes de travail… et des gens qui allaient avec. M'enfin, t'as pas de bile à te faire. Pour toi c'est jamais qu'un petit boulot. Bientôt, tu vas retourner à ton école de commerce et tout ça ne sera plus qu'un lointain souvenir. Tu penseras à moi qui reste ici pour le fun…

— Ouais, c'est ça, pour le fun… Et surtout, pour la voix d'audiotel qu'on attrape à bosser ici. L'autre jour, j'ai eu un coup de flip, j'ai répondu sur mon tél perso : « Bonjour, Dominique Lefranc à l'appareil. » Ça t'est jamais arrivé ?



— Probablement… J'préfère pas trop y penser. Je viens, je fais le taf, je repars. Et puis c'est tout.

Le visage de Djibril prend soudain un air maussade. Sa lèvre inférieure commence à s'affaisser, signe chez lui d'une irritation prononcée qu'il ne se prive d'ailleurs pas de partager avec moi.

— Comment ça, « Et puis, c'est tout » ? Encore, t'aurais aucun diplôme, tu bosserais ici faute de mieux, je veux bien. Mais là, c'est du gâchis.

— Et tu voudrais que je fasse quoi ?

— Déjà, t'inscrire en maîtrise, ça serait un bon début. Et puis, à tout hasard, trouver un vrai boulot, ça n'te serait pas venu à l'esprit… ?

— Les « vrais boulots ». Lesquels ? Quarante ans de corvées, c'est partout la même. Au moins ici, personne ne me prend la tête. C'est la planque.

— Ah ouais, super plan, Matthieu. Très bien, vas-y, reste ici, tu vas finir « Dominique Lefranc de l'année » !

— Ah ouais ? Et ils remettent un prix ? Il faut que je prépare un discours, alors ! Que je m'y mette de suite, même. J'ai une idée, ça pourrait commencer comme ça : « Merci tout d'abord aux téléviseurs, réfrigérateurs et autres machines à laver qui tombent en panne juste après la fin de la garantie, sans lesquels aucune des cartes de crédit revolving au taux d'usurier n'aurait existé. »



Djibril, feignant de rire :

— Ha, ha, ha. Qu'est-ce que tu peux être fatigant quand tu t'y mets... Au lieu de dire des bêtises, raconte plutôt comment ça s'est passé avec la meuf de la Sorbonne. C'était hier que tu devais la voir, non ?

Je cherche une réponse satisfaisante dans le liquide noirâtre et sucré que la machine appelle « café ».

— J'sais plus, dis-je, le regard fuyant.

— Comment ça, tu sais plus ? s'étonne-t-il, m'administrant dans le dos une tape amicale qui manque de me déboîter l'épaule. Je croyais que c'était le genre de fille, je cite « qu'on peut difficilement oublier ». À moins que tu te taises parce que, tard dans la soirée, t'as découvert un joujou dur... mais pas le tien !

On part dans un fou rire. Les gens de l'autre côté de la vitre nous regardent de travers. Si on voulait les faire enrager, on ne s'y prendrait pas autrement.

— Comment te dire... Cette meuf et moi, c'est comme une Breitling au poignet d'un smicard... ça peut pas coller.

— Eh, Calimero, tu vas pas recommencer ? Qu'est-ce

qu'on a dit après ton ex? Un piédestal, c'est jamais bon qu'à attraper des torticolis. Regarde l'horloge là-haut, il te reste très exactement sept minutes et trente secondes pour ta story.

— Sept minutes et vingt-cinq secondes si tu veux être vraiment précis, rectifié-je, sept minutes et vingt-cinq secondes avant que le hamster ne retourne dans sa roue. Ma vie est noire, amère comme un café sans sucre. Je cherche du sucre mais je ne trouve que de l'aspartame. Si tu me crois pas, regarde dans la boîte...

Djibril, jetant un regard désabusé sur la boîte vide que je lui montre: 

— Eh, bla-bla-bla... Des fois, quand je t'écoute parler, j'ai l'impression d'être dans un *Matrix* pour dépressifs. Ou pire, un film français.

Sa dernière réplique m'a scié. Ses yeux roulent... ma tête tourne. À croire que les effets du THC ne m'ont pas totalement délaissé. Je bois une dernière gorgée de mon ersatz de café pour me remettre d'aplomb.

— *Okay, you wanna know the truth?* dis-je en imitant la voix grave de Morpheus. Voilà l'histoire.

Brune incandescente, yeux clairs, peau laiteuse, lèvres pulpeuses, taille fine et formes divines. La fille de mes rêves mais en mieux. Je l'ai rencontrée à la laverie. Au début, je ne l'ai pas remarquée ; comme à mon habitude, j'étais le nez dans mon bouquin, les oreilles dans mon Oxmo et la tête dans les vapes. Elle m'interpelle une première fois pour me demander de la monnaie, je bloque sur ses yeux verts rieurs et balbutie :

— Euh... non... oui... attendez, je vais regarder.

Dans ces moments-là, je retrouve la maladresse de mes quatorze ans. Je fais tomber mon livre, elle le ramasse, me dit qu'elle l'a lu, cite quelques autres bouquins de Louis-Ferdinand Céline et s'attriste qu'il ait fini collabo.

— C'est un de mes livres préférés, précise-t-elle.

— Moi aussi. Enfin, j'ai pas fini de le lire… mais j'aime beaucoup pour l'instant.

Je retrouve ma langue, oubliant que séduire, c'est en dire le moins possible. J'en rajoute sur ma prétendue culture littéraire, accumule les clichés sur ces auteurs dont je connais à peine le nom et deux trois hits au box-office. Je ne saurais dire si elle me croit ou si elle a juste envie de faire comme si. Si c'est le cas, elle sait feindre l'intérêt :

— Et qu'est-ce que tu fais dans la vie ?

Je reste un instant coi. Puis m'effleure l'idée de lui répondre, phraseur : « Quand je n'arnaque pas les vieilles au téléphone, je fume jusqu'à ne plus faire la différence entre mes cauchemars et le dernier journal télé. »

Mais mon entreprise d'autosabotage, si réussie soit-elle, a tout de même ses limites. J'ai finalement répondu ce que j'aurais aimé être la vérité :

— J'étais en maîtrise de sciences sociales l'an dernier à la Sorbonne. J'ai décidé de me prendre une année sabbatique pour réfléchir et finir un roman que j'ai commencé il y a un certain temps.

Ses yeux s'ouvrent comme si j'avais prononcé une formule magique.

— Ah oui, tu écris ? Moi, je rentre tout juste en lettres modernes. Tu me ferais lire un peu ce que tu fais ? Ça doit être plus sympa que les livres que j'ai à me coltiner en ce moment.

À sa demande, on échange nos numéros de téléphone. Elle s'appelle Céline. Joli clin d'œil du destin. Peut-être qu'elle arrivera à m'emmener au bout du voyage. Le seul hic est que mes écrits n'ont jamais dépassé le stade du cri primal : hurler mon malaise dans un bocal, ma rage dans l'oreiller. « Le plus grand écrivain du dimanche que la Terre ait jamais porté » sera mon épitaphe. Elle risque d'être déçue, elle qui, croyant m'avoir cerné, s'est gentiment moquée : 

— Ta lèvre bleue, c'est à force d'avoir trop mâchouillé le bout de ton stylo, c'est ça ?

Je me demande ce que je vais pouvoir lui faire lire. Je me vois bien lui remettre une épaisse pile de feuilles blanches et lui dire : « Voilà tout ce que j'aurais déjà dû avoir écrit. »

Les jours suivants, j'hésite à l'appeler. Je me démotive tout seul, efface même le numéro sur un accès de déprime. Le lendemain, je me maudis de l'avoir fait et explose le portable sur le mur. Sans regret. C'était soit le portable, soit ma tête. Pour ma tête, j'ai déjà le chanvre indien. Le Samsung est plus solide que je ne le pensais, l'écran reprend son souffle, un texto s'y affiche :

*Coucou ! Tu m'invites à prendre un verre demain ? Bises. Céline.*

L'effronterie des jolies filles.

Je sautille de joie comme les adolescentes dans les mangas. Je l'appelle, joue à l'occupé et dis ne pas être sûr de pouvoir venir, elle insiste :

— À 20 heures, au café Soufflot, OK ?

Je cède.

Quelques minutes avant l'échéance, je suis déjà à deux pas de là, arpentant les rues de mes années fac. Devant la bibliothèque Sainte-Geneviève, les étudiants sont gris comme les pavés, on parle partiels et concours. Bizarre. Ils m'ont vraiment l'air jeunes. Poupons, presque. Pourtant, ça ne fait pas si longtemps que j'ai déserté leurs rangs.

Je longe le Panthéon et prends l'avenue Soufflot. Je jette un bref coup d'œil vers l'édifice à tout hasard. Mon espoir est encore déçu. L'inscription monumentale « Aux grands hommes, la patrie reconnaissante » n'a pas changé. L'éternité dans un caveau humide, drôle de récompense. Le Père-Lachaise, c'est quand même plus glamour...



Café Soufflot. Elle m'attend. Enfin, j'espère.

Je l'aperçois. Elle est encore plus belle que la première fois. Elle a abandonné son pull molleton du dimanche pour l'une de ces jolies tenues qui hantent les vitrines du boulevard Saint-Germain. Du rouge rend justice à ses lèvres et du noir sublime ses yeux. Elle ne m'a pas vu, si absorbée par sa lecture qu'elle en boude son thé au citron.

Je sens le piège d'ici. Le tableau est trop idyllique. Nous commencerons à nous dire ces jolies choses que l'on se dit toujours dans pareille situation – ces saynètes que les cafés du Quartier latin ont vu jouer mille fois –, les mêmes mots *pour se mettre ensemble*, les mêmes mots *pour ne plus l'être*, me souffle Oxmo. Je l'écouterai parler et ferai mine de m'enthousiasmer... sans pour autant avoir saisi un traître mot de ce qu'elle m'aura dit. Ce ne sera pas faute d'avoir essayé ; s'il y a quelqu'un à blâmer, c'est elle : jouant de son charme, elle m'aura fait trébucher dans le vert de ses yeux. Au jardin du Luxembourg, faute de comprendre sa langue, je parlerai la mienne. Mes lèvres bicolores lui raconteront un peu de ma vie plagiée. Les chaises vertes inoccupées donneront suffisamment d'inspiration à celui que j'aurais pu être pour qu'il se révèle ; puisant dans la fiction des autres, je nous trouverai des mots communs pour que ma lumière brille de nouveau, ne serait-ce qu'un court instant. Le silence devenu mon allié, nous regarderons la fontaine sans eau. Je lui volerai ses mains et ses lèvres. Le reste aussi... plus tard. 

Et c'est là que tout commencera à se compliquer.

Elle me parlera de ses hautes aspirations – car elle en a, je le vois à ses mains fuselées – et de l'avenir. Elle voudra me présenter ses amis, ses parents... son chien ! Et là, elle découvrira que je ne suis personne – ou pire, que je suis Dominique Lefranc, avatar désincarné. Elle comprendra l'imposture. Il faudra partir et elle voudra que je lui rende son cœur mais je ne pourrai pas, car voler c'est voler, rendre, c'est se faire avoir. Surtout quand on est l'homme qui ne vaut pas dix centimes.

Et là, je devrai reprendre mon voyage au bout de la nuit, mais du début cette fois-ci, car j'aurai de nouveau perdu mon marque-page.

Elle fait une moue enfantine. Je viens de lui envoyer un texto :

*Empêchement de dernière minute ce soir, je ne pourrai pas venir. Désolé. See you.*

Mon portable vibre, son numéro s'affiche mais je suis loin maintenant. Dans l'obscurité de ma chambre, caché derrière les stores qui ne servent à rien, je fais le deuil de ma rêverie ; dans un nuage de fumée, je laisse se dissiper le doux visage de celle qui ne sera jamais plus pour moi que la jolie fille de la laverie.

Djibril, atterré :

— Franchement Matthieu, ne me dis pas que t'as été assez bête pour faire ça...

Un ange passe et m'aide à démêler la fiction de la réalité. Note pour moi-même : *Mettre le holà sur les coups d'effaceur ou un jour, je ne me souviendrai vraiment plus de rien.*



— Non, Djibril, en fait, ça ne s'est pas passé tout à fait comme ça... Je l'ai quittée ce matin. Elle devait aller déjeuner chez ses parents, à Versailles. On se revoit ce soir... Enfin, je crois.

— Ah ! Le bâta..., s'esclaffe-t-il, étouffant un juron. Le pire, c'est que j'ai failli y croire à ton histoire. T'as l'art de me faire marcher, hein ? Alors raconte, qu'est-ce qui s'est passé... vraiment ?

— Bah, après le texto, j'allais rentrer chez moi, comme je te disais... Et puis là, devant la bouche de métro Cluny-La Sorbonne, y a un couple qui s'embrasse façon Hollywood, comme s'ils allaient plus jamais se revoir de leur vie. Un petit chien Milka mi-blanc mi-brun, coincé entre leurs jambes, me fixe bizarre comme s'il savait ce que je venais de faire. J'ai pas pu descendre les escaliers, j'étais comme bloqué... J'ai repensé à ce que m'avait dit la cartomancienne sur les signes, la brune, les graines qui poussent et tout ça. Je me suis dit que ça valait peut-être la peine de voir la tête qu'il avait, le chien de cette Céline... Et puis l'amour, c'est comme ces films que t'as déjà vus une demi-douzaine de fois mais dont t'arrives pas à te lasser. Tu sais comment ça finit mais tu fais comme si tu savais pas... Enfin voilà, je me suis finalement rendu au Café Soufflot.

— Tu veux pas l'avouer, ajoute Djibril dans un de ces gloussements censés conforter l'amitié entre mâles, mais t'es un vrai lover en fait...

— Non, ce doit être plutôt comme tu disais juste avant : je suis sûrement un bâtard... Un bâtard sensible.

L'heure de la reprise me sauve de plus d'explications. 

Le come-back du hamster. J'enfile mon casque, arme le script et m'apprête à repartir pour deux heures, mais une voix dans ma tête me demande alors de m'arrêter. Elle est grave, rauque, presque robotique. Ma conscience ?

Je ne suis pas le seul à m'immobiliser. Dans leur box, les Dominique Lefranc se sont tous tus. De ma chaise, leurs profils mis en perspective, ils affichent la même interrogation.

La Voix vient du casque.

À l'étage, isolé derrière la vitre opaque, le superviseur des superviseurs s'adresse à nous, gens du bas :

— Collaborateurs, collaboratrices, j'ai une excellente nouvelle à vous annoncer. Notre société a signé un partenariat avec Smith & Carlson pour intégrer le premier réseau mondial de centres d'appels.

Le logo S & C s'affiche sur l'écran, la Voix redouble d'enthousiasme. Tout ça n'augure rien de bon. Smith & Carlson, ça me dit quelque chose mais je n'arrive pas à me rappeler où j'ai entendu ce nom.

La Voix s'enthousiasme :

— Smith & Carlson, numéro un mondial des médias et de la communication, a de nombreux centres d'appels partout dans le monde : Dakar, Tunis, New Delhi...

New Delhi, bien sûr. Je me rappelle l'histoire de New Delhi.

Un de ces soirs où je n'arrivais pas à dormir, où la lumière cathodique était mon dernier recours pour retrouver Morphée, je tombe sur un reportage : la success story d'un type, John Carlson, surnommé *The Man Who Bought The World* – en référence à la reprise de Nirvana. Ce type, héritier du groupe militaro-industriel américain Carslon Corp., s'est fait une réputation de tueur parmi les investisseurs. Au gré de jeux d'alliance avec des multinationales du disque et des médias, il a acquis un certain nombre de sociétés prestigieuses en l'espace de quelques années. Quand les dirigeants d'entreprise le voyaient débarquer en assemblée générale, gueule d'ange, serviette en cuir et chaussures un peu trop cirées de premier communiant, ils croyaient à une mauvaise blague : « On lui a dit qu'on n'avait pas de garderie ici ? » Un semestre plus tard, autre assemblée générale et ils se retrouvaient à rire jaune lorsqu'ils s'apercevaient qu'on leur avait confisqué leur jouet.

Son dernier coup fumant en date : le réseau de centres d'appels d'une société américaine. Toutes les structures – la plupart situées en Amérique du Nord et en Europe – furent délocalisées en Inde. Main-d'œuvre qualifiée, docile et bon marché. Fusion-délocalisation-licenciements-profits-dividendes. Jusque-là, rien d'original. Là où il a bluffé son monde, c'est que plutôt que de licencier sèchement les employés des centres d'appels locaux, John Carlson, de cette nouvelle génération de capitaines d'industrie faussement cools et télégéniques à souhait, leur a proposé de se délocaliser eux aussi. Ainsi, de jeunes Américains, Suédois, Italiens, pour la plupart bien diplômés mais sans «vécu professionnel significatif» comme disent les DRH, ont débarqué en Inde. Billet d'avion aller offert mais pour le reste, on les a payés au tarif local, l'équivalent de 400 euros par mois, de quoi bien vivre là-bas et enrichir leur CV d'un an d'expérience à l'étranger. Et en prime, une belle poignée de main avec John Carlson devant les caméras du monde entier.



Moi, déjà que sur la ligne 7, de Stalingrad à Tolbiac, j'ai l'impression de participer à la traversée des mondes, alors New Delhi... une planète si lointaine que je ne la trouve même pas sur le plan de la RATP. Y a-t-il une vie après la ligne 14 ?

Les écrans se calment, les Dominique Lefranc retrouvent leurs repères. Ma voix débite le script. Je souris, car le superviseur dit que cela s'entend au téléphone. Mon visage se reflète dans l'écran, ma voix résonne parmi d'autres ; pourtant je suis parti. Mon esprit se pose sur les courbes sinusoïdales des intonations de mes compagnons de voyage. Les heures passent. Le taux de concrétisation augmente. Moins je pense, plus je vends. À mon poignet, la pulsation se fait de plus en plus violente : la trotteuse accélère pour qu'enfin me soit signifiée l'heure de ma délivrance.

La grande aiguille n'a pas encore tout à fait fini son tour que je suis déjà prêt à reprendre la ligne rose du métro, à laisser mes oreilles aspirer les mots d'Oxmo. Mais un bras m'empoigne et guide mes pas vers le bureau d'en haut.

Un homme cravaté, à peine plus vieux que moi, trop propre sur lui pour ne pas avoir quelque chose à se reprocher, me serre la main vigoureusement. « C'est un signe d'assurance », a-t-on dû lui dire dans un module de développement personnel chèrement payé par l'entreprise. Je suis un peu déçu : je m'attendais à Dark Vador et je n'ai affaire qu'à ce minet de Luke Skywalker, les mêmes grands yeux clairs, le même air de ne pas y toucher.

Il me demande si j'ai bien eu son message puis, sans attendre ma réponse, me remet une carte de visite qui l'appelle Maxime Audry – la blacklist de Djibril me revient à l'esprit. Je ressens un violent trouble, l'impression de tout saisir en décalé, comme si le son s'était soudain désynchronisé de l'image. Une jeune femme métisse, qu'il appelle Lisa Elatre-Levy, m'inquiète : assise dans un coin de la pièce, elle a l'air de prendre des notes sur moi alors que je n'ai pas ouvert la bouche. Elle se présente comme « responsable des ressources humaines » et doit réaliser un audit. Qu'espère-t-elle entendre ? Elle se cache sous un tailleur gris austère qui gâche ses longues jambes couleur soie Camel. C'est Neverland à l'envers : des enfants qui jouent à être de grandes personnes.



Sa voix s'arrête. Je crois qu'il m'a posé une question.

— Alors, ça vous intéresse ? répète Maxime.

— Quoi ?

— Eh bien, de devenir le nouveau superviseur de notre plateau international installé à La Défense. Avec les taux de concrétisation que vous réalisez depuis six mois, on aurait dû vous le proposer depuis longtemps.

Maxime me sourit à bouche fermée, les yeux légèrement écarquillés – il doit croire que ça lui donne un air plus convaincant. Lisa abaisse ses lunettes comme si ça allait lui permettre de mieux entendre.

— Vous me proposez une promotion ? vérifié-je, sceptique, tout en me redressant lentement sur ma chaise.

— Oui ! s'exclame Maxime. Est-ce que vous vous rendez compte de l'incroyable opportunité qui vous est proposée de participer au développement de Smith & Carlson, l'une des plus grandes entreprises au monde ?

Il ne voit pas dans mes yeux l'enthousiasme espéré, alors il reprend de plus belle :

— Je sais, ça peut vous paraître un peu subit. Mais quand je vous regarde, assis sur cette chaise, c'est moi il y a à peine un an que je vois. Je travaillais dans un autre service, c'est vrai. Mais au fond, j'étais comme vous : j'attendais. J'attendais sans savoir qui je pouvais être.

Il recule et je jurerais que si Lisa n'était pas là, il poserait la main sur mon front pour me « sauver », comme dans un show télévisé de prédicateur évangélique.

— Je vous le dis, Matthieu. Il n'est plus l'heure d'attendre, non, il n'est plus l'heure… Il faut vous lever maintenant ! Rappelez-vous que, depuis le 1er novembre 2004, nous sommes désormais tous des survivants ! Rappelez-vous que Smith & Carlson était en première ligne en cette tragique journée… Nous aurions pu partir mais nous avons fait face, tous ensemble, assène-t-il, le poing serré. Vraiment, je vous l'assure : rejoignez-nous, vous ne le regretterez pas.

Me voilà dès le lendemain précipité sur le fleuve qui mène à l'Enfer. Le RER dégueule sa marée humaine, m'entraîne vers l'escalator. Je veux rebrousser chemin, mais le cerbère vêtu d'une parka verte vérifie mon billet et me souhaite une bonne journée. « Non, ne résiste pas, ne lutte pas, ne te détourne pas de la main tendue vers toi », me dicte mon lecteur mp3.

De l'autre côté du fleuve Achéron, la tour de verre parmi les tours d'acier. Des gens anthracite, sombres comme leur blazer et leur ordinateur portable, pullulent dans les couloirs. Les hôtesses portent des tailleurs rouges et un sourire indélébile. La sécurité me photographie, me remet un badge et m'expédie par l'ascenseur. Les marketo-starlettes me bousculent du regard ; les effluves mêlés de leur parfum et de leur vernis à ongles mal séché me font presque autant d'effet que le spliff du petit déjeuner. Les financiers, air d'apprentis maîtres du monde, n'ouvrent pas la bouche : on pourrait voir leurs canines rayer le plancher. Brusque accélération. Étages 15-25-35-45... 4g dans l'estomac. Sortie de l'atmosphère. La nacelle s'ouvre enfin. Mon mal-être fait un bref passage par l'œsophage et me quitte entre la lunette en plastique et l'émail nacré.

Un immense plateau s'étend à perte de vue. Des Dominique Lefranc par centaines, par milliers, le visage barré par leur casque micro, débitent les paroles ordonnées par le script. Ils parlent tous des langues différentes que je ne parviens pas à décrypter, mais leurs intonations sont si semblables que leurs langues se confondent en une sorte de novlangue aussi familière qu'incompréhensible. Ils se tournent vers moi comme un seul homme et me saluent d'une voix unique. Je me vois dans leurs yeux. Effrayé. Une fenêtre ouverte me propose de fuir de la tour de Babel. Il ne me resterait donc que le vide pour point de chute... Un doute m'envahit : *Fuir encore ? Mais pour où ?*

— Alors, vous acceptez ? me demande Maxime, la main tendue vers moi.

Les jeunes gens normaux fêtent leur promotion au champagne dans un grand restaurant en compagnie de leur copine. J'aurais aimé pouvoir (savoir ?) en faire autant. Mais j'ai trop pris au pied de la lettre le conseil de Maxime : je me suis levé et je suis parti. Éberlué, il m'a regardé me diriger vers la porte  sans autre forme d'explication. Il aurait dû le voir venir, n'est-ce pas, lui qui vient de me sommer de ne plus attendre ?

Sur le trajet du retour, je savoure un mélange aigre-doux de peur et de soulagement. Visibilité toujours nulle sur le terme de mon voyage. Mais la station Tolbiac est derrière moi pour de bon.

Qu'est-ce que je vais faire demain ? Je n'en ai pas la moindre foutue idée... Trouver le courage de ne pas me laisser crever d'ennui serait un « bon début », comme dirait Djibril.

Avant cela, je dois suivre ma feuille de route du soir, dictée par ce nouveau texto que je viens de recevoir :

*Coucou. Je suis pas loin de chez toi... Bientôt rentré ?*

Je m'en vais poursuivre ma nuit dans les courbes de Céline.

La bougie éclaire les corps. Si peu de lumière qu'au toucher je ne différencie plus sa peau douce, flottante des ombres qu'elle lui prête. Mes mains devinent le sourire de ses hanches. Ses yeux en amande, malicieux, semblent lire en moi. J'essaie de me cacher dans son ombre, dans mes silences. J'aimerais être comme elle me voit : lumineux. Ne jamais lui laisser faire la connaissance de ces démons qui ont rendu mon âme opaque à tout semblant d'éclaircie dans ma vie. Après tout, tout va bien aujourd'hui... Je ne manque de rien. Ah si, de parents, peut-être. Ça aurait pu servir, parfois. (Ça pourrait encore, je crois.)

— Tu préfères grandir seul ou mal accompagné ?

C'était le seul choix que j'aurais aimé qu'ils puissent me laisser. Mais personne ne choisit sa famille, encore moins sa famille d'accueil. Je ne les blâme pas, d'ailleurs. J'étais une belle tête de pioche, un petit con, capable de leur claquer entre les doigts sur une mauvaise inspiration. S'attacher à moi ? Plus risqué encore que de câliner un hérisson. Qui n'aurait pas eu une trouille bleue de mes problèmes de respiration ? Certains y ont mis du leur, pourtant. Celle de la rue d'Enghien, par exemple. Une vieille catho, autant de rides que de grâces, qui insistait pour que j'accroche l'ange au sommet du sapin. Un peu facile la B.A., cela dit : je n'avais guère de concurrence pour accomplir cette jolie cérémonie, vu que les autres gosses devaient retourner passer les fêtes dans leur famille – et pour certains, pas vraiment de gaieté de cœur –, me laissant seul avec ma mère pour de faux. Me voyant m'étirer de tout mon long pour atteindre le pic de l'épicéa, elle répétait cette phrase d'un air énigmatique : « Les anges sourient sur le chemin des innocents. » Menteuse. L'ange du sapin ne m'a jamais souri.

Encore aujourd'hui, je ne suis pas sûr de savoir ce qu'elle entendait par là. Était-ce sa manière à elle de me consoler, sous-entendant qu'un jour tout me serait rendu au centuple ?

Ou suggérait-elle que la figurine de cire ne pourrait jamais me sourire à cause de quelque inexpiable péché à l'origine de mon existence ?

En revenant au pied du sapin, je pensais retrouver mon enfance joliment emballée dans un écrin de nostalgie. Mais, pour tout présent, je me retrouve nez à nez avec cette boîte à questions que je ne suis pas encore prêt à ouvrir. Je fouille dans ma mémoire, essaie de retrouver un moment d'authentique insouciance.

En vain. 

À croire que j'ai toujours été un homme caché dans le corps d'un môme.

À croire qu'Oxmo et Freud ont raison : « Personne ne guérit de son enfance. »

À croire que je trouve quelque chose de rassurant dans toutes ces rengaines qui me servent de béquille.

Je ne suis même plus certain de pouvoir me fier à ma mémoire. De ces histoires que je me racontais pour m'endormir, de ces petits bouts de phrases où j'essayais de me dire, de ces mots griffonnés sur mes cahiers d'écolier, il ne me reste que l'ivresse de mes premières fuites.

Et aujourd'hui, dois-je fuir encore ?

Le simple fait que je me pose la question tient de la folie, quand toutes les raisons de rester sont allongées à côté de moi, dans ce lit.

Il est à peine 23 h 30 et, déjà, elle dort profondément. Je l'envie. Les traits de son visage sont parfaitement détendus, seul un petit sourire mutin persiste sur ses lèvres rose pâle. Une main semble me chercher dans son sommeil. À tâtons.

Ses cheveux ondulent jusqu'à sa colonne et sont une invitation à la caresse. Malgré une irrépressible envie de plonger ma main dans le flot soyeux, je les frôle seulement de peur de la réveiller. Surtout que la porte me fixe et m'incite à partir. Je me demande ce qu'il y aurait de si enviable de l'autre côté pour songer un seul instant à quitter Céline. Qu'est-ce que j'y ferais, au juste ? Mélanger un peu de tabac et de bonheur en sachet, kiffer quand mon spleen m'assassine et regretter une fois de plus que tout n'ait pas été autrement... ?



Comme une ritournelle, un peu glauque, un peu triste, me revient ce couplet, sans que je sache à qui l'attribuer :

*Celui qui a faim peut se débrouiller pour manger*
*Mais rien pour le cœur*
*J'trouverai pas d'amour en sachet.*

*Qu'est-ce que j'ai fait pour mériter ça ?* Cette phrase si souvent murmurée à moi-même... Seulement, c'est la première fois qu'elle va de pair avec un événement heureux. Est-ce que je serais, comme le dit Linda, de ces gens qui n'ont qu'un rêve, gagner à la loterie, et qui n'y participent jamais ?

Pourquoi avoir peur d'être heureux ? Je me blottis contre elle. Elle est si belle.

Je me demande ce que sa parure d'ivoire couvre si bien. Elle aussi doit avoir sa part d'ombre pour être là, nue à mes côtés, alors que je suis encore pour elle un semi-inconnu. Au fait, comment s'appelle-t-elle ? Céline... Céline comment ? Peu importe. Je ne sais presque rien d'elle et ne veux plus rien savoir de moi ; juste être là, la serrer et profiter de cet instant de grâce entre deux fins du monde. Enlacés ainsi, je ne peux dire si c'est moi qui la protège de mes bras ou si ce sont ses ailes invisibles qui nous font un tiède berceau.

Sa main s'éveille et serre la mienne. Je me sens si bien que j'en viens à croire qu'il n'est peut-être pas trop tard pour tout recommencer. J'aimerais tant ne pas me tromper... Pourtant, je ne crois pas être celui qui pourrait répondre à cette interrogation. Il vaudrait mieux demander à cet inconnu presque familier qui, depuis quelque temps déjà, prétend être moi : l'écrivain du dimanche. Il attend que disparaissent les dernières lueurs du jour pour se manifester. Le voilà assis sur ma chaise à me narguer, une pile de feuilles blanches à sa portée. Il me chuchote que si j'accepte de jouer avec lui, je pourrai ne plus jamais avoir besoin de strapontin.



Je me laisse saisir plus qu'il ne me saisit. Céline pèche encore avec Morphée, elle ne m'en tiendra pas rigueur. Je deviens spectateur de mon propre sort. Et de nouveau, « je » devient « lui » lorsqu'il n'y a plus qu'une chaise pour deux.

Sur le bureau, une trinité incomplète : des pages blanches, un stylo qui s'ennuie... Une main s'en empare et se demande qu'en faire. Un avant-bras, un coude, un biceps complètent les cinq doigts qui se crispent autour de la plume de plastique. Ce bras s'accompagne d'un corps et de tout ce qui va avec. Rien de bien utile pour l'A4 immaculée. Pourtant, on aurait pu croire que la tête aiderait à combler le vide. Mais le vide de la feuille ressemble au vide de la tête, alors la page blanche s'angoisse, les doigts lâchent le stylo et abdiquent.

L'écrivain du dimanche, spectateur de cette main dont il ne se sent pas tout à fait maître, vient de se trouver une excuse pour remettre ses « travaux d'écriture » à plus tard – c'est ainsi que l'écrivain du dimanche qualifie ses écrits. Jamais il ne parle de « texte », de « manuscrit », et encore moins de « roman » : sa fausse modestie est le paratonnerre de ses ambitions inavouées. Jamais il ne se risquera à croire en lui : ce serait s'exposer à l'échec, le vrai.

D'ailleurs, dimanche s'éteint dans les murmures de la télé dont l'écrivain du dimanche adore dire du mal. Il aime regarder ces émissions où défilent des ex-écrivains du

dimanche venus vendre leurs kilos de mots. Officiellement, l'écrivain du dimanche méprise « ces vendus dont il ne restera rien dans vingt ans et qui ne doivent leur succès qu'à l'habile directeur marketing de leur maison d'édition ». Autant de coupables idéaux qu'il accuse « d'avoir mis les lettres sur le trottoir ». L'écrivain du dimanche ira à la librairie, feuilletera leurs livres à la dérobée et se dira qu'il pourrait faire bien mieux s'il s'en donnait la peine. « Il n'y a plus un écrivain français valable depuis Malraux », se risque-t-il à dénoncer, lui qui n'est jamais parvenu au-delà de la centième page de *La Condition humaine*. Mais l'écrivain du dimanche n'est pas à une contradiction près.

Du reste, il est persuadé que ce sont ces mêmes contradictions qui lui permettront un jour d'écrire, de trouver son public et de voir son talent enfin reconnu. Mais pour l'instant, il n'écrit pas. Qu'est-ce que je pourrais dire qui n'ait pas déjà été dit ? se lamente-t-il. Ses mains plaquées contre la page, essayant d'occulter le vide, le rappellent durement à son infirmité chronique. Et déjà, dimanche est la flamme d'une bougie à l'incandescence chancelante. Et si dimanche se termine, il n'aura plus à écrire, puisque l'écrivain du dimanche n'écrit que le dimanche.

Il a découvert son identité dans un roman de Jean-Paul Sartre, dans cette réplique cinglante d'Ivich qui le blessa dans son ego à un point qu'il n'aurait pu soupçonner : « Des écrivains du dimanche : des petits-bourgeois qui écrivaient annuellement une nouvelle ou cinq ou six poèmes pour mettre un peu d'idéal dans leur vie. Par hygiène. » Et qui, en quête d'un peu d'estime, confient leurs velléités à leurs amis et à leurs proies féminines, ajoute-t-il, amer de se voir si bien dépeint, un regard en coin vers celle qui ne se doute encore en rien de ses desseins.



Il se comporte souvent avec les femmes comme avec les pages blanches : il ne se décide pas à agir par peur de mal faire. Alors, il charme, il crée l'ambiguïté puis l'envie, chez elle comme chez lui, et dès qu'il n'y a plus qu'à prendre la plume pour écrire la première page d'une belle histoire, il renonce. Il préfère accrocher de beaux cadres vides au-dessus du canapé de son salon et imaginer les photos qu'il aurait pu y mettre. Magnifique, la vie rêvée de l'écrivain du dimanche, celle qui n'existe qu'entre deux stations chaque matin de la semaine.

Bouches et couloirs de métro le happeront. Prochaine station : amnésie. Et déjà, il sera au travail. Cinq jours durant, il oubliera sa part d'ombre. Il répondra à l'appel d'un autre nom, un nom qui ferait d'ailleurs un très mauvais pseudo littéraire, mais tout le monde n'a pas eu la chance de s'entendre promettre : « Tu seras un héros, tu seras général, Gabriele d'Annunzio, ambassadeur de France – tous ces voyous ne savent pas qui tu es ! » Tout le monde n'est pas Romain Gary ; tout le monde ne peut pas susciter dès l'aube ces grandes espérances qui de tout temps ont forgé les talents. Alors… Masque social de rigueur pour l'écrivain du dimanche.

Il a peur de devenir ordinaire : il feint d'ignorer qu'il l'a toujours été. Il se croit différent parce qu'il passe la moitié de son temps dans une étrange pièce où il regarde le passé pour essayer de comprendre le présent et de deviner l'avenir. Il se dit qu'il devrait écrire sur « tout ça » ; peut-être que

ça intéressera quelqu'un, quelque part… Enfin, il n'y croit pas trop. Surtout que, lorsqu'il regarde en lui-même, c'est toujours à travers la vitre embuée de ses propres doutes. Et plus précisément, ce dimanche : la crainte du jour où cette jeune femme, lassée de ne plus connaître que les bras de Morphée, s'en ira, portant en bandoulière le cœur qu'il croyait lui avoir volé.

L'écrivain du dimanche regarde mourir ce dimanche sur le cadran numérique du magnétoscope – technologie en désuétude, tout comme lui. Il feint l'indifférence et ressent pourtant une profonde torpeur. Il voudrait duper le temps, lui prendre juste une heure. Une heure de plus à trouver de bonnes raisons de ne rien écrire. Comme toujours. Encore un dimanche où il essaiera d'oublier son obsession dans des reflets cathodiques. Le journal de la nuit : des bombes inondent les trottoirs du monde civilisé, alors on commence à s'inquiéter de ce qui se passe de l'« autre côté ». Il sait qu'un de ces jours il se réveillera et que la boîte à images décrétera qu'il est dans l'axe du mal, qu'il faut qu'il se rende s'il ne veut pas être tué. On ne badinera plus avec les resquilleurs, et l'écrivain du dimanche sera arrêté pour exercice illégal de la littérature. En attendant, il éteint le poste.

Minuit moins une. Il sent peu à peu ses forces le quitter. Sa main lutte pour ne pas lâcher le stylo, ses doigts agonisent sur la surface plane. L'angoisse quitte la page blanche. Déjà, il n'existe plus, il n'est plus qu'un fantasme. A-t-il réellement existé ? Nulle trace sur la feuille encore vierge.

L'écrivain du dimanche regarde ses mains devenir translucides, son corps disparaître et laisser des vêtements qu'un autre – sa Némésis – revêtira instantanément. Pourtant, il aurait tant aimé que, pour une fois, cela se passe autrement. Il aurait préféré les remords d'avoir mal fait aux regrets de n'avoir rien tenté.



Dernier sursaut du condamné : la main est secouée d'un effrayant spasme, les doigts rattrapent le stylo sur le point de tomber du bureau, l'écrivain du dimanche jette alors quelques mots en traits précipités et déflore la feuille. Entre-temps, le double zéro s'est affiché sur l'enregistreur de vide. Paradoxe temporel. L'écrivain du dimanche a franchi le domaine délimité par le double douze du soir. Hagard dans ce no man's land existentiel, il ignore s'il est apeuré ou excité, s'il a hâte d'explorer ce nouveau champ des possibles ou s'il doit craindre de trahir son serment dominical. *Qu'est-ce qu'un écrivain du dimanche qui n'écrirait plus seulement le dimanche ?* se demande-t-il. Peut-être un écrivain en devenir. Qui sait ?

Les stores ne me cachent plus : c'est le soleil d'un Paris d'été indien qui me signale le matin. Je suis encore assis à mon bureau, la trinité reconstituée : feuille, encre, esprit. Je n'ai pas dormi mais je ne me suis jamais senti aussi éveillé.

Elle ne veut pas de sucre dans son thé au citron. Céline se la joue naïade : elle porte son drap à la romaine, m'agrippe par le cou. Ses longs cheveux noirs lui couvrent les seins. La sensation de son corps plaqué contre mon dos me trouble, mais je feins l'indifférence... Autant que faire se peut.

— Qu'est-ce tu fais ?

Je bredouille, gêné :



— J'écris... Enfin, j'essaie...

Dans sa voix, j'entends la lumière de ses yeux.

— Ah, et qu'est-ce t'écris ?

— Trois fois rien... Une histoire que j'avais en tête depuis un moment...

Céline, l'ironie au bord des lèvres :

— *Trois fois* rien... Ça commence à faire beaucoup. T'es sûr que ce carnet va te suffire ?

— On verra... Je compte sur la chance du débutant.

— Mmm... Toi, t'as décidé de faire ton mystérieux, ce matin... Elle finit bien ton histoire, au moins ? s'enquiert-elle, rapprochant son visage du mien.

— Ça, ce serait plutôt à toi de me le dire, mon ange...

— Un ange, moi ? Si tu m'avais croisée, il y a six mois dans une manif à quelques rues d'ici, t'aurais certainement pas dit ça...

— Une manif ? T'es genre du genre à aller aux manifs ? Avec qui ? Contre quoi ?

— Toi, tu poses trop de questions, minaude-t-elle avant de me voler un baiser.

Un tendre larcin dont je suis largement dédommagé : l'arôme acidulé dont elle a imbibé mes lèvres m'a donné ce sourire que je n'avais jamais su voir.

# III

# Les rescapés

« Chaque moment se produit deux fois :
à l'intérieur et à l'extérieur,
et ce sont deux histoires différentes. »
Zadie Smith, *Sourires de loup*

# 9

## Le voyage à l'envers
Salem Bensayah

— Et c'est tout ce que tu trouves à dire ? s'indigne Estelle. 

Le petit chien bicolore qui louvoie entre ses jambes s'arrête net. Il lève le museau, visiblement aussi curieux que sa maîtresse de connaître la réponse qui fusera de l'autre côté de la table.

— Qu'est-ce que tu voudrais que je dise ? rétorque Salem, occupé à souffler sur son thé.

— « Haut » ! Tu voudrais me faire croire que le seul souvenir que te laissent six semaines à New York, c'est que c'était « haut » ? Je vais finir pas croire que tu es complètement blasé.

Salem, qui ne la trouve jamais aussi belle que lorsqu'elle prend la mouche, persiste.

— Je ne vois pas quoi dire de plus : tout était très haut là-bas, les immeubles comme le regard que les gens portent sur eux-mêmes. À t'en filer le vertige, parfois.

— Ah ! Là, tu commences à m'intéresser, s'exclame-t-elle, une Camel aux lèvres, tapotant son paquet pour en faire sortir le briquet. « Vertige », c'est mieux, beaucoup mieux que « haut ». Un nom, c'est plus riche qu'un adjectif, ça ouvre toujours plus de perspectives. Continue...

Salem la regarde se diriger vers la fenêtre, escortée par l'animal mi-blanc mi-brun résolu à ne rien perdre de la conversation.

— Non, c'est tout. Vraiment. Tu sais, le New York de Smith & Carlson, ce n'est pas précisément ce qu'il y a de plus *romanesque*...

Elle secoue la tête.

— Et Tom Wolfe, Bret Easton Ellis, Paul Auster... Ils écrivent sur quoi ? Pas sur les fermiers de l'Arkansas, que je sache !



— Tiens, tu ne parles pas des Russes pour une fois... Qu'est-ce que tu disais la dernière fois à propos des traders et de ton cher Dostoïevski ? « Il ne suffit pas de gagner pour ne pas perdre. Ils le sauraient s'ils avaient lu *Le Joueur*. » C'est ça ?

Elle ne peut réprimer un petit sourire de satisfaction. À défaut de parler le même langage, au moins l'écoute-t-il.

De temps en temps.

— Ne fais pas diversion : je veux mon histoire. Et même deux, si l'on compte celle que tu me devais à ton retour de Hong Kong.

— Et moi qui croyais que tes nouvelles fonctions de lectrice me laisseraient un peu de répit...

— Ça n'a rien à voir. Être lectrice, c'est estimer le potentiel d'un auteur.

Le toutou renifle bruyamment pour appuyer les propos de sa maîtresse.

— Désolé, madame la lectrice. J'ai eu la *naïveté* de croire que ton boulot consistait justement à trouver les bonnes histoires qui se cachent dans ces manuscrits, raille-t-il, désignant la petite pile sur le coin de la table.

Elle hausse les épaules.

— *Du bleu aux lèvres* de Matthieu Vincent, par exemple, qu'est-ce ça donne ? lance-t-il en lisant le titre du volume sur le dessus. *Du bleu aux lèvres*, ça sonne bien en tout cas...

— C'est pas mal du tout, s'enthousiasme Estelle. L'histoire est un peu convenue, mais les descriptions sont bonnes, la narration fluide. Et surtout, quoiqu'un peu phraseur à mon goût, j'aime beaucoup son style. Et ça pour un jeune auteur, ça fait toute la différence. Pour le reste, il aura le temps de s'améliorer... Enfin, c'est à espérer. Je l'ai même recommandé à notre comité de lecture. Je suis curieuse de savoir s'ils ont donné suite... Mais ne change pas de sujet : *you have a story to tell.*



— J'ai pris quelques photos si tu veux voir de quoi ça a l'air, hasarde Salem sans y croire.

— J'ai Internet, merci. Et des photos, au mieux, ce n'est rien de plus qu'une histoire sans narrateur. Qu'est-ce que tu regardes ? s'irrite-t-elle tout à coup.

Salem lève les yeux du fond de sa tasse : il se demandait mollement à quoi diable pouvait ressembler du « marc de thé ».

— Je ne sais pas. L'avenir ?

Estelle roule les yeux comme face à un enfant qui voudrait retarder l'heure du coucher en prétextant avoir vu un monstre sous son lit. À l'espace qu'elle ménage désormais entre deux volutes de fumée, Salem comprend que, cette fois, il ne s'en tirera pas à si bon compte – une subtilité qui n'a pas échappé au petit chien bicolore qui suit désormais la scène depuis son coin de tapis.

Mais qu'ajouter de plus sur la ville dont presque chaque rue a déjà inspiré une histoire ? Il y a bien eu cette perpétuelle impression de déjà-vu quand il déambulait dans certains quartiers, mais il l'entend déjà persifler : « Une atmosphère, ça ne fait pas une histoire. Ou alors deux bougies sur une table suffiraient à faire un bon dîner.» Faute de mieux, il se risque finalement à raconter :



— Dans les commerces de Midtown, la moitié des gens me parlaient espagnol, l'autre moitié me croyaient israélien. Il n'y a que quand j'ouvrais la bouche que je retrouvais les couleurs de mon passeport – j'aurais bien aimé pouvoir en dire autant des douanes US. Plutôt amusant comme histoire, non ?

— Amusant, oui. Une histoire, non, rétorque Estelle, le visage tourné vers la rue en contrebas qui fait l'angle avec le boulevard Saint-Michel. Au mieux, c'est une anecdote. Et c'est un peu trop attendu… Même mes terminales trouvent de meilleures histoires quand ils sont en retard pour rendre leur devoir.

— Et comment vont les enfants terribles de Mme Razard ?

— Toujours aussi terribles, mais de moins en moins enfantins. Et ce n'est pas ce qui se passe en ce moment qui va arranger mes affaires, soupire-t-elle, pointant d'un mouvement de tête le journal sur l'étagère.

Salem s'en saisit. Le titre en première page, tonitruant comme une alarme à incendie : « Nouvelle nuit de violences à Clichy-sous-Bois». À la une, la photo de deux pompiers tentant de circonscrire l'incendie d'une voiture. Salem observe, perplexe, la façon dont l'articulation du titre et de la photo est parvenue à éclipser l'information la plus tragique et la plus importante: la mort de deux adolescents dans un transformateur électrique. Un autre détail achève de le jeter dans un profond trouble: aux deux pompiers debout devant la voiture se joint un troisième, en retrait, qui tient entre les mains un objet à l'écran bleuté. Salem a peine à le croire, mais plus il regarde, plus il lui est difficile de nier l'évidence: le pompier prend une photo.



— Quand même, quelle idée de se hâter d'accuser sans preuve ces gamins de vol, gronde Estelle, de plus en plus absorbée par le spectacle en contrebas. Et moi qui ai commencé le chapitre sur la vérité juste avant les vacances de la Toussaint: qu'est-ce que je leur dis à mes élèves à la rentrée? Que la vérité des uns s'arrête là où commence celle des autres? Et ces ministres, est-ce qu'ils pensent à nous sur le terrain avant d'ouvrir la bouche?

Salem, en apnée dans sa lecture, ne réagit pas à ses propos. Comme prisonnier d'un mauvais rêve, il n'émerge que pour commenter d'une voix incrédule:

— «Plusieurs grenades lacrymogènes ont été tirées, hier soir vers 20 h 30, par les CRS aux abords de la mosquée.» La police qui s'en prend à une mosquée... Qui aurait pu croire à une chose pareille? En France!

Estelle lui jette un regard attendri. Elle lui trouve toujours quelque chose de touchant quand, le corps tout à coup raidi par une force supérieure, le regard fixé au loin, sa voix prend des accents solennels pour énoncer quelque vérité imprescriptible sur *la France éternelle*. « Le ton d'un enfant qui ne veut pas admettre que le père Noël n'existe pas », s'est-elle souvent moquée.

— Et en pleine prière du ramadan, probablement pas le meilleur des timings, fait-elle observer, tapotant sa cigarette sur la rambarde.

Elle voit son visage soudainement s'assombrir et l'entend murmurer pour lui-même : « Le début du ramadan,

j'avais complètement… » Estelle, qui pour une fois voulait lui épargner ses sarcasmes, le plonge à regret dans un état autrement plus douloureux : les remords de l'aîné absent. Une remarque doublement cruelle puisqu'elle révèle, sous une lumière plus crue encore, l'ironie de la situation : elle, la fille du Quartier latin, est plus au fait de ce qui passe de l'autre côté du périphérique que l'enfant de Stains.

Dans le long silence qui suit, leurs pensées se fixent sur le même objet : l'étrange série de coïncidences qui continuent de relier leurs trajectoires depuis bientôt neuf ans.

« Notre rencontre, c'est de l'ordre du *mektoub* », a-t-elle souvent eu envie de lui souffler sur l'oreiller. Elle le ferait si elle y croyait, si elle avait osé… Si elle n'avait pas peur que, mal interprétée, cette phrase produise l'effet inverse de celui escompté : qu'il l'abandonne pour ne rien abandonner de son libre arbitre. Une nouvelle fois.

Prédestination ou simple coïncidence, les circonstances qui entourent le début de leur chassé-croisé méritent d'être rappelées : Estelle apprend son affectation au lycée Léo-Ferré de Stains, en Seine-Saint-Denis, la semaine même où Salem, qui vient d'y obtenir son baccalauréat scientifique, reçoit sa lettre d'admission dans l'une des plus prestigieuses classes préparatoires parisiennes, au cœur du Quartier latin.

S'ils éprouvent cette semaine-là le même mélange de trac et d'excitation, leur communauté de destins ne leur sera révélée que des années plus tard. Entre-temps, il faudra que la professeure de philosophie s'attarde plus qu'à l'accoutumée à la bibliothèque de son quartier et en soit mise dehors avec toute la gentillesse du monde par l'étudiant qui y supplée la documentaliste. Elle gardera un tel souvenir de sa prévenance qu'elle ne pourra plus retourner là-bas sans y chercher sa présence. Lui n'a pas attendu ce soir-là pour la remarquer, autant pour sa chevelure blonde encadrant son beau visage anguleux, avec quelque chose de triste au fond des yeux très vifs que pour la quantité gargantuesque de livres qu'elle dévore chaque semaine. La jeune femme, dont il a noté le goût prononcé pour les escarpins rouges et la littérature russe, a, en l'espace d'un mois, eu raison de l'œuvre entière d'un certain Fedor Dostoïevski – le nom sonne comme une réminiscence de concours pour l'ancien élève de classe prépa, mais son œuvre reste nébuleuse pour l'élève-ingénieur. À l'air pénétré avec lequel elle sélectionne ses prochaines lectures, il exclut qu'elle se contente de les parcourir en diagonale – elle n'est pas de ceux qui lisent pour avoir lu – seulement, où trouve-t-elle le temps ?

Un soir, la voyant pour la deuxième fois de la semaine en prendre deux pour en rendre trois, il se risque à dire :

— Je suis désolé mais ça ne va pas être possible.

Elle tombe des nues.

— Pardon ? Qu'est-ce qui ne va pas être possible ?

— J'ai reçu des consignes, continue-t-il d'une voix blanche.

— Des consignes ?

— Les relevés de nos systèmes informatiques ont montré une activité anormale sur votre compte : durant le mois qui vient de s'écouler, vous avez largement dépassé le record de prêts, dit-il dans un sourire.

C'est le moment où, croit-il, son interlocutrice percevra qu'il s'agit d'une plaisanterie. Mais au lieu de l'éclat de rire attendu, la jeune femme entre dans une colère noire. Il a droit à une diatribe d'une violence inouïe contre « une société minée par le souci de tout mesurer au point de décréter un seuil au-delà duquel lire relèverait de l'activité dangereuse ». Il tente de dissiper le malentendu sur ce trait d'humour tombé à plat mais, de l'autre côté du guichet, on croit qu'il veut se défausser : « Et en plus, on n'assume pas ses paroles. Quelle honte, vraiment ! » Puisqu'il n'arrive pas à lui faire entendre raison, il la laisse, jusqu'à la lie, se gargariser de sa propre logorrhée qui ne fait qu'ajouter à son charme. Quand elle recouvre enfin ses esprits, il trouve le cran de lui dire :

— Ça y est, vous avez fini ? Pour un peu, j'aurais pensé que vous aviez répété.

Elle maugrée.

— Je plaisantais. Vous pouvez emprunter autant de livres que ça vous chante. Ce que j'ai essayé de vous dire – un peu maladroitement, je vous l'accorde –, c'est que je suis impressionné qu'il existe encore des gens qui lisent autant, explique-t-il sans oser la regarder.

À cette réplique, les joues de la lectrice rosissent, moins pour la bévue dont elle s'est rendue coupable que pour ce compliment aussi touchant qu'inattendu. Elle se sent obligée de préciser :

— Il faut bien qu'il y ait quelques avantages à être prof tout de même.

— Ah, qu'est-ce que vous enseignez... Les lettres ? Ou le théâtre, peut-être, si j'en crois votre performance ?

— Non, je suis prof de philo.

— Ah oui, où ça ? Dans un lycée du quartier ?

— Non, en banlieue, ça m'étonnerait que vous connaissiez.

— Dites toujours, qui sait.

La troublante coïncidence pique leur curiosité. Ils font connaissance le soir même autour d'un verre dans le café situé en face de chez elle. Ce même café qu'elle est encore à observer depuis sa fenêtre des années plus tard, dans l'attente de sa fameuse histoire new-yorkaise, bien que sa cigarette réduite au mégot ne lui donne plus d'excuse pour rester ainsi figée. La faute à cette question lancinante qu'elle n'arrive pas à mettre en sourdine : leur relation a-t-elle seulement bougé d'un iota depuis ce soir-là ?

Quant à Salem, c'est le pourquoi d'une telle passion pour la chose imprimée qu'il est encore en train d'essayer d'appréhender. Observant les étagères d'Estelle qui se sont considérablement étoffées depuis leur rencontre, il se demande comment on peut trouver le temps de lire tout ça et, plus mystérieux encore, comment on peut trouver le temps de noircir toutes ces pages. Il saisit de nouveau sur la table le manuscrit du haut de la pile.

*Ce* Matthieu Vincent, *par exemple, à quoi ressemble sa vie ?*

Les études, les petits boulots, les examens puis les stages, le premier job et désormais, les postes à responsabilité qui se succèdent sans discontinuer... À chaque étape, on lui a dépeint la suivante comme celle où il se reposerait sur ses lauriers. Ou du moins celle où le rocher de Sisyphe ne serait plus si lourd à pousser. Pourtant, plus il gravit la



montagne, plus suffocante lui semble la montée. A-t-il seulement eu un seul moment de répit cette dernière décennie ?

*Une journée, une journée entière à moi... C'était quand, la dernière fois ?*

Son téléphone qui se met à vibrer sur la table, comme un enfant battrait des pieds, dissipe ses derniers doutes à ce sujet. Il repose le manuscrit.

*Où les gens trouvent-ils le temps ?*

Salem se lève de sa chaise pour rejoindre à la fenêtre celle qui, à défaut d'éclairer ses interrogations, saura l'en consoler. Il lui creuse les reins d'une main qui s'aventure jusqu'aux hanches. Se blottissant contre elle, il dépose un baiser dans son cou. Temps suspendu.

Quand la jeune femme se presse plus fort encore contre Salem, le petit chien bicolore enfouit sa tête entre ses pattes dans les replis du tapis, comme si sa présence dérogeait à quelque code de l'espèce canine.

— On va où, comme ça... ?

Salem perçoit au ton pensif d'Estelle que ce n'est pas exactement l'invitation à laquelle la situation pourrait se prêter.

— Tu veux dîner dehors ? Il y a justement ce restaurant...

— Ne fais pas l'idiot, coupe-t-elle, tu sais très bien de quoi je parle. Tu pars, tu viens. Tu repars, tu reviens. Et entre les deux, un moment tous les deux, c'est ça ?

Salem desserre son étreinte. Estelle sent sa présence s'évaporer entre ses hanches comme l'effluve d'un parfum, à peine humé, déjà envolé. Elle rattrape sa main *in extremis* :

— J'ai bien le droit d'attendre ça de toi au moins, tout de même ? Je ne t'ai rien demandé jusqu'ici, même pas une explication. Même pas quand t'es réapparu à Noël dernier après cinq ans de silence, pile au moment où j'ai reçu cette proposition de mutation...



— Est-ce que je t'ai demandé de la refuser ? coupe Salem, clinique, d'un ton plus dur qu'il ne l'aurait voulu.

— Parce que tu crois que je t'aurais écouté ?

Ses yeux disent le contraire de la saillante réplique. Bien sûr qu'Estelle aurait voulu qu'il ait l'air de se soucier de la garder près de lui. Mieux, qu'il le lui dise. Mais comment l'avouer sans donner l'air de souffrir de ses absences ?

L'objet du désir perd de son attrait dès lors qu'il semble conquis.

— Je voulais juste dire que tu es réapparu au moment où je m'y attendais le moins, où tout oscillait dans ma vie, dit-elle d'une voix radoucie. Comme un signe. Je ne me suis pas posé de questions. J'ai juste été heureuse qu'on se retrouve, de pouvoir être là pour toi... Mais là, ça va bientôt faire quoi, un an ? Et on en revient à la même situation qu'avant : chaque fois qu'on se voit, on s'enferme dans notre bulle et on évite soigneusement les sujets qui fâchent. Comme un éternel premier rendez-vous. Je ne sais pas si j'aurai encore longtemps la force de supporter ça.

— « Un éternel premier rendez-vous », quel sens de la formule !

Estelle lâche sa main, agacée par ce qu'elle prend pour du sarcasme. C'est au tour de Salem de ne pas vouloir laisser l'autre partir :

— Je suis désolé, ce n'est pas ce que je voulais dire. C'est vrai que je ne suis pas souvent là.



— Au début, non plus, tu n'étais pas souvent là, précise-t-elle. Mais le souci, c'est que maintenant, même quand tu es là, tu es *ailleurs*. J'essaie de comprendre ce que tu traverses... J'essaie, vraiment. Mais, même ces petits moments qu'on avait, je ne les retrouve plus. Je ne te retrouve plus.

Il serre sa main dans la sienne, l'enveloppe de son regard, la ramène vers lui sans trouver les mots qui la détromperaient.

Ce n'est pas faute d'avoir essayé, pourtant.

Encore faudrait-il pour qu'il y parvienne que son avis diffère de celui d'Estelle. Comment le nier ? Il n'est pas là. Depuis un an, il est de plus en plus fréquemment victime d'étranges absences : une seconde, il est en train de discuter avec son interlocuteur ; l'instant d'après, il se retrouve à observer la scène de l'extérieur. Son esprit s'obstine à aller gamberger du côté d'événements passés dont son frère, Malek, est rarement absent. Un phénomène qui trouve son apogée lors des réunions de Smith & Carlson au cours desquelles il éprouve parfois la douloureuse sensation d'interpréter un rôle dans un film dont les acteurs prendraient leur jeu trop au sérieux, de peur d'être désavoués. Si un réalisateur avait surgi à Londres, lors de ses échanges avec les directeurs européens, pour crier : « Coupez ! », Salem n'aurait pas davantage tiqué. Il aurait juste demandé : « Comment elle s'appelle, l'actrice qui joue Marla dans *Fight Club* ? »

Le plus inquiétant, du reste, est que cette aptitude à se désincarner a fini par lui paraître de plus en plus naturelle. Un avatar de lui-même indifférent aux soubresauts de la vie. Il n'y a bien que la sensation du corps chaud d'Estelle contre le sien qui le rassure sur sa propre présence, sur sa propre essence. Mais il n'ose pas se confier à elle, se contentant de lui souffler au creux de l'oreille : 

— J'y pense, j'ai peut-être une histoire pour toi. Elle date d'il y a quelque mois, déjà. Ça se passe à bord d'un Eurostar.

— Ah oui ? Et de quoi ça parle, ton histoire ?

— C'est l'histoire d'un dialogue de sourds. L'histoire de gens d'ici et de gens d'ailleurs. Ou mieux : l'histoire de celui qui n'a vu que ce qu'il voulait voir.

Quand Salem a fini de raconter les pensées qui l'ont traversé à bord du wagon 17 de l'Eurostar, Estelle fait du mieux qu'elle peut pour ne pas laisser entendre des sanglots dans sa voix.

— On peut dire que celle-là, elle compte triple... La prochaine fois, j'y réfléchirai à deux fois avant d'insister pour que tu me racontes une histoire.

Et Salem qui, pensait raconter une histoire drôle, prend conscience de la drôle d'histoire qu'il a, en réalité, racontée – l'autre, celle pour laquelle il n'a pas fourni les sous-titres, mais qu'Estelle a trop bien comprise.

Il est d'autant plus embarrassé qu'il doit partir

précipitamment. Elle le devance avant même qu'il ait le temps d'ouvrir la bouche :

— Je sais, tu dois y aller. Tu t'inquiètes pour tes parents. Envoie-moi un texto quand tu arrives là-bas.

*Elle sait.*

*Elle comprend.*

Elle l'encourage même à s'y rendre – les journaux télévisés se montrent de plus en plus alarmistes sur la situation dans d'autres quartiers de Seine-Saint-Denis. Cela ne l'empêche pas d'être déçue de le voir s'en aller déjà. Pour une fois qu'ils avaient un moment à eux, juste à eux...



Elle l'embrasse du bout des lèvres pour lui dire au revoir. Cette fois, ils ne s'offrent pas un baiser d'adolescent sur les marches du métro Cluny-La Sorbonne, comme cet autre soir de septembre, à la veille du départ de Salem pour New York, où ils ont voulu se donner l'illusion qu'à quinze ou trente ans, la passion ne vaut que ce qu'on est prêt à lui céder.

Un jeune homme, lèvre bleue et chevelure ébouriffée, éberlué par un tel moment d'abandon, s'est arrêté net en haut des marches. Saisi du même tournis que le chien mi-blanc mi-brun gravitant autour d'eux, il a rebroussé chemin, se demandant s'il s'agissait là d'un baiser d'adieu ou de retrouvailles.

Il n'est d'ailleurs pas certain que nos amants de l'éternel premier rendez-vous le sachent eux-mêmes.

Dans le dédale de tunnels, d'escalators et de tapis roulants qui séparent la station de métro Châtelet du quai du RER D, Ronnie et Salem auraient pu ne jamais se croiser. Et pour tout dire, lorsqu'ils se sont croisés, l'un n'a d'abord vu qu'une énième ombre en costume, marchant d'un pas pressé pour se donner de l'importance, et l'autre un adolescent à la démarche nonchalante, un casque surdimensionné pendant autour du cou, trop occupé à parler à la jeune fille qui l'accompagnait pour regarder devant lui. Puis, ils se sont retournés au même instant, énonçant le nom de l'autre comme on prononce un mot dans une langue hier familière, presque oubliée depuis.

Céline ou Cécile ? Dans le brouhaha de la station, Salem n'est pas sûr d'avoir saisi exactement le prénom de la jeune fille qui accompagne l'ami d'enfance de son frère Malek. 

Il ne perd cependant pas une miette de sa surprise : à l'air avec lequel elle le dévisage quand Ronnie lui tombe dans les bras, Salem comprend qu'il ne correspond pas tout à fait à l'idée qu'elle se fait des voisins de son pote de fac. Il se sent tout à coup très vieux – ses yeux clairs n'auraient pas un éclat différent s'ils appartenaient à un homme de cinquante ans. Les années des financiers compteraient-elles double ?

Il n'a pas le temps de produire une impression différente : leurs chemins se séparent et très vite, elle n'est plus qu'une chevelure brune et une paire de longues bottes noires s'éloignant vers la ligne 7. Ronnie la suit des yeux quelques instants encore. « Pote de fac », vraiment ? Seulement ? Salem n'a même pas l'occasion de le taquiner sur le sujet. Déjà, Ronnie lui intime de se dépêcher s'ils ne veulent pas que le prochain RER leur passe sous le nez.

Sans autre injonction, il se met à courir comme un dératé – réminiscence grisante de l'époque où le monde restait à prendre. En l'espace de quelques foulées, Salem peut constater que le fossé des générations n'est pas une simple vue de l'esprit. Il est encore dans les dernières marches de l'escalator quand la sirène retentit de tout son saoul. Ronnie empêche les portes de se fermer, il embarque *in extremis*. Magnanime, Ronnie se garde de lui faire remarquer son essoufflement, tout comme, plus tard, alors que tous se sont installés dans la rame, il ne commente pas davantage le spectacle pour le moins cocasse qu'offre Salem à son insu : le journal *Les Échos* largement ouvert sur ses jambes légèrement croisées, manches de chemise dépassant de sa veste, laissant entrevoir d'élégants boutons de manchette. Une photo au cadrage approprié pourrait laisser penser que la scène se déroule dans la salle d'attente d'un cabinet de médecin de l'Ouest parisien. Quand une dame africaine d'un certain âge hausse des sourcils incrédules en passant près de son siège, Ronnie ne peut cependant réprimer un léger éclat de rire.



— Qu'est-ce qu'il y a ? demande Salem en levant les yeux de son journal.

— Non, rien. C'est juste toi, ici. Y a comme un décalage : t'as l'air de ces ministres qui prennent le RER les veilles d'élection.

— Sympa... C'est à cause du costard que tu dis ça ?

— Non, mais tu vois ce que je veux dire... C'est comme moi le jour où j'ai débarqué pour la première fois en amphi. T'imagines bien, à la Sorbonne, un mec du « 9-3 », la dégaine qui va avec... Si leurs yeux avaient pu parler...

Salem le considère d'une mine soucieuse.

— Enfin, j'dis ça... La fac à Paname, c'est cool, en vrai.

Quand tu vois ce qui se passe en ce moment à Clichy-sous-Bois, forcément, tu te dis que…

— Alors, finalement la police les poursuivait ou pas ? coupe Salem.

Ronnie lève des yeux étonnés.

— C'est une question, ça ? Tu te vois, toi, cavaler sur huit cents mètres et escalader un mur si t'es pas poursuivi ?

— Peut-être, mais tu reconnaîtras que ce n'est pas très malin de s'enfuir quand on est innocent.

— Innocent ? Ah oui, évidemment, j'oubliais… *Innocent*, c'est toujours le premier truc qui leur vient en tête, quand ils croisent un groupe d'ados à capuche. Je vois la scène d'ici. Le mec de la BAC lance à son collègue : « Tiens, voilà d'admirables jeunes gens qui reviennent d'une partie de football… Et si nous allions nous enquérir de leur innocence ? » Et t'as le deuxième qui répond : « Quelle bonne idée ! Allons-y de ce pas. En toute cordialité, évidemment. »



En d'autres circonstances, Salem n'aurait pas économisé sa peine pour parvenir à nuancer la vision de son ancien voisin de palier. Comme hier, face au coup de sang de son frère, Malek. Seulement, Salem se sent aujourd'hui trop las pour chercher à convaincre quiconque de quoi que ce soit, lui-même, que croit-il désormais ? Et c'est tout le poids de la fatigue et du décalage horaire qui s'abattent sur lui quand Ronnie s'emporte :

— C'est fou quand même, t'as deux ados de quinze piges qui meurent et le premier truc qu'ils trouvent à faire, c'est de les traiter de voleurs ! C'est quoi le rapport ? Ça veut dire quoi ? Passé la zone I, si t'es pas un ange, ta mort compte demi-tarif, c'est ça ? Et les familles ? Ils ont pensé deux secondes aux familles avant de les accuser ? « Relativisez », qu'ils disent. Mais qu'ils aillent relativiser leur mère, ouais !

Une lueur rageuse brille un instant dans les yeux de Ronnie, au corps raidi par l'injustice. Puis il se rappelle à qui il vient d'adresser ces paroles, et tout à coup il ne sait plus quoi faire de cette force en lui, de cette colère. Il saisit le casque qu'il porte autour du cou, le range dans son sac, passe un peu maladroitement du coq à l'âne pour ne pas s'embourber dans un silence gêné.



— Au fait, avec Lisa, vous bossez dans la même boîte, à ce qu'il paraît ? C'est ouf comme coïncidence ! Elle m'a dit que t'étais grave coté, que tu prenais l'avion comme moi je prends le RER, que dernièrement t'étais à New York... Alors c'était comment ? Times Square ? Harlem ? Brooklyn ? T'as préféré quoi ?

Sonné par la précédente charge de Ronnie, Salem offre l'une de ses plus belles absences.

— Tu peux répéter ?

En vérité, même de là où il est, il l'a très bien entendu, mais il souhaite vérifier quelque chose... Il observe attentivement quand il égrène une fois encore les noms des lieux de la métropole américaine. Plus de doute : l'étincelle qui illumine son visage à cet instant est identique à celle qu'il voyait jaillir sur les figures des New-Yorkais quand, pour les éclairer sur son accent, il évoquait la Ville lumière.

Il en ressent un brin de jalousie. Estelle aurait-elle vu juste ? Lui, blasé ?

— C'était... c'était haut, fait Salem d'une voix blanche.

Ce n'est pas faute d'avoir essayé, pourtant.

Mais quand M$^{me}$ Bensayah vous fait asseoir à sa table, il est illusoire de croire, surtout un soir de ramadan, que grignoter quelques bricks vous donnera le droit de disposer. De la fameuse chorba à la dolma – un plat de légumes farcis en sauce – en passant par les différents assortiments sucrés et salés, le coup de fourchette de Salem doit faire honneur au jeûne... qu'il n'a pas respecté. Dans la famille Bensayah comme dans tant d'autres, le non-dit reste le rempart le plus efficace contre la discorde. Le sage évoquerait aussi le verset coranique affirmant qu'il n'existe « point de contrainte en religion ». La petite voix de Salem, elle, lui souffle à l'oreille des mots autrement plus grinçants, empruntés à Malek.



*Chez les rebeus, un fils ingénieur, ça vaut bien trois fils piliers de mosquée, hein frérot ?*

Premier ou second degré ? Reproche ou boutade ?

Son frère n'est pas là pour l'éclairer.

Salem fixe son couvert orphelin dressé sur la table. Sa mère multiplie les allers-retours vers la cuisine et commande à son fils de se rasseoir chaque fois qu'il prétend vouloir l'aider :

— Tous ces voyages, ça doit te fatiguer, le plaint-elle, comme si sa fatigue à elle ne comptait jamais.

La télé en fond sonore, volume au plus bas, couvre les bribes de leur conversation réduite aux formules de gratitude usuelles et à quelques questions vagues sur son travail de « banquier international », c'est ainsi que sa mère présente aux voisins celui qui fait leur fierté. Comment pourrait-il leur en vouloir de ne pas comprendre ce qu'il fait dans la vie quand lui-même n'en est pas tout à fait certain ? Au moins ne le harcèlent-ils pas de questions sur ses voyages… Pourquoi s'enquérir de Londres ou de New York quand Paris vous semble déjà si loin ?

Le rituel ne serait pas complet si, une fois le repas terminé, le père ne glissait de son coin de table au fauteuil pour regarder religieusement son heure et demie d'infos du soir, du 19/20 régional de France 3 au JT de TF1 ou de France 2. Enfant, Salem s'agaçait souvent de ce goût pour la répétition qui le privait de regarder des épisodes de *Madame est servie* sur M6. Pourquoi son père éprouvait-il une telle fascination pour cette litanie de nouvelles, souvent mauvaises, proférée sur le ton de l'ennui ? En se les infligeant jusqu'à l'écœurement, avait-il le sentiment de participer par procuration à la marche du monde davantage qu'en suivant les péripéties de Tony Micelli ?



Ce soir, c'est Salem qui joue le rôle du père et saisit la télécommande pour augmenter le son quand David Pujadas fait l'ouverture du journal sur « la quatrième nuit d'émeutes à Clichy-sous-Bois ». Malgré la marche blanche organisée par les parents des adolescents électrocutés, l'accalmie tant espérée n'a pas eu lieu. Le feu menace de se propager à Montfermeil et dans les communes voisines, attisé par l'explosion de grenades lacrymogènes tirées aux abords de la mosquée, et par les images filmées au portable de la scène de panique qui a suivi : des silhouettes de mères de famille, de gens âgés, des bruits de toux, de pleurs, quelques cris étouffés. Quarante-cinq secondes, tout au plus. C'est peut-être la brièveté, l'imprécision des sons et des images, et ce qu'elles laissent imaginer, qui rendent la séquence d'autant plus glaçante.

Salem lit la stupeur dans le regard de son père, prostré dans son fauteuil. Revenue de la cuisine où elle préparait le thé, la mère se fige sur le seuil, laisse échapper l'une de ces formules en arabe qui implorent Dieu de leur épargner de nouveaux malheurs. À ceux qui demandent des excuses, le ministre de l'Intérieur, Nicolas Sarkozy, rivé à son éternel air de vouloir en découdre, assène : « Ceux qui ont été agressés, ce sont les forces de l'ordre et non pas les voyous », avant de rappeler sa nouvelle « stratégie » : « L'occupation du terrain, de façon permanente, dans tous les quartiers difficiles. » 

*Les voyous, la stratégie, l'occupation... Pourquoi s'entêter dans ce discours guerrier au lieu d'admettre l'erreur – il ne peut s'agir que d'une erreur, n'est-ce pas ?*

Sur la chaîne concurrente, rebelote avec Sarko, le verbe toujours aussi rêche. Salem voudrait entendre les nouvelles d'une autre oreille, trouver un sens à la marche absurde du monde. Commencerait-il à comprendre son père ?

Mais non, celui-ci le cueille de nouveau : il lui prend la télécommande des mains. Les rires enregistrés de *Friends* interrompent son zapping. La mère commente qu'elle a déjà vu cet épisode, rit d'avance de l'épilogue :

— Ah ! J'aime trop quand la blonde, elle chante la chanson du chat. *zmèle i kat, zmèle i kat.*

Elle les rejoint sur le canapé. Salem aime l'entendre rire. Que ne serait-il pas prêt à céder pour remplir toutes les pièces de la maison de ce rire, de tous ces souvenirs ?

Si seulement il pouvait figer dans sa mémoire cet éphémère moment de légèreté... mais ne cherchent-ils pas à faire illusion eux aussi ? Le lieu est imprégné d'une atmosphère pour le moins étrange, différente de celle dans laquelle il a grandi. Maintenant qu'il observe plus attentivement le visage de ses parents, il leur trouve des traits exagérément vieillis.

*Depuis combien de temps ne les ai-je pas regardés... Deux mois ou dix ans?*

Au vu de son ancienne chambre, il dirait plutôt un siècle. A-t-elle été toujours aussi petite? Malek l'a redécorée à son goût: des posters de joueurs de football, de vieux films de gangsters italo-américains – Tony Montana, en bonne place, costume blanc, chemise noire, flingue et gueule mélancolique – et des paysages désertiques un peu kitsch. Salem examine avec attention les photos du voyage de Malek. Été 2004: de l'Espagne au Proche-Orient, il a dû en voir des choses... En entendre aussi.



Dans la petite bibliothèque, il passe son doigt sur la tranche de quelques livres parmi lesquels *L'Alchimiste* de Paulo Coelho, *Black Boy* de Richard Wright, *L'Étranger* d'Albert Camus, *Extension du domaine de la lutte* de Michel Houellebecq... Et, aussi un petit manuel de prière musulmane. Il le feuillette comme on considère un livre en langue étrangère.

Sur le bureau, à côté d'un lecteur mp3, Salem remarque une feuille sur laquelle est encadrée l'adresse d'un site internet: malek93.blog.com. Il saisit son téléphone.

*Un blog? Je me demande bien ce qu'il y raconte...*

Problème de réseau, décrète son téléphone. Il réessaiera plus tard.

Un lit qui n'attend plus que lui. Un sommeil réparateur qui devrait amortir les effets du voyage transatlantique.

Salem reste, pourtant, désespérément éveillé. Le jet-lag n'est pas le décalage qui le fait plus souffrir. Dans ses écouteurs, la voix soul d'Isaac Hayes résonne au diapason de ses états d'âme :

*Strange faces, unfamiliar places*
*Feel so alone*
*I wonder am I really home?*

Dans ces moments-là, rares mais saisissants, il souhaiterait presque être fumeur, comme Estelle, il aurait un prétexte pour rester figé près de la fenêtre et, qui sait, retrouver quelque chose de familier dans le spectacle offert en contrebas. Estelle... Il n'a même pas répondu à son texto. Il est déjà tard... Tant pis, elle trouvera la réponse à son réveil.

*Je suis bien arrivé, merci. Encore désolé pour mes si encombrantes absences... Et oui, tu as raison : revenir, c'est comme partir pour un autre endroit. Un baiser.*

# 10

## L'air du temps
Lisa Elatre-Levy

Dans la vie, tout est une question de timing. 

Si Lisa était partie plus tôt de son bureau, elle n'aurait certainement pas pris place au beau milieu du premier rang de l'amphithéâtre, pile face à l'orateur au pupitre. Un privilège dont elle se serait volontiers passée, tout comme celui de se retrouver prise en sandwich entre deux gros pontes sexagénaires de Smith & Carlson – ils guettent le moindre coude qui dépasse pour malencontreusement frôler le corps de la jolie métisse en tailleur gris. Hors du champ de vision du président John Carlson et du board venus tout spécialement du siège new-yorkais, Lisa n'aurait pas eu à participer à cette exténuante comédie où chacun s'efforce de trouver la mimique adéquate pour masquer son ennui. À l'image de ces cancres qui cherchent refuge près du radiateur, elle aurait pu prendre une des chaises en face de la sortie, faire acte de présence, puis profiter des applaudissements d'une fin d'intervention pour s'éclipser.

Mais, pour cela, encore aurait-il fallu que le bouclage de sa présentation ne soit pas devenu ultra-urgent une demi-heure à peine avant le début de la réunion. Un croche-patte en règle de Chloé & Co dont elle ne s'étonne même plus.

Décrocher un poste à responsabilité chez le « client » est censé être le graal ultime pour les auditeurs, consultants et autres intérimaires de luxe sévissant, telle une armée de réserve, dans les arcanes des boîtes du CAC 40. Mais après six mois de sourires crispés autour de la machine à café et de réunions où on fait la liste les gens à ne pas froisser avant de prendre la moindre décision, Lisa en regretterait presque l'époque où elle n'était que de passage.



Sans ce contretemps, elle n'aurait sans doute pas croisé Maxime Audry au quarante-cinquième étage, tout aussi en retard mais apparemment beaucoup moins stressé – il a déjà laissé passer deux ascenseurs sous prétexte que son nœud de cravate n'est pas tout à fait droit. C'est lors du rachat de Créditel par Smith & Carlson que Lisa, chargée de superviser la revue des effectifs, a fait la connaissance de Maxime, alors employé par l'organisme de crédit.

— Qu'est-ce que tu fais au quarante-cinquième ? s'étonne Maxime, la voyant arriver à grandes enjambées de l'autre bout du couloir. Je croyais que la RH était au trente-quatrième... Pourquoi t'es pas montée directement à l'amphi, au quarante et unième ?

— J'aurais pu... mais seulement à pied : dans la tour Est, l'ascenseur ne s'arrête pas à cet étage.

— Ah, oui, leur système alterné pour arriver plus vite au sommet !

— Pour ça, encore faudrait-il que tu appuies sur le bouton... Ça ne marche pas ?

Maxime n'a pas eu le temps de tourner la tête que Lisa a

déjà smashé le bouton d'appel. Dans l'ascenseur, agacée par les atermoiements de Maxime sur sa cravate, elle en défait le nœud d'un geste fulgurant avant de la renouer dans la foulée. Il s'extasie :

— Super, le nœud Windsor ! Tu pourrais refaire ton kata au ralenti ?

— Arrête de dire des bêtises et dépêche-toi. Ça a déjà commencé depuis au moins cinq minutes.

Arrivée devant les portes de l'amphithéâtre, Lisa en tourne la poignée avec précaution, cherchant à tout prix à ne pas se faire remarquer. C'est pourtant cet instant précis que choisit le portable de Maxime pour retentir à plein volume, paralysant Lisa sur le pas de la porte. La sonnerie reprend l'inoubliable jingle du spot publicitaire de Smith & Carlson ; un éclat de rire général parcourt la salle. Le speaker sur scène s'interrompt :



— Asseyez-vous, voyons. Il y a justement deux places là, *juste* devant. Deux collaborateurs aussi *corporate* méritent bien que l'on prenne quelques secondes pour les accueillir, lance-t-il à l'assistance hilare.

Lisa avance d'un pas rapide pour ne pas laisser paraître sa gêne tandis que Maxime, tout sourire, salue autour de lui et prend même le temps de serrer quelques mains.

Sur scène, la présentation reprend et c'est au tour de la team M & A – prononcez Mergers & Acquisitions, « Héméné » – de prendre la parole. Dans une optique de diversification de leurs activités en Europe, Smith & Carlson a acquis cette année un grand nombre d'entreprises dans des secteurs allant de la téléphonie au crédit bancaire, en passant par la musique, les médias ou l'édition. Des projections financières très attendues devraient montrer si ces opérations aboutissent au pari gagnant escompté.

Un jeune homme brun, teint mat et lunettes aux branches finement ciselées, s'avance vers le pupitre, stoïque. Le speaker annonce : « Salem Bensayah, managing director Europe, M & A Activities. »

Au moment de débuter sa prestation, Salem croise le regard de Lisa, étonnée de le voir en première ligne, et lui adresse un discret signe de tête. Tout au long de cette présentation où il égrène chiffres flatteurs sur fond de graphiques aux courbes aphrodisiaques, Salem a un petit sourire en coin qu'elle seule sait interpréter, un léger retroussement des lèvres qui dit : « Tu ne trouves pas ça drôle qu'on se retrouve tous les deux ici ? »

Au bout de deux heures, la grand-messe est sur le point de se terminer. Le speaker annonce l'allocution du président John Carlson. Les applaudissements fusent aussitôt, mais quand celui-ci se lève de sa chaise pour rejoindre le pupitre, un flottement se fait sentir dans l'assistance. Certains n'avaient apparemment pas identifié ce jeune homme blond d'une vingtaine d'années comme l'un des plus puissants dirigeants d'entreprise de la planète.

Après avoir présenté ses excuses de ne parler que quelques mots de français, le jeune président poursuit dans la langue de Shakespeare :

— Je suis très heureux d'être ici parmi vous aujourd'hui au *headquarter* français de Smith & Carlson. Je voudrais dire mon émotion d'être présent de nouveau à Paris, presque un an jour pour jour après la tragédie qui a coûté la vie à plusieurs membres de notre board. Je vous demanderai d'observer une minute de silence en leur hommage et par solidarité pour leurs familles.

S'improvise alors un moment de recueillement qui prend visiblement de court les gens présents sur l'estrade. Le directeur général chuchote au responsable de la communication :

— Il va nous plomber l'ambiance, l'Amerloque. Tu l'as briefé ? Tu lui as dit qu'il était censé booster à mort les *sales* ? 

Le message est bel et bien passé puisque, sitôt cette pause terminée, John Carlson passe en revue les grands axes de sa politique d'entreprise d'une voix énergique, commente à son tour ces courbes qui s'afficheront demain en pleine page des parutions financières pour donner la trique aux actionnaires, avant de conclure dans une tirade enflammée :

— Je ne répéterai jamais assez l'importance stratégique de nos activités ici. Vous êtes notre bras armé dans la conquête de nouveaux marchés sur toute la zone en Europe, mais aussi en Afrique et au Moyen-Orient. Et je compte sur *chacun* d'entre vous pour atteindre les objectifs que nous nous sommes fixés. J'entends parler ici et là des difficultés que peuvent rencontrer certaines de nos équipes. Sachez que je ferai tout ce qui est en mon pouvoir pour vous aider à les résoudre et que je coordonnerai *personnellement* la mise en œuvre du plan d'action. Mais une transformation n'est possible que si vous en êtes les premiers acteurs ! Je sais qu'il peut vous arriver de vous dire : « C'est un petit client, je ne ferai jamais de gros deal avec lui. Mieux vaut consolider mes acquis.» Détrompez-vous, chaque deal est important ! Un petit deal aujourd'hui, c'est très souvent la promesse d'un gros deal demain. Nous avons besoin d'une croissance à deux chiffres pour contrer l'émergence des concurrents asiatiques, ajoute-t-il tandis que des logos menaçants apparaissent furtivement à l'écran. Chaque deal obtenu, aussi modeste soit-il, c'est un deal qu'ils n'obtiendront pas. Ne sous-estimez jamais votre rôle : qui conclut un deal sauve l'entreprise tout entière. Et c'est *seulement* en surmontant ces épreuves comme nous avons su le faire par le passé en des circonstances autrement plus dramatiques, en mettant *toutes* nos forces en synergie, que nous y arriverons !



Galvanisé par le discours présidentiel, Maxime bondit de son siège et lance, malgré lui, une *standing ovation*. Lisa se résout à se joindre au concert d'applaudissements, même si elle ne goûte pas outre mesure ce curieux mélange des genres.

Salem descend de l'estrade. Elle va à sa rencontre :

— Dis donc, toi et tout le reste de la troupe du Cirque du Soleil, vous étiez pas mal du tout !

— Eh oui, on a voulu sortir le grand jeu pour ta première chez Smith & Carlson... et pour ma dernière, aussi.

— Alors, c'est sérieux cette histoire de démission ? Je croyais que c'était un coup de bluff pour faire monter les enchères avant les prochaines promotions.

— Non, c'est sérieux... très sérieux, même.

Salem lui explique plus en détail ses projets.

— De toute évidence, tu as l'air d'y avoir bien réfléchi...

Salem, flairant la langue de bois :

— Lisa, ça fait combien de temps qu'on se connaît ?

Elle a un sourire surpris, attendri aussi.

— Je ne sais pas... Depuis toujours... Depuis que nos familles ont eu la brillante idée d'emménager sur le même palier de la tour H des Peupliers.

— Alors s'il y a quelqu'un ici qui ne doit pas hésiter à me dire ce qu'il pense, c'est bien toi !

— Puisque tu veux mon avis, j'ai l'impression que tu es sur le point de t'embarquer dans une sacrée galère au moment le plus crucial de ta carrière. Ne le prends pas mal mais, vu de l'extérieur, ça a des airs de crise d'adolescence sur le tard...



— Sur le tard ? Je n'ai que trente ans, je te signale ! argue-t-il, faussement vexé. Tu penses que je ferais mieux de suivre leur exemple là-bas ? la provoque-t-il en désignant d'un signe de tête un cercle de quadras.

— C'est vrai qu'ils ont tout à t'apprendre : ils te devancent d'une bonne longueur question bide. Plus sérieusement, ça ne te fait rien de partir aussi loin... T'as pas peur de te sentir trop « décalé » ?

— J'ai déjà quelques heures de vol au compteur, tu sais. Et puis, un aller-retour La Défense-Les Peupliers, question décalage, c'est déjà pas mal, non ? lance-t-il d'un air complice.

— Je ne me fais pas de souci pour toi de ce côté, monsieur le caméléon. Je voudrais être sûre que tu prends cette décision pour les *bonnes* raisons.

Lisa ménage un silence avant de demander sur le ton de la confidence :

— Est-ce que tu es sûr que cette soudaine envie de départ n'aurait pas *un tout petit peu* quelque chose à voir avec ton frère ? Vu le timing, je n'ai pas pu m'empêcher d'y penser...

Dans le dos de Lisa, une voix masculine interpelle alors Salem. Elle se retourne. Face à elle, un homme, chevelure poivre et sel, costume à carreaux, qui lui arrive au niveau du menton. Derrière lui, un jeune homme noir, visage rebondi et costume rayé, aussi grand et carré que l'autre est court et frêle.

— Salem, c'était une superbe présentation ! s'exclame le plus âgé des deux.

— Merci, Jacques. Comment vas-tu ?

— Très bien, très bien. Tu connais mon stagiaire, Djibril Diamanka ?



Salem à Djibril :

— Oui, on s'était rencontrés lors de ton entretien, il y a deux mois, presque jour pour jour, c'est ça ?

— Exact. Vous avez une très bonne mémoire.

Jacques, sur le ton de la remontrance :

— Djibril, voyons, tout le monde se tutoie ici !

Salem, présentant Lisa à Jacques :

— Tu connais Lisa Elatre-Levy ? Elle vient de rejoindre la DRH Groupe. Tu l'as peut-être croisée sur le projet Créditel.

— Évidemment ! Qui pourrait oublier une telle jeune femme... ? s'exclame-t-il, la détaillant de bas en haut. Alors, ça y est, fini l'audit ?

— Il faut croire, répond Lisa. Et comment va le business de votre côté ?

— Ah, comme partout, comme partout. Avec le quarter qui se termine, on est busy busy. Heureusement que mon stagiaire est là pour me cadrer, conclut-il, rigolard.

Lisa à Djibril :

— Alors ce premier mois ? Ça doit te changer de chez Créditel, ce stage.

Jacques, sans laisser à Djibril le temps de répondre :

— Ah, je ne savais pas que vous vous connaissiez. Djibril, c'est très mal faire des cachotteries... Qu'est-ce que tu faisais chez Créditel ?

— Je travaillais au service des cartes de crédit. Je devais contacter des prospects pour...

— Ah oui, oui, ton job d'été, coupe-t-il. Lisa a passé ton CV au service des stages, c'est ça ?



Djibril acquiesce sans ajouter un mot. Lisa s'essaie à un compliment :

— Ça aurait été dommage de passer à côté d'un brillant étudiant de Sup de Co et qui, en plus de ça, connaissait déjà presque tout de la maison, tu ne crois pas ?

— Certainement... En parlant de Créditel, j'ai vu que Maxime Audry t'accompagnait dans ton entrée fracassante. Où est-il passé ? demande Jacques.

Lisa, voyant arriver Maxime :

— Quand on parle du loup...

— C'était gé-nial ! s'écrie Maxime. Vous ne trouvez pas ? Salem, tu étais vraiment très bien !

Jacques, étonné :

— Tout le monde se connaît... À croire que cette entreprise n'est qu'un immense couloir.

— C'est l'équipe de Salem qui est à l'origine du projet de rachat de Créditel, explique Maxime.

Voyant les quatre jeunes gens alignés en face de lui, Jacques les fixe un instant, pouffe comme un enfant sur le point de faire une bêtise puis lâche :

— Regardez-moi ça. Manquerait plus qu'un Asiatique pour compléter le tableau et on vous croirait tout droit sortis d'une pub Benetton !

Interdit,Maxime n'est pas certain d'avoir saisi la boutade. Djibril et Lisa, eux, l'ont au contraire trop bien comprise.

— Jacques, on ne vous a pas dit ? C'est la nouvelle France, rétorque Salem dans un sourire qui ne suffit pas à dissimuler une pointe d'agacement dans sa voix.



Pointe d'agacement que Lisa a remarquée mais pas Jacques, apparemment, puisqu'il poursuit :

— Je ne sais pas si c'est la « nouvelle France », mais en tout cas, on en voudrait plus des comme vous... Vous avez suivi un peu l'actualité ? Si ça continue, ces sauvages vont venir brûler des voitures jusqu'ici !

L'arrivée d'un membre de la team M & A sauve Jacques d'un nouveau grand moment de solitude :

— Tu aurais cinq minutes, Salem ? Le président voudrait te toucher deux mots avant de partir.

Interloqué, Maxime glisse à Lisa :

— Wow, il connaît le président !

— Je dois vous laisser, s'excuse Salem, mais je compte sur votre présence à tous pour mon pot de départ le 20 décembre. Surveillez votre inbox, je vous enverrai une invit'.

— Tu quittes la boîte ? dit Jacques, stupéfait.

— Tu m'appelles avant le grand départ, OK ? souffle Lisa à l'oreille de Salem. Je peux même t'emmener à l'aéroport si tu veux.

Salem s'éclipse, laissant les uns et les autres à leurs interrogations.

Aux abords du bar, l'alcool aidant, ceux qui faisaient des manières devant les petits-fours n'ont désormais plus aucun scrupule à se goinfrer. L'un lance à son voisin :

— Regarde les bénéfices qu'ils ont encore faits cette année et ces rapiats gèlent les bonus. Ressers-moi, ça sera toujours ça qu'ils n'auront pas !

Jacques, qui parlait à Maxime, se retourne brusquement et lance aux compères, un verre de vin à la main :



— C'est la plus sage parole que j'aie entendue de la soirée. Allez, à la vôtre !

Il manque de renverser son verre de bordeaux sur Lisa, qui commandait au bar.

— Oh, Lisa, je suis vraiment désolé... Ça va, t'as rien ?

Avant même qu'elle puisse vérifier l'étendue des dégâts, il lance à Djibril, à sa gauche :

— Donne-moi une serviette en papier. Je lui ai fait une tache sur son joli chemisier.

La serviette glissant dangereusement du col au décolleté, Lisa repousse Jacques avec autant de tact que possible.

— Ça va, ça va... Tu ne voudrais pas plutôt commander un verre pour ton stagiaire ?

— Si seulement... Mais Monsieur est un *buveur d'eau*, hein Djibril ? T'es un grand sportif, toi. Y a qu'à voir son gabarit, fait-il dans un rire gras.

Maxime à Djibril :

— Ah oui, c'est vrai, Djibril ? Tu es sportif ? Tu *work out* un peu à la salle de sport en bas ? demande-t-il, mimant un mouvement de levée de poids. Moi, j'y vais de temps en temps, à l'heure du déjeuner.

— Euh, non... Le badge des stagiaires n'y donne pas accès.

— Comment ça, ton badge n'y donne pas accès ? Eux et leur foutue base de données, ils sont capables de t'effacer pour un rien et ils en font une montagne dès que tu leur demandes quoi que ce soit, s'insurge Maxime. C'est comme l'histoire pas croyable qui m'est arrivée l'an dernier. Faudrait



que je vous raconte... Mais attendez, il y a justement le responsable des accès là-bas. Viens, Djibril, on va le trouver pour lui dire deux mots de ce qu'on pense de ses méthodes !

Djibril n'a pas donné son consentement que Maxime a déjà tourné les talons. Amusé, le stagiaire se tourne vers Lisa :

— « On » a apparemment quelque chose à aller dire à ce monsieur. Fais bien attention à Jacques, je ne voudrais pas qu'il profite de mon absence pour se mettre à l'eau plate...

— Ne t'inquiète pas, va, je serai entre de *très* bonnes mains... Donne-moi ça, fait Jacques en prenant le verre pas tout à fait terminé des mains de Lisa. Qu'est-ce que je te commande ? La même chose ? Martini blanc sec ?

— Oui... ce sera très bien, répond-elle d'une voix un tantinet lasse.

Lisa commence à se sentir pour le moins... nuageuse. Une confusion accentuée par le brouhaha croissant dans la salle. Elle prend le verre qu'il lui tend tout en se disant que ce n'est pas très raisonnable. Aussi éméché soit-il, Jacques n'apprécierait probablement pas qu'elle rende ses Martini sur lui... Une éventualité qui, pour l'heure, ne lui viendrait pas à l'esprit : il est trop occupé à vouloir briller aux yeux de la jeune femme pour prêter attention à son état. Il s'est lancé dans un débriefing détaillé de la réunion sur un ton que ne renierait pas un commentateur sportif. Le vocabulaire n'est d'ailleurs pas très différent :

— On ne devrait plus avoir peur de jouer l'offensive, maintenant que l'équipe a été renforcée, fait-il d'une voix qui porte de plus en plus au fur et à mesure qu'il croit remporter l'adhésion de Lisa.

Qui ne dit mot consent, veut-il se persuader. Pourtant, si Lisa ne trouve rien à redire, c'est simplement parce qu'elle ne l'écoute pas. Elle observe, de loin, Salem en grande discussion avec le collègue qui est venu le chercher. En repensant à leur conversation, elle s'étonne de son ton : une curieuse propension au « nous » et au « n'est-ce pas », alors qu'au fond ils ne se connaissent pas tant que ça... Certes, leurs parents habitent le même palier, leurs jeunes frères ont fréquenté les mêmes halls, les mêmes bancs et, par un drôle d'effet de miroirs, eux-mêmes, les aînés, ont connu un parcours similaire jusqu'à se retrouver à travailler pour la même entreprise, mais cela suffit-il pour croire qu'on est semblables au point de se comprendre en tout point ? Elle ne peut nier cependant que, le jour où Salem s'est installé à Paris, il a fait une émule : elle aussi a eu envie de venir vivre dans cette ville qui ne lui appartenait plus, une fois le dernier RER parti. Et le voilà qui s'en va très loin au moment où c'est à son tour à elle d'enjamber le périphérique pour de bon – il aurait au moins pu lui laisser le temps d'organiser une pendaison de crémaillère digne de ce nom.

Jacques se rend finalement compte que cette conversation n'est qu'un monologue. Croyant voir dans l'attitude de Lisa de la défiance, il précise :

— Tu sais, tout à l'heure, j'ai l'impression que je me suis mal fait comprendre.

— À quel sujet ?

— Quand j'ai parlé des violences urbaines...

— Ah, ça m'a pourtant paru très clair...

— Tu vois, je sais qu'il y a des problèmes : la pauvreté, le chômage, l'intégration, tout ça... Mais rien n'excuse de s'en prendre aux voitures, aux écoles... à la police !



Lisa, l'œil dans son verre de Martini :

— Quelqu'un a-t-il jamais dit le contraire ?

— Moi, je dis seulement que ceux qui veulent s'en sortir, faut les aider, les aider autant que possible. Mais les autres...

— Oui, les autres ?

— Les autres, dit-il en haussant soudainement la voix, ceux qui foutent le bordel, ceux qui ne veulent pas ! Ceux-là, faut pas hésiter à leur rentrer dedans, à les exterminer !

Un frisson lui parcourt l'épine dorsale. Lisa sait pertinemment qu'il serait plus sage d'imiter Salem, de faire celle qui n'entend pas. Mais comment ne pas relever ?

— Exterminer ?

— Enfin, je veux dire... euh... tu vois ce que je veux dire ?

Non, Lisa ne voit pas. Enfin si, elle voit, elle ne le voit que trop bien, même. Là est le problème d'ailleurs. Quand certains doivent s'en référer aux manuels d'histoire pour comprendre de quoi il retourne, elle n'a qu'à se remémorer quelques épisodes pas si lointains de l'histoire de sa famille maternelle. Voilà pourquoi elle ne peut entendre ce genre de mots, « exterminer », sans réagir. Elle pourrait en toute légitimité se dresser de toute sa stature pour une leçon de sémantique que cet imbécile de Jacques n'aurait pas volée, mais elle est lasse de réagir à tout-va – les motifs d'indignation sont devenus si nombreux... Aussi, le nez dans sa coupe de liqueur acidulée, se contente-t-elle d'acquiescer mollement.

— Enfin, attends, quand je dis ça, insiste Jacques, je parle seulement des nuisibles, des fouteurs de...

— Parce que je me dis, coupe-t-elle, submergée par une colère froide à laquelle elle se croyait étrangère, ça risque de faire beaucoup de monde dont il faudrait se débarrasser. Pourquoi ne pas construire des barrières tout autour tant qu'on y est ? On pourrait mettre aussi des checkpoints, des miradors, laisser décanter le tout, puis, si ça se calme toujours pas... Si ça se calme toujours pas, quelque esprit ingénieux aura bien eu le temps de nous trouver une solution finale au problème.



Jacques, livide, balbutie :

— Non là, vraiment, je crois que... Donne-moi... Donne-moi ce verre, Lisa, je crois que c'est celui de trop...

— Tiens, Maxime et Djibril reviennent, tu devrais leur demander ce qu'ils en pensent.

À leur vue, Jacques est pris d'une violente quinte de toux. Djibril, interloqué :

— Jacques, tu as avalé de travers ?

Lisa, terminant sa boisson d'une traite :

— Je crois que ton boss aurait sérieusement besoin d'un verre d'eau.

Lisa et Djibril marchent sur l'Esplanade de La Défense. À cette heure tardive, le quartier d'affaires de l'Ouest parisien, déserté par les cols blancs depuis plusieurs heures, ne doit son éclairage qu'aux tours phares des grandes corporations et aux rares bars-restaurants encore ouverts. À proximité de la bouche de métro, Djibril marque un temps d'arrêt :

— Écoute, Lisa... pour ce verre, si t'es fatiguée ou si t'as d'autres plans, te sens pas du tout obligée.

— Obligée ? Qu'est-ce qui te fait croire que je me sentirais obligée ?



— C'est juste que t'as pas décroché un mot depuis que Maxime est parti...

— Si tu crois que c'est parce que *monsieur* Maxime Audry a finalement d'autres plans que je dois revoir les miens, tu fais fausse route, répond-elle sèchement. Mais je ne veux pas te retenir, si tu as mieux à faire...

Lisa n'allait évidemment pas admettre qu'elle se sentait vexée par la volte-face de Maxime qui avait proposé de poursuivre la soirée ailleurs, avant de se raviser sous les appels insistants de sa copine – dont il s'était bien gardé de mentionner l'existence jusque-là.

— Non, pas du tout. Pour tout te dire, j'avais dans l'idée de passer la soirée en tête à tête avec ce que tu vois là, fait-il en sortant de sa sacoche une épaisse pile de feuilles imprimées sommairement reliées.

— Qu'est-ce que c'est ? On dirait un manuscrit. Tu écris ?

— C'est bien un manuscrit... Mais ce n'est pas de moi !

Lisa prend en main la pile de feuilles et lit l'en-tête à voix haute :

— Du bleu aux lèvres. Matthieu Vincent... Ça me dit quelque chose. Il a déjà publié ?

— Non. C'est encore un *écrivain du dimanche*, pour reprendre ses mots, ajoute-t-il dans un sourire. Il bossait chez Créditel lui aussi. Tu l'y as peut-être croisé... Un brun, le teint pâle, pas très grand, pas très épais, qui n'a jamais vraiment l'air d'être tout à fait là où il se tient.

— Et avec du bleu aux lèvres, je suppose.

— Oui, ou plutôt une lèvre bleue pour être exact. Tu as dû le rencontrer lors de la revue d'effectifs, j'imagine.



Djibril est encore planté devant l'entrée de la station de métro que Lisa a déjà repris sa marche :

— Attends, tu ne préfères pas qu'on aille sur les Champs ou à Opéra ? suggère-t-il. La Défense, le soir, c'est un peu glauque...

— Mais non, faut juste connaître les bons endroits. Allez, on y est presque, assure-t-elle en désignant l'entrée d'un hôtel de grand standing.

— Le Renaissance ?

— Oui, l'hôtel a un bar vraiment sympa. Ambiance un peu lounge avec parfois au piano quelqu'un qui joue du blues ou du jazz, tu vois le genre ? Après, c'est sûr, les cocktails sont un peu chers, mais bon...

Sur l'instant, Djibril n'a pas prêté grande attention à cette dernière considération. Ce n'est qu'une fois confortablement installé dans les fauteuils du bar qu'il peut apprécier à sa juste mesure l'euphémisme de Lisa : quinze euros le mojito, douze le verre de vin blanc, neuf le kir... Des prix stratosphériques pour le stagiaire, qui ne profite pas encore des largesses financières de Smith & Carlson. Il tourne et retourne les pages de la carte, en effleure les coins inférieurs au point de les corner, caressant l'espoir secret qu'une page *happy hour* se matérialise comme par magie sous ses yeux affolés.

Mais le seul charme qui opère ce soir, c'est celui de la jeune femme assise en face de lui. Elle ne force pourtant pas son talent. Elle ne lui a pas jeté le moindre regard depuis qu'ils sont attablés – la saveur de sa prochaine liqueur retient toute son attention. Ce n'est pas plus mal. Il a ainsi tout le loisir de l'observer à la dérobée… Enfin, il la devine plus qu'il ne la voit : la salle étant éclairée par une lumière tamisée et son visage incliné vers la carte, il ne perçoit de son joli minois que ses cils tout en courbure.



Captivant.

Un envoûtement qui rend d'autant plus difficile le choix de Djibril : il aimerait faire preuve de ce qu'il croit être de la *sophistication*. Mais est-ce seulement possible ?

— On pourrait se partager une bouteille de vin, propose Lisa. Tu préfères blanc ou rouge ?

— Non, je ne bois pas… Je ne bois pas de vin.

Elle fait une mine désolée. Djibril reprend immédiatement :

— Mais fais-toi plaisir. Moi, je vais prendre un *Desert*… un *Desert Beach*. Ananas, mangue et papaye, plutôt pas mal comme cocktail, non ?

Lisa a alors la réplique que redoutait Djibril :

— Attends, si tu ne bois pas, ça ne va pas être drôle… Tu ne bois *jamais, jamais* ?

Il fait non de la tête.

— D'habitude, les étudiants d'école de commerce, pas besoin de leur proposer deux fois... Sans potion magique, tu dois un peu t'ennuyer à leurs soirées ?

Djibril, un sourire énigmatique aux lèvres :

— Je dois être comme Obélix : je suis tombé dans la marmite du druide quand j'étais petit.

Lisa lui lance un regard interloqué. Il élude :

— Je dois avouer, j'ai tout de même un regret... Tu vois, j'aurais bien aimé un jour faire comme dans les films américains, m'asseoir seul au comptoir d'un bar où un vieux jukebox jouerait de la country, puis commander au barman, avec un air grave : « John, un double whisky *on the rocks* ! »



— Et tu aurais commencé à lui raconter comment t'as basculé depuis ton divorce avec ta deuxième femme Kelly, c'est ça ?

— Eh ! s'écrie-t-il d'une voix faussement incrédule. Comment t'as deviné ? Et mon ranch, mon ranch que la banque a saisi... On en parle de mon ranch ?

Lisa a un rire bref et sonore. Le serveur revient à leur table. Elle lui commande une demi-bouteille de blanc et laisse Djibril à son désert fruité. Quand elle lui demande comment se passe son stage, il fait l'ébloui, grime son vocabulaire d'un ronflant jargon anglicisant :

— En tant que *sales coordinator*...

Le voilà lui aussi, qu'elle avait pourtant cru plus lucide que le reste du troupeau, s'enfonçant dans l'affreux *wording* auquel elle ne s'est jamais tout à fait habituée, elle, l'amoureuse des belles lettres, corporate malgré elle... Un *wording*, que d'ailleurs, il ne maîtrise pas tout à fait : il lui fait penser à un enfant qui a entendu des mots de grande personne et qui, pour se donner de l'importance, les répète d'un air assuré sans tout à fait les comprendre. Mais qui ne joue pas la comédie du bonheur chez Smith & Carlson ?

— C'est bien, lâche-t-elle, laconique, pour abréger la discussion. Contente d'apprendre que ta mission te plaît.

— Et c'est à toi que je le dois. Si tu n'avais pas passé mon CV au service des stages...



— Tu ne me dois rien. Tu t'es créé l'opportunité tout seul. Tu me diras dans quelques mois si tu as encore envie de me remercier...

S'ensuit un silence embarrassé avant que Lisa ne poursuive :

— Et avec ton boss, comment ça se passe ?

— Tu as déjà eu l'occasion de travailler avec lui. Tu vois un peu le personnage. Il est assez... spécial, on va dire.

— Spécial ? Tu es très indulgent. Moi, je le trouve carrément limite.

— Tu fais référence à son idée de shooting Benetton ? devine-t-il, un sourire désabusé aux lèvres.

— Entre autres.

Lisa se retient d'en dire davantage. À quoi bon infliger à Djibril l'énumération humiliante des petites vexations du stagiaire noir ? Après tout, lui aussi a bien le droit de jouer la mascarade du mâle alpha, si ça lui chante...

— C'est l'air du temps, poursuit Djibril d'un air maussade qui lui fait les joues plus rondes. Les gens qui ne savent plus se parler.

— L'air du temps ?

— Tu sais bien... Ce truc ambiant depuis... depuis les attentats de la gare du Nord, je dirais. Peut-être que je me trompe. Peut-être que je dis ça parce qu'on vient de passer la date anniversaire... Mais j'ai l'impression que cette drôle d'atmosphère, ça date de cette période-là.

Le visage de Lisa s'est fermé d'un coup. Djibril s'exclame soudain :

— Ah, j'ai une anecdote qui va te plaire ! L'autre fois, j'étais à une soirée du BDE. Une de ces soirées d'école où la potion magique dont tu parlais tout à l'heure coule à flots. Je dansais tranquille au milieu des autres, mon Coca à la main, ou plutôt disons que je faisais comme tout le monde : j'essayais de bouger en rythme sur un genre de musique dance-électro. Normal, tu vois. Jusque-là, je passais plutôt une bonne soirée. Une chanson a démarré : *Love is gone, Love is gooooone*. En gros, ça parlait d'un mec qui ne savait plus quoi faire de sa vie depuis que l'amour était parti. Ça a bien duré cinq minutes comme ça sur le deuil de ce pauvre type. Et tout le monde, poussé par l'accélération du rythme, s'agitait de plus en plus. T'en avais même certains qui reprenaient en chœur les paroles chantées par la voix désincarnée. Ils étaient à fond sans avoir l'air de capter un traître mot de ce qui se disait. Ça m'a foutu le bourdon, ce décalage. Je me suis senti tout à coup très seul dans la foule. T'en as bien certains qui tentaient de se raccrocher aux autres, mais en fait, on était tous chacun dans sa bulle, à se consoler dans l'ivresse et le noir que l'amour soit parti. Mais il est parti où l'amour ? que je me suis demandé.

— Et t'as trouvé la réponse ?

— Peut-être. J'ai l'impression qu'il n'est pas parti. Je dirais même qu'il n'a jamais bougé de place... C'est juste nous qui n'arrivons plus à le voir. L'air du temps, quoi.

Lisa, songeuse, pense à voix haute :

— Ça aurait rendu David triste d'entendre ça...

— David ? C'est qui, David ?

Lisa profite de l'arrivée du pianiste sur l'estrade pour éluder la question :

— Pas certaine que ça égaie l'« air du temps » mais si t'aimes le blues, tu vas te régaler. Je suis déjà venu l'écouter à plusieurs reprises, il est vraiment *très* bon.



— C'est un peu *old school* à mon goût, mais en live ça peut le faire...

Djibril, dos à l'estrade, tourne sa chaise pour profiter du spectacle. Il fait face au pianiste qui s'apprête à commencer son récital – un sexagénaire solennel, smoking blanc assorti à sa chevelure raide. Ils échangent un sourire et Djibril songe que certaines histoires ont de drôles d'épilogues : quel bluesman du delta du Mississipi aurait pu s'imaginer qu'on jouerait sa musique dans les salons chics de Paris ? Les musiciens d'alors y auraient-ils vu un motif de fierté ou regretté qu'il ne reste de leur musique née dans les champs de coton qu'un écrin stylisé ?

Lisa, elle, a des yeux pétillants pour l'homme au smoking blanc, moins pour celui qu'il est que pour celui qu'il lui rappelle. Dès les premières notes, le piano a quitté à ses yeux l'enceinte de l'hôtel Renaissance, et c'est David, le regard lumineux, qui en parcourt les touches pour elle. Comme s'il n'était jamais parti.

Dans la vie, tout est une question de timing.

Deux ans auparavant, c'est lors de la répétition de l'orchestre que Lisa et David se croisent pour la première fois. Une rencontre qui ne tient vraiment qu'à un fil puisque David, peu enthousiaste à l'idée d'incarner la doublure du pianiste attitré, ne renouvellera pas l'expérience. Au diable leur orchestre, il n'est que de passage...

Un fil d'autant plus ténu que ce n'est pas à proprement parler lors de cette répétition qu'ils font connaissance : si, tout du long, Lisa n'a d'yeux que pour son violoncelle, David, lui, a bien remarqué cette jeune fille tout en demi-sourire, tellement en retenue qu'on la croirait hautaine, au charme si intrigant qu'il n'a pas osé l'aborder.



Non, pour être tout à fait exact, ils doivent les prémices de leur histoire aux caprices du composteur à l'entrée de la station de métro.

David s'y reprend à plusieurs fois mais rien n'y fait : la machine s'entête à rejeter son ticket. Lisa s'impatiente, finit par lui proposer de passer avec elle. Geste banal de solidarité entre usagers du métro parisien. Mais, dans le virage qui mène au quai, les attendent les contrôleurs de la RATP. Sur leur visage, le sourire de ceux qui se rapprochent de la réalisation de leur quota. Dans la bouche, les mots de ceux qui ont toujours le dernier :

— Ça va, ça va. Les fraudeurs, ça a toujours de bonnes excuses. Moi, j'fais que mon travail, jeune homme. Si vous avez une réclamation à faire, vous écrirez au contentieux. Carte d'identité, s'il vous plaît, répond-on à David, qui a cru que son ticket démagnétisé suffirait à témoigner de sa bonne foi.

— Eh bien, la prochaine fois, vous saurez, mademoiselle, que dans ce cas, faut s'adresser au guichet plutôt que de frauder. Carte d'identité, s'il vous plaît, lance-t-on à Lisa, qui voit sa solidarité bien mal récompensée.

En grande marathonienne des transports en commun franciliens, avec Stains-Paris 16$^{e}$ pour distance de prédilection, Lisa sait que rien ne sert de vouloir discuter. Dès lors qu'elle a sorti sa pièce d'identité, l'agent n'obtiendra d'elle qu'un silence teinté de mépris.



David, lui, ne l'entend pas de cette oreille. Il rétorque, sanguin, d'une voix aux accents du Sud de plus en plus marqués :

— J'fais que mon travail... J'fais que mon travail. Vous savez que c'est avec ce genre de rengaine qu'on a envoyé des gens à la mort sous Vichy ? Vous savez qu'aujourd'hui encore c'est avec ce genre de mentalité à la con qu'on expulse des gens persécutés dans leur pays ? Vous savez... C'est grave de dire ce genre de choses, c'est très grave !

Son amende en poche, Lisa pourrait laisser le jeune homme se débrouiller avec les contrôleurs. Personne ne l'en blâmerait, d'autant que les très susceptibles talkies-walkies des agents de la RATP s'interrogent sur la nécessité d'un renfort policier. Pourtant, elle ne peut s'y résoudre : elle interrompt David dans sa logorrhée, demande aux agents d'excuser son « ami qui est nouveau à Paris », l'attrape par le bras et l'entraîne sur le quai. David, surpris, n'a d'autre choix que de la suivre. Jusqu'à aujourd'hui, elle ne saurait expliquer ce geste. Peut-être que l'indignation de David, à défaut d'être complètement légitime, a touché une part d'elle-même alors en sommeil. Lisa n'avait plus l'habitude qu'on se soulève, qu'on remette en cause, qu'on se rebelle... Elle avait des objectifs rationnels et bien définis: un diplôme prestigieux et une carrière. Le reste? Les péripéties d'une intrigue dont elle connaissait l'aboutissement.

Alors, quand David lui explique qu'il est en stage dans un centre médico-psychologique pour demandeurs d'asiles, il lui fait l'effet d'un doux excentrique. Pire, d'un i-dé-a-liste.

— C'est bien payé? s'aventure Lisa.

David, sur le ton de l'évidence: 

— En psy, tu plaisantes? Ils y sont allés de leur poche pour l'aller-retour Nice-Paris, c'est déjà pas mal! De toute façon, le plus cher ici, c'est le logement. Et comme j'ai un oncle qui me loge à Belleville...

Et c'est sur le même ton d'évidence qu'il lui demande son numéro de téléphone.

— Pour quoi faire?

— Mais pour t'inviter à dîner! Ou au moins qu'on prenne un verre! Tu t'es pris une prune à cause de moi, tu m'as évité le commissariat, c'est le moins que je puisse faire...

L'audace a l'effet escompté: juste avant de sortir à Saint-Michel, d'une voix lasse, elle lui donne son numéro comme on renonce à faire entendre raison à un rêveur aveuglé. Descendant de la rame et persuadée qu'elle ne le reverra jamais, elle lui lance un dernier regard en pensant: *Plutôt charmant dans son genre, mais définitivement pas mon style...* Et plus encore, ce n'était pas son style de céder si facilement aux avances de l'autre genre.

Dans la vie, tout est une question de timing.

Si David l'avait appelée un peu plus tôt, Lisa l'aurait certainement envoyé sur les roses. Mais presque une semaine s'écoule avant qu'il ne se décide à lui téléphoner, et ça change tout, même s'il ne s'en doute pas. Au moment où elle décroche, elle sort tout juste d'une éprouvante première semaine de stage dans le cabinet d'audit où sortir avant 20 heures, c'est prendre son après-midi.



Passer une soirée, juste une seule, avec quelqu'un qui ne parle pas sa « langue » – celles des audits sociaux, de l'optimisation du capital humain et des perspectives de mission et de carrière qui vont avec – lui paraît une excellente idée.

Elle ne s'est pas trompée.

Leur rendez-vous commence pourtant de manière étrange. À la sortie de la station Opéra, Lisa s'aperçoit que l'adresse du point de rencontre n'est autre que celle d'un grand hôtel parisien. Elle laisse d'abord à David le bénéfice du doute.

*Il a sûrement pensé que ce serait plus facile de se retrouver ici...*

Mais comment ne pas poser de questions sur ses intentions quand David surgit de l'intérieur de l'hôtel, tiré à quatre épingles, costume noir sur chemise blanche et chaussures cirées ?

— Bah alors, qu'est-ce que tu fais ? Je t'attends à l'intérieur depuis un moment. Tu vas rater le début.

— Le début de quoi ? Je crois que tu t'es fait des films, mon grand. Hors de question que je te suive là-dedans !

David la regarde tourner les talons, interloqué. Il se précipite à sa poursuite.

— Lâche-moi, je te dis ! lui crie-t-elle quand il la saisit par le bras. Casse-toi ou j'appelle les flics !

— Eh, du calme, mademoiselle, lâche-t-il en reculant d'un pas. C'est pas *du tout* ce que tu crois.

Elle se fige.

— Tu ne vas pas me dire que t'es pas plus curieuse que ça ? De toute façon, c'est un lieu public, qu'est-ce que tu veux qu'il t'arrive ? Allez, *please*, viens avec moi jusqu'au bar, et après si ça te plaît pas, promis, j'essaierai pas de te retenir.



Lisa se rapproche brusquement de lui, dans une attitude de défi, ancrant ses yeux dans les siens :

— Me retenir ? Essaie un peu pour voir !

David, lui tournant le dos :

— Ah, les Parisiennes, j'te jure... Allez, viens, je te dis. Je suis déjà en retard.

Piquée au vif, Lisa finit par le suivre jusqu'au bar de l'hôtel où il lui désigne l'un des canapés :

— Mets-toi à ton aise, Lisa. Pour les consos, je te laisse entre de bonnes mains, fait-il en direction du barman qui continue de jouer à celui qui n'entend pas. Il a l'air un peu bourru comme ça mais il aboie plus qu'il ne mord.

Lisa le regarde se diriger vers l'estrade. L'assistance est clairsemée : deux couples âgés, un groupe d'hommes d'affaires trompant leur ennui avec quelques cocktails, et des touristes étrangers esseulés. Personne ne prête réellement attention à l'arrivée de David. Lisa a d'abord le sentiment qu'il va droit à l'échafaud.

*Ils n'écouteront pas. Depuis que la musique est partout, elle n'est plus nulle part.*

Elle le croit incapable de rivaliser avec toutes ces petites et grosses boîtes, personnelles ou collectives, incontinentes de décibels. Elle a tort. Dès que ses mains trouvent les touches du piano, le silence tombe sur l'assistance dans un frisson. Ces premières notes paralysent un instant jusqu'aux personnes de passage dans le hall de l'hôtel, comme on se retourne, surpris, sur une jolie fille dont on n'aurait pu tout à fait saisir les traits.



Il est toujours difficile de définir à quel moment précis on tombe amoureux. Si Lisa devait se plier à cet exercice, peut-être évoquerait-elle l'émoi ressenti lorsqu'il l'a prise pour la première fois dans ses bras, le bien-être confondant du premier réveil commun, ou encore le délice de ces conversations qui ne finissent qu'au petit matin.

Elle mentirait. Probablement parce qu'elle penserait que ça fait un peu collégienne d'avouer qu'elle s'est fait avoir par un garçon, tout ça parce qu'il a joué un peu de piano pour elle et pris cet air absorbé en interprétant ce titre de Serge Gainsbourg, au clin d'œil agaçant d'évidence :

*É-lisa, É-lisa, É-lisa saute-moi au cou*
*É-lisa, É-lisa, É-lisa cherche-moi des poux*
*Enfonce bien tes ongles et tes doigts délicats*
*Dans la jungle de mes cheveux Lisa.*

Elle mentirait. Parce qu'elle aurait du mal à parler de cette lumière éblouissante qui a précipité sa chute quand, dans les ultimes notes de cette chanson dont elle a soudain remarqué qu'elle reprenait un air de Chopin, le visage de

David, submergé par l'émotion, a été pris d'un douloureux spasme, et alors, aussi imparfaits que puissent être ses traits, de son nez aquilin à son menton trop long, rien n'aurait pu lui paraître plus beau.

Elle mentirait. Parce que personne n'aime faire l'autopsie de l'amour de sa vie.

Dans la vie, tout est une question de timing.

Ronnie n'avait pas prévu de rester si tard. Péché d'orgueil du passionné : il croyait qu'il lui suffirait de deux ou trois prises pour finaliser son enregistrement. Résultat, il est 1 heure du matin et il n'a toujours pas réussi à trouver un refrain satisfaisant. La rime est pourtant là, quelque part, dans ce tas de papiers griffonnés à la va-vite

Le casque sur les oreilles, il réécoute le beat composé, s'en imprègne jusqu'au plus profond de son être... Soudain, dopé par le riddim lancinant, il devient sprinteur de cent dix mètres-haies. D'un flow limpide, il survole les deux premiers couplets. Assonances et allitérations, jeux de mots et punchlines, rien n'est épargné aux adversaires qui peinent à suivre la cadence. L'heure de vérité approche : le beat s'accélère, le dernier obstacle est en vue. Sa voix n'est plus si assurée, il risque de trébucher sur la dernière mesure. Il se ressaisit finalement, affûte sa technique pour accommoder rap et chant, et se voit franchir cette barrière qu'il redoutait tant, pour conclure sur :

*Malek, fini de guetter les 'leurs dans le RER*
*Avec 5 zones à ma carte Imagin'R*

*Libre comme Tony qui sortirait de Fleury*
*N'empêche, j'frise toujours l'asphyxie*
*J't'entends encore dire:*
*«La vie, ça vaut que dalle, Ronnie»*
*Qui sait, t'as p't-êt' changé d'avis d'puis?*
*Moi, tout ce que j'sais c'est qu'rien t'vaut mon ami*
*Ça, c'est à Gare du Nord qu'je l'ai appris.*

On applaudit doucement dans son dos. Une hallucination? Il se retourne brusquement, faisant tomber le matériel de prise de son posé sur le piano.



— Mais qu'est-ce tu fais là, Lisa? s'écrie-t-il.

— Qu'est-ce que *je* fais là? s'indigne Lisa, ses talons aiguilles à la main. Tu débarques chez moi sans prévenir et tu demandes ce que, *moi,* je fais là? La paire de clés en extra laissée aux parents, c'est censé être seulement pour les cas d'urgence!

— Mais *c'était* un cas d'urgence: avec les darons qui mettent la télé à fond dans le salon, impossible d'avoir une acoustique correcte dans ma chambre. Alors qu'ici, avec ta hauteur de plafond, t'as un de ces sons! En plus, il est plutôt sympa ton piano, dit-il en en effleurant les touches, ça change de celui du grand-père.

— Tu vois, on n'est pas si mal chez les bourges, comme tu dis...

Ronnie hausse les épaules.

— J'ai juste du mal à voir ce qui te fait kiffer dans ce décor: ça a ni bruit, ni odeur, manque plus que la musique d'ascenseur, plus aseptisé tu meurs! Eh, regarde cet appart, qui dirait que t'habites ici depuis... depuis presque un an ? T'as même pas fini de déballer tes cartons. Au tarif que tu paies, heureusement que je suis là pour rentabiliser un peu l'investissement.

— Encore un peu et tu vas m'expliquer qu'il faudrait que je te dise merci...

— Non, pas la peine, sista, tu me connais : je préfère avoir le triomphe modeste.

Lisa lève au ciel des yeux las et va se servir un verre d'eau. De l'autre côté du comptoir de la cuisine américaine, elle souffle :



— Toujours est-il que tu aurais pu me prévenir. Un texto ou un appel n'auraient pas été de trop. J'ai ma vie, tu sais. Imagine que je sois rentrée avec...

— Que tu sois rentrée avec... ? demande Ronnie, un sourire malicieux aux lèvres.

Évidemment, elle se soustrait à la question, le tance sur la vaisselle qu'il a laissée dans l'évier :

— C'est pas l'hôtel-restaurant ici. Si tu te sers quelque chose, tu le laves et le remets là où tu l'as trouvé.

Ce n'est pas que Lisa juge son frère, qui va sur ses vingt ans, trop immature pour comprendre. Elle le connaît trop bien pour se faire avoir par sa fausse nonchalance – ne l'a-t-il pas prise au dépourvu plus d'une fois par de fulgurantes reparties ? Seulement, ce serait déroger au jeu de figures imposées qui régit leur relation que de lui dessiner trop clairement les contours de la pataugeoire au Martini blanc.

Comment pourrait-elle, en effet, lui raconter que, parcourant de nouveau le parvis de La Défense en compagnie de Djibril pour rejoindre la station de taxis, elle s'est envolée au-dessus des pavés, sur les notes bleues du pianiste ; que, s'appuyant à plusieurs reprises sur lui pour ne pas s'effondrer, elle l'a trouvé soudain rassurant comme un nounours, si grand qu'elle pourrait se fondre dans son pelage ; qu'elle aurait bien ramené cette peluche chez elle « pour ne pas avoir ce soir trop froid aux pieds », comme dirait l'une de ses meilleures amies ; que l'atterrissage a été difficile quand il a décliné le « dernier verre » qu'elle lui proposait, prétextant le départ imminent du dernier RER ; qu'au moment de lui faire la bise, quand il a posé les mains sur sa taille, elle a vu dans son regard comme une lueur mélancolique qui disait : « Non, ce ne serait pas bien si ça se faisait comme ça... » ; qu'elle a jeté un coup d'œil vers sa silhouette qui s'éloignait, se demandant s'il préférait satisfaire à ses principes plutôt qu'à ses instincts ou s'il n'en avait simplement pas *envie*.



Dans le taxi la ramenant chez elle, elle a repensé à tous les hommes qu'elle avait côtoyés depuis le départ de David, le temps de quelques verres ou de quelques nuits. Elle s'est revue les écouter, rire à leurs plaisanteries, faire l'intéressée quand ils se confiaient à elle pour l'émouvoir ou quand ils bombaient le torse pour l'impressionner. Elle s'est même vue de nouveau vouloir y croire. Une ou deux fois, pour faire passer le temps.

« Mais le sexe n'est pas l'amour, ce n'est qu'un territoire que l'amour s'approprie », a écrit Milan Kundera. Sa première victoire, sa capitale ou son dernier bastion, c'est selon. Parce que, si ça ne peut pas être l'amour avec un grand A à chaque fois, il faut bien vivre en attendant, s'amarrer à quelqu'un pour ne pas sombrer dans la solitude collective des danseurs de Djibril. D'ailleurs, quand elle essaie de se souvenir des traits de ces passants endormis dans ses bras, leurs visages et leurs noms, leurs corps et leurs odeurs se confondent comme s'il s'était agi d'une seule et même personne – une silhouette qui s'éloigne sans se retourner sur le parvis de La Défense, par exemple. Une personne dont la présence épisodique devait effacer peu à peu celle de David, mais qui n'a fait que rendre sa présence encore plus évidente. Ces amants, comme autant de coups de peinture bâclés pour occulter la teinte particulière du mur de leur histoire. 

Durant le trajet du retour qui ne lui a jamais semblé aussi long, elle s'est aperçue à quel point, depuis un an, elle n'a fait que réitérer le même geste : elle n'a plus aimé, elle a commémoré.

Comme lors de cette dernière nuit passée en compagnie de David il y a un an.

*Break up sex* en série.

De cette soudaine découverte, elle est restée abrutie de longues minutes, jusqu'à ce que le chauffeur sorte de son mutisme pour lui annoncer le prix de la course.

Dégrisement. Lisa commence à avoir un léger mal de tête, laissant présager du casque qu'elle risque d'enfiler au réveil. Un café serré ou une aspirine pour lutter contre les effets de la biture ? Elle hésite puis s'essaie à une surprenante posologie : elle lâche le comprimé dedans pour donner un peu d'effervescence à son expresso. Elle en grimace d'aigreur dès la première gorgée, finit par laisser les canalisations de l'évier se délecter du reste de la décoction et lance à son frère, qui ne semble pas près d'en avoir fini avec son enregistrement :

— Je vais me coucher. OK ?

Ronnie ne bronche pas. Casque sur les oreilles, il n'a visiblement rien entendu. De la tête aux pieds, il est embourbé dans un curieux montage. S'emmêlent sans distinction un maelstrom d'anciennes et de nouvelles technologies : piano et ordinateur portable, platine vinyle et sampleur, partitions et lecteur mp3. Lisa s'avance jusqu'au piano pour lui parler. Son œil est alors attiré par une liste de noms griffonnés sur une feuille volante. Elle est sur le point de la saisir quand Ronnie se retourne brusquement :

— J'ai fini, j'ai fini… Laisse-moi deux minutes et je serai parti.

— Partir ? Comment tu crois rentrer à cette heure-là ? Déplie le canapé, il y a des draps et une couette dans le placard de l'entrée.

Il la remercie.

— Dis-moi, c'est quoi cette liste de noms ? Tony, Malek, Céline…, lit-elle à voix haute. Il y a même mon nom. Enfin, j'ai la faiblesse de croire qu'il s'agit de moi…

Ronnie, sur la défensive :

— Mais oui, c'est toi… Ça t'intéresse tout à coup ? C'est plus une perte de temps ?

— Je croyais qu'on avait dépassé ça, que tu avais compris que je veux juste que tu apprennes à gérer tes priorités : d'abord les études, ensuite les loisirs.

— « Loisirs » ? T'as toujours rien compris, toi. Avec toutes

tes années au conservatoire, à l'orchestre, le violon, le piano, c'est pas à toi que je devrais avoir à expliquer ça.

— J'ai pas la tête à ça ce soir, soupire-t-elle. Bonne nuit.

Ronnie s'en veut de s'être un peu vite emporté :

— Tu veux vraiment savoir ?

— Évidemment.

— Voilà, chacun de nous a une chanson qui pour lui a une signification particulière. Suffit que t'en écoutes quelques notes et là, direct, des fois même sans t'en rendre compte, ça te ramène à une personne, un lieu ou un événement précis. Par exemple, quand j'entends de la musique classique, genre les fugues de Bach, je peux être en train de faire n'importe quoi, mais pendant une seconde ou deux, j'ai de nouveau huit ans et je regarde maman qui t'écoute jouer sur le piano du grand-père.



— Comme un genre de B.O. perso...

— C'est le mot : bande originale ! Tu vois, je me dis que ça pourrait être tripant de partir des gens, de leur vie, pour composer une chanson qui serait vraiment la leur ?

— Beau projet. Et alors, tu en as fini quelques-unes ? Tu me ferais écouter ?

— Je voulais te faire la surprise, te mettre ça sur CD... Mais puisqu'on est là, et qu'il y a ce piano flambant neuf, je vais te faire en live celle que tu m'as inspirée.

— Avec plaisir !

— Tu vas voir, c'est un genre de reprise soul/R'n'B d'une chanson de Serge Gainsbourg.

— Tu écoutes du Gainsbourg, toi ?

— Ben ouais. C'est pas mal ! Le mec était vraiment

dans son délire avec ses trips sur Bonnie and Clyde, Mélodie Nelson…

— Mais comment t'es tombé dessus ?

— Un peu par hasard, y a pas longtemps. C'était dans la caisse de CD que tu as laissée à la maison. Y avait aussi des CD de Duke Ellington, de Bob Marley et même d'IAM. J'ai trouvé ça chelou. Je te voyais pas du tout écouter ça… À qui t'as volé ces CD, encore ?

— C'est pas un vol, dit-elle sur un ton énigmatique, plutôt le legs d'un pianiste qui serait sûrement curieux d'entendre ce que tu vas nous jouer.

Ronnie, sentant qu'il serait inutile de vouloir lui tirer les vers du nez :

— J'ai une idée, tu vas te mettre au piano et jouer la boucle et moi, je serai au mic. On va pas pousser le son trop fort, sinon les voisins vont te mettre *wanted*… Tiens, la partition !

Lisa, troublée en lisant la partition :

— « Élisa » ? Tu veux que je joue « Élisa » ?

— Hé, Lisa, quand l'évidence est là, pourquoi chercher plus loin ? Allez, *let's go*.

— Ça fait si longtemps que je n'ai pas joué, je risque de tout gâcher.

— Et après ? C'est pas grave, on peut rater des fois. Même toi, Lisa, t'as le droit. Et puis, vu l'heure qu'il est, on peut réessayer autant qu'on veut. Moi, j'ai tout mon temps en tout cas. Pas toi ?

## 11

# P'tit reuf

Salem Bensayah

http://malek93.blog.com 

Posté par Malek93 le dimanche 31 octobre 2004, 19:19.

*London style !!!*

*La miss m'avait dit : « Je t'avertis, Malek, ça risque d'être gris, pluvieux et assez chiant... » Bloody boring pour la faire dans la V.O. de Kathleen.*

*Je m'attendais trop à une ambiance dimanche de galère sur Paname featuring la Queen Elizabeth, les bus rouges et les coups francs de Beckham.*

*Mais en fait, l'Angleterre c'était trop des barres ! Du soleil comme les British en avaient jamais vu et des délires trop frais avec les potes de Kathleen.*

*Pour rien gâcher, Londres, c'est le monde entier à domicile. Un peu comme Paris... à la différence près qu'ici les gens ont l'air de gérer ça avec moins de prise de tête. Y a qu'à voir dans le métro le nombre de mecs qui vont au taf avec leur turban sans que personne les regarde de travers. Enfin, c'est l'impression que ça donne après une semaine...*

*Je mettrai plus tard en ligne quelques tofs. En attendant, matez celle-là. Collector, les mecs. En fond, le mythique stade de*

*Highbury... Et je suis avec qui, là ? Eh oui, vous l'avez reconnu : monsieur Thierry Henry himself, meilleur buteur de Premier League – c'est ce qu'on appelle représenter sévère !*

*Bon demain, come-back dans la « mère patrie » ; -p*

*Il paraît qu'y a pas de quoi être dég'. « Paris sera toujours Paris », comme elle dit avec son joli accent. Ah, c'est sûr que Paname, ça reste Paname... Après, ça dépend de quel Paris on cause. Probablement pas celui de la routine RER bondé-fac-cité... Ça me rappelle quand je suis allé au bled cet été, les cousins avaient l'air de croire qu'en France, il suffit de se baisser pour ramasser le blé. Genre ici ça pousse sur les trottoirs, tu sais. Faut croire que la France, c'est vraiment une nana canon... Quand tu la mates de loin.*



*Enfin, ça doit être un truc universel de croire que le bonheur se planque ailleurs. « La moquette a l'air toujours plus neuve dans le HLM du voisin », comme on dit aux Peupliers.*

*As usual, lâchez vos coms ! Et pour ceux qui ont mon number, je serai de nouveau joignable demain aprèm (désolé de pas avoir décroché le tél cette semaine, mon portable aime pas jouer à l'extérieur !)*

*Peace, salam et tout ce qui s'ensuit...*

Commentaire posté par Salem B. le 1er novembre 2005, 23:15. (1/2)

De passage chez les parents hier, j'ai trouvé l'adresse de ce blog sur un papier qui traînait sur ton bureau. Faute de réseau sur mon téléphone puis de temps, je n'ai pas pu m'y connecter avant.

Ce soir, je suis un peu sonné d'y trouver cette note

annonçant ton arrivée. Je t'ai longtemps attendu sur le quai Grandes Lignes de la gare du Nord, tu sais...

Mais comment te le reprocher ? Voilà un long moment qu'on ne se parle plus assez, plus vraiment... C'est moi l'aîné, j'aurais dû prendre les devants. Ici m'est peut-être enfin offert l'espace qui me manquait pour donner des sous-titres à mes silences.

Par où commencer ?

Je ne me souviens que de moments de bascule. De *tipping point*.



Comme hier, dans l'Eurostar, quand j'ai eu cette drôle de vision : toi et moi, de nouveau enfants, et nos parents qui nous entouraient de leur affection maladroite. Tu n'avais plus ces boucles châtain clair de tes jeunes années, mais de beaux cheveux raides et bruns. Pour le reste, tu étais égal à toi-même, la pupille espiègle, ravi de voir les adultes sortir de leurs gonds. Tu m'as rappelé l'encombrant « p'tit reuf » qui s'accrochait à mes basques, squattait ma console de jeux et mes cassettes de Michael Jackson, du temps où l'amant de Billie Jean ne tirait pas encore la même tronche qu'Edward aux mains d'argent. Quant à moi, la chemise impeccable, le cheveu bien peigné, le menton haut de l'enfant modèle, je trônais entre les parents, souverain en son royaume. Soudain m'est apparu ce qui a pu te pousser à de telles extrémités. Comment ai-je pu ignorer l'évidence ? Une question me taraude : si les rôles avaient été inversés, aurais-je agi comme toi ?

Difficile de se faire une religion en la matière, je me souviens seulement de la façon dont, du jour au lendemain ou presque, je n'ai plus eu droit à tes faveurs. « Donneur de leçons », « relou »... Privé de la repartie et de l'exubérance qui font le charme des habitants de nos quartiers, j'ai été une ombre fugace sur les murs des Peupliers. Je me suis tenu à l'écart de ces lumières chaudes qui t'ont vu grandir.

C'est par ton aura en ricochet que je suis sorti de ce relatif anonymat : je suis devenu le « grand frère de Malek ». C'était confortable, en un sens.

C'est vrai, je n'ai jamais eu dans les tripes ce sentiment d'appartenance à *mon* quartier, *ma* ville, cette envie de « représenter » – ou du moins, pas comme *toi* tu pouvais l'entendre.



Pourtant, parfois, en écoutant du rap passer à la radio, je me surprends à avoir envie que ce *nous* harangué avec panache m'emporte aussi, qu'il me délivre de ce désir d'échappée en solitaire – devenue mon habitude. La nuit dernière, allongé sur ton lit, ton mp3 dans les oreilles, j'ai réécouté en boucle ce morceau de Rocca qui date de l'époque où Skyrock s'est mis au rap hexagonal pour remplir ses quotas de chansons françaises. Il samplait un vieux tube piano-voix de Michel Berger dont je n'arrive pas à retrouver le nom. J'entends juste maman en fredonner l'air mélancolique, en écho au petit transistor posé sur la table de l'ancien appartement. Près du téléphone, elle attend qu'on l'appelle pour gagner la valise RTL. Quelque chose qui sonne comme un exil. Dans la bouche du rappeur franco-colombien, c'est précisément le sentiment contre lequel ses mots viennent buter, répétant ses rimes comme autant de mantras contre la fatalité :

*Je crois en moi, en toi, le futur est entre nos mains*
*Et rien ne doit pouvoir barrer nos chemins*

*Pour tous les jeunes de l'univers, ce message universel*
*« Je représente, nous représentons »*

Mais voilà : pour moi, il n'y a pas eu de nous, pas de chemin collectif à tracer.

Bac S, classe prépa parisienne, école d'ingénieur… Au gré de la bonne fortune de mon parcours scolaire, j'ai pris les modèles de la cité à revers. J'ai appris à parler, à m'habiller, à envisager la vie autrement. J'ai basculé vers une autre réalité sans vraiment m'en rendre compte, sans m'y être préparé. Je me suis peu à peu détaché de cet endroit, sans heurt ni rancœur.



Sans qu'on me retienne non plus.

Je pourrais nourrir du ressentiment. Mais je crois que c'est autant une question de circonstances que de caractère. Quand tu es né, j'avais déjà dix ans. Nous avons alors quitté ce deux-pièces exigu et humide du 18e arrondissement de Paris pour Stains. C'était un petit miracle de ne plus avoir à aller aux bains publics pour prendre sa douche, d'avoir une vraie chambre à moi – même si j'ai dû très vite la partager avec toi. Mais, aux Peupliers, la greffe – ou la bouture, plutôt – n'a pas pris. J'ai toujours eu l'impression de devoir forcer ma nature, de ne jamais trouver place dans les groupes. Peut-être ai-je goûté trop tôt au confort de la solitude, à la considération que les adultes donnent aux enfants qui parlent comme eux.

Même au football, où le collectif est roi, je n'avais d'admiration que pour les solistes et leurs moments de grâce. Le Brésilien Pelé est peut-être le meilleur joueur de l'histoire, mais c'est l'Argentin Diego Maradona que j'ai imité, mille fois en rêve, dans sa chevauchée fantastique de la Coupe du monde 1986, quand, partant de sa moitié terrain, il dribble tous les joueurs anglais avant de crucifier le gardien, sous les vivats des cent mille spectateurs électrisés du stade Azteca, à Mexico.

Mais je n'étais pas fils unique, j'avais un frère : toi. Et je mesure a posteriori combien ce parcours (apparemment) sans écueil a pu te peser, entre maman qui croyait bien faire avec son sempiternel « Malek, regarde Salem, lui, il... » et les profs, qui s'étonnaient que « les frères Bensayah se suivent mais ne se ressemblent pas ».



De ton côté, tu ne te gênais pas pour envoyer balader ce qui ressemblait de près ou de loin à l'autorité. Et tu avais, il faut le reconnaître, un certain talent pour ça... Combien de fois ai-je dû aller plaider ta cause auprès des profs ? J'ai cru bien faire... jusqu'à ce jour d'avril 2001 où j'ai dû aller te chercher en garde à vue à l'insu des parents.

Je te revois avec ta tête des mauvais jours à la sortie du commissariat. Ronnie, ton double des années galère, nous emboîtait timidement le pas, gêné d'être le témoin de ces mots sur le point de nous dépasser. Peut-être avec plus de dureté que d'habitude, je t'ai sermonné sur tes fréquentations – ces caïds à la petite semaine qui ont des requins aux pieds et aux dents – et sur tes agissements réels ou supposés – je t'imaginais prêt aux pires méfaits pour conquérir les signes ostentatoires de la respectabilité *made in* cité. L'impression d'avoir été trop complaisant avec toi jusque-là, la peur de te voir finir ta crise d'adolescence à Fleury m'ont poussé à te menacer de tout raconter aux parents. Tu m'as dit une fois de plus, une fois de trop : « Je m'en bats les steaks de tout ça ! »

Puis le claquement sec d'une gifle.

Je ne sais pas qui a été le plus surpris de nous deux. Ma main est restée suspendue en l'air à ses remords un bref instant. Tu as eu une lueur douloureuse dans le regard.

« Parce que tu te crois mieux p't'être...? Qu'est-ce que t'as fait de si extraordinaire ? Ah oui, j'oubliais... Bac + 5 ! Et qu'est-ce que ça change ? Il est où le taf ? Elle où est la reconnaissance ? Pourtant, t'as le CV, t'as le look, brushing impec, costard-cravate et tout. Alors Salem, qu'est-ce qui cloche à ton avis ? Pourquoi tu reçois tellement de lettres de refus que tu pourrais refaire le papier peint de ta chambre avec ? Peut-être parce qu'un nom qui commence par Ben, ça fait débander les recruteurs... Mais ta *belle réussite* de fils d'immigré, t'y tiens trop pour l'admettre, hein ? Par contre, venir me prendre la tête à ma sortie de gardav, ça tu sais faire, ouais. C'est pratique d'avoir le beau rôle, *khouya*. Tu réussis peut-être à faire illusion auprès de tes potes, des darons et de la terre entière, mais moi, tu m'auras pas comme ça. À vingt-cinq piges passées, c'est moche d'en être encore à se bluffer tout seul... Ça fait tellement longtemps que tu portes ce masque que t'as fini par même plus le sentir sur ta face. »

Je n'ai pas su quoi répondre. Moi qui croyais avoir toutes les réponses, j'ai constaté, amer, que je n'avais pas eu plus que ça à donner : une gifle.

Et le silence, depuis.

Peut-être n'aurais-je jamais commis ce geste si je n'avais pas été à un moment de ma vie où mes certitudes s'effritaient ?

Mes beaux diplômes et mes stages à n'en plus finir devaient m'ouvrir grand les portes des fleurons de l'industrie française, m'offrir la possibilité de mettre mon talent au service d'un grand projet… Et cerise sur le ghetto, faire mentir ceux qui arguaient que seul le crime paierait au-delà du SMIC horaire.

Ce devait être mon heure, enfin.

Au lieu de ça, je peinais à décrocher, ne serait-ce qu'un entretien. Et quand cela arrivait et que je passais les premiers tours, je finissais deuxième. Toujours deuxième.

L'explication ? « Pas de *fit* avec la culture de la boîte. »



Fou. Cela te rendait fou que le soir venu, à la table familiale, je recrache sans ciller cette phrase sortie d'un mauvais speech de DRH. Tu n'ouvrais pas la bouche, mais tes yeux parlaient pour toi : « Tu ne piges vraiment pas ou tu fais semblant ? » Et maman qui ne disait rien, ses *douas*, ses prières pour seul recours. Et papa qui ne comprenait rien aux détails, mais qui, dans le fond, avait tout compris : « Mon fils, pourquoi tu ne te renseignes pas pour savoir s'ils cherchent des gens à la mairie ? » Et moi qui le respectais trop pour lui dire que je n'avais pas fait les grandes écoles pour tamponner des papiers. Qui ne voulais pas désavouer tous mes efforts, toutes les petites humiliations du transfuge. Qui répétais inlassablement soir après soir que j'avais fini deuxième. Deuxième. La place du mort. La place du Maure. Que tous mes camarades de promo avaient trouvé. Tous. Que ce serait bientôt mon tour, inch'Allah – voilà les seules fois où tu as pu m'entendre invoquer Dieu, moi qui ne m'en remettais qu'au mérite, la transcendance des ambitieux.

À choisir, j'aurais préféré qu'on me roue de coups plutôt que de vivre ce supplice sans cesse répété. Jamais on ne parle de cette violence-là. Peut-être est-ce pour l'éviter qu'il y a tant de fils de pauvres à qui on n'apprend jamais à rêver trop haut ?

Je croyais que tu n'avais rien vu et prenais ton silence pour un mélange d'indifférence et d'ennui, parce que, moi-même, je m'aveuglais. Mais après ce soir d'avril, le voile s'est déchiré. Tu n'étais plus un môme et j'avais refusé de l'admettre.

Ta lucidité : ma double peine.

Depuis ce jour-là, le silence donc. Le F3 familial devenu trop exigu pour nos deux ego, je suis parti vivre de mon côté. 

Peu après, ma recherche d'emploi a finalement trouvé son épilogue : Smith & Carlson m'a donné ma chance. Ou plutôt, on m'a laissé aller la chercher : dans son processus de recrutement ultra-rationalisé, la multinationale américaine faisait la part belle aux simulations « dans le dur », *stress tests* et autres études de cas... À la sortie d'un des derniers rounds d'entretien, un candidat a raillé au téléphone les « bureaux flippants de la World Company », les « gueules de monsieur Sylvestre », et regretté qu'on lui pose si peu de questions sur son « parcours » et sa « motivation ». Il était grand et blond, le visage net comme un vêtement qu'on n'aurait jamais sorti de son emballage, parlant du ton de ceux qui ont toujours raison. « Quelle plaie ! C'était l'entretien le plus déshumanisant que... », l'ai-je entendu dire avant de le voir s'engouffrer dans un taxi devant la Grande Arche de La Défense.

Cela m'a fait sourire.

D'abord pour la référence aux *Guignols de l'Info*, mais surtout parce que je mesurais l'écart qui nous séparait : ce type devait briller dans les entretiens où le « bon candidat » était celui dont l'art du *storytelling* sur son « parcours » et sa « motivation » n'avait d'égal que celui du copinage – le « réseau », ils appelaient ça. Je n'y voyais que les codes d'un entre-soi dont je ne saurais suffisamment jouer : on peut exceller dans l'apprentissage d'une langue, jamais elle ne deviendra votre langue maternelle. Mais, cette fois, on avait redistribué les rôles : lui était probablement frustré de sa performance, se jugeant le jouet de forces qui le dépassaient,



quand, pour la première fois depuis longtemps, je me sentais enfin sûr de moi. C'était comme si, à diplôme et compétences égaux, nous n'appartenions pas à la même humanité...

C'est comme ça que j'ai décroché un job dans la finance – le pré carré des « commerciaux » jusqu'à la récente fringale du secteur pour les forts en maths. Une proposition qui déjouait tous mes plans de carrière : ce n'était ni le poste d'ingénieur dont j'avais rêvé, ni le « grand projet » dans lequel j'aurais voulu m'investir. Mais, au vu des conditions proposées, j'aurais été fou de refuser... Et rapidement, j'y ai pris mes marques : au milieu des chiffres et des impulsions électroniques, des transactions qui se fichent des frontières et de la consonance des noms, j'ai trouvé mon rythme de croisière.

Les choses se sont finalement arrangées. *Sort of*, en quelque sorte.

J'ai continué à te suivre de loin, persuadé que mon absence finirait par se faire ressentir. Péché d'orgueil. Paradoxalement, mon départ t'a comme... libéré. T'obliger à faire ton lycée dans le privé, à l'autre bout du département, loin des Peupliers, a dû aider aussi... Quand, un matin, tu as trouvé sur la table du salon le dossier d'inscription, tu as dû penser que je te faisais payer notre dispute. Privé, catho et survêts interdits, La Madeleine avait tout du purgatoire pour ado revêche de cité... Pourtant, l'idée venait des parents – je l'ai juste rendue possible grâce à l'appui de mon ancien prof de maths de prépa qui y enseignait. Bouleversés par la mort d'un adolescent d'une cité voisine dans une rixe avec des jeunes des Peupliers, papa et maman étaient prêts à s'endetter pour t'éloigner des « mauvaises fréquentations »... sans songer un instant que, la mauvaise fréquentation, c'était peut-être toi. Une réflexion que j'ai gardée pour moi. D'abord, car je n'ai jamais eu aucun désir de les démoraliser ou de t'enfoncer, mais plus encore parce que je savais qu'il serait difficile de nuancer leur vision des choses. Pour eux, c'était simple : il y avait les bonnes et les mauvaises personnes, et le destin qui les attendait. Témoin répété de trajectoires qui auraient pu être tout autres, je ne voyais pour ma part que de bonnes et de mauvaises décisions, et les circonstances favorables ou non qui les ont servies.



Et ton exemple m'a conforté dans cette conviction.

À La Madeleine, tu as arrêté de vouloir exceller dans le pire : mieux, après un premier moment de flottement, tu t'es mis à t'investir en cours ; tu as même décroché ton bac avec mention l'an dernier. J'aurais aimé qu'on puisse fêter ça ensemble. Je me suis contenté d'un texto. Nos malentendus prenaient trop de place pour qu'on puisse se retrouver. Alors, je t'ai offert cet ordinateur portable dont tu rêvais depuis longtemps. Officiellement, je l'ai acheté pour la famille mais je doute que maman, qui n'a toujours pas compris comment se servir de la télécommande du lecteur de DVD, se risque à surfer sur Internet... Je sais que tu sais.

Il faut dire aussi qu'au-delà de l'épisode de la « gardav », si je n'ai pas osé faire un pas vers toi, c'est surtout à cause de tes nouvelles fréquentations, ces « frères » qui t'avaient inspiré cette étrange nouvelle ligne de conduite. Je n'ai jamais très bien compris où tu les avais rencontrés – et c'est seulement récemment que j'ai entrevu les raisons intimes qui ont pu te conduire vers ce chemin.



Sous leur influence, tu es enfin sorti de ton trip nihiliste, tu as cessé de vouloir justifier tes errements avec des rengaines du style : « Baise la vie ou elle te baisera. » C'est vrai, ils ont réussi là où j'ai échoué. Peut-être en ai-je été vexé, jaloux... Comme si je n'admettais pas qu'un autre que moi puisse te « sauver ».

J'ai eu du mal à me faire à ton nouveau toi. Je ne te reconnaissais pas.

Tu es passé d'un extrême à l'autre : l'entourloupeur au verbe et au look chatoyants a mystérieusement disparu sous les traits d'un garçon silencieux et terne comme ses qamis beiges. Les yeux maquillés de khôl, la barbe naissante, le regard perdu dans le vide, tu restais des heures songeur à fixer les murs de ta chambre, l'index battant la mesure d'une musique inaudible, une prière entre tes lèvres palpitantes.

Au début, j'ai pensé que tu cherchais à donner le change. Qu'en quelque sorte, tu surjouais le musulman comme moi le Français. Dans ton nouveau rôle, tu avais le goût des phrases toutes faites : « Le Prophète (paix sur lui) a dit : Celui qui emprunte un chemin à la recherche de la science, Allah lui facilitera une voie vers le Paradis.»

Papa, lui, ne voyait pas où était le problème. Une crise mystique, quelle crise mystique ? « Qu'Allah me garde d'empêcher mon fils de devenir un bon musulman. Faut pas écouter ces gens qui veulent nous faire peur avec notre propre religion », disait-il, du haut de ses convictions patriarcales.

Maman se moquait gentiment, disant que ton bas de survêt' dépassait de ta djellaba... ça te faisait une drôle d'allure tout de même. Elle se contentait de piques, ne voulant pas que tu te braques, mais son inquiétude était réelle. Elle a longtemps insisté pour que je sorte de ma réserve, que je me décide enfin à te parler : « Dis-lui, Salem, dis-lui... Faut faire attention avec l'Internet... Là-bas, c'est plein de gens qui te font rentrer n'importe quoi dans la tête...! »



Seulement, je craignais que cette conversation ne creuse davantage encore le fossé de nos différences, et qu'à vouloir évoquer le *dîn*, la religion, je finisse embroché sur le glaive de tes nouvelles convictions. Je n'ai jamais eu beaucoup de patience envers les *born again muslims* enfiévrés à qui on ne peut mot dire sans se faire traiter de *kafir*, de mécréant... J'avais peur qu'en te (re)découvrant une foi, tu ne veuilles faire de moi un apostat. Qui plus est, de quel droit aurais-je pu m'immiscer dans cette conversation qui ne concernait que Lui et toi ?

Trois années se sont écoulées ainsi, trois années durant lesquelles nous nous sommes à peine entrevus les week-ends, où le plus éloquent de nos dialogues s'est achevé par un : « Passe-moi le sel et la harissa.» Dans notre *commedia dell'arte* familiale, les improvisations n'avaient plus leur place.

Puis est survenu ce voyage juste après que tu as obtenu ton bac. Ce voyage que tu as voulu faire seul, y sacrifiant l'argent de tes petits boulots, de tes anniversaires, et celui promis par les parents pour ton permis. Cela m'a surpris. Toi qui, plus jeune, trouvais les « vacances au bled » rasantes, trop loin à ton goût de ta console de jeux et de l'animation des Peupliers, je me demande encore comment tu as pu passer deux mois seul sur les routes d'Espagne, d'Afrique du Nord et du Proche-Orient. Quelles rencontres t'ont donné envie de faire durer ce séjour aussi longtemps ? Ne vois pas là un reproche. Au contraire. Je pense même que c'est un périple nécessaire pour sortir de cette posture d'orphelin de l'Histoire, de « métis tronqué ». Comme un Afro-Américain sur les traces de sa négritude.

Moi, le courage m'a toujours manqué. J'ai peur de ce que je pourrais y trouver... Plus encore, de ce que je n'y trouverais pas. Et toi, qu'as-tu rapporté de la terre de nos pères et des pères de nos pères ?

Une nouvelle volte-face, en tout cas : tu as rangé au placard ta panoplie d'islamiste en herbe et retrouvé tes sourires d'antan. Tu as laissé cet « autre toi » de l'autre côté de la Méditerranée. « La paix », pronostiquait maman. Peut-être. Je voudrais croire qu'au contact des individus à la fortune et aux pratiques diverses, l'islam ne t'est plus apparu comme une pierre dont il faudrait se lester pour marcher droit. Comment pourrait-il être cette loi monolithique, sans nuance ni compassion, quand il a été influencé depuis son avènement par les peuples de Riyad et de Grenade, d'Istanbul et de Tanger, de Kaboul et d'Alger, de Jérusalem et de Dakar ?

Nous-mêmes, fils de Berbères arabophones, nés en France, ne sommes-nous pas la preuve vivante de cette «créolité»?

La comparaison va peut-être te paraître déplacée, mais je t'ai imaginé comme Malcolm X dans le film éponyme de Spike Lee: vers la fin de sa vie, en pèlerinage à La Mecque, rencontrant des musulmans à la même couleur de peau que ceux qu'on lui a appris à détester, il se rend compte de sa méprise sur l'essence de sa foi et rompt avec les doctrines sectaires qui l'avaient entravé – et aussi empêché de joindre ses forces à celles du Dr Martin Luther King dans la lutte pour l'égalité.



Je me rends compte que je multiplie sans le vouloir les références américaines. Entends-moi bien, je ne confonds pas notre destin et le leur, mais enfant seul devant la télé, j'ai souvent trouvé dans leurs histoires d'outsiders, toujours debout malgré les vents contraires, un moteur pour sublimer le mien.

Tu dois me juger bien naïf, me croire intoxiqué par les effets de leur *storytelling*. Détrompe-toi, je ne suis pas aveugle aux réalités géopolitiques qui façonnent sans doute ta vision – les étoiles sur leur bannière ont bien pâli après les images de la prison irakienne d'Abou Ghraib. Mais je reste persuadé que s'il y a un *djihad* à mener, c'est d'abord celui du combat sur soi pour triompher de son ignorance et vivre en cohérence avec ses valeurs.

À n'en pas douter, le plus grand et le plus difficile de tous.

Quand, à ton retour de voyage, à la veille de la rentrée universitaire, j'ai surpris sur cette feuille traînant sur ton bureau les nouveaux objectifs que tu t'étais fixés, j'ai pensé que tu avais gagné la première manche. C'est avec un mélange d'incrédulité et de fierté que j'ai accueilli ton *projet de vie*, comme tu l'as intitulé. Travailler dans l'humanitaire… Rien que ça ! Et moi qui avais cru que tu t'étais inscrit en fac d'histoire, flairant la bonne planque, alors qu'en réalité tu avais en point de mire un master en relations internationales. Tout était très détaillé dans tes notes. Tu semblais y avoir longuement réfléchi. Je t'avoue que ça m'a fait sourire. Je dois être devenu trop pragmatique – pour ne pas dire cynique. La faute au cap des trente ans ou à Monsieur Sylvestre ? Pourtant, nous avons autant besoin d'idéalistes que de conquérants : sans la belle âme des premiers, que ne céderions-nous pas à la détermination des seconds ?



En ce qui te concerne, il s'agissait en tout cas d'une mue inespérée qui m'a laissé entrevoir ta sortie hors de l'œil du cyclone.

Hélas, toujours ce froid entre nous. J'ai souvent pensé à t'appeler, mais comme tous les cols blancs, lorsque je veux me défiler, je dis que je n'ai pas le temps. Lorsque enfin, pendant les vacances de la Toussaint, je me décide à passer te voir à la maison pour régler nos différends, tu es parti en Angleterre rendre visite à des amis. Je suis impressionné par ton esprit d'initiative. À ton âge, tu as déjà vu plus du monde – et de la vie, probablement – que moi.

Finalement, c'est toi qui m'as appelé de Londres, pour me souhaiter un joyeux anniversaire. C'est vrai, je n'ai pas trouvé les mots sur le moment, mais sache que ça m'a vraiment touché… Qu'on puisse de nouveau se parler comme si de rien n'était. J'ai eu l'impression de retrouver une part de moi. Notre conversation n'a pas duré longtemps. Je ne voulais pas gâcher le plaisir des retrouvailles. Tu m'as dit que tu rentrais le 1er novembre, alors je t'ai attendu aujourd'hui au bout du quai. J'avais vraiment hâte de te voir, de te dire à quel point je suis fier de toi, mon frère. Je me suis senti bête d'être aussi ému. On aurait dit que je ne t'avais pas vu depuis des années. Et, effectivement, c'était le cas.

Je t'ai longtemps attendu sur le quai Grandes Lignes de la gare du Nord, tu sais...

Quand le train est finalement arrivé, je me suis retrouvé instantanément noyé dans la cohue de familles reconstituées, se scrutant mutuellement à la recherche d'une trace de cette absence, d'amoureux enfiévrés ne résistant pas au cliché du baiser sur un quai de gare, et de voyageurs solitaires pressant le pas, leurs bagages pour seule compagnie.



Et puis, ils sont tous partis. Et je me suis retrouvé seul, complètement seul.

De nouveau.

C'est absurde de penser te retrouver ici, je sais... Mais je n'ai pas pu m'en empêcher. J'ai voulu croire, l'espace de quelques minutes, que c'était un mauvais rêve, qu'une année, jour pour jour, n'était pas déjà passée, que tu allais m'appeler pour me dire que tu n'avais pas pris ce train qui ne t'a jamais laissé rentrer.

Mais j'ai vu les images, ces atroces images... Le monde entier les a vues. Deux Eurostar qui explosent à leur arrivée à Paris, qui pourrait oublier ça ?

Ciselées dans la plus intime des douleurs, d'autres images me hantent plus encore, leur tranchant ne fait que s'aiguiser avec le temps. Celle de l'imam récitant la prière des morts sur ton corps enveloppé dans ce linceul découpé en trois parties. Celle de l'eau qui a servi à ta toilette funéraire, jetée au loin. Celle du visage de maman, en retrait, qui a pris dix ans pendant la mise en bière – un parent ne devrait jamais avoir à enterrer son enfant. Plus encore, ce dont je n'arrive pas à me détacher, c'est cette odeur d'encens brûlant derrière toi, c'est cette main de papa durement sur mon épaule alors que, moi-même, je ne sais pas comment je réussis à tenir debout, c'est cette plaie encore à vif qui n'arrive pas à cicatriser.

Chaque matin depuis un an, ma première pensée va vers toi. Entre sommeil et vie, j'essaie de me souvenir de ton sourire mais, les paupières crispées, je ne vois que ce trou béant devant moi et cette terre que l'on jette sur le cercueil de mon frère.

La seconde va à Dieu, je lui demande : « Allah, Toi le miséricordieux, pourquoi Tu m'as pris mon frère comme ça ? Pourquoi ? » Il ne répond jamais... À croire qu'Il n'existe pas.

Chaque matin depuis un an, je repense à ce 1er novembre 2004.

# 12

## Le ballet des ombres

Lisa Elatre-Levy

1$^{er}$ novembre 2004



Dans la vie, tout est une question de timing.

Lisa a beau se raisonner, elle ne peut se soustraire à l'idée un peu folle que, si elle n'était pas montée à bord du train pour Nice cette nuit-là, Paris aurait peut-être été indemne le lendemain. Elle sait pertinemment qu'aucun battement d'ailes de papillon ne serait assez puissant pour qu'un lien de cause à effet, aussi mince soit-il, relie cette ultime rencontre avec David aux attentats de la gare du Nord. Et pourtant, aujourd'hui encore, lorsqu'on évoque ces événements, Lisa en revient toujours au même point : elle est prise d'un haut-le-cœur, comme si elle avait là-dedans quelque part de responsabilité « par procuration », comme si les mauvaises vibrations autour de son départ pour Nice avaient eu un impact sur le « cours des choses », ce fleuve insondable qui irrigue l'ensemble des destinées humaines.

En cette veille de 1$^{er}$ novembre 2004, Lisa ne dégageait effectivement pas le meilleur des karmas : elle partait pour Nice dans le but de solder tout ce qu'il restait de sa relation avec

David. Elle voulait lui faire mal comme elle avait eu mal quand elle avait appris par hasard qu'il venait de se fiancer – des photos des festivités à Tel-Aviv découvertes sur la page d'un de leurs amis communs. « Il n'a pas menti. Ça a vraiment des airs de Barcelone, là-bas... », s'était-elle dit devant les clichés, parce que se focaliser sur le décor en fond lui permettait d'occulter ce qui, au premier plan, lui faisait l'effet d'une gifle : David, heureux en compagnie d'une autre. Marianna, une jeune femme blonde aux yeux clairs, petit nez retroussé et nom russophone.

« C'est ses parents qui doivent être contents. », avait-elle persiflé avant de s'en vouloir de penser une chose pareille.

Beaucoup de choses opposaient Lisa et David.

Et pas des moindres.

Leurs opinions politiques, par exemple. Encore que, sur ce thème, Lisa brillait surtout par son absence de positions tranchées, moins par méconnaissance de la chose que par défiance envers ceux censés l'incarner – le 21 avril 2002, le cynisme qui l'avait précédé, l'indignation surjouée qui l'avait suivi n'y étaient sûrement pas totalement étrangers... Elle préférait laisser le monopole des « saines colères » à David. Tout juste une fois, alors qu'il n'en finissait pas de s'emporter contre le manque de moyens de l'association pour laquelle il travaillait, avait-elle osé souffler, désabusée :

— L'État ne peut pas tout...

— Mais Lisa, si l'État ne peut pas tout, l'État ne peut rien ! On est la patrie des droits de l'Homme... Ou on ne l'est pas ! » avait-il tempêté, encore plus fort.

Sur leurs goûts musicaux, l'opposition était d'un tout autre style. Lisa trouvait David d'une indulgence coupable envers la musique moderne, toujours prêt, malgré sa formation classique, à accorder quelque mérite à la production contemporaine, aussi médiocre soit-elle, si tant est que cette dernière se réclame d'un mouvement plus grand qu'elle. Un raccourci parfois réducteur qui ne manquait pas de faire bondir David :

« Comment ça, "l'Histoire de la musique est finie" ? Lisa, y a une vie après Bach ! Écoute Duke Ellington, écoute Gainsbourg, écoute Bob Marley... Écoute IAM, même ! »

Jamais ils n'auraient pu devenir l'un de ces couples qui, à force de se côtoyer, développent un mimétisme si prononcé qu'on les croirait frère et sœur.



Pour autant, Lisa savait qu'il aurait été injuste et faux de mettre l'issue de leur relation sur le compte de l'une ou l'autre de leurs divergences, de leurs différences. Et puis, si faire couple se résumait à une longue liste de points en commun à cocher, qu'est-ce qu'une Marianna aurait de plus qu'elle ? Lisa n'est-elle pas juive, elle aussi ? Du « bon » côté, qui plus est, celui de la mère.

Si seulement c'était aussi simple. Si seulement on pouvait cumuler les appartenances comme autant de mandats... Si seulement ce n'était pas le regard de l'autre qui dictait les contours de notre identité.

Et c'est toujours ce même regard qui empêche Lisa de revendiquer une filiation de manière pleine et entière sans ressentir une forme d'imposture. Un regard qui la désigne avant tout comme la « Métisse », un être fantasmagorique aux origines troubles qui, au gré des brushings et des saisons, du fer à lisser ou boucler, du soleil qui la fait brunir ou pâlir, revêt une parure distincte. Dans un monde *color blind* qui voudrait se croire désormais aveugle aux différences, cette ambiguïté fait paradoxalement d'elle une forme *acceptable* d'altérité. Mais à force de jouer au funambule sur la ligne de couleur, ne risque-t-on pas de se retrouver étranger à soi-même ? Quand les lumières du théâtre de nos sociétés s'éteignent, une fois qu'on est délivré du regard d'autrui, que reste-t-il de soi, face au miroir, dans la loge de son intimité ?



Dubois, Sartre et Fanon ont longuement réfléchi, écrit sur ce regard. Trois nations, trois perspectives, un même sujet : se désaliéner. Lisa les a attentivement lus. Elle a stabiloté des pages entières, s'est émerveillée de leur acuité. Elle a dévoré aussi Beauvoir, Morrison pour ne pas se limiter aux mots des hommes. Mais, une fois qu'elle a disséqué leurs pensées, qu'est-ce que cela a changé à son sort ? *Comprendre* allège-t-il le quotidien ? Cela rend-il moins pesante cette injonction de devoir sans cesse expliquer qui on est, de justifier la présence même de son corps dans certains espaces ? Est-on davantage rendu à sa liberté ?

Lisa ne saurait le dire. Peut-être était-elle plus heureuse quand elle ne savait pas.

Allongée sur la couchette du train de nuit, Lisa se remémore la première fois qu'elle est allée à Nice. Un voyage marqué par l'appréhension de faire la connaissance des parents de David.

— Tant que tu ne parles pas football avec mon père… Le reste, j'te jure, ça passera ni-ckel.

Le trait d'humour de David était tombé à plat. Lisa était restée sans expression, à regarder par la fenêtre, hypnotisée par le défilement rapide du paysage.

— Lisa, au fond, de quoi tu as peur exactement ? Qu'est-ce que tu crois qui pourrait leur déplaire chez toi dont ils ne seraient pas déjà au courant ?

— Je t'ai déjà dit de ne pas prendre ta voix de psychologue avec moi...

— *Ma* voix ? Quelle voix ? Après tout, si tu ne veux pas en parler...



— Non, ce n'est pas ça. Je pensais à mes parents, à leur rencontre... Je les ai toujours vus ensemble. J'ai du mal à m'imaginer qu'il a pu en être un jour autrement.

— Normal, c'est tes parents... Comment ça s'est fait, alors ? Raconte-moi.

— Il n'y a pas grand-chose à raconter. C'est une histoire assez banale finalement. Un amour adolescent dans le Sarcelles des années soixante-dix...

— « Banale », ce n'est pas exactement le premier qualificatif qui me serait venu à l'esprit. Un Guadeloupéen et une Juive polonaise... Tu reconnaîtras que c'est un couple qui a de quoi surprendre. Surtout à l'époque !

— Pas tant que ça, quand tu connais un peu l'histoire de Sarcelles... À la fin des années cinquante, avec la vague de rapatriés du Maghreb, une importante communauté juive sépharade a vu le jour. Ma grand-tante, qui est arrivée en France dans l'entre-deux-guerres, participait aux activités de différentes institutions juives à Paris. Elle a commencé à se rendre régulièrement à Sarcelles pour les aider.

Surtout moralement. C'est à cette époque que ma grand-mère est arrivée de Pologne avec ma mère. Je n'ai jamais su pour quelle raison exacte elles étaient parties, mais j'ai cru comprendre que c'était lié à une campagne menée par le gouvernement polonais assimilant des origines juives à des sympathies sionistes. Et comme le bloc soviétique était en froid avec Israël après la guerre des Six-Jours, alignement oblige... Enfin, c'était surtout un prétexte pour canaliser la grogne contre le gouvernement sur une autre cible.



— Pour changer...

— Bref, j'imagine que ma grand-mère, avec ce qu'elle avait déjà vécu pendant la Seconde Guerre mondiale et après, en a eu assez. C'est ce qui a dû la décider à rejoindre sa sœur à Paris. Un temps, ils ont habité tous ensemble dans le même appartement, mais c'était trop petit pour deux familles. Du coup, quand ma grand-mère a pu commencer à travailler, ma grand-tante, avec ses contacts, l'a aidée à obtenir un logement à Sarcelles.

— Et du côté de ton père ?

— C'est une tout autre histoire... À peu près à la même époque, les Antillais sont arrivés en masse quand Giscard a baissé les tarifs des billets d'avion pour ceux qui venaient s'installer et travailler en métropole. Un aller simple, ça va sans dire. Et quand tu étais fonctionnaire antillais, Sarcelles était l'endroit où on t'attribuait automatiquement un logement. C'est comme ça que mes grands-parents paternels ont atterri là. Il paraît que, dans la tour où habitait mon grand-père, tu n'avais quasiment que des gens qui travaillaient pour les PTT, comme on disait à l'époque. D'un côté, t'avais donc les Levy et, de l'autre, les Elatre. Et puis, et puis... il y a eu mes parents. Des adolescents du quartier. Quand ils se sont rencontrés, ma mère était encore au lycée et mon père apprenti mécano. D'un côté comme de l'autre, on n'a pas vu le début de cette relation d'un très bon œil.

— On les a empêchés de se fréquenter ?

— Non, leurs parents n'ont rien fait. Ils n'ont même rien dit. Ils pensaient peut-être que ça ne durerait pas... Mais les choses se sont compliquées quand ma mère est tombée enceinte. Heureusement, mon père ne s'est pas défilé. Ils se sont mis en ménage assez vite à Paris puis à Stains, où ils habitent encore. Mais ils ne se sont jamais mariés. D'où mon nom de famille composé.



— Pourquoi ? Ils étaient contre ?

— Pas spécialement. C'est plutôt qu'ils n'en ont jamais eu l'occasion, je crois. Tout s'est enchaîné très vite, ils étaient si jeunes... et avec les deux familles qui tiraient la tronche, ça n'a pas aidé.

— Ça a fini par s'arranger ?

— Plus ou moins. Du côté de la famille paternelle, ça s'est tassé : mon père était déjà un homme quand c'est arrivé ; ils ont dû estimer qu'il avait assumé ses responsabilités. Mais vu qu'ils sont retournés aux Antilles quand mon grand-père est parti à la retraite, on n'a pas eu l'occasion de beaucoup les côtoyer. De l'autre côté, ça a été plus compliqué. Ma grand-mère nourrissait de hautes ambitions pour ma mère. Elle la voyait devenir une grande pianiste, mais du jour au lendemain, tous ses plans ont été chamboulés. Je crois qu'elle en a voulu longtemps à mon père de lui avoir volé l'idée qu'elle se faisait de sa fille. Sa fille unique. Elles se sont très peu vues jusqu'à la mort de ma grand-mère. Mais je sais qu'elles prenaient régulièrement des nouvelles l'une de l'autre par l'intermédiaire de ma grand-tante.

— C'est triste…

— Oui, mais je ne suis pas certaine que ça a affecté mes parents tant que ça. Ils m'ont toujours donné l'impression de vivre sur leur «île», de ne rien attendre des autres… On n'a pas été malheureux. On n'a manqué de rien. Mon seul rêve inassouvi de gosse : une cousine. J'aurais adoré avoir une cousine.



— Eh bien, si tu considères que ça, c'est une histoire banale, je serais curieux de connaître ce qui relève pour toi de l'extraordinaire.

— L'extraordinaire, c'est ce qui attend d'être fait… Et toi, comment tes parents se sont rencontrés ? C'était en Algérie ou quand ils ont été rapatriés en France ?

— Ah, ça… Mon père t'en parlera mieux que moi ! Il adore raconter ces vieilles histoires. Je ne voudrais pas lui gâcher son plaisir.

Et c'est vrai que le père de David ne s'est pas fait prier longtemps avant que sa voix, chargée de nostalgie, ne commence à détailler les circonstances de leur arrivée en France. Il a suffi à Lisa de demander, un brin flagorneuse, qui étaient «ces beaux jeunes hommes» sur cette photo en noir et blanc encadrée sur un mur du salon.

— C'est moi avec mes deux frères à Paris en 1967. La fratrie Haïm, au grand complet ! C'est vrai qu'on était pas mal à l'époque… David a de qui tenir, dit-il dans un éclat de rire. Celui avec le béret, à gauche, c'est Albert. Tu l'as rencontré, je crois, c'est celui qui hébergeait David à Belleville. Au milieu, avec une veste de militaire, c'est Élie. Il était tout fier d'avoir servi en Israël. Et le grand dadais à droite, c'est moi. C'est une des dernières fois où on a été réunis tous les trois. Ensuite, chacun a suivi sa route.

— Pourquoi vous n'êtes pas restés à Paris ?

— Élie a toujours eu envie de partir en Israël. C'était le plus politique de la famille, il disait que c'était l'occasion « d'être enfin chez nous en toute sécurité ». Quand j'y pense, de ce point de vue-là, t'es vraiment comme ton oncle, dit-il à David, tu peux pas t'empêcher de dire ce que tu penses.



— Et vous, ça ne vous a pas tenté ?

— De faire notre *alyah* ? Ah non, non. On est français dans la famille depuis quatre générations. La France, c'est elle qui nous a donné la liberté. Pourquoi on irait ailleurs ? Et à l'époque, avec ma femme, on allait se marier... On voulait quitter la capitale mais seulement pour s'installer dans le Sud, plus au chaud. Ou alors, on venait de se marier... ? Viviane, la photo, c'était avant ou après le mariage ? Tu vois, Lisa, j'avais raison, c'était juste avant, répète-t-il en écho à la confirmation venue de la cuisine. Pourquoi tu ne manges pas ? Tu n'aimes pas la tchoutchouka ? Viviane, la petite n'aime pas la tchoutchouka.

La mère fait irruption dans le salon.

— Si, si, madame, c'est très bon. Je prends juste mon temps. Ça pique un peu...

— Vers chez vous, on a pourtant l'habitude du piment.

— Papa...

— Quoi ? J'ai rien dit de méchant. Faut arrêter de voir le mal partout. Lisa, hein, dis-moi, est-ce que j'ai dit quelque chose qu'il ne fallait pas ?

— Non, pas du tout. C'est vrai qu'en Guadeloupe, on a pas mal de plats assez épicés. Mais à la maison, c'est plutôt ma mère qui est aux fourneaux. Elle nous a habitués à un mélange de plats yiddish, de cuisine française... Elle fait aussi très bien le colombo et le poulet au citron, mais disons qu'elle a la main un peu plus légère sur le piment...



— Ah oui, c'est vrai que ta maman est ashkénaze. Et elle cuisine un peu des plats typiques pour Pourim ou Roch Hachana ? Le gefilte fish ? Le kreplach ? Le strudel ?

— On n'est pas très fêtes religieuses à la maison...

— Ah, c'est dommage de ne pas garder les traditions. C'est la maladie du temps qui passe...

« La maladie du temps qui passe. » Observant le ballet des ombres sur le plafond du train couchette, Lisa se murmure à elle-même ces mots du père, comme si, à l'aune des lumières qui vont et qui viennent, elle en saisissait quelque sens caché pour la première fois. La maladie du temps qui passe, celle qui distend les relations les plus étroites : celles des êtres entre eux, celles des êtres avec leurs aïeux, celles des êtres avec leur époque.

Quel autre sortilège aurait pu enlever à David et Lisa cette façon si particulière de se regarder ? Quelle autre mauvaise lune aurait pu éclipser si brutalement leur aura radieuse ?

Un jour, il a dit qu'il ne pouvait plus vivre sans elle : « Il faut qu'on trouve une solution. J'veux pas qu'on soit de ces couples qui finissent par se détester parce qu'ils ont passé trop de temps dans les gares et les aéroports.»

Un jour, il a dit que sa décision était prise, qu'il venait à Paris pour de bon: «Tu as un boulot. C'est à moi de venir. Plus rien ne me retient à Nice maintenant que mes parents ont décidé de partir. Qui aurait cru qu'un jour mon oncle finirait par convaincre mes parents de vendre leur commerce et de le rejoindre en Israël... De faire leur *alyah...?*»

Un jour, il a dit que son père était très malade, qu'il devait d'urgence se rendre à Tel-Aviv: «Mais non, ça ne remet rien en cause. C'est l'affaire de quelques jours, quelques semaines. Je serai revenu avant que tu te rendes compte que je suis parti.»



Un jour, il a dit que les choses se compliquaient et qu'il ne savait pas combien de temps il allait devoir rester: «Mon frère travaille à l'étranger et ma sœur vient d'accoucher. Qui d'autre peut aider mon père à s'occuper de ses affaires? Tu comprends, hein? Dis-moi que tu comprends...»

Un jour, il a dit qu'elle s'inquiétait trop, que seuls ceux sur place pouvaient vraiment comprendre la situation: «Ne les écoute pas! Si c'était aussi dangereux qu'on le dit, tu crois que je resterais? Moi aussi, je veux la paix, mais il faut être deux pour la faire... C'est fini Oslo! Qu'est-ce que t'imagines...? Qu'ici tout le monde prend l'Ancien Testament pour un cadastre? Rassure-toi, je n'ai pas lâché Lacan pour Dieu.»

Un jour, il a dit qu'il ne reconnaissait plus la France, qu'il se sentait trahi, déçu: «Maintenant, on agresse des jeunes qui manifestent contre la guerre en Irak parce qu'ils portent une kippa. Et personne ne dit rien. On devrait trouver ça normal parce que ceux qui leur tapent dessus sont des laissés-pour-compte, c'est ça ?»

Un jour, il a dit qu'il aimerait qu'elle vienne, qu'une autre vie était possible là-bas : «Le vrai melting-pot, il est ici. Je suis sûr que tu pourrais trouver ta place si tu le voulais. Une langue, ça s'apprend. Toi aussi, tu es fille du peuple hébreu, après tout...»

Et puis, un jour, quand les semaines sont devenues des mois et qu'il n'a plus su quoi dire, c'est elle qui a fini par parler : «Je suis moins forte que je ne croyais. J'en peux plus des webcams, des mails, des photos de soirée où t'as l'air d'être heureux sans moi... C'est fini, David. C'est fini.»



Dans la vie, tout est une question de timing.

Si leurs «retrouvailles» n'avaient pas eu lieu à Nice ce 1er novembre 2004, il y a fort à parier que le déroulement aurait été tout autre. Ils auraient goûté à la classique mais inévitable ambiguïté que réserve le passage de la relation amoureuse à la relation amicale. Une transition d'autant plus ardue que la séparation a été dictée moins par l'envie que par le renoncement. Au mieux, à trop évoquer les jolis moments de leur romance, ils auraient fini par remuer le couteau dans la plaie à coups de «et si...». Au pire, à vouloir trop en dire sur le pourquoi du comment, ils auraient foulé aux pieds les derniers vestiges de leur histoire jusqu'à en oublier tout ce qui l'avait rendue si belle.

Vu l'humeur massacrante de Lisa à sa descente du train, c'est probablement le second scénario qui aurait primé. Tout à observer les lumières qui allaient et venaient sur le plafond du train couchettes, elle n'avait pas fermé l'œil de la nuit. Elle avait cru qu'assister au ballet des ombres l'aiderait à y voir plus clair. Mais au matin, engourdie de fatigue et de pensées ressassées, elle en est encore à se demander pourquoi David a tellement insisté pour qu'ils se voient. Et, plus encore, pourquoi elle a accepté. Qu'espérer de ces retrouvailles qui n'en sont même pas ?

Une énigme impossible à résoudre puisque, dès ses premiers pas sur le quai, Lisa remarque une confusion inhabituelle dans l'enceinte de la gare : parents et amis venus accueillir les voyageurs ne peuvent accéder au quai. Ils sont acculés derrière un important cordon policier qui filtre de manière très stricte le passage, personnel compris. L'agitation est à son comble. Quand c'est au tour de Lisa de voir son sac minutieusement fouillé, elle demande à la policière ce qui leur vaut un tel traitement.



— Niveau écarlate du plan Vigipirate, s'entend-elle répondre. C'est pour votre sécurité qu'on fait ça. On voudrait éviter d'avoir un deuxième Gare du Nord sur les bras.

Lisa, interloquée :

— « Un deuxième Gare du Nord » ? Qu'est-ce que vous voulez dire ?

Lisa n'en apprendra pas davantage de la femme au képi. Déjà affairée à contrôler le bagage d'un autre passager, l'agente lui adresse un « circulez » d'un geste sec. Lisa essaie tant bien que mal de se frayer un chemin dans la foule compacte quand, soudain, quelqu'un la saisit par le bras. Elle n'attend pas de voir l'assaillant pour le repousser violemment.

Un jeune homme, fine barbe et lunettes à la monture en plastique design, s'exclame :

— Je vois qu'on ne change pas les bonnes habitudes. Toujours à brutaliser les garçons !

Lisa, dans une étreinte relevant moins de la joie que du soulagement :

— David ! Mais quelle idée de me faire une frayeur pareille ! C'est quoi ce look ? Encore un peu et je ne te reconnaissais pas.



— Désolé de t'avoir fait peur... Mais je voulais pas qu'on se loupe. Et dis-moi, toi, t'as rien, tu vas bien ? demande-t-il, la scrutant comme s'il s'attendait à ce qu'il lui manque un bras. J'étais presque sûr que ton train était parti de la gare de Lyon et pas de la gare du Nord. Mais avec les infos qui annoncent des nouvelles différentes toutes les deux secondes et ton train qui n'arrivait pas, j'ai commencé à complètement flipper.

— Je vais très bien... Mais qu'est-ce qui se passe à la gare du Nord ? Y a eu un accident ?

David, visage blême et voix grave :

— Ah, tu ne sais pas... C'est malheureusement pire, bien pire que ça. Ils disent... Ils disent que c'est au tour de Paris d'avoir son 11-Septembre.

La suite ? Un flot continuel d'images de ces trains éventrés à leur arrivée à destination, leurs viscères s'étalant tout le long des quais Grandes Lignes, le rouge colorant les rails d'une teinte inédite ; des cris de stupeur, des larmes ou des mots sidérés murmurés au téléphone pour ne pas se retrouver seul devant ces scènes insensées... Et puis, le silence.

Sans crier gare, la musique des êtres s'est arrêtée.

À la terrasse du café où David et Lisa se sont assis, chaque mot prononcé, même le plus banal, semble chargé de gravité. Sept langues à eux deux, et ils ne réussissent pas à aligner plus de trois phrases. Une atmosphère d'autant plus lourde que le décor ne s'y prête guère. Le froid de novembre ? Encore seulement une hypothèse dans ces rues du Vieux-Nice au charme insolent d'un jour d'été indien, au point de faire sortir à David ses lunettes de soleil et regretter à Lisa de ne pas avoir emporté les siennes.



Un silence d'autant plus pesant pour qui se doute, comme eux, de la fureur qui couve déjà, de ce qui finira par être dit.

Soudain, David, comme s'il pestait contre lui-même, s'exclame :

— Je ne voulais pas que ça se passe comme ça...!

— Personne ne voulait que ça se passe comme ça.

— Oui, aussi... Mais je ne parlais pas de ça. Des mois qu'on ne s'est pas vus et regarde comment on est accueillis !

— Ce n'est pas comme si c'était ta faute...

— Je sais... C'est juste que je voudrais éviter que ce soit l'unique souvenir qu'on garde de cette journée.

Lisa n'a pas de mots pour contredire cette évidence. Ses velléités de règlement de comptes de la veille lui semblent désormais si grotesques...

— Tu vois, Lisa, cette situation, ça me rappelle une histoire que j'ai souvent entendue sur les circonstances dans lesquelles ma famille paternelle a été rapatriée d'Algérie. Je n'avais jamais su la date et le lieu exact – ou alors je ne m'en souvenais pas – mais à la façon dont mon père en parlait, avec de la brume qui lui sortait littéralement de la bouche, j'ai toujours imaginé que leur point d'arrivée était Paris. Je pouvais même les voir distinctement, marchant la nuit dans les rues de Belleville, frigorifiés par la différence de climat avec leur Constantine natale. Et puis récemment, j'étais chez mon oncle Élie qui me montrait de vieilles photos de famille. Et devine ce que je vois ?

— Une photo du jour de leur arrivée ?



— Bingo ! Et quand je regarde au dos de la photo, tu sais quelle date était écrite ? 3 août 1962. Là, je dis à mon oncle : « Je ne savais pas que vous étiez arrivés en plein mois d'août à Paris. » Il me répond, étonné : « Paris ? Mais qu'est-ce que tu racontes, David ! Tu vois bien que c'est la gare Saint-Charles derrière. C'est le premier endroit où on a été regroupés à notre arrivée. On est partis à Paris seulement quelques mois plus tard. » Qu'est-ce que je me suis senti stupide sur le moment. Marseille, en août... Tu parles d'un hiver parisien !

— Ton père était adolescent. C'est normal que ses souvenirs ne soient pas si précis. Et puis, vu les circonstances...

— Oui, vu les circonstances, même un jour ensoleillé de Côte d'Azur risque de rester dans nos mémoires comme un jour d'hiver parisien si on ne fait rien... Allez, lève-toi, Lisa, on a encore tout l'après-midi pour se créer de beaux souvenirs !

« C'est pour jouer » auraient-ils dit s'ils étaient encore enfants, avec le front de mer niçois et la promenade des Anglais en guise de cour de récréation.

Jusqu'à l'heure du dîner, chacun joue sa partition du mieux qu'il peut. Lisa raconte le cabinet d'audit dans lequel elle a trouvé ses marques, les répétitions de l'orchestre auxquelles, à regret, elle n'a plus le temps de se rendre, ses doutes sur la suite qu'elle souhaite donner à sa carrière, son frère qui se moque d'elle parce qu'elle vient d'emménager « chez les bourges », ses parents qui ne se font pas tout à fait à l'idée qu'elle soit désormais une grande personne. Quant à David, il parle des affaires de son père qui commencent à aller mieux, de son activité de psy bénévole pour le compte d'une association d'aide aux migrants, de son envie de reprendre sa carrière là où elle aurait dû commencer, de l'énergie de Tel-Aviv où « on sent une urgence à vivre », de ses amis aux trajectoires plus improbables les unes que les autres, de ses parents qui vieillissent et qui n'ont pas « l'air d'être tout à fait arrivés ». Ils s'y sont joliment pris, évitant d'aborder les questions qui auraient mis à nu leurs désaccords majeurs, jusqu'au moment où Lisa, entre deux cuillerées de mousse au chocolat, lui demande :



— Pourquoi tu dis ça ? Ils ne se plaisent pas là-bas ?

— Ah, si, ils s'y plaisent, ils s'y plaisent beaucoup même. Entre mon oncle, ses enfants et ses petits-enfants, c'est le retour de la smala. C'est ce qui leur manquait. Si je dis que je ne les sens pas « arrivés », c'est par rapport aux réflexions que mon père laisse parfois échapper. Des histoires qu'il ne cesse de rabâcher. Il est toujours à critiquer qu'il y a trop de ceci ou pas assez de cela...

— Que veux-tu, tu ne peux pas demander à ton père de ne plus être français du jour au lendemain : râler, ça fait partie du patrimoine national...

— Oui, certainement, sourit-il. Mais il n'y a pas que ça... Parler avec mon père, c'est devenu comme essayer de comprendre un film dont tu aurais loupé la première moitié. L'autre jour, par exemple, on marchait dans la rue et d'un coup, sans raison particulière, il a commencé à dire que des gens nous regardaient de travers : « Regarde comment ils nous snobent ! » Je lui ai dit que je ne voyais pas de qui il parlait. Alors il m'a répondu : « Mais voyons, David, les ashkénazes ! Belleville ou Tel-Aviv, c'est toujours le même cinéma avec eux, faudrait pas que ces *messieurs* aient à marcher sur les mêmes trottoirs que les Schwartz. » Il l'a dit sur le ton



d'une telle évidence que je n'ai pas osé lui demander ce que « Schwartz » voulait dire ni ce que Belleville avait soudain à voir là-dedans. Ce n'est qu'en rentrant que j'ai su qu'en yiddish ça signifie...

— Ça signifie « noir ».

— Oui... Autant te dire que j'ai été très surpris. Plus jeune, je l'avais déjà entendu railler les ashkénazes – il y avait pour lui quelque chose de bizarre à ce qu'un Juif parle une sorte d'allemand et ne mange pas de couscous –, mais je n'aurais jamais cru possible qu'il ne soit toujours pas *revenu* du Belleville des *sixties*, que la plaie soit encore autant à vif.

— Quand tu es jeune, c'est le genre de choses qui te marquent. Faut croire qu'on ne se remet jamais tout à fait d'avoir été le Schwartz de quelqu'un.

— Après ça, j'ai repensé au jour où tu m'as dit : « Yiddishland ne reviendra pas. C'est pas un avion qu'il leur faudrait mais une machine à remonter dans le temps. »

— C'était bête. J'ai voulu faire la maline. Je n'ai fait que répéter ce que ma mère m'a dit une fois quand je lui ai demandé si elle avait déjà envisagé de retourner en Pologne.

Lisa ménage un silence avant d'ajouter :

— Jusqu'à notre rencontre, je ne m'étais jamais trop posé de questions sur cette partie de mon identité. Ou plutôt, je pensais qu'il n'y avait plus de questions à se poser. Que tout était *passé*. Et le passé ne m'intéressait pas, il n'y avait que l'avenir qui comptait. Je n'avais pas envie d'être de ces personnes qui passent leur vie entière à faire le compte de ce dont on les a spoliées. À quoi bon ?

— La transmission. Ta mère t'a transmis des choses… La musique. 

— Oui, la musique sera ce qu'il restera de ma mère quand elle ne sera plus de ce monde. Mais, pour moi, il y avait quelque chose de triste dans ce mot « transmission », comme si on ne pouvait hériter que de traumas. Et puis, dans ce mot, il y a aussi « mission », c'est pesant, tu ne trouves pas ? C'est comme si on était punis deux fois, la première pour les tragédies vécues par nos familles et la seconde par ce sentiment de culpabilité, cette impression qu'on ne sera jamais à la hauteur de leurs sacrifices… Mais est-ce qu'on n'a pas le droit de choisir sa vie ?

David lève les yeux, comme s'il ne savait plus très bien quoi penser. Lisa a l'impression d'avoir blasphémé, ou tout comme.

— Mais quand je t'ai rencontré, quelque chose a changé, reprend Lisa. Avec toi, ta famille… toute la vie, toute la joie que vous mettez autour de ça, j'ai vu au-delà de « l'histoire au goût de cendres ». Ça m'a un peu chamboulée… Dans le bon sens du terme.

Un éclair de surprise traverse le regard de David.

— Quand je t'ai dit que Yiddishland ne reviendrait pas, poursuit-elle, je voulais juste te faire mal parce qu'après ton départ j'avais l'impression que tu ne m'écoutais plus, que tu t'étais trouvé une nouvelle grande cause à défendre et que c'était en train de t'éloigner de moi…

— Tu crois que je reste là-bas pour ça ? Pour un idéal ?

— Ne le prends pas mal… Mais quand tu travaillais pour ton association à Paris, à prêter l'oreille aux malheurs de tous les « damnés de la terre », tu m'as souvent donné l'impression que plus tu dépensais de ton temps et de ton énergie, moins tu te sentais à la hauteur de la tâche… Comme si ça n'allait jamais être assez, comme si donner de toi n'allait pas suffire, puisque aussi grande que puisse être ta noblesse d'âme, tu ne partagerais jamais tout à fait leur sort. Quoi que tu fasses, tu resterais du côté des « ventres bien nourris ». Alors qu'en Israël…

— En Israël ?

— Eh bien, là-bas, tu as comme… trouvé un combat à ta mesure : tu n'as plus à *essayer* de partager leur sort, tu es déjà des leurs. Tu es légitime.

Après un bref silence, David, tentant de prendre une voix détachée :

— Et après, c'est moi qui prétends être psychologue…

— Je me trompe peut-être, mais c'est l'impression que j'ai eue sur le moment. Ce n'est pas une critique… Ça me laisse plutôt admirative, cette capacité que t'as de t'indigner. Je crois même que ça a un peu déteint sur moi, dit-elle dans un sourire. Mais moi, je n'ai jamais eu l'ambition de vouloir sauver le monde, j'essaie juste de me sauver, moi.

— Moi, sauver le monde ? Si c'est le cas, je n'essaie de sauver le monde que pour mieux me sauver, moi aussi. C'est aussi tordu que ça... Quant à toi, tu peux jouer à celle qui ne pense qu'à sa gueule, tu sais très bien que c'est faux. Il n'y a qu'à voir comment tu es avec tes parents, ton frère... Ou simplement, souviens-toi du jour où on s'est rencontrés : si tu étais celle que tu dis, tu n'aurais pas levé le petit doigt pour moi quand les contrôleurs me sont tombés dessus. Toute ta panoplie de femme des années 2000, c'est de l'esbroufe, ma belle...

— Tu as perdu, il y a longtemps maintenant, le droit de 
m'appeler comme ça. Qu'en penserait Marianna ?

— Tu es donc au courant...

— Tu croyais quoi ? Tirer ton coup ni vu ni connu le temps de ton escale ici ? Comme au bon vieux temps ?

— Abso... absolument pas, bégaie David. J'aurais juste préféré te l'annoncer moi-même. Ça s'est fait très vite, j'ai à peine eu le temps de...

— Ta-ta-ta. Je ne veux rien entendre de plus. T'as pas de comptes à me rendre.

David, décontenancé :

— C'est toi qui as rompu, c'est toi qui n'es pas venue...

Lisa, d'une voix blanche, fait celle qui n'a pas entendu.

— Il est déjà tard. Si je me dépêche, je peux peut-être choper le train de nuit pour Paris. Tu peux m'appeler un taxi ?

— Tu ne vas pas partir comme ça, quand même !

Dans la vie, tout est une question de timing.

Des trains qu'on prend. De ceux qu'on rate. Et de ceux qui ne circulent pas. En ce soir du 1er novembre 2004, tous les trains en direction de la capitale ont été annulés par mesure de précaution. La voilà bloquée à Nice jusqu'au lendemain matin. David propose de l'héberger. D'abord, Lisa refuse, elle n'a plus le cœur aux faux-semblants. Elle aimerait être déjà partie. Loin.

David insiste :

— Je t'ai fait te déplacer jusqu'ici. Si mes parents apprennent que je t'ai laissée prendre une chambre à l'hôtel, je vais me faire enguirlander. S'il te plaît…!



Elle finit par céder, moins pour lui faire plaisir que par flemme de devoir chercher un endroit où passer la nuit à cette heure avancée de la soirée.

Quand elle franchit le pas de la porte de l'appartement, elle est surprise de le trouver identique à ses souvenirs – meubles, bibelots, portraits de la famille Haïm n'ont pas changé de place, comme si ses occupants étaient seulement partis en vacances. David anticipe sa réaction :

— Ça les rassure de savoir qu'ils peuvent revenir à tout moment et trouver les choses telles qu'ils les ont laissées. Une leçon du passé, j'imagine.

L'ambiance est pesante, le silence a pleinement repris ses droits sur la soirée, réduisant leurs échanges à une inaudible ponctuation. Sur les hauteurs de Nice, la musique des êtres ne semble plus avoir d'autre choix que de se mettre au diapason du requiem que l'on joue en contrebas.

Mais David ne peut s'y résoudre : il branche son lecteur mp3 sur la stéréo comme on ouvrirait une cage à oiseaux. La voix de Sade s'envole alors sur un air soul-jazzy, entonnant les paroles de *No Ordinary Love*.

Lisa, assise sur le canapé ; David, figé derrière elle pour leur épargner un douloureux face-à-face. Vaine précaution : chacun peut sentir l'autre ébranlé au moins autant que lui-même quand Sade égrène :

*I keep crying.*

*I keep trying for you.*

*There's nothing like you and I baby.*

Corps et cœurs comme caisses de résonance amplifient si fortement la même vibration qu'il en devient presque douloureux pour David de continuer à écouter cette chanson. N'est-ce pas ce morceau qu'il lui a envoyé par mail quand elle lui a dit que tout était fini ? Celui-là même dont il a tant et tant regardé le clip, abruti de douleur, qu'il a fini par en confondre son interprète avec Lisa – les déboires amoureux autorisant tous les anachronismes, la chanteuse semblait prendre un malin plaisir à cultiver un peu plus leurs ressemblances à chaque nouveau visionnage de la vidéo. 

David, une émotion contenue dans la voix :

— Désolé, ce n'était pas fait exprès. C'est la lecture aléatoire.

Lisa sent un sourire triste sur ses lèvres. *La lecture est toujours aléatoire... sinon on n'en serait pas là*, songe-t-elle. Mais elle lui dit seulement sans même se retourner :

— Tu ne vas pas rester planté là toute la soirée. Viens t'asseoir.

Elle se croit forte et raisonnable, capable de résister aux sirènes du passé, jusqu'à se persuader qu'il ne dégage plus cette lumière qui l'avait tant séduite. Elle est certaine que, quoi qu'il entreprenne, elle pourra résister. Il est désormais tellement... ordinaire. Pire, *démystifié*.

Cette approche rationnelle ne lui semble plus si convaincante depuis qu'il s'est approché d'elle. Il n'est même pas certain qu'il ait fait exprès de lui frôler l'épaule de cette manière. Il esquisse un mouvement de la main vers son cou avant de s'arrêter net, pétrifié dans son geste – surpris de ne plus y trouver la blessure du violoncelliste, il a instinctivement voulu toucher ce qu'il ne pouvait plus voir... Elle se trahit dans ce regard qui hésite entre l'affolement et l'espérance. Le plus désemparé des deux n'est pourtant pas elle : il lui apparaît, pour la première fois, troublé au point de ne plus avoir de mots auxquels se raccrocher. Il est nu, en somme. Une fragilité inédite – David sans certitudes, c'est la Terre qu'on découvre plate – qui guide la main de Lisa jusqu'à sa crinière comme pour le consoler. Une foule d'images et de sensations, qu'elle croyait oubliées et découvre seulement enfouies, la submerge alors. Instinctivement, il se rapproche encore un peu plus d'elle avant de s'apercevoir qu'il n'est plus certain de savoir comment la prendre dans ses bras – perdue, la familiarité des gestes.

Le silence ? Plus assourdissant que jamais, même la voix de Sade ne porte plus. Quand les mots ne suffisent plus pour dire la musique des êtres, l'enchevêtrement des corps est notre dernier recours pour faire barrage au silence.

Il n'en fut pas autrement.

Dans la vie, tout est une question de timing.

S'il s'était aperçu un peu plus tôt de l'absence de Lisa, David aurait peut-être pu l'empêcher de filer. Mais il s'est réveillé trop tard : ce matin-là, il ne trouve à ses côtés qu'un oreiller embaumé de son odeur.

Il ne veut pas s'avouer si facilement vaincu. Elle doit être à la gare. Avec un peu de chance, son train n'est pas encore parti. Il enfile précipitamment son pantalon, tire sa chemise roulée en boule de sous le lit et se maudit de ne pas retrouver ses clés. C'est alors qu'il découvre, sur la table de la cuisine, un mot : *Bonne chance pour tout. T'embrasse. Lisa*. Il s'effondre alors sur le carrelage de la cuisine, comme sonné par le poids de sa propre stupidité : *Et je la rattrape... pour lui dire quoi ? Que je vais revenir...? Qu'elle doit me rejoindre...?*

Il pourrait commencer par lui dire ce qu'il n'a pas eu l'opportunité ou le courage de lui avouer la veille et qu'il croyait avoir le temps de lui révéler ce matin : il a rompu ses fiançailles avec Marianna voilà un mois.

La raison ? La faute aux faux airs de Sade, en résumé.

Rien ne dit que cette révélation aurait tout changé, qu'ils auraient pu (ou voulu) reprendre là où ils s'étaient arrêtés, mais au moins leur champ des possibles ne se serait pas résumé à une seule question de timing. Pour cela, il faudrait qu'il se relève tout de suite plutôt que de rester recroquevillé sur le sol, en chien de fusil, à vouloir apprécier à sa juste mesure la chute de cette histoire. Il restera un long moment dans cette position, paralysé d'avoir été si violemment dénudé de toutes ses certitudes.

Lisa l'avait pourtant prévenu : l'extraordinaire, c'est ce qui attend d'être fait.

# 13

## Wonderwall
Salem Bensayah

1$^{er}$ novembre 2005



Commentaire posté par Salem B. le 1$^{er}$ novembre 2005, 23:15 (2/2)

Chaque matin depuis un an, je repense à ce 1$^{er}$ novembre 2004.

Je me souviens du métro vide ce matin-là, m'offrant le luxe d'une place assise dans la ligne 1. Une atmosphère somnolente de jour férié qui rendait le pas des Parisiens plus lent. Je devais faire un saut rapide au bureau, l'affaire de deux heures tout au plus, pour rassurer mon N + 1 stressé à la perspective de faire sa présentation le lendemain devant le big boss et le board américain.

Vers 9 h 30, dans l'escalator montant vers le ciel cotonneux dominé par les tours de La Défense, mon portable a vibré dans la poche de ma veste. C'étaient les parents. Je me revois le laisser sonner trois fois, le temps de sortir de la station. J'ai eu un mauvais pressentiment. Ils appellent si rarement. La voix affolée de maman au téléphone a retenti à mes oreilles comme une sirène : « T'as entendu ce qui vient de se passer à Gare du Nord ? Y a eu des explosions... Ils parlent d'un attentat ! Tu sais à quelle heure arrive le train de ton frère ? Il répond pas sur le portable, Salem. Il répond pas !...» J'ai lâché, mécanique : « Malek ne va pas tarder à appeler, ne t'inquiète pas.» Mais qu'est-ce que j'en savais ? Je n'étais même pas sûr de l'heure à laquelle tu étais censé rentrer... Sur le minuscule écran de mon téléphone, au milieu de l'esplanade, sous le ciel virant à l'anthracite, j'ai été glacé par ce que j'ai lu : *Un peu avant 9 heures, plusieurs explosions se sont produites coup sur coup à bord de deux trains Eurostar en provenance de Londres.*



Saisi par une angoisse terrible, je suis redescendu vers la station sans savoir exactement où je comptais me rendre. Il me fallait bouger pour ne pas céder à la panique. Les réseaux de métro et de RER étant paralysés depuis quelques minutes, la station de La Défense bourdonnait de discussions qui n'auraient jamais eu lieu en temps normal, de vibratos anxieux, de SMS et de monologues au portable pour se rassurer sur le sort des siens.

Toi, tu ne répondais toujours pas.

Dans le taxi qui m'a amené à la gare du Nord, j'ai vu sur mon écran le bilan des victimes s'alourdir de minute en minute, et j'ai senti une fureur sourde monter à la radio. Le chauffeur m'a jeté un regard en biais. Il avait l'air de vouloir me poser une question, s'est ravisé puis m'a finalement demandé : « C'est Al-Qaïda, ça encore, hein ? », de ce ton de connivence sur lequel on interrogerait quelqu'un sur sa famille éloignée ou un domaine d'expertise supposé. Dans le regard que je lui ai rendu, il a vu qu'il valait mieux ne pas insister. Il a changé de station de radio et le chanteur d'Oasis s'est époumoné :

*I don't believe that anybody feels the way I do about you now.*

Jamais une chanson si lumineuse n'a sonné aussi tristement à mes oreilles : elle évoquait les joies des retrouvailles quand j'angoissais à l'idée que les nôtres n'aient jamais lieu.

Les rues barrées à une centaine de mètres à la ronde aux abords de la gare, le taxi a tourné un moment avant de pouvoir me déposer. J'ai eu du mal à reconnaître les lieux. La guerre avait fait irruption à Paris. Chaos d'autant plus total que la police et les premiers secours se disputaient l'espace et la prérogative. Les uns occupés à dégager tous les véhicules garés à proximité et à faire exploser les plus suspects, les autres à évacuer les blessés les plus graves et à accueillir les rescapés hébétés sous les premières tentes improvisées à l'extérieur, le tout sous l'œil des caméras omniprésentes, comme si l'événement n'était qu'un prétexte à ce tournage.



J'ai profité de la confusion pour me faufiler dans la gare. Impossible de rester les bras croisés à attendre qu'une dépêche AFP m'annonce l'horreur de ton décès. J'ai voulu vérifier *de visu*... J'aurais préféré ne jamais voir ce que j'y ai vu : des wagons éventrés, des corps étendus à même les quais, du sang sur les poutres métalliques et ces lambeaux de chair éparpillés un peu partout sur lesquels j'ai essayé de ne pas marcher.

Désemparé, j'ai appelé ton portable une nouvelle fois, espérant un miracle. Au bout de trois tonalités, on a décroché.

J'ai été pétrifié par cette voix féminine au bout du fil: «Je suis Gare du Nord. Je fais partie de l'équipe de secours. J'ai entendu le portable sonner...» J'ai entendu sa voix en écho quelques mètres derrière moi. Je me suis retourné. Et tu étais là, caché sous une bâche dorée. J'ai eu du mal à croire que c'était toi... *Toi* ou du moins ce qu'il en restait... Mais c'était bien toi, mon frère, qui avais pris les traits de ce pantin désarticulé et ensanglanté.


«Oui, c'est bien lui... J'en suis sûr», ai-je affirmé aux parents comme j'aurais prêté un serment. Je ne voulais pas que ce corps mutilé soit leur dernière image de toi. Sur le pas de la porte de notre F3, chaque mot qui sortait de ma bouche semblait résonner d'une autre voix que la mienne.

C'est la première fois que j'ai vu papa pleurer. Maman, elle, a eu ce cri étouffé, comme si elle venait d'être privée d'oxygène. Nous sommes restés plusieurs heures dans le salon familial sans rien trouver à dire, abrutis de douleur. Papa, son chapelet à la main, donnait corps au temps qui ne voulait plus rien dire, égrenant à voix basse les noms d'Allah.

Tout me semblait irréel.

Hier encore, j'allais écouter ton prof de maths se plaindre de tes bavardages; l'instant d'après, je devais trouver un service de pompes funèbres musulmanes pour organiser tes obsèques dans les délais prescrits par l'islam.

La télé livrait les images que j'avais vues en vrai. Et le monde entier spéculait sur les auteurs des attentats. Personne ne connaissait encore leur identité, mais les ressemblances entre cette attaque et les attentats qui avaient touché

Madrid le 11 mars 2004, moins de huit mois auparavant, étaient trop flagrantes pour que les médias n'évoquent pas la piste islamiste. Cependant, à la différence de l'Espagne, le pays n'avait pas participé à la guerre en Irak et voilà que l'on découvrait, incrédule, que la France ne bénéficiait pas de l'« immunité » espérée. La loi sur les signes religieux à l'école, ou plutôt la loi contre le voile, promulguée récemment était citée comme raison possible du « courroux » d'un groupe satellite d'Al-Qaïda. J'ai pensé, désabusé : *Ont-ils seulement besoin de « raison », des monstres pareils ?*



Le soir venu, Nicolas Sarkozy, s'est invité au 20 heures. Depuis quelques mois, il avait quitté le ministère de l'intérieur pour celui de l'économie, mais sur le plateau, en pleine campagne pour prendre la tête de son parti, il ne donnait pas l'impression d'avoir renoncé à son ancien mandat.

— Nous mettrons toutes nos forces en œuvre pour traquer les commanditaires de ces attentats jusqu'au dernier. Croyez-moi bien, j'irai les chercher moi-même un par un s'il le faut, où qu'ils se trouvent, pour les traduire devant la justice française, dit-il de cette voix énergique que tout le monde lui connaît.

— On évoque des groupes terroristes liés aux mouvances islamistes, mais à cette heure-ci vous n'avez encore aucune revendication, aucune piste sérieuse, n'est-ce pas ?

Le ministre, piqué au vif :

— Je ne comptais pas vous l'annoncer ce soir, mais je pense que le peuple français a le droit de savoir. Ce n'est pas mon genre de faire dans la langue de bois, vous le savez. Nous pensons que la date du 1er novembre 2004 n'a pas été choisie par hasard... Il se trouve que c'est le cinquantenaire du début de la guerre d'Algérie, de la « Toussaint rouge ». Et, à l'image de ce qui s'est passé en 1995, nous soupçonnons des groupes terroristes algériens de vouloir s'attaquer à la France pour son soutien au gouvernement algérien dans sa lutte contre le terrorisme.

Le présentateur, décontenancé, a eu du mal à enchaîner.

— La Toussaint rouge... Vous dites qu'on aurait en quelque sorte « commémoré » le début de la guerre d'Algérie ?



— Pourquoi avez-vous l'air si surpris ? Terroriser, n'est-ce pas avant tout vouloir frapper les symboles ?

Évidemment, comme tu peux l'imaginer, la presse du lendemain a fait des gorges chaudes de cette « révélation ». Une révélation que j'ai trouvée pour le moins fantasque, pour tout te dire... Et pourquoi pas une « commémoration » de la guerre d'Indochine, tant qu'ils y étaient ? Au programme, rétrospective historique sur les relations tumultueuses entre la France et l'Algérie ou l'art de souffler sur les braises : des philosophes de seconde zone habitués des plateaux télé et autres spécialistes autoproclamés ont convoqué l'histoire comme on appelle un mauvais élève au tableau. Je ne comprenais pas le plaisir morbide qu'ils prenaient à rouvrir ces plaies mal cicatrisées au moment précis où le pays avait le plus besoin de voix apaisées. Un quart d'heure de gloire médiatique contre le risque de saccager la société, n'est-ce pas cher payé ?

En des circonstances pareilles, j'aurais pu me dispenser d'aller au bureau. Seulement, j'étais dans une sorte d'état second, incapable de prendre la mesure de ce qui s'était passé. Je me revois, face au miroir, nouer ma cravate, trouvant la scène ridicule et rassurante à la fois. Je touchais du doigt l'absurde. La vie allait donc continuer, dans son atroce banalité ? Comment allais-je y arriver ?

Je ne parvenais plus à consulter mes e-mails ni sur téléphone ni sur mon ordinateur portable. Mon agenda électronique s'entêtait à me confronter à ma réalité : j'avais ma slide de trois minutes à assurer le soir même face au CEO John Carlson et au board venu des États-Unis. À mon arrivée, quand j'ai demandé à un collègue de me rappeler le numéro de la salle où avait lieu la réunion préparatoire avec l'équipe, il m'a répondu, effaré :



— Quoi ? T'es pas au courant ? John Carlson était dans l'Eurostar qui a explosé Gare du Nord. Il est au Val-de-Grâce... Il est dans le coma, on ne sait pas s'il va s'en tirer.

Je n'étais pas remis du choc de la nouvelle qu'un autre de mes collègues m'envoie sur mon mail perso un lien vers une dépêche : *Attentats de la gare du Nord : la piste algérienne se confirme*. Dans le corps de l'article, j'ai découvert, incrédule... ton nom ! Sans donner beaucoup de précisions, l'article suggérait que tu puisses être un des kamikazes, arguant principalement du fait que tu te trouvais dans un wagon où l'une des bombes a explosé, celui justement où était installé John Carlson... et que tes origines validaient la thèse de la « piste algérienne », s'il était besoin de le préciser.

Ensuite, les événements se sont encore accélérés. Ça a commencé par une convocation chez le directeur général, qui s'est étonné que je vienne au bureau le lendemain de la mort de mon frère et m'a demandé si je te croyais complice de cet attentat. Il a suggéré, l'air de rien, que j'en savais peut-être davantage que je voulais bien le dire… J'ai compris alors pourquoi, plus tôt, je n'avais pu accéder à mes mails :

— Et donc au lieu de m'appeler, de me demander comment je vais, comment mes parents vont… la première chose qui vous vient à l'esprit en des circonstances pareilles, c'est de me couper mes accès ?

Il s'est horrifié, grandiloquent :

— Mais que voulais-tu que nous fassions d'autre ? Tu imagines les répercussions, Salem ? Tu te rends compte ? C'est la première fois que le board se déplace en France et regarde ce qui arrive ! En plus, s'il s'avère que c'est ton frère, tu reconnaîtras que c'est une coïncidence pour le moins…



Il n'a pas eu besoin d'en dire plus. J'ai quitté son bureau avant d'entendre des choses plus désobligeantes encore.

Mais il était trop tard pour se boucher les oreilles, la machine médiatique était déjà enclenchée. Le moindre détail de ta vie a été dévoilé, grossi, caricaturé. Banlieusard à l'adolescence turbulente, maghrébin et musulman à la dévotion suspecte, loin de chez lui pour un mystérieux voyage, tu avais tout pour incarner la figure fantasmatique recherchée. Le coupable idéal, prompt à justifier les peurs les plus larvées de la société française.

Ça n'a pas raté : en quelques heures, tu es entré dans le top 10 des recherches sur Google. Sur Internet, les éditorialistes se sont enflammés sur le thème des « enfants perdus de la République ». Depuis l'avènement du Web 2.0, le spectacle se joue autant sur scène que dans les tribunes : les internautes commentaient ces articles avec encore plus de virulence et de sévérité que leurs auteurs.

On signait de bon cœur l'acte de décès de la France Black-Blanc-Beur.

L'invité du 20 heures de la veille tempêta plus fort encore : « Nous n'hésiterons pas à porter les coups les plus fous, les plus forts pour faire sortir des caves ce fascisme vert. Nous ne pouvons pas tolérer sur notre sol des gens mettant en danger notre modèle, notre civilisation. » Encore un peu, et on réclamait des comités de dénaturalisation pour faire le procès de « ces gens qui ne méritent pas d'être français ».



Harcelé par les coups de fil des journalistes, j'ai éteint mon portable. L'appartement des parents a été perquisitionné sans ménagement par la police. Les Renseignements généraux les ont questionnés de longues heures, sans le moindre égard – comme s'il ne s'agissait pas de parents endeuillés mais des complices d'un criminel – sur ton degré de pratique religieuse, sur le leur... Alors, pour leur épargner le spectacle des camions de télévision qui faisaient le pied de grue dans la cité, je leur ai proposé de les accueillir à mon domicile parisien, espérant leur offrir un peu de répit loin de la tempête médiatique qui ravageait leur quartier.

Mais, pour cela, j'aurais dû éviter d'allumer la télévision. Sur la première chaîne, ce soir-là, un reportage de deuxième partie de soirée t'a été consacré : verbes au conditionnel mais ton de la certitude pour dépeindre celui que tu aurais réellement été, images d'archives en caméra cachée d'un prêche enflammé dans une mosquée que tu aurais fréquentée, témoignage accablant d'un de tes anciens « frères » sur ton caractère qualifié d'impulsif pour ne pas dire violent, des points virant au rouge sur une carte géographique muette de l'Afrique du Nord et du Proche-Orient, entretenant le doute sur le motif réel de ton voyage et les mauvaises rencontres que tu aurais pu y avoir faites. Bouquet final : on y apprenait qu'un de nos homonymes, Belkacem Bensayah, un Bosniaque d'origine algérienne, était enfermé dans la prison de Guantánamo, à Cuba. Le spectateur n'avait plus qu'à déduire de lui-même cette fatalité familiale, quasi génétique, qui t'aurait amené à commettre l'irréparable… CQFD.



Les parents étaient effondrés. Je refusais d'y croire. J'ai réfuté avec force cette version des faits auprès de tous ceux qui m'interrogeaient. Pourtant, le pire dans l'histoire, ce n'est pas cette façon odieuse qu'on a eue de traîner ton nom dans la boue, c'est que moi-même j'ai commencé à me poser des questions.

N'avais-je vu que ce que j'avais envie de voir ? Ce revirement à ton retour de voyage n'était-il qu'une façade ? Beaucoup de terroristes, avant leurs exactions, étaient des voisins discrets, des fils respectueux, expliquait-on… On te soupçonnait de *Taqîya*, une pratique qui consiste à se camoufler au milieu des « mécréants » avant de passer à l'action. Je n'aimais pas l'air de complot avec lequel on prononçait ce mot, comme si la langue de l'islam recelait le mal par essence, et je me sentais honteux de ne pas être à l'abri de ce frisson, de ne pas avoir les armes intellectuelles pour opposer des arguments à cette vision rétrograde – la *Taqîya* fut originellement la possibilité laissée au croyant en proie à des persécutions de ne pas divulguer sa foi, mais où l'aurais-je appris, moi que la religion intéressait si peu ?

Aussi, j'ingurgitai, jusqu'à l'écœurement, toute information te concernant de près ou de loin.

Dans une interview accordée au *Figaro*, un célèbre juge antiterroriste du Tribunal de grande instance de Paris expliquait : « Il est évident que c'est à travers la manipulation de deux ou trois sourates du Coran que des jeunes vont être recrutés. Mais ces sourates manipulées, évidemment, vont venir justifier un sentiment d'injustice et de haine qu'ils ont vis-à-vis de l'Occident. »

Ce portrait-robot du terroriste potentiel est venu ajouter à mon trouble. Dans le silence de ma chambre, j'ai été terrifié par ce que je risquais de découvrir dans les prochaines heures, les prochains jours...



Au fond, nous n'avions jamais vraiment su où tu étais allé ni qui tu avais vu lors de ton séjour en terre musulmane. Ton séjour en Angleterre était-il un prétexte pour rencontrer tes contacts dans le prosélyte *Londonistan* ? Les zones d'ombre se multipliaient, pourtant je n'arrivais pas à me résoudre à cette conclusion. J'avais vu ton *projet de vie*, j'avais entendu ta voix enthousiaste au téléphone. Ce n'était pas là le comportement de quelqu'un sur le point de se transformer en bouquet de fleurs sanguinolent, mais sait-on jamais ?... P'tit reuf, m'avais-tu bluffé au jeu de masques ?

J'étais perdu.

J'ai laissé ma chambre aux parents. Je me suis endormi sur le sofa devant les chaînes d'info en continu. Cette nuit-là, j'ai vu ces images où, la kalachnikov au poing, la tête enserrée dans un bandana vert, tu as débité, le regard vide, une sourate vengeresse : « Quand vous punirez, punissez-les comme eux vous ont punis» avant d'annoncer ton «martyre» dans l'attaque prochaine contre les «croisés européens». Mes doutes trouvaient leur réponse dans le pire des scénarios.

Un vrai cauchemar.

Quand je me suis réveillé, en sueur, au milieu de la nuit, j'avais le cœur qui battait à cent à l'heure. Il m'a fallu du temps pour me persuader que ce n'était pas la réalité. Je me suis levé pour boire un verre d'eau. Dans la cuisine, j'ai trouvé les parents en train de prendre une collation en prévision de la journée de ramadan, décidés à ne pas déroger à leurs pratiques, impressionnants de sérénité. Ils ont été surpris que j'aie l'air surpris. Leur résilience m'a mis du baume au cœur. J'ai pu retourner me coucher.



Finalement, les explications sont arrivées d'où personne ne les attendait.

Le lendemain matin, j'ai laissé le portable vibrer dans le vide un long moment. Je n'avais plus le cœur à me confronter à la vindicte. Je préférais m'occuper des parents, les écouter raconter des anecdotes sur notre enfance que j'avais oubliées. Quelqu'un a sonné à la porte. Par le judas, j'ai vu une femme en uniforme et un homme en costume. Une policière et un inspecteur ? J'ai pensé qu'on venait m'interroger, voire m'arrêter. Vu la tournure des événements et le concours de circonstances liant notre famille à Smith & Carlson, j'étais même étonné que ça ne soit pas arrivé plus tôt. J'ai pris ma voix la plus claire pour dire aux parents de ne pas s'inquiéter, que j'allais peut-être devoir m'absenter... J'ai ouvert la porte, tétanisé par ce qui m'attendait de l'autre côté.

— *Mister Bensayah, sorry to bother you at home but I really need you to come with me*, s'est excusé l'homme en costume.

Il m'a dit que la policière nous escorterait à l'hôpital du Val-de-Grâce. Que j'y étais attendu. Sans plus de précisions.

À mon arrivée, j'ai trouvé le directeur général au chevet de John Carlson, qui venait de se réveiller. Il m'a accueilli avec un sourire qui m'a paru incongru. Était-ce vraiment cet homme qui avait coupé mes accès, suggérant à mots couverts que j'avais pu être impliqué dans l'attentat ? En me serrant la main, il m'a glissé à voix basse :



— Le président tenait à te remercier en personne, Salem.

Je me suis assis à côté du lit de John Carlson, qui parlait d'une voix si éteinte que j'ai dû me pencher vers lui pour l'entendre. Il m'a eu l'air incroyablement jeune, moi qui m'imaginais un sexagénaire. Troublé par cette scène surréaliste, j'ai eu du mal à comprendre ses explications. Le jeune CEO a répété à plusieurs reprises :

— *He screamed "Back off! Back off!". That is what saved us, what saved me!*

Par quel miracle, toi, Malek, te retrouvant nez à nez avec un des assaillants dans le compartiment bagages, l'as-tu empêché d'entrer dans le wagon et as-tu intimé aux passagers de reculer tout au fond quelques secondes avant l'explosion ?

Quelques secondes qui auront permis de sauver plusieurs vies.

Je ne me l'explique toujours pas.

De paria à héros, il suffit d'un flash info... que je n'avais pas vu, trop occupé à ruminer ma douleur ce matin-là. On a confirmé le scénario « à l'espagnole » : l'attentat a été revendiqué par un groupe affilié à Al-Qaïda qui, en visant ces deux Eurostar, ciblait avant tout Smith & Carlson et les activités militaro-industrielles du groupe, coupables à leurs yeux d'appuyer l'administration Bush dans les guerres en Afghanistan et en Irak. En programmant cet attentat le 1er novembre 2004, leur objectif était de faire basculer l'élection présidentielle américaine, qui aurait lieu le lendemain, et d'influencer leur engagement militaire, à l'instar de ce qui s'était passé quelques mois plus tôt pour les élections législatives espagnoles – après les attentats de Madrid, le candidat sortant avait perdu les élections, et l'Espagne avait retiré ses troupes d'Irak dans la foulée. Mais les Américains ne sont pas les Espagnols : George W. Bush fut largement réélu, réaffirma aussitôt sa volonté d'« installer la démocratie » dans la région, et John Carlson fut reçu quelques semaines plus tard à la Maison Blanche comme un héros de guerre. La France n'était pas visée, elle avait juste subi des dommages collatéraux. Comme une sorte de métaphore cynique de la mondialisation.



Une révélation n'arrivant jamais seule, j'ai trouvé sur ma boîte vocale un message datant de la veille. Un message en anglais, d'une jeune femme… Elle y disait qu'elle te connaissait, qu'on avait raconté n'importe quoi sur toi – *total bullshit*, j'ai bien aimé comment ça sonnait dans sa bouche, j'ai pensé qu'elle devait avoir un caractère bien trempé. Quand j'ai eu au téléphone cette fameuse Kathleen, puisque c'est ainsi qu'elle s'appelle, elle m'a expliqué que vous vous étiez rencontrés en Espagne lors de ton voyage de l'été dernier, qu'elle avait voulu, comme toi, poursuivre son voyage au Maroc, mais qu'elle n'avait pas pu, la faute au ferry resté à quai – un contretemps sans lequel vous ne vous seriez jamais parlé. C'est donc pour elle que tu t'étais rendu à Londres… Petit cachottier. On était très loin du périple djihadiste.

Elle m'a parlé de vos interminables discussions sur MSN, de votre semaine ensemble à Londres, de cette fête d'Halloween où vous êtes allés la veille de ton départ, de votre dispute à la gare de Waterloo, de ce baiser qui avait un goût d'adieu. Kathleen s'en voulait de ne pas t'avoir retenu. Elle a eu ce *what if…* douloureux. Elle a parlé de son père, travailleur humanitaire, disparu à son retour d'Afghanistan – est-ce cette histoire qui t'a inspiré ton *projet de vie* ? –, de ces *bloody wars*, ces foutues guerres qui s'acharnent à lui enlever les gens qu'elle aime. Elle a dit quelque chose qui a sonné comme les paroles d'une chanson de Tracy Chapman. Sa voix trahissait les larmes qu'elle essayait de contenir. J'ai eu le cœur brisé deux fois, la première pour les deuils successifs qui éprouvent cette jeune fille dont je ne connaissais que la voix, la seconde pour ce grand amour qu'on vous a volé à tous les deux. Je n'ai pas vraiment su trouver les mots pour la consoler. Je lui ai juste dit, dans un élan de fatalisme que je ne me connaissais pas : « C'était sa part de destinée, son *mektoub…* » Mes yeux aussi sont devenus humides. De tristesse. De soulagement, aussi. Tu ne pouvais pas avoir fait ça. Je le savais. J'ai douté, pourtant. Je te demande pardon.

Les médias ont fait un discret *mea culpa*. L'invité du 20 heures a regretté de s'être un peu trop hâté sur ce premier faisceau d'indices concordants… Sans davantage d'excuses.

Rien ne te ramènera, mais ton honneur est sauf. Nos parents ont pu retourner la tête haute dans le quartier. Le président de la République, Jacques Chirac, leur a même téléphoné pour leur présenter personnellement ses condoléances et les assurer de « la solidarité de la Nation tout entière ».

Nous avons pu t'escorter dans la sérénité vers ta dernière demeure.

Tu te demandes sans doute, là où tu es, pourquoi je commente si longuement ce billet de ton blog qui n'a plus vocation à être lu. Eh bien, ce doit être la chanson de Noel Gallagher qui continue de me poursuivre : j'attends encore

ton retour malgré moi ; j'avais tellement de choses à te dire qu'il m'est difficile de renoncer à nos retrouvailles. Mon *Wonderwall* est macabre : il est Gare du Nord et porte une plaque commémorative. Il y a quelques mois, de retour de Londres, je suis entré dans le mémorial pour la première fois ; cet après-midi, je suis de nouveau resté longtemps devant la paroi transparente à fixer ton nom, noyé au milieu de ceux des victimes de conflits qui ne les concernaient pas. Ma petite voix intérieure entonnait encore un triste refrain.

J'ai senti la morsure du temps passer sur ma joue. Tu m'as rendu cette gifle au centuple, p'tit reuf, tu sais…

Depuis un an, je ressens chaque jour l'onde de choc causée par ton départ.

Hier soir, par exemple, à mon retour de New York, sans toi pour animer la conversation, le repas familial était bien pâle. Maman a encore dressé la table pour quatre. Nos parents m'ont paru lointains, naufragés sur l'île de ton absence. Je n'ai même pas trouvé le courage de le leur faire remarquer. Feuilletant les livres de ta petite bibliothèque, écoutant ta musique, regardant tes photos de voyage, j'ai pensé à ton rire que je n'entendrais plus jamais, aux mille conversations que nous aurions pu avoir, à ton monde intérieur qui me restera inconnu. J'aurais aimé que tu me racontes ta foi. Pourquoi ne m'as-tu jamais parlé de cette blessure qui a précipité ton épiphanie, de cette rixe mortelle à laquelle tu avais failli participer et qui avait tant inquiété les parents ? Il aura fallu un mail de Kathleen pour que j'apprenne l'ampleur de tes remords, la crise que tu as traversée à l'idée que tu avais ta part dans la mort de cet adolescent de la cité voisine. Une crise à laquelle nous avons été aveugles, moi le premier.



Depuis ta disparition, je suis rongé par le sentiment d'être passé à côté de ce que nous aurions pu être. Plus rien n'est comme avant dans ma vie.

Pourtant, en apparence, rien n'a changé. Je travaille toujours pour Smith & Carlson où je continue à jouer les snipers sur tableur Excel, avec dans le viseur la prochaine entreprise qui vaudrait le coup d'être rachetée.

Mais au fond, qu'est-ce que je fais réellement ?

Je calcule, j'analyse, je modélise et transmets un chiffre en haut lieu. Et si le *bid*, l'enchère, est gagnant, la presse économique, fascinée par l'appétit insatiable du conglomérat, en fera ses gros titres.

La finance est un sport de combat : on ne recherche que l'adrénaline et la gloriole.

Seule différence notable depuis un an, au grand dam des parents, je reste rarement plus de quelques jours sur le territoire français. Placé par les RH dans le « pool des hauts potentiels », j'ai été en quelque sorte… *promu*.

J'aimerais croire que ça s'est joué à la régulière. Je pense surtout qu'ils culpabilisent pour ce qui s'est passé, que le jeune *big boss* m'a fait une fleur.

En perdant un frère, j'ai fait un bond de dix, peut-être quinze ans en avant dans ma carrière. Comment me réjouir d'un tel triomphe au goût de cendres ?

Mon ancien manager me dit que je devrais arrêter de me faire des nœuds au cerveau :

— Salem, le mérite n'existe pas. C'est une histoire qu'on se raconte pour croire qu'on a du contrôle sur nos vies, pour acheter la paix sociale dans nos démocraties. Si le cours baisse, on trouvera aussitôt des raisons de te donner une mauvaise éval'. Ciao, le bonus. Et ça n'aura rien à voir avec la performance individuelle, *right* ?



« Fait du prince » ou non, le résultat est là : Amsterdam, Hong Kong, Dubaï, Londres, New York... Je suis allé partout où sonnent les espèces sonnantes et trébuchantes de Smith & Carlson. Toujours dans mon rôle de sniper, j'ai eu accès à des armes de plus en plus précises et sophistiquées. Je me suis considérablement rapproché du centre de décision. Me voilà Managing Director à trente ans à peine... Une perspective qui aurait tant excité le jeune diplômé d'école d'ingénieur fasciné par l'élitisme à la française, l'ado qui rêvait de recevoir sa lettre d'admission à Harvard comme dans les séries américaines, le gamin de dix ans qui a trouvé sa vocation d'ingénieur dans une boucherie halal à cause de ce vieil Arabe à la caisse grippée qui le surnommait « le mathimaticien » pour ses vantardises d'enfant en calcul mental.

Une perspective qui n'a plus la même saveur depuis que tu es parti.

La semaine dernière, à New York, j'ai assisté à une réunion du board au Rockefeller Center. J'étais assis là, dans cette salle du cinquante-cinquième étage à la vue époustouflante sur les hauteurs de Manhattan, parmi d'autres jeunes loups de la finance, les yeux rivés sur leur BlackBerry, écoutant d'une oreille distraite ce qui se disait. À la pause, tout le monde a commencé à parler en kilodollars. Je n'ai pas de fausse pudeur sur le sujet – on a suffisamment connu la vie au centime près chez les Bensayah pour que j'aie conscience de la valeur de l'argent. Mais là, ça prenait un tour obscène: *three hundred K, five hundred K, one million, five millions...* ils comparaient leurs bonus mirobolants comme des pornstars leur instrument de travail. J'en ai eu la nausée.



Toute ma vie, j'ai été lancé vers un objectif, la rage au ventre, persuadé que le monde restait à prendre. J'étais quelqu'un *en devenir* qui attendait son heure. Voilà que mon heure est venue, que j'ai triomphé de tous les obstacles... que je suis *arrivé*. Le train est en station mais je ne descends pas. Le conducteur passe en revue les rames et me trouve encore assis. Il me dit: « C'est le terminus, tout le monde doit descendre... » Je lui réponds: « Vous êtes sûr ? C'est vraiment là que je voulais aller ? » Il rajuste sa casquette, embêté, et tranche: « C'est pas moi qui peux vous dire si vous êtes arrivé là où vous vouliez aller... Fallait regarder la direction sur le quai avant de monter, jeune homme. » J'étais pressé, je n'avais pas pris le temps de regarder. Du coup, je jette un coup d'œil en arrière, je revois le jeune diplômé, l'ado, le gamin... Et là, je me souviens que je voulais être… ingénieur, parce que l'ingénieur, c'est celui qui est ingénieux, qui imagine, qui crée… Mais là, sur le quai du terminus, point de créateur, seulement un cercle de jeunes gens en costume italien, des snipers faisant le compte de leurs biftons comme les petits caïds des Peupliers. Aux deux extrêmes du spectre des destinées, ils rêvent du bling-bling de Tony Montana.



Tu vois, Malek, je suis ramené au point de départ finalement. Et qui dit point de départ dit nouveau départ… Vers une destination pour le moins inattendue, bien plus incertaine que la route balisée de labels rassurants que j'ai toujours empruntée.

C'est encore une fois presque le hasard qui me précipite sur ce chemin.

Il y a six mois, de passage à Paris, j'ai été traîné par des collègues à l'une de ces réunions d'anciens élèves où l'on vient retrouver des camarades de promo perdus de vue, se remémorer ses années estudiantines… et plus encore pour se rassurer : « Pierre-Paul-Jacques, t'es chez Super Corp. ? Moi, je suis chez Ultra Brand. Incroyable ! » Incroyable, c'était le dernier mot que j'aurais employé jusqu'au moment où j'ai vu se former un cercle large comme celui qui entoure les escrocs au bonneteau qui traînent aux abords des Puces de Clignancourt. Mais pas de cartes, juste une histoire : un Asiatique au look de publicitaire captivait l'audience en racontant les tribulations d'un Français atypique au pays du sombrero. Parti à Mexico pour y effectuer son stage de fin d'études dans une société française, il y était resté depuis, moins pour l'amour de la cuisine locale que pour celui d'une jeune femme. Lassé d'avoir un chef à qui rendre des comptes, il avait monté son entreprise. Il était de passage à Paris pour lever des fonds et rencontrer de potentiels associés. Les gens ont souri à l'histoire, mais préféré retourner à leur « tout à l'ego » dès lors qu'il les a invités à risquer une mise. Peut-être que, moi aussi, je n'aurais pas été plus curieux si le nom de sa ville d'expatriation, Mexico, ne revêtait quelque chose de magique à mes yeux depuis le triomphe argentin au stade Azteca. Quand j'ai voulu en savoir davantage, il m'a lancé : « Alors, Salem, comment ça va ? Ça fait un bail, dis-moi ! Qu'est-ce que tu deviens ? » Évidemment, il fallait qu'on se connaisse et que je trouve le moyen de ne pas me souvenir de lui. Il a repris : « C'est moi, Fred, Frédéric Luong... On était dans la même classe en première année... Attends, tu vas pas dire que tu te souviens pas de moi ?... Même qu'on a été pris ensemble en photo et qu'ils nous ont mis dans la rubrique "internationale". sur la plaquette de l'école... Ah, les cons, quand j'y pense ! » Je me souvenais effectivement de lui mais, à l'époque, il avait un look beaucoup plus sage et ressemblait davantage au cliché qu'on se fait des Asiatiques : bûcheur, peu bavard, secret. Il m'a parlé de son *business plan*. C'était encore un peu brouillon, mais j'ai été séduit par sa vision. J'ai accepté de participer à la levée de fonds. Il m'a dit : « Tu ne le regretteras pas, je le rendrai au centuple, tu verras ! » Je n'en demandais pas tant. Je me permettais même un luxe rare pour un financier : je n'attendais pas de retour immédiat sur investissement.

J'ai eu épisodiquement des nouvelles de Fred ces derniers mois. Et ça me suffisait. J'étais heureux d'avoir mon ticket de loterie, mais pas pressé d'en connaître le tirage. Pourtant, juste avant mon départ pour New York, il m'a appelé pour me proposer de venir le rejoindre à Mexico et de prendre le poste de directeur dans sa société, qui compte désormais huit personnes. Je n'ai pas été emballé. Il a insisté : « Prends un break et viens ! Si, au bout de six mois, ça ne marche pas comme tu l'entends, tu pourras dire *adios* ! Et retourner à ta petite vie parisienne sans regret. »

La promesse d'un ailleurs où je pourrais tout recommencer, me réinventer… N'est-ce pas l'ultime saut, la grande chevauchée promise à l'enfant sur les lieux mêmes qui l'ont fait rêver ?

Toi, tu y aurais peut-être vu un *signe*, tu m'aurais dit de foncer… Je ne saurai jamais.

J'y ai beaucoup réfléchi pendant mon séjour à New York.

J'avais du mal à envisager de quitter Paris. Pourquoi tout abandonner au moment même où je commençais à m'y sentir chez moi ? Il m'aura fallu dix ans pour réussir à prendre mes marques, pour que je ne me sente plus dans la peau de cet étudiant un peu gauche qui descendait de sa banlieue comme, en d'autres époques, on montait de sa province. Paradoxal quand on songe que je suis né dans le 18e.

Paris…

J'aurai mis du temps à l'apprivoiser, à apprendre à l'apprécier, à connaître chacun de ses quartiers, à différencier d'un coup d'œil les habitants de la rive gauche de ceux de la rive droite… La ville en escargot ne se résume plus dans mon esprit aux interconnexions Paris-banlieue des stations Châtelet-Les Halles et Gare du Nord. J'emprunte même régulièrement le moyen de locomotion réservé aux authentiques Parisiens : le bus. J'ai fini par admettre que les garçons de café sont désagréables avec tout le monde et pas seulement avec moi. Je me suis moi-même surpris parfois à pester contre tout et n'importe quoi, à avoir ces accès de colère sourde qui font l'enchantement des caricaturistes du monde entier.

J'ai bien sûr pris du plaisir à découvrir d'autres villes, d'autres pays... Ça m'a aidé à tenir, aussi. Mais aussi exaltantes et dépaysantes qu'aient pu être ces destinations, je n'ai pas été convaincu que la vie y soit plus plaisante. Dubaï, Hong Kong et New York rivalisent de vues vertigineuses mais, par une nuit d'insomnie, c'est le même soleil vert qu'on y contemple. Londres est d'une exubérance sans égale, mais je m'y suis senti particulièrement gris, pas assez *trendy*. Et la quiétude d'Amsterdam est cachée du côté du canal Saint-Martin... Encore faut-il savoir où chercher.



Mais, depuis mon retour de New York, je ne suis plus si certain de voir les choses du même œil. Un an presque jour pour jour après ta disparition, la France est de nouveau agitée par un drame : deux gamins de Clichy-sous-Bois poursuivis par la police sont morts électrocutés en se réfugiant dans un transformateur électrique. Et, au ministère de l'Intérieur, c'est encore la politique du pompier pyromane qui prévaut, relayée par des médias oublieux des *mea culpa* de la veille.

J'avais cru que je ne pardonnerais jamais certains mots dits ou écrits à ton sujet. Mais j'y étais presque parvenu. Je leur avais trouvé des circonstances atténuantes. Si, moi-même, ton propre frère, j'ai failli y croire, comment pouvais-je le leur reprocher ?

Mais aujourd'hui, une autre tragédie, toujours les mêmes insinuations, les mêmes procès d'intention, puis quand les fautifs s'avèrent ne pas être ceux qu'on imaginait, toujours cette même absence de compassion, ces mêmes injonctions à *relativiser*... J'ai vu hier dans les yeux de Ronnie, comme si c'étaient les tiens, le feu de cette colère légitime que je ne m'étais jamais autorisé à convoquer. Comme un électrochoc.

Que faire de ce sentiment que l'histoire se répète sans cesse, de toute cette violence accumulée ? N'a-t-on retenu aucune leçon de ce qui s'est passé ?



Serais-tu « parti » pour rien ?

J'ai appelé Frédéric cet après-midi pour lui annoncer que je le rejoindrai dans quelques semaines, le temps d'honorer mon préavis chez Smith & Carlson. J'ai décidé de partir de peur... de peur que mon cœur ne devienne aussi dur que ceux qui pensent que nous sommes nés ici par erreur.

Quelque chose vient de se briser en moi. Je ne me l'explique pas tout à fait. C'est un sentiment inédit dont je n'arrive pas encore à décrypter la signification profonde. Quand je sonde mon âme, je ne trouve ni rancœur ni dépit, seulement un *vide* ; c'est le lourd silence qui suivrait une discussion trop longtemps prolongée sans que l'autre reconnaisse ses torts. Et j'entends alors une voix sereine me souffler à l'oreille : « La France, tu l'aimes et elle te quitte. » J'en reste troublé, m'apercevant que, pour la première fois de ma vie, je me pose la question de l'opportunité de ma présence ici.

Tu dois être surpris, toi qui me reprochais de trouver des explications aux comportements même les plus outrageants. Voilà sûrement le plus grand de nos malentendus. Si je n'ai jamais voulu ajouter ma larme à l'édifice, c'est moins par refus de regarder la vérité en face que pour honorer l'exemple de nos parents, dignes comme les mains de maçon de notre père, d'une patience infinie comme les soins de notre mère. Je refusais l'idée que le racisme, sous quelque forme insidieuse qu'il prenne, puisse être une entrave à l'invention de nos vies.

Je t'ai parlé de 1986 et de la chevauchée fantastique de Diego Maradona. J'aurais pu te raconter l'autre échappée, la même année, tragique celle-là, celle de Malik Oussekine, vingt-deux ans, frappé à mort par deux policiers en marge d'une manifestation étudiante. Dans mon histoire, j'ai choisi de me focaliser sur tout ce qui me permettrait de faciliter la traversée. Je voulais me croire irréductiblement libre, démiurge de mon récit, de mon destin.



Dans mon sauve-qui-peut individualiste, je croyais ne faire de tort à personne ; mieux, dans certains accès d'optimisme, je pensais justement contribuer, à ma modeste échelle, à faire « bouger les lignes », à bousculer les représentations... J'étais persuadé de faire partie d'un mouvement inéluctable vers un monde plus ouvert... j'y croyais dur, comme le rideau de fer que j'ai vu tomber quelques jours après mes quatorze ans, que nous ne nous laisserions plus jamais enfermer, diviser... J'avais l'impression d'être né à la meilleure époque de l'humanité.

J'étais flatté de les entendre dire : « On voit tout de suite que vous n'êtes pas pareil. On en voudrait plus des comme vous ! » Un discours dont je n'ai perçu que la moitié, et qui était renvoyé à d'autres sous la forme d'un boomerang culpabilisateur : « Si lui a pu, c'est que vous pouvez aussi… Si vous ne pouvez pas, c'est que vous ne le voulez pas assez. »

Je me suis fourvoyé.

Désormais conscient de ma méprise, ce n'est pas tant ceux qui veulent trouver un alibi commode que j'aimerais détromper que ces p'tits reufs comme toi qui continuent de penser qu'on ne peut changer sans se renier, qu'on ne peut passer de l'« autre côté » sans trahir, qu'il reste plus enviable de se réfugier dans un no man's land existentiel :  un territoire à code postal semblable aux matricules des taulards, ou un ailleurs fantasmé où tout nous serait rendu au centuple.

Parce que nous sommes d'ici.

Sans recours. Et je l'espère, un jour, sans regret.

À la surprise générale, c'est vrai.

Dans la bouche de nos parents, les Français, c'étaient les autres. À l'école, aussi. Dans la nôtre, *a fortiori*.

Te rappelles-tu mon euphorie quand Zinedine Zidane a marqué en finale contre le Brésil ? Un doublé légendaire, mais les gestes qui resteront gravés dans ma mémoire ont peu à voir avec sa technique hors-pair. C'est son poing rageur après le premier, son maillot bleu qu'il embrasse quatre fois, après le second, en courant vers les tribunes, l'imprégnant à jamais de sa salive, de sa sueur. Quelque chose de jouissif de l'ordre de la transgression, du coming-out identitaire.

L'air de dire : sachez que nous sommes d'ici. Que nous sommes ensemble.

Aussi grande que puisse être notre affection pour le pays de nos parents, nous ne l'aimerons jamais que comme ce grand-père que nous n'avons pas assez connu, nous n'avons pas grandi dans la banlieue d'Alger ou à Tizi Ouzou, nous n'avons pas connu la décennie noire qui a volé à nos cousins leur adolescence. Nous partageons une autre communauté de destin, heurtée, certes, prometteuse, aussi.

*Je représente. Nous représentons.* Voilà que je cite du rap sur le tard. Qui l'eût cru ?

Oui, je sais, tu as raison, Malek : les symboles ne suffisent pas, Zidane ne suffit plus... Mais que veux-tu ? On peut se défaire de ses certitudes, on ne guérit pas de soi. 

Même si je ne reviens pas, si je finis par collectionner les passeports comme d'autres des timbres-poste, j'aurai toujours pour mon pays une tendresse infinie.

Enfin... L'heure n'est plus aux atermoiements, déjà un autre train m'attend.

L'itinéraire, incertain... Je ne peux te promettre d'emprunter celui que tu aurais choisi ; je tâcherai, cependant, de poursuivre mon chemin en te faisant honneur. J'écouterai moins la voix de celui que je croyais devoir être pour mieux épouser les convictions de celui que je suis. Tu vois, j'ai retenu quelque chose de ton *projet de vie...*

*Maybe you are the one who is going to save me.*
*After all, you're my wonderwall.*

Au terme de ces adieux que j'aurai eu tant de mal à formuler, je me prends à souhaiter si fort – et même à croire, qui sait ? – que les enfants du Livre aient vu juste sur « l'Après », que les forces de l'Esprit ne puissent être anéanties au seul prétexte que notre enveloppe retourne à la poussière, pour qu'un jour me soit offerte l'inestimable chance de te retrouver, et que nous puissions célébrer enfin ce que nous ne cesserons jamais d'être : deux frères.

# IV

# LIGNES DE FUITE

La grande erreur, la seule erreur, serait de croire qu'une ligne de fuite consiste à fuir la vie ; la fuite dans l'imaginaire, ou dans l'art. Mais fuir au contraire, c'est produire du réel, créer de la vie, trouver une arme.

Gilles Deleuze, *Dialogues*

## 14

## Dans le bocal

Matthieu Vincent

C'est drôle comme la vie aime vous faire des queues de poisson. C'est drôle comme le nouveau directeur littéraire a vraiment une tête de poisson. Ses branchies, qui se sont déguisées en bouche pour l'occasion, m'ont dit : 

— Matthieu, je dois reconnaître qu'Estelle Razard a eu un sacré flair en nous recommandant votre texte. Quelle lectrice... Mais évidemment, surtout, quel auteur ! s'enflamme-t-il, empoignant vigoureusement le manuscrit posé devant lui, comme ces vieilles tantes qui ne savent pas cajoler les enfants autrement qu'en leur tordant les joues. Ces mots si rêches mais si justes sur l'enfance, ces scènes d'un réalisme détonant – la première rencontre avec la famille d'accueil, glaçante ! –, l'adolescence solitaire en foyer, le questionnement du passage à l'âge adulte, et enfin, cette idylle naissante qui révèle le héros à sa vocation d'auteur, c'est si poignant... Et le style ! Comment ne pas parler du style ! Dé-coif-fant ! Et le ton ? Ai-je mentionné le ton ? Un pe-tit bonheur de tendre sarcasme.

J'ai hésité entre un « merci » poli et la tentation d'un conseil : celui d'espacer ses visites chez son dealer. Après m'être fait envoyer balader par tout ce que Saint-Germain-des-Prés compte d'éditeurs, un tel compliment, c'en était presque inquiétant. Mais il ne m'a pas attendu pour reprendre, d'un ton autrement moins enthousiaste :

— Cependant, depuis le rachat de notre groupe par les Anglo-Saxons de Smith & Carlson Publishing – vous l'avez sans doute lu dans les journaux, on ne parle que de ça dans tout Paris –, nos équipes et nos collections sont en train d'être profondément restructurées.



Smith & Carlson, encore eux, comme par hasard…

— Par conséquent, a-t-il ajouté, tous les nouveaux projets de publication sont mis en stand-by, comme on dit chez eux. Aussi, j'ai bien peur que *Du bleu aux lèvres* n'entre plus dans la ligne éditoriale de notre maison d'édition.

J'aime bien ce « n'entre plus dans la ligne éditoriale de notre maison d'édition ». Ligne, lignée, ça sonne pareil : encore une famille qui, en fin de compte, préférerait s'épargner ma présence.

— Cela étant dit, a-t-il repris, comme nous nous sommes tous énormément investis dans ce projet, vous le premier bien sûr, notre nouveau comité de lecture pense qu'il serait tout de même possible de publier votre texte moyennant quelques aménagements de votre récit. Un travail tout à fait à votre portée, je peux vous l'assurer !

C'est le moment où, tout à coup, il est devenu moins éloquent. Les poches branchiales se sont refermées, sa respiration est devenue haletante et sa voix a changé de fréquence. Une brusque plongée en apnée nous a entraînés dans des abysses d'explications confuses. Pêle-mêle, il m'a suggéré de changer le titre, de mettre en avant les éléments donnant « une dimension plus actuelle au récit », de créer « davantage d'empathie pour le protagoniste principal », et de changer la fin qui, à ses yeux, n'est « pas assez conclusive ».

Au fond de l'aquarium, j'ai dû attraper les yeux effarés du poisson rouge parce qu'il s'est empressé d'ajouter, tout en pliant le manuscrit dans le sens de la longueur, le préparant ainsi à son martyre futur :

— Croyez bien que nous mesurons le dé-chi-re-ment qu'occasionneraient de tels changements mais, sans même évoquer les milliers de jeunes auteurs qui aimeraient être à votre place aujourd'hui, pensez à vos illustres prédécesseurs.



Puis, dans un geste large vers la bibliothèque derrière lui :

— Pensez-vous qu'ils aient eu un chemin moins difficile ? Qu'ils n'aient pas eu à rogner un peu sur leur ego pour que littérature se fasse ? Écrivain, ce n'est pas un métier, c'est un sacerdoce, vous le savez aussi bien que moi, Matthieu Vincent.

D'accord, c'était surjoué. Mais s'il s'était arrêté là, j'aurais peut-être flanché – quand on convoque dix siècles de littérature, forcément ça m'interpelle un peu, c'est mon côté fleur bleue. Mais, sa verve retrouvée, il a voulu me convaincre plus encore de sa bonne volonté.

— Le directeur de la collection « Vécus contemporains », dans laquelle sera publié votre texte, a d'ores et déjà demandé à notre graphiste de travailler sur la couverture. Vous voulez la voir ? me demande-t-il en glissant une main sous son bureau.

Évidemment que je voulais la voir ! Et je l'ai vu… ce monument de bon goût et de raffinement : la photo d'un gosse de dos, cavalant sur un terrain vague, ambiance camp de Roms au bord d'une autoroute, barrée par un bandeau rouge : *La voix des enfants de la DDASS enfin libérée.*

La porte a alors claqué. Je les ai laissés à leur ligne et à leur lignée. Et juste avant, dans ma bouche, j'ai entendu la voix de Céline lui dire :



— Roman, bordel ! Tu sais pas ce que ça veut dire *roman* ? 'tain, vous avez pas pu vous en empêcher… Fallait que vous transformiez ça en un truc glauque. Vous êtes vraiment complètement siphonnés du bocal. Je me casse !

Bref, je pensais être venu signer un contrat d'édition et toucher une avance, je suis reparti sans avenir et sans chèque. « Oui, mais ils n'auront pas ma liberté de penser », voudrait me consoler l'écho lointain d'un agaçant tube FM. Et qu'est-ce que ça change ? Elle va me payer le loyer, ma foutue liberté de penser ? Qu'on m'en débarrasse plutôt ! Si ça peut pas être dans cette vie, au moins dans une prochaine. Un poisson rouge. Je veux être réincarné dans un putain de poisson rouge. Au moins ces bêtes-là, ça sait se tenir dans un bocal.

C'est drôle comme Céline n'a pas du tout trouvé ça drôle. Elle m'a dit que je n'aurais pas dû faire ça, que j'aurais dû essayer de négocier.

— J'ai pas envie d'écrire avec un A collé dans le dos

Devant mon refus d'en parler plus longtemps, elle m'a lancé :

— Merde, t'as plus quinze ans. C'est fini, l'époque où tu pouvais dire aux gens d'aller se faire voir pour un oui, pour un non.

Je la regarde, surpris, parce que je viens de me rendre compte que tout à l'heure dans l'aquarium, ce ne sont pas ses mots qui sont sortis de ma bouche, mais bien les miens. Où est donc passée la jeune fille qui aimait les thés au citron du Café Soufflot ?

Celle qui prétend être elle vise une licence, songe à l'IUFM, voire au CAPES, et me parle de la « vraie vie ». Elle a toujours cinq ans de moins que moi, mais a l'air à présent d'en avoir cinq de plus. Ma muse a fait sa mue. J'attends avec un mélange d'anxiété et de curiosité le moment où elle se rendra compte que je ne suis pas le poète qu'elle imaginait, ni même le perdant magnifique qui l'attendrissait, seulement un monumental et pathétique L.O.S.E.R.

## 15

## Ligne bleue et petite croix
Céline de Verrières

Quand tu t'es retrouvée devant cette greluche en blouse blanche qui s'obstinait à rien piger à ce que tu lui demandais, t'as bien senti qu'une sale journée commençait. « Huit ans d'études après le bac pour apprendre à vendre des petites boîtes, ça t'a bouché les oreilles ou quoi ? » as-tu failli lui demander. Mais tu t'es retenue. Ces derniers mois, t'as appris à prendre sur toi plutôt que de t'en prendre aux autres. Sage résolution. La maturité ? Non, la facilité. Alors, tu as répété d'une voix plus claire, lui offrant au passage le plus beau de tes faux sourires. Elle a fini par comprendre et revient maintenant d'un pas gai avec deux boîtes rectangulaires, affublées de noms dont les marketeurs de l'industrie pharmaceutique ont le secret.

— Vous préférez celui avec la ligne ou la petite croix ?

— Ça fera une différence au niveau du résultat ?

— Ah, non, je ne crois pas, réplique-t-elle dans un rire railleur de perdrix.

— Et ça te fait rire, connasse ?

Oh, Céline... On avait dit qu'on se retenait, désormais.

Balle à blanc. T'es bien trop préoccupée par ce que va

te révéler cet objet de plastique blanc aux allures de brosse à dents sans tête pour accorder une seconde de plus à la pharmacienne. Suffoquée par l'atmosphère shootée aux médocs, tu te sauves en quatrième vitesse, sans lui laisser le temps de livrer ses recommandations.

T'as l'impression que le métro n'arrivera jamais Place d'Italie. Quatre à quatre les marches des trois escaliers, deux rues, un tour de clé et te voilà dans ta salle de bains – une pièce de trois mètres carrés avec douche et W.-C. que le propriétaire a l'audace de qualifier de « spacieuse pour une studette parisienne ». Dans la précipitation, t'as failli mettre la notice à la poubelle. De toute façon, tu te dis que t'as déjà vu ça mille fois dans les films ; trente secondes d'attente puis le fameux résultat : blanc, fausse alerte, bleu, complications en vue. Mais le modèle à « ligne » que t'as choisi ne ressemble guère à celui de tes souvenirs de *soaps* américains. Alors, tu te résignes à lire le petit papier plié en douze.

— OK, OK, bon, ça n'a rien de bien compliqué..., te convaincs-tu à voix haute.

Rien de bien compliqué, peut-être. Toujours est-il que ça fait maintenant un quart d'heure que t'es assise sur le trône en émail. T'as bu un litre d'eau, t'as visualisé dans ta tête les images des chutes du Niagara et toutes les fontaines possibles de Paris – du Luxembourg au Trocadéro. Rien n'y fait, ça veut pas venir. Enfin, ça voulait pas car là c'est imminent, alors tu te saisis de l'instrument, manques de te tromper de côté et, dans une position d'acrobate, domines ta main tremblante pour le placer et exécuter la manœuvre. Tu sors de la salle de bains, laisses ton trophée sur le lavabo comme s'il avait besoin d'être seul pour mieux se décider. Là, ça fait bien deux minutes, non ? Non, pas tout à fait. Alors tu patientes encore quelques secondes. Là, c'est bon ! Tu ouvres la porte dans un claquement sec.

Alors ? Alors, rien. Rien n'apparaît. Enfin, ça pourrait apparaître si tu lui en laissais le temps, mais t'es déjà là à maudire ce « truc de merde qui marche pas ». Tu t'apprêtes à le jeter rageusement lorsque tu t'aperçois qu'une fine ligne bleue se dessine, à peine visible. De violents battements de cœur te montent jusqu'aux tempes. Tu tentes de reprendre ton calme pour voir si cette ligne bleue, tu l'as pas juste rêvée. Ta main tremble, ton œil a perdu quelques dixièmes mais t'es obligée de te rendre à l'évidence : cette fichue ligne est bien là ! Comment expliquer qu'elle soit si fine ? Un « faux positif » ? La notice que tu récupères du fond de la poubelle te donne un indice : « L'absorption d'une quantité trop importante de liquide avant le test peut le fausser. »



Ah bah, bravo, Céline. Tout ça pour ça... Retour à la case départ. Et de nouveau : tour de clé, pas précipités, pharmacie, faux sourire, mais cette fois, tu repars avec un sachet en plastique contenant le test à la petite croix – tu en as acheté deux boîtes, histoire d'être sûre.

Tu refais le match. Pas de doute au deuxième essai : la petite croix s'affiche d'un bleu insolent. Une petite croix pour un grand poids que tu devras porter ces sept prochains mois. Jusque-là, impossible d'envisager que le test puisse se révéler positif. Après tout, un retard de quelques semaines, c'était pas la première fois – le cycle s'allonge souvent sous l'effet du stress et de la fatigue. Et puis, ce genre de choses te semblait si loin de toi – ça n'arrive qu'aux autres, te disais-tu. Ça n'arrive jamais qu'à celles qui ne font pas attention, ces demi-coupables de leur sort, jugeais-tu sévèrement sans vouloir l'admettre. C'est d'ailleurs sûrement pour ça que t'as mis autant de temps à demander l'avis de la brosse à dents sans tête. Improbable, tellement improbable. Mais là, devant son verdict sans appel, tu dois te rendre à l'évidence. Tu sais, à présent. La bêta-HCG, elle, ne ment pas. Pourtant, ça reste intangible, désespérément irréel ; tu veux t'en persuader en posant la main sur ton ventre, essayant de sentir pour la première fois ce qui n'est encore que quelques milliards de cellules en pleine expansion, te répétant sur le ton de la litanie :

*Je suis enceinte, je suis enceinte.*

## 16

## Le dilemme du punchlineur

Ronnie Elatre-Levy

De prime abord, c'était une occase en or. Un « bon plan », comme 
on dit dans la street. Mettre les pieds dans un *vrai* studio avec un *véritable* ingénieur du son et s'essayer au mic le temps d'une session, rien que ça, c'était effleurer un rêve du bout des doigts… Mais quand, hier, Moussa m'a annoncé que j'allais poser un ou deux couplets sur la nouvelle mixtape de Serial Rimeur, son délire d'imprésario du ghetto, grand dénicheur de nouveaux talents du rap hexagonal, en a presque paru crédible. Au volant de la voiture qui nous emmène ce soir au studio, l'œil taquin dans le rétro, il ne se prive pas pour en rajouter :

— Alors, les mères pleureuses, on a laissé sa langue au quartier ou quoi ? C'est rencontrer un gros nom du *game* qui vous met dans un état pareil ?

— « Gros nom du *game* », faut pas exagérer, tempère Lee, assis à l'arrière avec moi. Qu'est-ce qu'il a fait, ce Serial Rimeur depuis qu'il est en solo ? Son dernier album, ça date de quand ? 2000 ? 2001 ? Une éternité, quoi.

Et moi, d'enfoncer le clou :

— Lee a pas tort. Moi dans le duo, je préférais l'autre. C'est lui qui avait les meilleurs lyrics.

— Vraiment les gars, ils sont pas croyables ! Tu leur décroches un bail de ouf et ils sont encore à te critiquer avec leur grosse bouche, s'emporte Moussa. Ça y est, ça va à la fac depuis deux secondes et ça croit avoir raison sur tout. Tchiiip. Et toi, Ibra, j'espère que t'es chaud, au moins ?

Du siège avant, on entend une voix sombre émerger d'un collier de barbe :

— *Khô,* frérot, quand on parle business, tu m'appelles Lincoln, ok ?



— Désolé, frère, t'as raison. Derrière, prenez-en de la graine ! Faut penser comme Lincoln, faut être pro, sinon on n'arrive à rien. Et matez le style, *ça*, c'est travaillé !

Lee me glisse en aparté, un sourire ironique aux lèvres :

— Ibrahim Lincoln... C'est sûr, avec un blaze pareil, c'est le carton assuré aux States !

Sur place, une vingtaine de lascars attendent en rang d'oignons, que la grille d'un grand pavillon s'ouvre. Dans le bide, j'ai comme un nœud, un mauvais pressentiment. Avec leurs visages éclairés par la seule lumière du réverbère et le froid qui érode leur patience, la prise de bec n'est qu'à un mauvais regard près quand Moussa s'égosille au téléphone :

— Eh, poteau, tu vas pas nous laisser cailler dehors avec tous ces clowns ?

Dans la file, je crois entendre :

— C'est qui ce Renoi avec sa démarche à la Keyser Söze qui cherche l'embrouille ?

Je n'y faisais plus attention. C'est pourtant vrai : Moussa boite encore. Déjà miraculeux en soi pour qui se souvient l'avoir vu dans le coma : c'était il y a quatre ans, quand les rixes avec Les Acacias avaient atteint le point de non-retour. Ce serait de l'histoire ancienne si, aujourd'hui encore, Tony ne payait au prix fort la justice qu'il avait voulu lui rendre : huit ans ferme dont deux avec sursis.

La tension monte d'un cran à l'approche de l'entrée. Dans la file, on nous toise d'un air mauvais quand on grille la priorité. Moussa ne se démonte pas. À l'entrée des boîtes parisiennes pour lesquelles il joue les cerbères, il en a vu d'autres. 
La grille qui s'ouvre nous ramène à notre première préoccupation : la session studio.

Mais, de studio, il n'en est pas encore question. La jeune femme qui nous accueille nous demande de décliner nos identités, les yeux rivés sur un épais listing.

— Les gars, faites pas cette tête-là. Vous croyiez quoi ? Qu'on allait être tout seuls sur le coup ? C'est du lourd, normal que le type veuille avoir le choix, assène Moussa.

Mouais... Pas très hip-hop, le coup de l'audition. Lee fait celui qui n'entend rien pour ne pas se faire taxer de rabat-joie. Lincoln, lui, rajuste son keffieh. Y a-t-il seulement quelque chose qui pourrait le perturber ?

La jeune femme finit par trouver nos noms. Moussa franchit le seuil, princier.

À l'entrée succède un grand salon avec écrans plasma aux murs, où nous reçoit le contact de Moussa. Check de rigueur : les paumes claquent, les épaules opposées s'entrechoquent. À leur échange, je comprends que leur rencontre a eu lieu lors d'un récent showcase de Serial Rimeur où

Moussa faisait la sécurité.

— Eh, la team, voilà l'homme qui se cache derrière les prods de Serial Rimeur : Brut2Son.

Une ombre de stupéfaction survole les visages. Qui pourrait s'imaginer qu'un type avec une telle dégaine – la quarantaine facile, jean slim délavé, blazer et brushing Jean-Louis David – ait produit les sons d'un des duos de rap les plus controversés des années 1990 ?

À l'entendre, c'est lui qui est à l'origine de notre venue :



— Pour son nouveau skeud, Serial Rimeur veut revenir aux sources : poser avec des jeunes MC qui ont la rage, qui rappent avec leurs tripes, qui n'ont pas peur de kicker sévère au mic…

*Sparring partner*, donc. Ce n'est pas exactement comme ça que j'imaginais mes grands débuts, mais tant que je peux boxer avec les mots, je reste partant.

Toujours ce putain de nœud au creux du bide, pourtant.

Mister Big Producteur nous fait prendre l'escalier qui mène au studio en sous-sol, professant sur le chemin que « dans une scène déjà ultra-saturée, poser avec une légende du rap, c'est la chance de votre vie ». Je n'aime pas comment ça sonne. Lee m'enlève les mots de la bouche, en aparté :

— Elle est où la carotte ?

Entre-temps, ceux qui attendaient devant la grille nous ont rejoints dans le studio. Le producteur fait faire le tour du propriétaire à notre groupe de *wannabe* rappeurs, nous laissant admirer les tables de mixage et les cabines flambant neuves. Il en profite pour nous livrer sa vision du rap business :

— Pendant des années, ils se sont fait des thunes colossales sur notre dos, dit-il en désignant les affiches de concert des années 1990 placardées sur les murs. À cette époque, ils étaient bien contents de pouvoir faire tourner nos skeuds sur leurs radios. Après, quand ça a commencé à moins bien marcher, que le téléchargement a tué le *game*, ils nous ont lâchés du jour au lendemain. Pas un pour nous soutenir ! Mais c'est fini, ça ! À l'avenir, plus de majors pour nous vampiriser, plus de radios FM bidon pour censurer nos titres, plus de réalisateurs clip mégalos qui se prennent pour Spielberg... On va tout faire nous-mêmes ! Avec Internet, ce sera « par la street pour la street » sans intermédiaire. In-dé-pen-dant !



Un speech qui a eu l'effet escompté sur notre petite troupe : malgré sa gueule de VRP de province, la *street credibility* du producteur vient tout d'un coup de faire un bond spectaculaire. Ceux qui jouaient les durs tout à l'heure se pressent désormais pour le checker.

Serial Rimeur fait son entrée. Il a pris des rides et quelques kilos, mais son charisme reste intact. Les deux individus qui l'accompagnent, sourire carnassier et gueule de hyène assortie, calquent leur démarche cassée sur la sienne.

— Ah voilà, la *dream team* ! s'exclame le producteur, Serial Rimeur et nos premières recrues de la « milice lyricale ». Un collectif qui l'accompagnera aussi sur scène le printemps prochain pour une tournée à travers toute la France, la Belgique et la Suisse.

La scène, le public, les applaudissements, les groupies et les après-concerts, la fin des plans galère... Certains en ont attrapé des étoiles dans les yeux à rêver trop haut. Moussa, triomphant :

— Qu'est-ce que je vous avais dit, les gars ? Qu'est-ce que je vous avais dit, hein ? C'est du lourd, du très très lourd, même !

Difficile effectivement de ne pas y voir une occase en or, un « bon plan », comme on dit dans la street... Même Lee semble conquis :

— Il a raison. C'est peut-être votre grand jour aujourd'hui. Va falloir assurer ! Pour vous, pour le quartier... !

Dans la salle qui jouxte le studio, il y a déjà foule. Sous les casquettes, beaucoup de visages familiers – des MC de crews concurrents, d'ex-futures révélations qui continuent à cirer le banc des remplaçants, et même quelques anciennes gloires oubliées du mouvement. C'est le petit monde des outsiders du rap français qui attend d'être auditionné.

L'audition : jamais une telle séance n'aura aussi bien porté son nom. Un miroir sans tain sépare les deux salles ; vu d'ici, le studio adjacent a des airs de salle d'interrogatoire, encore vide dans l'attente des « candidats ».

Le producteur fait son entrée par l'autre porte et appelle un premier nom. L'intéressé se lève, rejoint une pièce qu'on devine être l'antichambre du studio. Pour les autres, la pression monte d'un cran. Écouteurs sur les oreilles, les doigts qui battent la mesure des beats aux basses lourdes, les regards qui se sont perdus dans le vide et, dans un murmure, les flows qui ricochent de rime en rime, les uns sur les autres. Comme une psalmodie sans psaume.

Au début, tout me paraît surjoué, absurde. Mais aux noms qui se succèdent à l'appel, aux visages défaits de ceux qui ressortent sans passer par la case studio, aux regards de défi que lancent les autres à travers la vitre sans tain, je retrouve peu à peu mon goût pour la compétition en même temps que monte l'angoisse de ne pas être à la hauteur. Vacarme sous un crâne.

Dans mon casque, le mantra du rappeur new-yorkais Nas m'intime de ne pas douter :

— *All I need is one mic, that's all I need, that's all I need...*

Je vois Lincoln se lever. C'est son tour. Moussa l'encourage :

— Ibra, mets-leur la pression, OK ?

On guette le studio, espérant l'y voir entrer d'une seconde à l'autre. C'est chose faite après dix longues minutes. Belle perf : il n'est que le quatrième depuis le début de l'audition à avoir droit à un passage dans la cabine d'enregistrement. Mais comme pour les autres, il n'est pas le seul à y faire son entrée : l'un des deux gremlins qui accompagnaient tout à l'heure Serial Rimeur lui fait face, de l'autre côté du micro. L'ingénieur du son s'active sur sa console. À l'oscillation des têtes et des corps, on devine qu'il a lancé l'instru dans les casques. Lincoln semble d'abord désarçonné quand l'autre s'empare du micro mais, très vite, il reprend le dessus et son visage impassible emprunte les traits d'un tigre. De ce côté-ci, pas moyen d'entendre nos griots, mais la pantomime des visages crispés, des mains qui s'invectivent et des yeux prêts à s'entre-dévorer laisse peu de place au doute : le clash a pris le dessus sur le featuring. Moins de trois minutes plus tard, les MC ont déjà reposé les casques. À l'air songeur de Lincoln et au doigt aveugle que l'autre pointe sur nous, plus de doute : c'est le gremlin qui est ressorti gagnant de la confrontation. Moussa s'en va rejoindre Ibra dehors : l'homme au keffieh, les yeux rivés sur le sol, ne peut cacher sa déception. C'est maintenant mon tour de passer sur le gril. Et je n'ai plus qu'une hâte désormais : rapper.

À l'intérieur, pour jury, le producteur, le rappeur et une jeune femme qui se présente comme la responsable marketing du label.

— Stains, 93, Les Peupliers, je connais le pedigree mais c'est quoi ce blaze : Sarajevo ? Tu veux nous faire un cours d'histoire-géo ou quoi ? assène le rappeur d'entrée de jeu, dans un rire gras.



« Un petit cours de phonétique, ça suffira pour aujourd'hui : le *j* se prononce *y* », ai-je envie de lui balancer dans les dents.

Le producteur ne m'en laisse pas le temps :

— C'est original, en tout cas. T'as de la famille vers là-bas ?

— Non, pas du tout. Du côté de mon père, c'est les Antilles et, du côté de ma mère, c'est la Pologne. Mon blaze, c'est juste le surnom que m'avait donné un pote...

— Intéressant... Je dirais même que c'est très bien choisi, tranche la jeune femme, enthousiaste. Un métis avec une ville internationale à l'histoire complexe pour nom d'artiste... C'est très très bon pour le *branding*.

— Qu'est-ce qu'il faut pas entendre comme conneries, soufflé-je à mi-voix.

— Pardon, vous dites ?

La porte de sortie me fait des appels insistants du pied, mais à la télé, on ne sort du *Loft* que si on vous y oblige. Alors...

— Non, rien, je disais... Tant mieux, hein ?

Le producteur dit me suivre depuis pas mal de temps et avoir été « très impressionné » par ma performance lors d'un récent festival en Seine-Saint-Denis. Il aurait parcouru mon MySpace et été « agréablement surpris » par la qualité de mes productions. J'en reste bouche bée quand il complimente :

— Ah ouais, c'est toi aussi qui produis tes sons ? Rappeur et beatmaker, la classe...

C'est con mais, du coup, j'en ai presque le trac quand je dois leur servir une performance *a cappella* en guise d'entrée. Heureusement, un seize mesures tout en finesse vient me sortir de cet exercice périlleux.



— Le flow est bon, petit, diagnostique Serial Rimeur. C'est bien, tes lyrics sont stylés, t'as de belles métaphores et tout... Mais c'est pas ce que le public veut, faut être plus hardcore. Tes textes, ça doit sentir le hall !

— Oui, c'est un peu intello... Mais ça peut être aussi un positionnement, juge le pôle commercial de notre trio. J'ai noté cette punchline, par exemple : « Mon identité ? Un pogrom à Gorée. » Ce n'est pas banal, tout de même !

Au producteur revient le mot de la fin :

— Moi, j'ai trouvé ça plutôt bien. Pas à la hauteur de ce que j'ai entendu de toi... mais tout de même *bien*. On le laisse faire un essai en studio, vous en dites quoi ?

Suspense. Deux votes pour. Une abstention. J'ai gagné ma session studio. Devant cet énergumène de l'autre côté du micro, j'ai pourtant presque perdu l'envie d'y participer. À ses yeux exorbités, pas de doute : il veut ma mise à mort.

Pourquoi ne pas avoir affiché la couleur dès le départ au

lieu de nous faire le coup de l'audition ? Sûrement parce que la perspective d'un combat de coqs avec les seconds couteaux de Serial Rimeur n'aurait probablement pas ameuté toute la scène indépendante du rap français… Quelle arnaque, ce type.

Mais maintenant que j'y suis, pas question de déclarer forfait. L'orgueil, c'est comme ça.

On enfile les casques comme d'autres les gants. L'ingénieur du son n'est pas l'arbitre, il fait seulement sonner le gong de départ. Je laisse le gremlin prendre la main. J'ai peut-être eu tort : son flow est rapide et technique, ses punchlines, aphorismes en rime et en rage, n'hésitent pas à s'aventurer en dessous de la ceinture et, très vite, je suis dans les cordes. Ses rimes assassines me laissent groggy. Mon ego est touché mais je reste stoïque. Perdre mon sang-froid, c'est la défaite assurée dans ce battle. J'encaisse, encore et encore, en attendant que son flow faiblisse pour pouvoir riposter. Une faille ! Il faut frapper vite et fort, reprendre le dessus ou je suis perdu. Mais je suis encore sonné. Son premier couplet m'a plus abîmé que je ne le croyais. Mon flow manque de percussion et s'enlise dans des métaphores complexes sans pour autant faire mouche – la faute aux critiques de tout à l'heure ? Je n'ai pas rappé aussi mal depuis très longtemps. Ma tête va exploser de tous ces mots que je n'arrive pas à faire entendre, de la boucle sur laquelle je n'arrive pas tout à fait à me poser, de ces nuits blanches à gratter le papier, de toutes ces thunes investies dans le vinyle et les platines, de ces derniers RER d'après concert qui m'ont laissé en chien sur le quai, de mes darons qui pensent que tout ça ne sert à rien, des mille yeux du rap français qui me narguent de l'autre côté de la glace sans tain. Mon flow vacille, j'en ai mal au mic. Soudain, l'envie de tout lâcher. Je vis mon pire cauchemar : même la musique, ma plus fidèle alliée envers et contre tout, semble m'avoir abandonné, je ne sens plus d'elle que ses basses brutes. Je suis à une mesure du K.-O. technique.

Mais le riddim marque une pause et je reprends pied *in extremis* – la musique ne m'a donc pas totalement lâché.



Pour autant, mon bourreau ne faiblit pas, redouble au contraire d'agressivité. Des punchlines, des punchlines et encore des punchlines. Une vraie correction, mais je tiens bon. Bizarrement, je ne ressens presque plus rien. Est-ce son flow qui s'est usé à force de banalités ou moi qui vois enfin clair dans ses lyrics ? C'est à peine perceptible mais ses phrases sont moins tranchantes. Du freestyle, il n'a plus que les gimmicks. Fermant les yeux, je prends de la distance avec mes démons, sens enfin le beat, me remémore mon mantra.

*All I need is one mic, that's all I need, that's all I need...*

C'est le moment que je choisis pour contre-attaquer : les poings serrés, le flow acéré, je fais pleuvoir les punchlines sur mon adversaire comme Seiya le chevalier du Zodiaque transforme ses coups en météores. J'ai atteint le septième sens, dirait le mangaka. Dans cette transe rapologique, ce n'est plus tout à fait ma voix que j'entends ; dans ma métaphore filée, ce n'est même plus mon rap qui se défend, c'est un message inaudible sous les coups de boutoir, c'est un pur exécutoire contre tous ces moments de doute. C'est désormais la seule envie de voir à terre mon adversaire qui dicte la cadence de mon flow. À l'apogée de mon ego trip, chacune de mes rimes est une « métagore » sanglante qui veut l'envoyer à terre et c'est sur la dernière mesure que je l'étale sur le beat de tout son long. Il essaie de se relever, balbutie quelques mots mais il est trop faible pour tenter quoi que ce soit : à bout de rimes, il jette son casque. Victoire par K.-O.

Le producteur entre en trombe dans le studio et s'exclame :

— Alors là, vraiment : bravo ! Tu l'as dé-chi-ré ! C'était technique, hardcore et en même temps très fluide avec beaucoup de style. On la refait, en plus vénère cette fois, et ce sera parfait pour la mixtape, OK ?

De prime abord, c'était une occase en or. Un « bon plan », comme on dit dans la street. *The* bon plan, même. Un truc qui arrive une fois par siècle, à ce qu'il paraît. Ça ne m'a pourtant pas empêché de les planter là, au grand désespoir de Moussa :

— Eh, champion, fais pas ta diva. Reste au moins à la fête voir s'il y a moyen de s'arranger. Tu vas me faire passer pour qui ?

— C'est pas contre toi, frère. T'as grave assuré, même. J'suis pas près de l'oublier. C'est juste que... faire-valoir, encore je peux encaisser... mais pitbull de compagnie pour rappeur déclassé... c'est pas ça le hip-hop. C'est pas moi, ça.

# 17

## La peur au ventre
Céline de Verrières

Des lits, lestés de corps, roulent dans les allées. Des dames en blanc, derrière leur guichet, les regardent passer sans sourciller. Des stéthoscopes sondent la chair, l'air songeur, faisant battre les cœurs plus vite encore. Sur une rangée de sièges, les autres attendent leur tour comme on attend le bus, dans une sorte d'absence.



Ton absence à toi est perturbée par les résultats du laboratoire que tu relis. Tu n'y comprends pas grand-chose, à vrai dire, sinon que la petite croix n'a pas menti et que t'en es déjà à sept semaines de colocation avec ce petit être qui est un peu de toi et un peu de lui. Lui, tu aurais aimé qu'il soit là avec toi pour te dire que tout ira bien, qu'il sera à tes côtés quoi que tu décides. Tu aurais ri de sa touchante déclaration et tu lui aurais répondu que, de toute façon, tu n'avais pas attendu après lui pour prendre ta décision. Menteuse. Mais t'auras pas à jouer la version années 2000 de la femme libérée puisque t'es seule, bien seule, cherchant ta place entre ces deux femmes qui parlent à leur ventre, attendant avec impatience leur cliché ultrasonore. Non, être une femme libérée, ce n'est pas si facile...

Matthieu, t'as pourtant essayé de lui parler, mais le jour du test, c'est précisément celui qu'il a choisi pour s'embrouiller avec sa maison d'édition. T'as d'abord voulu le consoler, maladroitement, c'est vrai. Mais il s'est montré tellement borné, refusant de reconnaître, même un peu, qu'il avait déconné en claquant la porte comme ça, que ça a fini par t'énerver et que tu t'es entendue lui dire : « T'as plus quinze ans pour pouvoir dire aux gens d'aller se faire voir pour un oui pour un non. » Des deux, c'est peut-être toi qui as

été la plus surprise d'entendre des paroles que n'aurait pas reniées ta mère. Silence glaçant ensuite, figés l'un face à l'autre, comme deux personnes découvrant qu'elles ne se connaissent pas.

T'as ressenti la même douloureuse impression que ces fois où, étant trop absorbé par son écran et ses papiers partout éparpillés, la seule voix qui trouvait écho en lui était celle de la lectrice. Tu le revois tourner autour de toi, le pas nerveux tandis que tu relisais ses derniers écrits, le crayon à la main, guettant la faute d'inattention. Au début, c'est vrai, tu t'es sentie flattée qu'il te laisse pénétrer sa bulle, si fragile. Et puis comment oublier quand il t'a dit, comme ça, l'air de rien : « J'écris toi. » Il t'a écrite, pourtant tu ne t'y es pas vue. Si parfaite, si lisse… si fade ! Une vraie gourde, c'te meuf. « C'est comme ça que tu me vois ? » est la question que tu n'as jamais osé lui poser par peur de le briser dans son élan.

Mais plus ça allait, plus tu voyais son néant se matérialiser sur la feuille, et moins tu le reconnaissais : le garçon, aussi bizarre que charmant, balbutiant ce soir d'août à la laverie de la rue Claude-Bernard, s'était transformé en un trop-plein d'ego avec un corps autour. Tu as toujours été là pour l'encourager à « aller au bout » ces fois où, à la fois démiurge et impuissant, il s'apitoyait trop fort sur sa plume – comment ne pas vouloir aider quelqu'un à réaliser son rêve lorsque soi-même on n'en a pas ? Mais là, t'étais plus la petite amie, pas même la lectrice privilégiée, à peine une groupie dont l'avis ne valait pas plus que celui d'un lecteur de maison d'édition sous-payé.

Même après l'amour, dans ces moments de sourires entendus sans être vus, tu te sentais terriblement loin de lui, coincée dans les coulisses de son monde, à rêver d'être pour lui plus qu'une protagoniste de roman. Comme tu t'es sentie triste, amoureuse d'un égoïste qui ne trouve même pas le temps d'un geste tendre pour la groupie de l'écrivain du dimanche.



C'est fou comme tu l'aimes. C'est con comme tu l'aimes. Ça l'est toujours, non ?

T'as tout de suite dit au docteur pourquoi tu venais, mais il a quand même insisté pour t'appliquer ce gel atrocement froid sur le ventre. Il promène sa sonde sur ta peau comme les chercheurs d'or amateurs un détecteur de métaux sur le sable chaud.

Et, tout à coup : *poum-poum, poum-poum, poum-poum...*

Le son de la vie.

L'image aussi : quelque chose comme un corps minuscule (une tête, surtout) surgit par intermittence de l'obscurité, donnant l'impression de se débattre dans l'écume fictive d'une mare lunaire. Le trouble en toi, parce que tu te rends compte qu'il est bien réel. Trop réel. Le docteur te sourit, te disant que tu as de la chance : ton bébé et toi, vous êtes en parfaite santé. Le con, il le fait exprès ou quoi ? T'es pas là pour choisir la couleur de la layette mais pour en finir, dans quelle langue tu dois le lui dire ?

Quand t'es ressortie du cabinet, t'as refilé à la secrétaire le tas de paperasse que t'avait donnée le toubib, comme pour mettre une distance entre toi et « ça » – tu ne veux pas le penser en d'autres termes malgré cette sensation, joie et peur mélangées, à l'écoute de ses pulsations. À la lecture de ton dossier, il te semble qu'elle a perdu son sourire. Coup de parano… Ou la faute aux trois lettres IVG inscrites sur ton dossier ? Et si c'est effectivement le cas, pourquoi elle fait la gueule ? La déception que tu dises non à la vie ou celle de perdre une cliente ?

À l'étage supérieur, la dame que tu penses être une infirmière est super froide :

— Date des dernières règles ? Échographie ? Ah, sept semaines déjà…

Elle regarde son agenda et te dit, toujours sur son sale ton de procureur de série B :

— Il n'y a pas de place avant trois semaines et cet hôpital ne va pas au-delà de dix semaines pour les interruptions.

Elle te voit blêmir jusqu'à t'appuyer sur son bureau pour ne pas tomber. Ce qui doit s'apparenter chez elle à de la compassion lui fait sortir un agenda et saisir le téléphone :

— Vous avez une place libre ? Cette semaine ? Vendredi 25 à 9 heures ?

Elle raccroche. Elle t'a pris un rendez-vous dans un autre hôpital sans même te demander ton avis. Griffonnant précipitamment l'adresse sur ton ordonnance, elle ajoute, sans te jeter un regard :

— Vous avez de la chance, il y a eu un désistement...

— Oui, c'est ça : j'ai de la chance. Bizarre, jusque-là, j'avais pas remarqué.

Parfois, ça fait du bien de ne pas se retenir.

Deux jours avant l'intervention, tu t'es rendue au planning familial. Tu y as rencontré une conseillère. Vous avez parlé un moment, moins elle que toi – elle économisait ses paroles comme si les mots étaient trop lourds pour sa voix douce. À la fin de votre conversation, le timbre en a à peine augmenté pour te demander :



— Vous êtes sûre de votre choix, mademoiselle ?

Tu as opiné du chef.

— Très bien, alors.

Très bien, tu sais pas... Mais c'est la décision qui te semble s'imposer à toi. La bonne décision ? Plutôt, la moins déraisonnable vu ta situation. De toute façon, qu'est-ce que tu pourrais faire ? Le garder ? Et pour lui offrir quelle vie, à ce môme qui n'a jamais demandé que tu sois sa mère ? Tu te sens pas le courage de mettre le vrac d'un coup d'un seul dans une vie que tu commençais à peine à kiffer, de lâcher les cours, de te mettre tes parents à dos – les pauvres, eux qui te croient sur la « voie de la réussite » –, ni de mettre Matthieu dans une situation qu'il ne souhaite pas, qu'il ne souhaitera jamais. Oui, il te l'a dit. Du moins, tu le crois. Tu l'aimes si aveuglément que tu l'as cru, lorsqu'une fois tu lui as demandé, pour rire, combien il aimerait avoir d'enfants et qu'il t'a répondu : « Je serai jamais père. J'ai bien trop peur d'être de ces pères qui font des fils comme eux. » Tu as pris au premier degré cette pirouette volée à l'un de ses disques préférés. L'amour est vraiment aveugle… Il aurait mieux fait d'être sourd !



Voilà une heure que tu as pris ces cachets qui sont censés t'aider à te détendre avant l'opération, tu n'es pas sonnée, tu flottes juste dans tes pensées. Plus tu attends et moins tu trouves de raisons à ta présence ici à côté de cette perfusion. Tu te raccroches à l'idée que demain, ta vie reprendra normalement : à 9 heures, tu iras en cours la tête encore dans l'oreiller ; à 13 heures, tu mangeras au resto U avec tous tes potes ; à 17 heures, au café de la Sorbonne, tu écouteras Matthieu se plaindre de ne pas avoir réussi à griffonner plus de trois mots, au jardin du Luxembourg ; à 19 heures, tu feras semblant d'être dérangée par l'appel rituel de ta maman. Ta maman, tu y penses précisément à cet instant ; dire qu'elle ne voulait pas que tu te perces les oreilles parce qu'elle trouvait que ça faisait « fille de concierge » et que là, tu vas te percer le bide à coups d'aiguille à tricoter. OK, ça ressemble peut-être plus du tout à ça depuis les années cinquante, mais c'est tout de même comme ça que tu continues de l'imaginer, malgré le cadre aseptisé de cet hôpital parisien. T'en ris dans une larme parce que tu sais que, dans quelques heures, plus rien ne pourra jamais être comme avant. Tu n'es pas une vulgaire bagnole à qui on va faire une vidange et qui sera de nouveau opérationnelle pour quelques milliers de kilomètres. D'ailleurs, le médecin t'a proposé de voir un psy pour « après » (selon lui, ça sera pire après parce qu'on ne renonce pas à devenir mère sans quelques séquelles). Il t'a prescrit la pilule, aussi. Le pack pour le bonheur retrouvé, en somme.

Encore une demi-heure de passée, tu t'accroches à la barre de l'intraveineuse pour rester, malgré un *poum-poum* assourdissant qui te prend aux tempes. Tu as commencé un jeu, la partie n'est pas terminée. Tu te surprends à rêver de « si ». « Si je lui avais dit d'aller acheter d'autres capotes... Si je lui avais dit de se retirer juste un peu avant... Si j'avais pris la pilule... Si je le gardais... »

Une demi-heure plus tard, l'infirmière vient enfin te chercher. Déjà, dans le couloir, le roulis du chariot et la valse des ombres blanches et vertes qui lui emboîtent le pas. Elle pense te trouver endormie, mais c'est juste le lit qu'elle devra refaire : tu t'es barrée en laissant l'intraveineuse sur sa faim.

C'est vrai que tu avais plein de raisons de pas le garder, mais qui a dit que tu étais devenue raisonnable ? Qui a dit qu'avoir un enfant a jamais été une chose raisonnable ?

# 18

## Falling
Céline de Verrières



Tu es restée, un bon moment, pensive devant ton thé au jasmin, à la terrasse extérieure de ce café, à faire le deuil d'une vie dont tu n'avais jamais mesuré à quel point elle pouvait être insouciante. Ton après-midi a presque été agréable en compagnie du chauffage-parasol : dans sa chaleur, tu as trouvé du réconfort ; dans ses lueurs, tu as cherché des réponses ; dans sa lumière, tu t'aperçois maintenant que, déjà, la nuit est tombée. Tu n'as pas très envie de rentrer chez toi, l'idée de te retrouver seule dans ton dix-huit mètres carrés à faire semblant de regarder ce qui passe sur le petit écran te glace le sang. Ici, au moins, il y a tous ces inconnus qui arpentent les rues de long en large, se donnant l'illusion d'être pressés, d'avoir quelque chose d'important à faire ; toi, tu te plais plutôt à imaginer que ce sont des nomades urbains, flânant pour le plaisir de flâner jusqu'à épuisement. Mais tu sais bien que ce n'est pas le cas : eux aussi finiront par s'asseoir pour regarder.

Ton portable vibre une nouvelle fois : ce sera le troisième appel en absence de Matthieu. Tu n'as pas répondu de peur qu'il sente dans ta voix que quelque chose cloche.

Tu n'as plus la force de jouer aujourd'hui : le jeu s'est terminé il y a quelques heures, quand tu n'as pas voulu céder face à l'intraveineuse. Avorté, l'avortement.

*Le premier jour du reste de ma vie.* Tu as toujours trouvé ce genre de formule ridiculement grandiloquente. Depuis une heure, pourtant, la phrase tourne dans ta tête comme un mantra. Et si tu le prenais la formule au mot ? Et si tu prenais le prochain train à la gare la plus proche et ne revenais jamais ? Tu pourrais élever ton enfant comme tu l'entends.

Loin de Versailles et de toutes ses convenances. Tu élèverais des chèvres quelque part, en Italie. Tu ne sais pas pourquoi pas tu penses à des chèvres et à l'Italie, mais tu aimes bien l'idée. Partir vers l'inconnu avec un gosse sous le bras, ça aurait de la gueule ! Si seulement tu en avais le courage – et l'envie ! Déjà que cette journée, seule à l'hôpital, quel calvaire, alors une telle fugue... La *dolce vita*, ce sera pour une prochaine vie.

Tu balaies d'un doigt las le répertoire de ton portable. Appeler ta grande sœur ou une de tes copines, ça aurait pu être une bonne idée, mais tu ne te sens pas encore d'attaque pour faire face à leur compassion, leurs conseils qui se transformeront vite en injonctions. Pour l'instant, tu veux être avec quelqu'un qui sera là juste pour toi sans chercher à savoir pourquoi le vert de tes yeux est si obscur ce soir. Son nom apparaît comme une évidence.

En regardant à travers la vitre du RER D, tu te dis que c'est fou comme tout a changé en l'espace de quelques minutes, quelques stations : les couleurs ont déserté les murs pour venir s'imprimer sur l'épiderme des gens. Tu comprends mieux cette phrase : « je dois retourner de l'autre côté », qu'emploie si souvent celui dont tu reconnais de loin la démarche chaloupée, et qui te fait à présent des signes de l'autre côté du quai.

— Alors, Céline, prête pour une visite touristique dans notre magnifique ville de Stains ? J'savais que tu finirais par craquer pour le charme de la Seine-Saint-Denis, dit-il dans un grand sourire ironique, balayant du revers de la main le paysage dominé par de grandes barres asymétriques aux allures de boîtes d'allumettes usagées. 

— Exactement, Ronnie. À force de t'en entendre parler, j'étais curieuse de voir de mes propres yeux à quoi ressemble ce que t'appelles les « favelas à la française », lui réponds-tu dans ce qui doit être ton premier rire de la journée.

Comme tu t'en doutais, les cars de touristes ne s'y bousculent pas... Mais c'est mieux que ce que tu pensais, ou plutôt moins alarmant que ce qu'on en a montré dernièrement – il y a quelques jours encore, la télé ne disait-elle pas que tout ici n'était plus que flammes et cendres ? Ce qui te surprend, en vérité, c'est ce silence pesant qui fait sonner chacun de tes pas comme une déflagration – seul un crissement de pneus ou un éclat de voix au loin vient par moments perturber cette inquiétante quiétude. La cité des Peupliers est une forêt de réverbères aux dimensions du baobab du Petit Prince ; la lumière violente qui perce ses branchages crée un contraste saisissant avec le continent mystérieux d'immeubles qui vient d'émerger devant toi.

Des témoins de cette apparition sont assis sur les marches, tournant le dos à un grand H.

— C'est là, te dit Ronnie, ouvrant le chemin.

Il salue d'un poing complice et d'un claquement de langue sonore chacun d'eux. Dans l'attente de l'ascenseur qui ne viendra pas, il répond à ce qu'il croit que tu penses :

— J'sais bien que de nuit, en hiver en plus, ça peut paraître un peu glauque comme ça... Il faudrait que tu reviennes un jour d'été, c'est super coloré, super-animé avec les mamas qui braillent aux fenêtres après les petits qui jouent au foot en bas...



— Non, j'trouve pas ça glauque, c'est juste *différent*... Et même beau, en un sens.

— Beau ? Tu vas un peu loin.

— Non, vraiment. Par contre, juste une question : pourquoi ils restent en bas, comme ça ? Ils seraient pas mieux chez eux par un temps pareil ?

Il hésite un instant avant de répondre :

— Dans mes souvenirs, du temps où moi et mes potes, on croyait que les murs tiendraient pas sans nous, c'était juste le plaisir de se retrouver, de partager une anecdote, une vanne, d'avoir l'impression d'être unis par quelque chose...

— C'est-à-dire ? Unis par quoi ?

— Unis par le fait de kiffer la même galère, de... Ah, et puis t'en poses de ces questions toi aussi, coupe-t-il, se rendant compte qu'il n'a pas de réponse à une question qu'il a fini par ne plus se poser.

Tu le regardes, songeuse.

— Non mais ne fais pas cette tête-là, rigole-t-il. C'est pas parce qu'ils aiment bien traîner la nuit que ce sont des loups-garous ou des bandits. C'est juste qu'ils en ont marre d'être serrés sur le sofa à regarder Arthur faire son karaoké...

— Mouais. Moi, je préfère l'idée des loups-garous... C'est plus tripant !

Ça vous fait rire. Il vous faut bien ça pour monter les escaliers exigus de la tour. L'ascenseur est en panne, et depuis longtemps, apparemment.

Quand il tourne la clé dans la serrure, tu lui demandes :

— Il y a du monde chez toi ?

— Tout à l'heure, y avait personne. Le vendredi, en général, mon daron enchaîne les demis au bar-tabac du centre-ville. Quant à ma daronne, elle doit être encore à son dîner de shabbat. 

Erreur. Une blonde cendrée aux fossettes saillantes âgée d'une cinquantaine d'années, et une jeune femme métisse dont les traits te rappellent ceux de Ronnie, sont assises sur le canapé du salon et regardent ce qui te semble être un épisode de *Sex and the City*. La mère et la sœur, penses-tu. Ronnie te glisse :

Ma chambre, c'est par là...

Il est interrompu dans son échappée par la plus âgée des deux femmes :

— Ronnie, où est-ce que tu files comme ça ? lui demande la mère d'une voix au charmant accent slave. Tu pourrais au moins nous présenter la demoiselle...

La sœur te regarde de haut en bas comme si elle te passait au scanner.

— Tu dois être Céline de Verrières, je suppose. On a beaucoup entendu parler de toi, dit-elle, jetant un regard amusé à Ronnie qui semble tout à coup avoir perdu son assurance habituelle.

Celui-ci s'exécute dans des présentations qu'il aurait visiblement préféré éviter :

— Céline, donc, et Lisa, ma sœur, qui n'a jamais autant été là que depuis qu'elle a déserté Stains pour Paname...

Elle te fait la bise avant de préciser :

— Dans sa langue, ça veut dire que je lui manque.

— Ouais, ouais, c'est ça... Et ma daronne...



— Ronnie ! réprimande la mère.

— Pardon, ma très chère maman, exemplaire unique que tout un chacun se devrait d'avoir. C'est mieux ?

Le compliment est forcé mais cela n'empêche pas la mère de sourire aux anges.

— Ah, je préfère, s'amuse-t-elle, te faisant la bise à son tour. Tu aurais pu me prévenir que tu amenais quelqu'un, tout de même. J'aurais préparé quelque chose à dîner. Tu as vraiment le chic pour me mettre dans l'embarras. Regarde-la, ça se voit qu'elle n'a encore rien mangé ce soir...

Tu t'apprêtes à protester gentiment mais elle est déjà dans la cuisine, la tête dans le frigidaire.

— Non, Ronnie, vraiment tu exagères, reprend-elle, la voix déformée par l'écho du frigo. C'est pas des façons de traiter une demoiselle.

Ronnie ne répond rien, sachant que, dans ces cas-là, il est vain de discuter. Mais toi, tu le sais pas encore, alors tu protestes gentiment :

— Madame, c'est vraiment gentil de votre part mais ne vous embêtez pas. Tout est ma faute, j'ai prévenu Ronnie au dernier moment que j'allais venir. Et de toute façon, je n'ai pas très faim.

Vaine tentative. Ronnie te signifie d'un hochement las de la tête qu'il ne sert à rien d'insister. Il prépare les couverts et écoute sans tiquer le sermon de la mère auquel il doit être habitué sur « les valeurs qui se perdent » et « les hommes qui ne savent plus bien se comporter avec les femmes ». Tu aurais volontiers ri tellement ça te rappelle ton père, mais Ronnie a l'air suffisamment gêné comme ça pour que tu ne viennes pas y mettre du tien. 

— Ronnie, tu as de la chance que je sois prévoyante. Il me reste un peu de ce poulet au lait de coco que ton père aime tant. Céline, tu n'es pas allergique à la noix de coco ?

— Non, non, mais je vous assure que...

Vaine tentative, bis.

— Très bien ! Tu vas me goûter ce poulet au lait de coco mais attention, tu n'en goûteras jamais d'autre pareil parce que, parce que ? demande-t-elle, pointant sa spatule vers Ronnie.

— Parce que c'est un poulet au lait de coco à la mode polonaise, répond Ronnie d'un ton blasé.

Cuisine antillo-polonaise, donc. À la première bouchée, tu te rends compte, premièrement que c'est très bon, et deuxièmement, qu'empêtrée dans tes turpitudes existentielles, tu as oublié de manger et que tu meurs de faim.

— Madame, vous avez mis du persil et de l'aneth, non ?

— Ah, elle a percé mon secret, s'émerveille-t-elle. Elle est pas formidable, cette jeune fille, Ronnie ?

Elle ajoute quelques mots dans une langue étrangère auxquels Ronnie acquiesce.

— Tu parles polonais, Ronnie ? lui murmures-tu.

— Non, c'est du yiddish. Et je le comprends plus que je le parle, à vrai dire. Le créole, je m'en sors un peu mieux, par contre...

— Oui, Monsieur n'a pas voulu aller aux cours quand il était petit et regarde-le maintenant...

— Le problème, c'étaient pas les cours de langue. J'avais juste pas envie de passer mes mercredis après-midi à écouter le rabbin...



— Oui, j'avais compris. Cela dit, je vois toujours pas pourquoi ça t'embêtait. Dis-moi, Céline, est-ce que j'étais une si mauvaise mère de vouloir qu'il en sache plus sur sa langue, sa culture, son peuple ?

— Mon peuple..., reprend Ronnie, circonspect.

— Que ça te plaise ou non, tu en es aussi, mon fils, profère-t-elle sur le ton de la vérité absolue.

— C'est pas formidable tous ces « peuples » qui me réclament à cor et à cri ? Enfin, surtout quand ça les arrange... Bon, tu vois pas que t'ennuies Céline avec tes histoires ? Y a pas Lisa qui t'attend pour remettre le DVD ?

Les regards se tournent vers toi. Ta bouche a la bonne idée d'être pleine, ce qui t'évite d'avoir à jouer au démineur.

Dans le salon, Carrie Bradshaw reprend le fil de ses aventures au son des rires de Lisa et de sa mère. Ronnie débarrasse les assiettes et te dit :

— Désolé, pour tout ça. Ma daronne est un peu... « envahissante », on va dire.

— De quoi tu t'excuses ? C'était super bon ! Les femmes de ta famille ont du caractère, c'est plutôt cool ! Parfois, j'aimerais que ce soit un peu plus comme ça chez moi : on veut tellement sauver les apparences qu'on n'ose jamais se dire les choses en face.

Ronnie, affairé à essuyer les couverts, te sourit sans rien ajouter.

Dans sa chambre, tu es surprise de voir des platines vinyles reliées à un ordinateur – oxymore technologique qui donnera un peu d'inspiration au sampler. Et plus encore, par la présence d'un vieux piano dépareillé ; les traces de ses pieds sur le parquet montrent qu'il a longtemps cherché sa place entre paires de baskets usées, posters de chanteurs de rap et montagnes de CD gravés. Tu t'assois sur le tabouret, tes doigts frôlent timidement le clavier de cette antiquité. Premières notes, premier échappement, première sensation. Ronnie prend une chaise et pose les mains à côté des tiennes.



— J'savais pas que tu jouais du piano.

— Ah, je suis plein de surprises, et t'as encore rien vu, fredonne-t-il, énigmatique, en parcourant les touches d'une main féline.

— Moi, j'ai arrêté depuis longtemps, souffles-tu dans un regret.

— Pourquoi ?

— C'était à l'époque où je pouvais pas sacquer ce qui ressemblait de près ou de loin à la parfaite éducation de la petite-bourgeoise : le mercredi à la danse et le samedi au piano. Tu vois ?

— Carrément... On passe tous tôt ou tard par un moment où on a envie d'envoyer balader tout ce qui nous renvoie aux parents et à leurs rêves déçus. Mais bon, certains héritages familiaux sont difficiles à zapper : du côté de la famille de ma mère, à ce qu'il paraît, le grand-père était un musicien reconnu à Cracovie en Pologne avant la guerre... Avant tout le reste.

Une ombre a survolé un instant le visage de Ronnie. Ça te remet en mémoire ce que tu avais pensé sur le trajet du retour, le jour où tu l'as rencontré : on ne cache jamais qu'un instant de soi.



— C'est drôle, quand t'y penses, continue-t-il, que ce piano ait traversé toute l'Europe pour finir dans la chambre d'un ado qui ne jure que par le sample. C'est comme une petite mort...

— Pas sûr... Il est plus vivant au rap qu'au musée, en tout cas.

Des réminiscences de ces samedis que tu redoutais tant t'aident à jouer un début de morceau. Tu te revois : douze ans, silencieuse, la peau sur les os, les bagues sur les dents, les seins qui tardent à pointer et ce jeune prof de solfège qui te fait rougir lorsque ses mains frôlent les tiennes par inadvertance.

Le piano n'est pas le vélo ; les fausses notes s'accumulent.

— Mieux vaut arrêter là le massacre, dis-tu, en faisant signe à Ronnie de prendre le relais.

— J'te préviens, ça fait pas longtemps que j'ai repris et, de toute façon, j'ai jamais eu l'étoffe d'un Bach...

— Laisse-le dans son siècle, celui-là. Joue-moi plutôt quelque chose de ton univers, un truc qui te fait vraiment vibrer.

— Alicia Keys, *Fallin'*, tu connais ?

T'as à peine le temps de t'asseoir sur son lit que sa voix attaque d'un puissant *I keep on falling in and I love* qui te scotche contre le mur en contreplaqué. Il chante ? Oui, il chante, et vraiment bien : une voix un peu cassée, soul et jazzy à la fois, à t'en foutre des frissons. Puis le piano commence son triomphe douloureux en arpège de *la* mineur. Tu sens les premières notes timides comme s'il était gêné par ta présence – sa paume droite est un peu gauche. Mais la musique prend peu à peu le dessus ; ses mains crispées se libèrent de l'étreinte de la pudeur pour se livrer tout entières à l'harmonie. Les paroles de cette chanson paraphrasent si parfaitement les maux de ton âme que, les yeux embués, tu crois revoir Matthieu te tournant le dos pour se consacrer à sa symphonie muette sur A4 majeur. Tu n'es plus qu'une plaie béante goûtant le sel de ce doux supplice, prête à laisser exploser l'apocalypse qui croît en toi ; le morceau s'achève avant de t'achever.



Il se retourne et te voit te recroqueviller sur la couette bleue, le blanc de l'œil rougi, les mains grises simulant comme un nœud coulant autour de ton ventre. Il reste interdit une seconde, puis la surprise de ses yeux s'évanouit dans la douceur de sa main qui glisse de ton front vers la racine de tes cheveux.

Tu la saisis et lui, tu l'entraînes tout entier contre toi. Le lit est si petit et lui si grand qu'entre ses bras, tu fonds littéralement. Vous ne bougez pas (il vaudrait mieux éviter, n'est-ce pas ?). Vous ne respirez presque plus dans cette trappe souterraine qui s'ignore. De quel ennemi invisible te caches-tu ainsi ? Seul ton regard susurre une souffrance que tu n'oses avouer. Tu te serres alors encore plus fort contre lui, en lui. Lorsque tu sens à un mouvement de son corps crispé qu'il est sur le point de parler, tu prends ce qu'il te reste de ta voix entre les sanglots pour lui murmurer :

— Ne me demande rien. Dis-moi juste que tout ira bien.

Il penche sa tête contre ton épaule et te souffle à l'oreille d'une voix douce et apaisée :

— Oui, tout ira bien, tout ira bien demain. Tu verras.



Combien de temps êtes-vous restés comme ça ? Une heure ou deux ? Impossible à dire... Tu te souviens juste d'avoir rouvert les yeux lorsque la voix de Marvin Gaye ne faisait plus vibrer les murs et tous les êtres qui s'y trouvaient confinés.

— Faut que j'y aille, il est tard..., as-tu lancé presque comme si de rien n'était.

Tu as essayé de remettre un peu d'ordre dans le vrac de tes cheveux, dans le vrac de ta tête. À vrai dire, tu n'avais pas vraiment envie de partir ; tu serais bien restée un peu plus longtemps à l'abri dans cette alcôve à l'odeur masculine, loin des histoires de lignes bleues et de petites croix.

Mais il a attrapé ce drôle de regard, cette expression que tu ne lui connaissais pas, et tu as compris que c'était le moment de filer à l'anglaise. À trop t'attarder là, tu aurais pu lire dans ses yeux les mots que tu aurais aimé qu'un autre te dise.

Interloqué, il est resté sur le pas de la porte de sa chambre à te regarder lacer tes chaussures, tentant de comprendre ce qui était arrivé ou, plutôt, ce qui avait failli arriver. Tu as eu envie de lui dire en cet instant: « Tu mérites mieux que ça, mieux que l'amour par substitution, par procuration... » Trop compliqué, tu as préféré laisser le silence parler pour toi.

Un chandelier à deux bougies éclaire le salon et donne au lieu une atmosphère presque religieuse; tu marches à petits pas comme les voleurs dans les mauvais polars pour faire taire les talons de tes Dr. Martens. Raté. La mère de Ronnie, endormie devant son DVD, s'est réveillée:

— Céline, tu pars? Quelle heure est-il? Il est vraiment tard, tu ne ferais pas mieux de rester dormir ici?



Tu t'arrêtes, surprise.

— Enfin, je... je voulais dire tu peux rester dormir dans la chambre de Lisa, rectifie-t-elle, confuse, lorsqu'elle voit le rouge qui monte aux joues de Ronnie.

Dans le taxi qui file à toute allure sur le périphérique pour te ramener de l'« autre côté », t'en souris encore en revoyant le faciès de cartoon de Ronnie. Au-dehors, Paris. À cette heure, la Ville lumière justifie son nom: les enseignes des lieux de nuit sont des phares pour ceux qui ont bravé le froid hivernal. Le taxi s'arrête, tu en descends après avoir donné son dû au compteur, tu te diriges vers l'immeuble, sors les clés et, lorsque tu t'apprêtes à les introduire dans la serrure, de ta bouche s'échappe un grand: « Merde, quelle conne! » Oui, tu te retrouves bien conne parce le taxi t'a ramenée chez Matthieu. La force de l'habitude au banc des accusés. Tu pourrais prendre un autre taxi ou alors te frotter à la faune des Noctambus parisiens – le dernier métro n'est plus qu'un bruit au loin. Mais tu te dis que si tu es là, ce n'est pas un hasard, c'est que tu avais envie d'y venir, que tu as peut-être quelque chose à terminer. Premier étage, porte gauche. Comme d'habitude, tu as failli confondre l'interrupteur avec la sonnette de la voisine. Pas de lumière sous le pas de la porte, pas de bruit venant de l'appart, il dort probablement. Tu prends la clé qu'il laisse sous le paillasson au cas où tu déciderais d'une visite improvisée.

Draps et couverture en pagaille, ordinateur portable en mode veille, cendrier trop plein pour ses poumons, papier gras d'un grec-frites : son bordel nécessaire. Matthieu dort, étalé de tout son long à demi-nu sur le clic-clac déplié qui lui sert de lit, la tête enfouie dans l'oreiller, une main tendue vers un mobile qui a longtemps attendu ton appel. Il bouge légèrement, sentant ta présence. Sa voix ensommeillée te demande :

— T'étais où ? J'ai pas arrêté de t'appeler...

— Nulle part. J'étais nulle part.

Il se rendort instantanément. Tu te demandes si, dans quelques heures, il se souviendra de t'avoir posé cette question. Si, dans quelques heures, tu arriveras à partir sans mot dire. Pour l'instant, tu t'allonges près de lui et tu le regardes comme on regarde quelqu'un qu'on voit pour la dernière fois. Dans cet abandon total, de sa figure presque imberbe jusqu'à ses muscles fins à peine dessinés, tu lui trouves quelque chose de doux, fragile... Presque féminin. Ton index lui dessine un second visage en en frôlant les contours. Une main vagabonde te cherche dans son sommeil. Elle te trouve. Il se blottit contre toi pour tester la réciprocité des corps. Un baiser presque volé, puis deux... Les corps s'appellent, se trouvent, se marquent. Les yeux s'habituent à l'obscurité pour pouvoir embras(s)er la nuit. On ponctue les lignes invisibles de la chair voyante de quelques mots sucrés-salés. Point trop n'en faut : ce serait le brouhaha. Langues, doigts et hanches s'en disent déjà bien assez.

Lorsque le silence fait de nouveau valoir ses droits, c'est au bord du lit qu'il s'assoit. Il tapote sa cigarette sur le bord du cendrier vidé et écarte légèrement les stores, comme s'il y avait quelque chose à voir dans le patio désert. La réverbération couvre ton corps de bandes d'ombre et de lumière. Les yeux humides, tu détournes le visage. Tu pourrais jouer de tes larmes, de tes armes, lui dire tout ce qu'il est pour toi, que l'avenir, t'y avais jamais pensé avec un sourire avant de le rencontrer.



Mais tu ne le feras pas.

Un jour de la deuxième quinzaine d'août, tu as emménagé à Paris ; t'imaginais alors commencer une nouvelle vie, loin du bad trip des années lycée, loin du signe du V et de tous ses dépositaires. Pour le coup, tu avais mis le holà sur tes tenues morbides – un renoncement ? Plutôt une évolution. Paris avait encore des airs d'été et tu aimais jouer la touriste flânant sur les quais de Seine, cherchant chez les bouquinistes ta prochaine évasion. Et puis sont arrivés la rentrée, les premiers jours de cours, la découverte de la Sorbonne : or, moulures, plafonds en stuc et rampes forgées sont venus justifier la vision romantique que tu t'étais faite de ce « temple du savoir » dont on avait si souvent vanté les charmes. Mais l'idéal n'a pas résisté longtemps à la réalité des amphis trop grands, de l'anonymat oppressant, de ces profs du haut de leur estrade qui font d'abord cours à eux-mêmes, de ces étudiants qui viennent prendre leurs cours, presque honteux, et qui s'enfuient une fois leur carnet maculé, et de ces autres qui trompent leur ennui en écrasant un joint sur le trottoir à la sortie. Tu t'es sentie plus que déçue : trahie.

Avant Matthieu, t'avais toujours pensé que l'amour n'était qu'une vaste escroquerie, un odieux complot d'Hollywood, des Galeries Lafayette et des cathos. Et puis… Et puis, il y a eu lui. Lui, ses chemises faussement fashion, son sourire blasé, son sale caractère, ses pirouettes d'idéaliste déçu et ses mots tendres qu'il t'a rarement dits avec la voix. Quand tu as senti les premiers papillons te chatouiller du ventre jusqu'aux amygdales, t'as compris que t'étais dans un sacré pétrin, que c'était LE truc contre lequel, petite fille croyant encore aux contes de fées, ta mère t'avait mise en garde. Alors, tu préfères ne pas savoir ; tu préfères lui laisser le bénéfice du doute. Tu n'as pas attendu après lui pour le garder ; tu n'as pas attendu après lui pour faire ton sac. Pour l'instant, il n'en sait rien – vous êtes recroquevillés l'un contre l'autre comme deux cuillères alanguies. Il ne se doute pas qu'une fois que tu te seras lassée de ce rêve sans sommeil, tu te lèveras d'un pas décidé, tu prendras ces petits riens qui faisaient que tu te sentais chez vous et tu t'en iras. Ta caresse dans ses cheveux le laissera amer, à peine moins que tes derniers mots. Il y répondra quelque chose de son cru : une formule mensongère aussi aigre que poétique. Tu ne le croiras pas ou, du moins, tu feras mine de ne pas le croire. Ça ne t'empêchera pas dans l'escalier d'espérer deux bonnes secondes que la porte s'ouvre derrière toi.

Un espoir vain.

Dans l'escalier, t'en feras tomber ton masque – la vieille dame, alertée par le bruit, verra par le judas ton visage ruisselant de larmes. T'en feras tomber ton bagage – quoi de plus normal quand tu sais que, de l'amour, il a gardé les poignées. Tu t'agripperas violemment à la rambarde, le degré d'inclination de ton corps, une réponse directe à l'inclinaison de ton cœur, qui imprimera sur tes lèvres les mots douloureux d'Alicia : *I keep on falling in and out*.

L'amour, une chute qui éparpillera tes affaires sur plusieurs étages.

# 19

## La possibilité d'une lettre

Matthieu Vincent

Un matin, ça l'a pris comme ça. Le dernier samedi de novembre, je crois. Oui, le 26, c'est ça. Elle s'est levée, a fait son sac et m'a dit: 

« Je pars avant que ça devienne moche entre nous. »

J'ai hésité entre « pourquoi » et « enfin... », mais la clope que j'avais dans la bouche m'a juste laissé interdit. Elle a lu dans mon regard une demande d'explication, alors pour que le goût du filtre ne soit pas tout ce qu'il me reste d'elle, elle s'est sentie obligée de se justifier:

— C'est pas ta faute, mon chéri. C'est juste que j'ai plus de papillons dans le ventre.

Cupidon est un imposteur, il n'a jamais rien fait. Satanés papillons. On ne comprend jamais comment ils arrivent, encore moins pourquoi ils repartent. On sait juste lorsqu'ils sont là et lorsqu'ils n'y sont plus.

Je ne me suis jamais senti l'âme d'un chasseur de papillons, alors je lui ai soufflé, désabusé:

— T'as raison, Céline. Barre-toi. De toute façon, de l'amour, il ne m'en reste plus que les poignées.

Céline me passe la main dans les cheveux et me jette un

regard attendri, comme pour me signifier qu'elle ne croit pas une seule seconde à ce que je viens de lui sortir : elle connaît mes pirouettes par cœur. Sa main se dérobe à la mienne et la porte se referme sur le sourire de l'ange. J'ai vu quelqu'un se lever, se diriger vers la porte pour la rattraper mais ce n'était pas moi. Je suis resté dans mon lit à chercher où j'avais pu mettre le cendrier.

J'ai chialé un peu, fumé beaucoup et, quand je n'ai plus supporté l'odeur de tabac froid dont étaient imprégnés les

draps, j'ai rappelé une ex. On a essayé de se consoler d'être si seuls ensemble mais, entre deux coups de hanches, l'amour ne dure jamais que trois secondes avant le blues post-orgasmique.

En attendant les sirènes du premier camion-benne, je suis descendu précipitamment dans la rue et j'ai couru après lui pour qu'il m'emporte pour de bon. L'homme à l'habit fluorescent n'a, hélas, rien voulu entendre. Je suis arrivé sur le pont des Arts, désert à cette heure qui hésite entre le jour et la nuit, et à mes oreilles les mots d'Oxmo sont venus comme une sanction : *Quand on baise, on ne pense jamais à celle qu'on aime vraiment.*

Au réveil, un texto de Djibril : *Alors, comme ça, j'ai plus de nouvelles ? Qu'est-ce que ça donne la vie d'artiste ? Ici, autre matrice mais on s'amuse toujours autant... Appelle-moi qu'on se voie. Un café, un grec, un dîner. Whatever. D.*

La vie d'artiste ? Elle est belle la vie d'artiste quand un mercredi matin à dix heures moins dix, tu trouves ça dans ta boîte aux lettres :

*Paris, le 28 novembre 2005*

*Cher(e) Monsieur, Madame, Mademoiselle,*
*Vous avez cru opportun de nous faire parvenir votre manuscrit intitulé Du bleu aux lèvres. Après une rapide lecture des dix premières pages par notre stagiaire, nous avons acquis une certitude : si vous avez la plus petite idée d'une quelconque autre carrière que celle d'écrivain, foncez ! Le monde vous saurait infiniment gré de lui avoir épargné votre « talent » de plume.*
*Ne voyez rien dans la présente lettre qui pourrait suggérer quelque intérêt de notre part pour votre « œuvre ». Si nous vous répondons aujourd'hui, c'est seulement par souci pour l'environnement. Au lieu de gaspiller de si jolies feuilles en imprimant votre prose, trouvez-leur une réelle utilité. Des origamis, par exemple.*
*Si vous aviez dans l'idée d'envoyer votre roman à d'autres, nous ne saurions trop vous conseiller d'y renoncer. Le monde éditorial dans son ensemble se voit bien assez puni par le calvaire que nous venons de traverser. L'avis que nous rendons ici est définitif et sans appel, et il vaut pour l'ensemble de vos écrits passés, présents et à venir.*
*Par pitié, laissez cela à des gens dont c'est le métier !*

*Veuillez recevoir, Monsieur, Madame, Mademoiselle, nos sincères salutations.*

*La direction littéraire*

*P.-S. Pour récupérer votre manuscrit, vous pouvez soit passer dans nos locaux dans un délai d'un mois, soit nous envoyer cinq euros en timbres ou en chèque en remboursement des frais d'expédition. Sachez également que nous disposons d'un excellent broyeur et, dans le cas présent, c'est encore l'option qui nous semble la plus appropriée.*


Oui, je réinvente leur missive, altère certaines formules mais, entre les lignes, le message original est-il si différent ?

La vie d'artiste ? Elle est belle, la vie d'artiste, quand tu as pu faire illusion grâce aux miettes laissées par Dominique Lefranc : chercher l'inspiration sur un banc au jardin du Luxembourg et attendre dans un café place de la Sorbonne ta copine, qui ne va pas tarder à sortir de cours. Je ne regrette rien. Le quartier se prête si bien à cette jolie mascarade qu'on aurait tort de s'en priver.

Désormais, plus personne à attendre, plus d'argent pour le Café Soufflot. Du fast-food qui fait l'angle avec le boulevard Saint-Michel, j'aperçois à peine les chaises vertes de l'autre côté du rond-point. Mon burger est déjà froid : je me demande si, à ce régime-là, la bohème d'Hemingway aurait eu la même saveur. Mes mots, eux, ne l'entendent pas de cette oreille : réécrire, passe encore, mais le replâtrage, ce n'est définitivement pas leur truc. Ce qu'ils aiment, c'est le grand plongeon dans de nouvelles histoires. Mais l'inspiration n'est pas là. Pas encore.

La vie d'artiste ? Elle est belle, la vie d'artiste. Et dans le métro, une jeune femme aux yeux clairs ne se prive pas de nous le faire savoir. Après avoir déclamé quelques vers, elle dit sur le ton de la remontrance, pour demander l'obole: « C'est pour la poésie ! C'est pour la poésie ! » Nos usagers n'y sont pas habitués ; ils la regardent, abasourdis, passer d'un pas décidé entre les sièges. Quoi, pas de grand discours sur la petite série de drames qui l'ont amenée ici ? Pas d'avertissement sur les rôles qui, un jour, pourraient être inversés ? Non, même pas, et ça se voit : leur générosité est inversement proportionnelle au volume de la voix de notre poète de la ligne 7.

Jeans, vestes, chemises. Lorsque j'en retourne les poches, la poussière me pique les yeux. Le capharnaüm qui me sert de garde-robe en regorge. J'attends un miracle, une résurrection ; s'échappe alors de la cinquième poche de mon jean noir un billet chiffonné de cinq euros ; il roule par terre et s'égare à mes pieds. Le dilemme est cruel : paquet de clopes ou tube de dentifrice ?



Ce n'est déjà plus qu'une question rhétorique lorsque je reviens tout guilleret, me gargarisant avec mon cocktail alquitrán-nicotine-monoxyde de carbone. Sur le chemin du retour, le distributeur a vomi ma carte, officialisant ma faillite personnelle.

Dans mon antre, le frigo est vide et a mauvaise haleine. Il éclaire mon avenir d'une lumière blafarde et révèle l'évidence que je me refusais d'admettre : pour vivre, il faut manger. Et tous les jours, même. Il va me falloir choisir entre le salaire de la peur et celui du travail. Avec Dominique Lefranc, j'avais l'avantage d'avoir les deux. Désormais, la page est tournée.

La vie d'artiste ? Elle est belle, la vie d'artiste. Là où d'autres ont des projets, je n'ai que des envies.

L'envie de m'arracher d'ici comme j'y suis arrivé : sous X. Sans attaches ni promesses. Je veux ne pas me sentir coupable de refuser d'entrer dans la ronde, regarder dans le rétroviseur sans avoir dans la bouche cette amertume d'avoir vécu un perpétuel plan B.

L'envie de rappeler Céline, de lui dire combien elle me manque, combien elle me hante. Quand mes yeux se plissent vers le lit défait, ses cheveux sont encore à s'échouer dans mes pages raturées. Et quand la nuit s'annonce, je ne ferme jamais la porte dans l'espoir qu'elle me surprenne dans mon sommeil, qu'elle me vole un baiser et m'entraîne dans la chute de ses reins.



L'envie d'en finir avec ces envies. Le meilleur moyen serait encore d'y céder.

Rien pourtant à lui dire qui justifierait l'audace d'un appel. Rien dans ma ligne de fuite ne suggère les prémices d'un nouveau départ. Je suis même trop jeune pour me payer le luxe du RSA, trop démissionnaire pour le coma artificiel des Assedic, trop lucide pour rester prostré ainsi, attendant que quelqu'un sonne à la porte et m'emmène loin d'ici.

Malgré cela, c'est presque ce qui est arrivé vers midi : un homme en uniforme bleu et jaune m'a demandé de signer sans stylo sur sa drôle de machine et m'a remis un épais courrier. Le pli est encore sur la table, le cachet de la poste porte la marque de la mairie du 18e arrondissement. Je ne m'y attendais pas. Je me racontais, même, que ça ne comptait plus.

Toujours est-il que je suis là, fébrile, presque tétanisé comme devant un cadeau de Noël reçu avec vingt-quatre ans de retard.

Le paquet n'a pas de ruban et je suis un enfant qui a adopté le cynisme des grands : j'essaie de me convaincre que ça n'a plus d'importance de savoir qui sont mes parents... Pourtant, rarement l'espoir a été aussi fort de mettre un nom sur l'origine de mon sort.

Entre mes mains, le champ des possibles se confond avec le pâle réel : il a une couleur havane et une forte odeur d'ammoniac.

C'est une lettre. *La* lettre.

Et le côté vient d'en être déchiré.

## 20

## Chez les Verrières

Ronnie Elatre-Levy

Dimanche, 10 h 30. *Je l'enlève ou je le garde ?* me demandé-je, regardant le faux carat encore posé sur mon lobe droit. J'hésite. Le miroir me renvoie l'image d'un garçon sage : pantalon beige, chemise havane et imitations Weston aux pieds. Cet accessoire rutilant semble de trop dans l'allure du Ronnie lisse que je dois donner aujourd'hui. Alors, mon piercing roule de l'oreille vers les doigts et finit dans ma poche. 

Comme la veille, au studio, je ne pourrai montrer qu'une partie de moi.

Je m'éclipse rapidement de la maison pour éviter les réflexions de la daronne. Sous couvert de compliments, elle ne manquerait pas de déplorer une nouvelle fois que je n'abandonne pas plus souvent ma panoplie de banlieusard qui, selon elle, ne me ressemble pas, qui, selon moi, ne me trahit pas.

Une heure quinze de trajet. C'est ce que m'a promis la feuille de route du site de la SCNF, mais je sais comme tout usager du Transilien que les promesses n'engagent que ceux qui y croient. Quatre jours par semaine à emprunter la navette banlieue-Paris pour rejoindre les bancs de la fac me l'ont enseigné. Aujourd'hui, exit l'amphi Richelieu du Quartier latin et son annexe métallique de Clignancourt : Versailles est ma destination du jour. Les beats composés la semaine dernière, entre deux fiches de lecture à moitié rédigées, rythment mon voyage. Au-dehors, le paysage change à la vitesse du RER : les immeubles de plus en plus rares laissent place à des zones pavillonnaires en même temps que le gris est mangé par le vert. La carte du réseau ferroviaire au découpage circulaire est arbitraire ; même en y regardant de plus près, sous les chiffres et les couleurs, je ne vois rien de cette frontière invisible que je viens de franchir.



En d'autres temps, à chaque arrêt du train, je me serais précipité vers les portes de la rame ; j'aurais pris appui sur le marchepied, le corps en extension maintenu par la barre en fer, pour guetter la présence des « 'leurs ». Mais ce jeu ne m'amuse plus... Depuis que Malek a profité de son passage dans l'Eurostar pour composter d'un coup d'un seul tous ces titres de transport que nous n'avons jamais eus. Son absence est omniprésente, ingrate. Je le retrouve tous les jours dans un mot dit sans y penser, dans une chanson passée à la radio, dans un bas de survêt' trop petit me servant à présent de pyjama. Pourtant, je ne peux plus le voir lorsque je ferme les yeux.

Je continue le voyage dans l'ombre de son souvenir. J'attends paisiblement le contrôleur, las de demeurer sur le qui-vive. Je le vois. Il s'avance tranquillement, son carnet à la main. Qu'il vienne et je lui dirai que ces tickets que je n'ai pas payés, c'est autant d'argent que j'aurais pu être tenté de prendre à d'autres. Un échange tacite de bons procédés, en somme.

Son « titre de transport, s'il vous plaît » est à deux mètres de voix, je ne suis plus si sûr de moi. Il manque deux zones à mon voyage. Je garde ma langue pour moi. Je lui tends ma carte, l'air de rien ; il regarde de près le ticket puis la photo, vérifiant qu'il ne s'agit pas de la carte de mon frère, mon cousin ou n'importe quel pote un peu bronzé puis il s'en va en me remerciant, ses traits et sa voix sont presque amicaux. Je ne m'y attendais pas. Je reste interdit, me demandant à quoi est dû ce petit miracle ferroviaire.

J'avais oublié. Aujourd'hui, c'est dimanche : « Imagin'R » 
est dézoné. Et moi, dans tout ça ?

Déçu. La gare de Versailles-Rive Gauche ressemble à toutes les gares. Sur le quai, on fait les cent pas, les yeux impatients fixés sur les écrans, entre deux rangées de sièges en plastique gris sans une quelconque trace du lustre des Louis Sixteen and Co. Mon attente, elle, n'aura pas duré très longtemps : une jolie brune aux yeux verts m'a saisi au vol dès ma descente du RER. La première fois que nous nous sommes revus, j'ai eu du mal à reconnaître Céline. Où étaient passés ses vêtements sombres et ses grandes bottes sanglées ?

— Bah alors, Ronnie, c'est quoi, ce look ? T'as piqué les fringues de ton vieux ou quoi ?

— J'fais comme toi, t'as vu : je m'adapte aux circonstances.

— Ah, c'est pour mes parents ton déguisement ? Bien tenté... Mais j'pense pas que ce soit ça qui les surprendra le plus...

— Pourquoi ? Tu leur as pas dit que...

— Que t'étais un peu noir, un peu juif, un peu du 9-3 ?

— Ouais, juste un peu, alors…

Elle éclate de rire.

— Mais, ne t'inquiète pas, mon beau. Mes parents sont vachement cool – enfin aussi cool qu'on puisse l'être en habitant dans ce bled. Ils vont t'a-do-rer, dit-elle, l'air malicieuse.

« Adorer », je n'en demande pas tant ; seulement que ce déjeuner chez les Verrières ne vire pas au traquenard. Quelques mois passés à arpenter les jolies avenues pavées de Saint-Michel, à observer les regards intrigués à mon passage,

à écouter d'une oreille faussement distraite certaines conversations du resto-U de Censier m'ont fait prendre conscience de l'ampleur des fantasmes que ma personne pouvait véhiculer chez certains de mes colocataires d'amphi. Au moins, j'ai pu enfin comprendre pourquoi Lisa me donne toujours l'impression de regarder les choses depuis ailleurs : Paris n'est pas une ville, c'est une île.

Comment en être surpris ? Quand, le mois dernier, les flammes se sont déchaînées sur nos quartiers, le portrait que l'on a dressé de Clichy et des villes qui lui ressemblent n'a pas été si différent de celui qu'on aurait fait de Beyrouth ou de Bagdad en pareilles circonstances : un territoire étranger peuplé de gens aux mœurs singulières, empêtrés dans un conflit auquel le spectateur ne peut que se sentir indifférent.

Mais tout ça est loin, pour le moment. Le seul trouble que je veuille éprouver en cet instant précis où le boulevard de la Reine a croisé sa princesse, c'est celui que provoquent en moi le rire sonore de Céline et sa main qui frôle la mienne. L'air de rien.

Le soleil ne vient pas vraiment de se lever, l'heure du petit déjeuner est passée depuis longtemps, et je doute que l'ami Ricoré ose se pointer à la bourre avec ses pains et ses croissants. Pourtant, le refrain de cette pub eighties, je n'arrive pas à me le sortir de la tête depuis que j'ai franchi la grille de la propriété des Verrières. Je suis bien placé pour savoir que les apparences sont souvent trompeuses, mais autour de cette table fleurie de fromages et de vins où parents et enfants se vouvoient, tous jouent si bien à l'entente cordiale que je ne suis pas loin de me prendre au jeu. Il ne leur manque rien de cette famille fantasmée du monde cathodique, toujours souriante et enjouée, dont j'ai parfois rêvé enfant, seul le soir devant la télé. La preuve, je souris aux traits d'humour du père et félicite la mère pour sa sole meunière, même si je suis resté un moment les yeux ronds jusqu'à ce que Céline ait pitié de moi et me montre, en toute discrétion, comment utiliser le couteau à poisson.



Marine, l'aînée, blonde longiligne, et Angélique, quinze ans, yeux pétillants, ont aussi amené leurs compagnons de jeu respectifs ; pour la première, c'est Ludivine, camarade de fac de médecine aux cheveux courts, major de promo, qui lui aurait filé un coup de main salvateur pour sa réussite au concours de première année ; pour la seconde, c'est Jean-Marc, un étudiant de Sciences Po, vieilli par des lunettes trop grandes et un blazer en velours, prof particulier qui justifie ses tarifs par le passage en seconde générale, *in extremis*, de la petite dernière pour laquelle les parents Verrières s'étaient fait tant de souci.

— Elle n'allait tout de même pas faire un BEP ! lance la mère entre deux allers-retours cuisine-salon.

On ne commente même pas l'évidence.

Un déjeuner placé sous le signe des « bienfaiteurs » des sœurs Verrières, donc. Et moi, qu'est-ce que j'ai fait ? Rien. Erreur de casting, madame ! C'est ce que j'aurais pu dire à la mère, mais elle était si heureuse de me décrire comme « le garçon qui a inspiré à Céline sa vocation de professeur de lettres » que j'ai préféré me resservir une part de tarte tatin. S'il y a une personne à remercier pour cette vocation par procuration, c'est surtout cette prof de philo au volant

d'une AX en rade.

Devant ses parents, Céline se montre tendre avec moi. Sa main agrippe la mienne et son cou épouse la forme de mon épaule. Je suis un peu troublé par son attitude câline, mais pour que le jeu puisse continuer, je fais mine d'écouter la discussion animée à laquelle se livrent le père et l'étudiant de Sciences Po, énumération aussi exhaustive que catastrophiste de tout ce qui va mal dans notre beau pays. Le père se souvient de sa jeunesse où « tout était à refaire, tout était possible » et regrette que « les jeunes aient perdu le goût de l'effort », tandis que Jean-Marc voit partout des signes de « la fin du modèle social français ».

Dire que pendant ce temps-là, au quartier, les gars s'ennuient, matent le « boule des biatchs », se prononcent contre le port de petits pulls sur les hanches des plus belles, suivent le cours du gramme comme Jean-Pierre Gaillard le cours de la Bourse et se disputent les autographes de Tony, fraîchement revenu de ses années sabbatiques à Fleury ; que ma mère surveille, sur fond de Drucker, la quiche au four en se demandant où j'ai pu filer, qu'au café mon père s'exaspère dans sa bière parce qu'Ankar n'est pas dans le tiercé gagnant alors qu'autour de cette table où l'on sert un second dessert se joue l'avenir de la « Fraaaannnce » sur un ping-pong d'opinions toutes faites pompées dans une interview de Michel Houellebecq.

Actualité récente. On en vient à parler de novembre. Mes oreilles sifflent quand l'étudiant récite sa leçon sur « ces jeunes sans repères ni valeurs qui ne trouvent pas mieux que brûler l'école de leurs petits frères ».

Je me redresse subitement de ma chaise, privant Céline de son appuie-tête. *Piano, piano, on reste calme, Ronnie. Sans rap ni reproche, on a dit,* me répété-je tandis que Jean-Marc, vingt ans et le talent de savoir citer des livres qu'il n'a pas lus, monte *crescendo* dans son réquisitoire face auquel le père opine du chef, visiblement intéressé. Ça fonctionne. Je n'entends presque plus ce qui se dit : mon attention est happée par la vue du piano caché sous des napperons. Ma surdité volontaire n'aura pu durer qu'un court laps de temps, le père me prenant à partie :



— Ronnie, vous habitez en Seine-Saint-Denis, n'est-ce pas ? Vous devez forcément avoir un avis sur la question… Vous pensez, comme Jean-Marc, dit-il en désignant ce dernier avec l'air de vouloir se dédouaner de ses propos, que les jeunes issus de l'immigration ne sont pas fiers d'être français ?

C'est beau tout de même, se découvrir « issu de l'immigration » alors qu'on se croyait juste issu… de sa mère ! Après un moment d'hésitation où m'effleure l'idée de lui rentrer dans le lard, je réponds :

— À vrai dire, je n'en sais rien. Tout dépend de quelle France on parle...

— C'est-à-dire? veut savoir Jean-Marc, intrigué.

— Est-ce qu'on parle de la France des droits de l'Homme ou de celle du Code noir? de la France qui a résisté ou de celle qui a raflé au Vel d'Hiv'? de la France qui a dit non à la guerre en Irak ou de celle qui s'est sauvée du Rwanda? de la France du 21 avril ou de celle du 12 juillet? Fierté d'appartenance, pourquoi pas... Mais sentiment d'appartenance, ce serait déjà pas mal. Et pour ça, faut que ce soit réciproque. J'veux dire, moi, j'suis prêt à prendre toutes les cartes de membre du monde... Dans ma famille, c'est pas le choix qui manque. Mais si, un jour sur deux, selon l'humeur du moment, on m'explique que j'en suis, pas vraiment ou pas assez, je vais forcer personne à m'accepter. Je sais d'où je viens, je sais où j'ai grandi. Bref, je sais qui je suis... Le reste, c'est les autres que ça travaille. Ce qui m'intéresse, c'est pas tant celui que je suis que celui que j'ai envie d'être, et ce qu'il faut que je fasse pour y arriver.

J'ai eu peur, un instant, d'avoir provoqué un malaise. Mais il n'en est rien. Mis à part Jean-Marc, blême, qui ne trouve pas dans ses fiches de Julien Lepers de quoi enchaîner, et Angélique, un peu déçue de voir son mentor déboulonné de son piédestal, les autres semblent finalement ne rien trouver à y redire. Céline, elle, affiche une mine satisfaite, l'air de dire «tu l'as bien mouché, le morveux» tandis que le père Verrières me fixe, pensif, puis déclame:

— Eh bien, Céline, on peut dire que ton petit ami a de la repartie. Vous savez, Ronnie, on vous réclamait depuis des mois, mais comme à son habitude, Céline faisait des mystères, refusant même de divulguer votre nom. Il paraît que vous êtes un excellent joueur de piano...

— Excellent, je ne sais pas...

— Trêve de modestie. Nous ferez-vous l'honneur de nous jouer quelque chose ? Un morceau de votre choix. Vous choisirez bien, j'en suis persuadé.

Je suis sur le point de me lever pour découvrir ce qui se cache sous les napperons quand Marine prend la parole :

— Papa, maman, j'aimerais profiter du fait que nous sommes tous réunis aujourd'hui pour vous annoncer que Ludivine et moi allons emménager ensemble. 

— Ah, oui ? s'étonne le père. Remarquez, ça peut être une bonne idée. Les loyers sont tellement chers à Paris... Une colocation permettrait de réduire les frais.

— Ne pensez-vous pas qu'on devrait plutôt acheter ? suggère la mère au père. D'autant que Ludivine en a encore pour quatre ans avant l'internat. Et nous pourrions même acheter un peu plus grand, Céline pourrait emménager avec elles.

Étrange discours à la troisième personne, comme si les premières concernées n'étaient pas présentes, et qui n'est visiblement pas du goût de Marine.

— Non mais vous n'avez rien compris ! Je ne vous ai pas dit qu'on cherchait un appart pour faire une coloc. D'ailleurs, si c'était le cas, on pourrait très bien se débrouiller toutes seules. Non, je vous ai dit qu'on allait emménager ensemble, assène-t-elle, glissant tendrement ses doigts entre ceux de Ludivine, leurs mains bien en évidence sur la table.

Deuxième effet Kiss Cool pour la mère Verrières, qui

murmure, incrédule, pour elle-même : « En-sem-ble... » Le père, stoïque, regarde sa fille comme s'il la voyait pour la première fois.

— Non mais ne faites pas une tête pareille, les parents, lance Céline d'un ton léger. Marine préfère les minous aux minets, il n'y a pas de quoi en faire une maladie. D'ailleurs, puisqu'on en est au rayon des révélations, eh bien, sachez que moi, je suis enceinte.

Triple hit combo. Game over. Même joueur joue encore ?



Sur le chemin du retour, j'ai senti dans mes poches mes mains déçues de ne pas avoir effleuré le piano. Comme celles de Wladek, héros du *Pianiste* de Polanski, elles se sont agitées dans l'air, jouant d'un instrument rêvé. Céline a insisté pour m'accompagner jusqu'à la gare. Était-ce pour échapper à l'atmosphère suffocante du salon des Verrières ? Perdue dans ses pensées, elle marche comme si elle était seule, avec sur le visage la même expression que ce vendredi soir où elle a débarqué sans prévenir à Stains et où la soirée s'est terminée sur un disque de Marvin Gaye. Elle sort de son silence pour me présenter ses excuses :

— Je suis désolée, Ronnie. J'pensais pas que ça allait partir en vrille comme ça.

— T'inquiète. Dans un sens, c'était même... drôle. Tu crois qu'ils ont marché ?

— Oui, oui, t'étais parfait dans le rôle du petit copain idéal...

— C'est pas que ça m'a dérangé de jouer le fiancé par intérim, mais pourquoi t'as pas demandé à Matthieu ? C'était quoi le délire ? Les faire flipper avec un lascar du 9-3 histoire qu'ils te lâchent la grappe une bonne fois pour toutes ?

— Mais non, t'es à l'ouest ! T'es beaucoup plus présentable qu'il ne le sera jamais, si c'est ça qui te travaille. Toi, t'as été cool avec tout le monde. Lui, en moins de dix minutes, il aurait trouvé le moyen de sortir une connerie plus énorme que lui...

— T'es un peu dure, non ? Je l'ai pas vu souvent... deux fois, peut-être ? Mais il m'a surtout eu l'air d'être un peu dans la lune... Un écrivain, quoi. Et puis, aujourd'hui, toi aussi, t'y as été un peu fort : après le coming-out de ta sœur, tu leur balances que t'es enceinte ! Ta mère a failli tomber dans les vaps et si ton père avait eu un fusil à la place des yeux, un gilet pare-balles m'aurait pas suffi. Heureusement qu'ils ont vite capté la blague.

— Ouais, une blague... La blague de l'année, même. Bref... Et la musique, c'en est où ? Tu m'avais pas dit que t'avais un bon plan, que t'allais enregistrer... Comment t'avais appelé ça, déjà ? Une *mixtape*, c'est ça ?

— Ouais, c'est ça. Mais pour la faire courte, le bon plan a viré au traquenard.

— Ah, les artistes, tous les mêmes... On peut rien vous dire sans que vous partiez en claquant la porte.

— Super, v'là le cliché... C'est leur plan qui était chelou. Pour te donner une idée, le producteur voulait appeler le collectif « Milice lyricale ». Et pourquoi pas « Gestapo textuelle » ! Si j'avais signé pour un truc pareil, je peux te dire que c'est pas les autres rappeurs qui m'auraient mis à l'amende, mais les punchlines de ma daronne qui m'auraient mis K.-O. !

— Ah, ça, je veux bien te croire, s'esclaffe-t-elle.

— J'avoue, je suis un peu dég' quand même. Avec le recul, c'était une sacrée occase. J'espère que j'me suis pas grillé...

— Mais non ! T'as ça en toi, la musique. Quand tu m'as joué Alicia Keys au piano, l'autre fois, c'était tellement... ouf ! Tu vas percer, c'est sûr. De toute façon, en te lançant là-dedans, tu savais que ça allait être galère, hein...

— Bien sûr. C'est juste que j'arrête pas de gamberger... J'ai toujours pensé que le rap, c'étaient la tête et les jambes, faire danser mais aussi faire penser. Que ce soit street, tant mieux. Qu'il y ait un peu de flambe, ça m'a jamais dérangé, ça stimule la compétition. Que ça génère des thunes, super, ça veut dire que le taf est reconnu. Mais hier, au studio, chez ce gros producteur, c'était juste de la fausse subversion, et ce qui est encore plus chaud dans l'histoire, c'est que j'ai presque eu envie d'en être... J'ai failli me carotter moi-même.

L'espace d'un instant, je crois avoir perdu Céline dans mon incursion en territoire hip-hop. Je fais fausse route.

— J'crois que tu devrais arrêter de te comparer sans cesse. La musique continue d'évoluer comme nous-mêmes on évolue. T'as ta propre sensibilité, ton propre talent, fais comme tu le sens – « sans un A collé dans le dos », comme dirait Matthieu. Le rap, j'y connais pas grand-chose. Cela dit, il me semble que c'est comme en peinture, en littérature ou tout autre art : l'acte militant bien sûr, c'est important, qu'il soit politique, social... ou même amoureux.

Je la regarde, interdit.

— Oui, Ronnie, ça peut te paraître surprenant, mais l'amour, c'est le premier des actes militants... On ne se bat jamais autant que pour ça, si ? Pour moi, l'acte militant, c'est ce qui donne du sens à l'œuvre, mais c'est rien sans l'acte poétique... Sans lui, il serait orphelin comme un parfum sans sa bouteille.

— Je vais filer ton numéro aux mecs du studio. Ils pourraient en prendre de la graine...

— Ah, c'est pas gentil de te moquer...

— Non, j'me moque pas. C'est juste que, s'il y a un domaine où je ne m'attendais pas à ce que tu me conseilles, c'est bien celui-là ! Balaise, Miss de Verrières.



Elle lâche dans un sourire frondeur :

— Ah, quand même !

Devant la gare, l'écran bleu nous annonce l'arrivée du RER d'ici quelques minutes. Céline évoque, enthousiaste, la soirée étudiante du jeudi suivant. Je ne suis pas emballé. Elle insiste et me propose même de m'offrir la prévente pour « services rendus à la famille Verrières », plaisante-t-elle. Elle veut voir un autre Ronnie que celui « salement sage » d'aujourd'hui, me dit-elle sur un ton de petite fille qui réclame son quatre-heures en avance. Je dis que j'y réfléchirai ; notre conversation est écourtée par la mention « à l'approche » sur l'écran bleu. Je m'apprête à monter dans la rame quand elle me retient par le bras :

— Attends, Ronnie. Il faut que je te dise un truc.

Je m'arrête.

— Tu sais, la « blague » du repas... Et si c'en était pas une ?... Et si ?...

Sonné, mes pieds ne touchent plus tout à fait le sol. Je balbutie :

— Quoi ? Tu... tu veux dire que... ?

L'expression de ses yeux ne laisse pas de place au doute.

— Le père ? Matthieu ?

— Oui. Et plus là...

— Comment ça, plus là ? Tu veux dire qu'il s'est tiré en te laissant en galère ?

— Déjà, c'est pas lui mais moi qui me suis barrée, et puis, il n'en sait rien. Et c'est probablement mieux comme ça.

Départ fracassant. Le RER C m'a laissé à quai, comme les derniers mots de Céline m'ont laissé sans voix. Lorsqu'elle s'est jetée de tout son poids dans mes bras, j'ai pu éprouver en pratique la collision de l'acte militant et de l'acte poétique.

# 21

## Sous le chapiteau

Matthieu Vincent

Le métro de la ligne 1 est bondé. Normal, il est 19 h 50, un 9 décembre, et tous les cols blancs de la région y sont ordonnés comme des canettes dans un distributeur automatique. Ils fixent le nom de leur station, attendant qu'elle s'illumine pour descendre. Ils patientent gentiment, se parquent au fond du wagon pour ne pas gêner. Gêner, qui oserait ? Quelle absurdité d'obstruer le fonctionnement d'un système si bien huilé… Et pourtant, il y a toujours un moment où ça finit par converger vers un grand bordel spontané et irréversible. L'entropie, ça s'appelle. Tout ça parce qu'un connard reste inamovible devant les portes, alors qu'il descend seulement à George-V, dans cinq stations, qu'il écoute son lecteur mp3 à plein volume, ignorant les regards désapprobateurs des autres passagers qui le passeraient bien au lance-flammes s'ils le pouvaient. Et il se trouve qu'aujourd'hui, ce connard, c'est moi. 

Sur la plus belle avenue (d'enseignes) du monde, je fume sans plaisir depuis que le filtre a attrapé ce drôle de goût, fromage et polystyrène mélangés. Le paquet, resté trop longtemps dans la poche intérieure du costume que j'ai dû porter aujourd'hui, garde les séquelles de ma journée passée au centre commercial du Val-de-Fontenay.

À l'entrée, j'ai laissé mon nom et mon ego. Et sous la lumière merveilleuse du néon du rayon frais, j'ai tapiné pour sept euros vingt de l'heure, livrant mes plus beaux morceaux de cheddar.

Pourvoyeur de bonheur, voilà ce que je suis devenu. Du moins c'est ce qu'en dit le chef de rayon – heureux homme qui, après son bac + 5, n'a qu'une obsession : empiler les cartons. Il m'a dit que si je continuais ainsi, un jour, qui sait, j'aurais peut-être une promotion et, en plus du fromage, je pourrais vendre du saucisson. Alors, sous ce grand chapiteau – là où la piste aux étoiles est en pente, les odeurs artificielles et les articles pas assez chers hors du champ de vision –, j'aurais mon propre stand… Moi, l'acrobate du fromage au goût de carton !



Sur les Champs, le chapiteau est à ciel ouvert pour mon autre job à mi-temps. Je distribue de jolis *flyers*, des prospectus promettant l'envolée à ceux qui franchiront les portes du Studio 45 : un drôle d'hyper où on danse dans les rayons, sa tête de gondole changeant tous les soirs, au gré des publics et des événements. On croise de tout, dans cette grande boîte où l'on tente d'oublier qu'un jour, on finira dans la petite : du minet de l'Ouest parisien à la lolita délurée en passant par le cadre en pleine descente de sa trentaine.

Hier, tout ce beau monde s'est retrouvé sur de la house, musique anale aux graves pénétrantes, ou du Rn'B, musique buccale aux basses aseptisées. Tiède début de soirée où ils font mine de danser avec leur propre reflet, jusqu'à ce qu'enfin les regards se frôlent, les corps se toisent, les langues se délient pour chercher dans la bouche d'un inconnu une raison de croire qu'il n'y a rien de mieux à faire un jeudi soir sur la terre.

Ce soir, la faune de la boîte est étudiante. La fête n'est pas bien différente de d'habitude, à ce détail près qu'elle n'offre pas de cocktails aux noms faussement sophistiqués, mais du *sky* bon marché, et que la majorité de nos demoiselles au look vaguement bohème sont en fac de lettres.

Le monde est petit, et même minuscule, aussi minuscule que la piste de danse où l'on écrase joyeusement mégots et gobelets sur les mêmes musiques que la veille. Et qui y vois-je, dansant collée-serrée avec un mec en baggy ? Qu'on me le donne en mille : Céline.

# 22

## La soirée étudiante

Ronnie Elatre-Levy

Jeudi, 23 heures. Sur mon lit gît ma chemise insatisfaite. Son col et ses manches font la gueule, réclamant l'attention du fer à repasser. Encore faudrait-il que je sache où il est rangé. Je me débats entre cintres vides et vêtements roulés en boule. Dans le salon, la planche reste désespérément orpheline du fer à repasser. Allez, pas grave, ce soir, le look sera déclassé : fausses Ray Ban, grosse chaîne ostentatoire en toc sur chemise froissée, baggy griffé surmontant des Timberland non lacées. Je m'échauffe sur les basses lourdes d'une musique que j'ai peu de chances de retrouver plus tard dans la soirée. Un texto m'avertit de l'arrivée imminente de Lee et me précipite sous la douche. Le portable sonne, dans l'escalier les talons de mes Tim' résonnent et nous voilà, Lee et moi, courant comme des dératés vers la gare de Pierrefitte-Stains, la peur au ventre de louper le dernier train. 

Timing serré pour changer. Encore en haut des escaliers, on entend la sirène qui annonce la fermeture des portes du RER, déjà à quai. Nous ne l'aurons pas. C'est du moins ce que je crois avant de voir Lee voler au-dessus des dernières marches. Un passager l'aperçoit et retient les lourdes portes sous le regard indifférent des agents à quai. On réussit à s'engouffrer de peu dans la rame. Notre bienfaiteur s'est éclipsé avant qu'on ait eu le temps de le remercier.

— 'tain, c'était vraiment chaud sur ce coup-là, frère, fait Lee, en rajustant le col débraillé de sa chemise. Encore un peu et on était bons pour passer la soirée avec les gilets verts et les maîtres-chiens !

— Je sais pas comment on se débrouille... mais, à chaque fois, on se retrouve à devoir cavaler derrière ce foutu RER.



— On doit aimer ça, faut croire, dit-il, vérifiant dans le reflet de la vitre que les tresses plaquées sur sa tête d'Indien sont toujours en place. Enfin, j'espère que ça sera pas pour rien cette fois. Parce que, pire que de louper le dernier RER, c'est de devoir attendre une plombe le premier.

— Mais non, t'inquiète, c'est une soirée étudiante, ça devrait être tranquille à l'entrée.

— Y a intérêt ! Et j'espère aussi qu'il y aura du bon son... Et de la meuf !

— Côté musique, j'te promets rien. Toi-même tu sais, leur ambiance, c'est boum boum boum, dis-je, imitant une rythmique techno. Par contre, pour les meufs, c'est sûr qu'il y en aura plus que dans tes amphis de geeks...

— Laisse ma fac tranquille, toi. Peut-être qu'on est entre couilles mais pas entre futurs chômeurs !

— Ah, l'enfoiré ! rigolé-je.

— Parce que, vu comme tu gères tes bails avec les maisons de disques, t'as intérêt à bétonner ton plan B... et même le C, le D et toutes les lettres de l'alphabet.

— De quoi tu parles ? De l'autre label et de leur compile

de chanteur mort ? C'est pas toi qui disais que ça sentait la carotte ?

— J'avoue, leur plan était bizarre… Mais bon, entre ça et galérer sur MySpace, ça se discute. Moi, je dis ça pour toi, poteau. Le rap, c'est comme le foot, si t'as pas percé avant vingt piges, c'est déjà presque fini. J'voudrais pas que tu te retrouves à dire à tes gosses un jour : « Désolé, mais papa était underground. »

Correspondance à Châtelet-Les Halles. Pour les rescapés de la ligne D, à l'angoisse du dernier RER succède celle du dernier métro. Plus tard, à la sortie de la station George-V, les lumières sont insolentes. Sur les Champs-Élysées, touristes, clubbeurs ou clodos marchent sous la même lumière irréelle. Ils foulent les mêmes trottoirs, s'ignorant superbement. Lee, inquiet, me demande si je sais exactement où se trouve la soirée. On croise un groupe d'étudiants. Je reconnais quelques visages familiers. On les suit. Bingo : l'enseigne du « Studio 45 » est en vue. Je me dirige vers l'entrée, Lee me saisit par le bras :

— Où est-ce que tu crois aller ? Si on rentre comme ça, on va se faire recaler direct.

— Mais non, t'inquiète, c'est une soirée de ma fac.

— Parce que c'est écrit sur ton front peut-être ?

Il veut que j'appelle Céline. Boîte vocale. Elle doit probablement être dans le métro. J'insiste pour qu'on essaie d'entrer. Après tout, on n'est pas plus mal habillés que d'autres, et loin d'être les seuls à ne pas être accompagnés. Lee n'en démord pas, pourtant :

— Aller à la fac à Paname, ça t'est monté à la tête ou quoi ? Je te le répète : sans meufs, nous, on rentre pas. Point.

Il n'a peut-être pas tort. Devant le cordon rouge, deux physios, deux types en bomber's noirs, deux mètres de haut, de beaux morceaux. L'une de ces bêtes de foire nous a déjà tricard. À la façon dont il nous toise, on devine peu d'amour dans son petit cœur pour nos chères têtes brunes. On leur tourne le dos ; on feint de n'avoir rien vu ; s'ils nous sentent nerveux, c'est foutu.



Même ainsi, leur hostilité continue de nous brûler la nuque. On regarde les autres passer devant nous, dans leurs jeans et leurs baskets pourries, et rentrer accompagnés de leur seule bonne humeur. De quoi te mettre la rage sans même que tu l'aies cherchée. Le portable de Céline ne répond toujours pas.

— Si ça se trouve, ta pote, elle est déjà à l'intérieur. Si on reste plantés là comme ça, c'est clair qu'on va se faire dégager, pronostique Lee, de plus en plus tendu.

— Mais non, c'est pas son genre. Elle va arriver d'une minute à l'autre, t'inquiète...

Évidemment, je n'en sais rien. C'est plutôt l'impression de nous avoir inutilement traînés jusqu'ici qui domine. De dangereuses idées germent dans mon esprit. Je n'ose même pas me retourner pour jeter un coup d'œil vers l'entrée.

Putain, que c'est minable d'en arriver là. Pourquoi une telle prise de tête pour une soirée à laquelle je n'avais même pas envie d'aller, dans un lieu qui, il y a quelques minutes encore, n'avait pour moi jamais existé ?

Aux grands maux, les grands remèdes, Lee interpelle

trois filles venant d'arriver et leur demande, un peu intimidé, si on peut rentrer avec elles. L'une d'elles, en me voyant, éclate de rire. Lee ne sait plus où se mettre. L'ironie du sort veut que ce soit Céline et ses copines. Tout le monde se fait la bise comme dans le showbiz. À leur contact, Lee retrouve sa sérénité en même temps qu'il a perdu ses intonations banlieusardes. Sa voix est douce comme du sucre roux, ce qui n'est pas pour leur déplaire.

— Ah, c'est le Ronnie bling-bling qui a ramené sa fraise, je préfère ça ! me dit Céline dans un sourire, en glissant un doigt malicieux entre ma chaîne et ma chemise.



Détaillant sa tenue toute de noir, de rouge et de dentelle, je lui rends le compliment :

— C'est sécher les cours qui te met dans une forme pareille ?

— Mais non, c'est les sandwichs du resto-U. T'arrête ça une semaine et hop, la vie est plus belle !

Comme Lee l'avait prédit, à l'entrée, l'accueil n'est pas des plus amicaux.

— Ils sont avec vous ces deux-là ? fait à Céline un des videurs, nous désignant d'un coup de menton inquisiteur.

— Bah, oui. C'est quoi cette question à la con ? s'énerve-t-elle en lui tendant les préventes. Vous voulez qu'ils soient avec qui ? Et elles, vous me demandez pas si elles sont avec moi ?

Les naseaux brûlants, il lui prend sèchement les places des mains. Il a des yeux globuleux pour nos cartes étudiantes avant de finir par lâcher un « passez une bonne soirée ». Dans le couloir de l'entrée, Lee éclate de rire, tout surpris de cette repartie et me sort :

— Elle a grave géré, ta pote !

Moi, ça me fait juste sourire, connaissant l'envergure du personnage.

Une foule compacte se presse contre le comptoir, la faute à l'open-bar qui va se terminer sous peu. Vodka, rhum et whisky sont amortis par des doses de plus en plus minces de softs. Sportifs de haut niveau, certains veulent battre leur propre record. Les verres ne désemplissent pas, la piste de danse non plus. Céline et ses copines m'y entraînent



(presque) contre mon gré. Adieu, mon espoir de traîner tranquille sur le canapé avec un Coca. Le DJ m'en veut : le même morceau à 120 BPM passe depuis une demi-heure. Je bouge comme je peux sans vraiment trouver le rythme : bras, jambes, tête, comme dans un cours d'aérobic. La fumée qui nous entoure sent la weed. Céline, les yeux mi-clos, est un papillon de nuit volant au-dessus du dancefloor. Quelques verres et quelques lattes un peu chargés l'ont emmenée loin d'ici. Un mec, sourire de beau gosse en carton, lui tend un verre que je saisis au vol. Elle veut me l'arracher des mains. Je lui souffle dans l'oreille :

— C'est bon, t'as assez bu. Tu veux que ton gosse ressemble à la créature de Roswell ?

Elle boude.

Changement d'ambiance musicale. Le DJ amorce la transition vers un Rn'B bien commercial, résultat d'une pop qui a baisé le hip-hop (ou l'inverse ?). Lee n'en demande pas plus pour amorcer quelques pas. Ses mouvements cadencés fascinent l'assistance, l'attirent au milieu de la piste. Mes bras se lèvent pour saluer l'artiste. Il m'entraîne dans son sillage, petits pas synchronisés comme si on les avait répétés, me ramenant sept ans en arrière, à l'époque des fêtes de la maison de quartier. Les stroboscopes font briller notre pacotille comme dans un clip de MTV. Ça fait rire Céline, qui dresse ses paumes au-dessus de ses épaules pour m'imiter. La parodie se termine quand du reggae dance hall nous invite à nous rapprocher collés-serrés. *Turn me on, turn me on*, fait la voix nasale du chanteur. Dans la nuit humide comme sa peau, moi aussi, je me sens un peu parti. Ses hanches contre les miennes ne sont pas très raisonnables.  Allez, tout ça ne durera qu'un temps, profitons-en comme si cette danse n'allait jamais finir, comme s'il nous restait encore toute la vie pour être jeunes et cons... Et puis, un instant, fermant les yeux, quand son visage frôle le mien, j'y croirais presque.

Mais les yeux finissent toujours par se rouvrir et c'est un autre qui l'invite à danser. Une autre s'est rapprochée de moi, la pote de Céline – pas mal dans son genre d'ailleurs, avec son top rouge moulant –, mais je ne peux m'empêcher de jeter un coup d'œil vigilant du côté de celle pour qui je suis venu ce soir. Je m'en veux de réagir comme ça. J'ai attrapé des manies de petit copain jaloux alors qu'on n'a jamais été que des amis – il aurait pu en être autrement à une époque, mais je n'ai pas su (voulu ?) saisir l'occasion. Je devrais suivre l'exemple de Lee, qui a réussi à vaincre la distance qui le séparait des lèvres de cette jolie demoiselle, mais je ne m'y résous pas et une fois le morceau terminé, je laisse Miss Top-rouge faire banquette pour rejoindre le canapé. Céline arrive tout excitée et me demande :

— Qu'est-ce t'en penses ? Il est pas mal, non ? Tu crois que j'ai mes chances avec lui ?

Cette question m'exaspère autant que le nouveau verre que lui a offert ce je-ne-sais-qui. Je le lui prends des mains et j'entends ma bouche trahir mes pensées :

— En tout cas, t'as tes chances avec moi.

Est-ce que quelqu'un pourrait éteindre la lumière, s'il vous plaît ? Personne ne répond. Normal, cette question n'était qu'en pensée. J'enfouis furieusement ma tête sous l'oreiller. Sur le sol, ma main cherche l'heure. Sous mes doigts, je ne reconnais pas les dalles en plastique. C'est dans les replis d'une sorte de moquette que je finis par retrouver ma montre. D'ailleurs, je ne reconnais pas non plus le lit… Depuis quand mon matelas est-il king size et mes draps sentent-ils le Lolita Lempicka ? Putain, mais où est-ce que je suis ? Apparemment pas chez moi… À moins que ma chambre n'ait soudainement triplé de volume et que je sois devenu fan de pots-pourris, encens et autres fleurs séchées.

Je crois que c'est le moment d'essayer de ranger le vrac de ma tête pour me rappeler comment j'ai pu atterrir ici et finir en boxer dans la chambre d'une inconnue, quelque part entre le 6e et le 15e arrondissement de Paris, si j'en crois la tour Montparnasse que j'aperçois par la fenêtre à quelques encablures d'ici. La dernière chose dont je me souviens est le visage incrédule de Céline lorsque je lui ai soufflé ces quelques mots qu'elle a dû prendre pour une déclaration. Ensuite, sur ses lèvres, j'ai lu quelque chose comme un « Mais, tu sais, je… ». Elle n'a pas eu à en dire beaucoup plus : ses copines ont débarqué pour nous traîner de nouveau vers la piste de danse. Tant mieux, finalement. Une pupille qui se dilate en dit souvent plus long que tous les beaux discours du monde. Déçu, je l'ai été. Pour oublier, j'ai bu ce verre que je lui avais pris des mains. Drôle de goût d'ailleurs. Après, trou noir. Et me voilà ici, cherchant où j'ai pu mettre mon jean, comme hier. Une porte s'entrouvre. Le placard est donc une salle de bains. Une voix s'en échappe :

— Ah, ça y est, tu es réveillé ?

— Oui, oui, lui dis-je, m'efforçant de prendre une voix aussi détachée que possible. Je vais acheter un paquet de clopes. Tu veux quelque chose ?



— Tu peux me prendre des Philip Morris ultra-light menthol ? Tu seras mignon.

Avant de m'éclipser, je jette un coup d'œil dans l'entrebâillement de la porte. Je ne la vois que de dos : de longs cheveux noirs, un tanga rouge et un visage brouillé par la buée du miroir seront tout ce qu'il me restera d'elle. Oui, c'est tout ce que j'en garderai, car je file déjà vers le métro Pasteur. J'suis pas si mignon que ça, mademoiselle. Je suis pas un salaud, non plus ; c'est juste que, comme le chante l'autre lolita : *j'ai pas vingt ans, j'ai pas l'habitude, j'aime pas quand ça dure*. Dans ma poche, je cherche ma carte Imagin'R, ne trouve qu'une boîte de capotes entamée. Soudain, dans ma tête, l'incendie éclate même si l'incident est clos : pêle-mêle, les images d'un baiser dans un taxi, d'un ascenseur qu'on attend trop longtemps, de respirations asynchrones, de corps chauds et humides qui se chevauchent – moi sur elle, dans elle, elle sur moi, dans moi...

C'est donc à ça que ça ressemble.

Il paraît que nous, les gars, on n'est pas censés laisser trop traîner ça, qu'on a pour consigne de s'en débarrasser comme s'il s'agissait d'une mauvaise grippe. Le plus vite possible. Il paraît que ça a toujours été comme ça, même à l'époque où les gens disaient ne faire ça qu'avec la bague au doigt.

Je n'ai jamais cru être un Roméo qui attendrait sa Juliette coûte que coûte, mais au moins un de ces lascars qui prend son temps pour choisir sa Scarlett – le genre qui paie le pop-corn au cinéma même après le premier rencard. Et voilà que je perds *ça* comme on perd une paire de clés, sans vraiment savoir avec qui. Je croyais pourtant être préparé, avec tous leurs livres, leurs films, leurs spots télé, leurs campagnes de prévention au lycée... Mais cette sensation bizarre qui me colle au bide sur le quai du métro, ça, le type aux capotes gratuites ne m'en avait jamais parlé.

Non, ce n'est pas comme ça que j'imaginais ma première fois.

## 23

## La fin de l'insouciance

Céline de Verrières



Samedi soir. La nuit s'est échappée de la salle de projection pour envahir les rues de Paris. Paris, tu en foules les pavés sans toucher terre. Tu chancelles légèrement, la pente de l'avenue des Gobelins aidant. Tu n'es pas encore tout à fait revenue de cette croisière sur la Néva, pas encore tout à fait remise du dénouement heureux des *Poupées russes*. Avec Cédric Klapisch, caméra au poing, ça aurait presque l'air sympa, la trentaine : se perdre à Paris, se perdre à Londres, se perdre à Saint-Pétersbourg... Et aimer quand l'occasion se présente. À l'angle de la rue Mouffetard et de la rue de l'Arbalète, tu t'évades un instant de ces pensées pour demander à celui qui t'a accompagnée pour cette séance de ciné :

— Tu ne trouves pas que ce Xavier a des faux airs de Matthieu ?

Ronnie hausse les épaules l'air de dire « qu'est-ce que j'en sais, moi ? Un tripoteur de stylo en herbe, ça ressemble forcément à un autre tripoteur de stylo en herbe, non ? » Il fait sa mauvaise tête, tu n'insistes pas. Après tout, c'est d'abord à toi-même que s'adressait cette interrogation. Et puis, la vraie question qui trotte dans sa tête, c'est de savoir si, à l'instar du héros de Klapisch, Matthieu reviendra le cœur en fleur pour te dire que, loin de toi, l'amour n'est qu'un leurre. Musique de fin. Générique.

Du chocolat dans ta crêpe pour retrouver le goût de l'enfance, des blagues stupides pour feindre la légèreté. Tu as envie d'être heureuse le temps d'une soirée, oublier que la décision que tu as prise à l'hôpital a acté la fin de l'insouciance. Difficile d'imaginer, en effet, une trentaine bohème sur les routes de l'Europe à se demander ce qu'on fera du reste de sa vie quand on a décidé de la donner. Et même ta vingtaine, tu es infoutue de savoir à quoi elle va ressembler… Ton cœur se serre, un instant, en pensant à tout ce que tu ne vivras jamais, au champ des possibles réduit par la maternité. Tu chasses cette pensée de ton esprit. Oui, ce soir, tu as décidé d'être heur-euse. Tu surjoues l'émerveillement devant le décor du Quartier Latin, de la place de la Contrescarpe à l'avenue Saint-Michel, drapé de ses plus belles lumières.

Celui qui t'accompagne a dû mal à partager ton enthousiasme. Lui, d'habitude si solaire, toujours prompt à voir la vie du bon côté, a une humeur de procureur : dans la bouche du rejeton du bitume, Paris se retrouve réduit à « un truc de bourges », le majestueux devient « vieux », le beau n'est que « cher » et l'antique, désespérément « démodé ». Lui aussi surjoue, penses-tu. Mais que cherche-t-il à la fin ? Ses piques répétés sur « la ville-musée aux tourniquets invisibles » finissent par te sortir de ton rêve éveillé. Tu t'énerves au milieu du pont Saint-Michel.

— Non mais qu'est-ce qui te prend, Ronnie ? Y a un truc qui va pas ?

— J'sais pas, à ton avis ?

Tu lui jettes un regard confus. Le langage des yeux ne suffirait donc pas.

— Franchement, reprend-il, hésitant, on n'est pas dans une situation un peu bizarre, là ? Tous les deux, tout seuls, un samedi sous les lumières de Paris, comme ça, comme... comme un couple.

« Couple ». Le mot tabou, lâché du bout des lèvres, lui laisse un goût brûlant sur le palais. Il ne sait plus comment continuer.

— Un couple ? J'crois qu'on n'a pas dû voir jouer le même film...



Il te fixe, décontenancé. Au bout de quelques secondes de silence, il finit par dire d'une voix amère :

— Ou plutôt peut-être qu'il y a une erreur de casting, j'ai confondu rôle principal et doublure.

— Dis pas de conneries ! Et puis, la doublure de qui d'abord ? Toi, t'as toujours été là pour moi quand il le fallait, jusqu'à m'arracher des mains un verre plein d'ecsta qu'un connard a voulu me faire gober.

— C'était donc ça, le trou noir..., se murmure-t-il à lui-même.

— Quoi ?

— Laisse tomber. Ça va, j'ai compris. Tout ça, c'était dans ma tête. Entre nous, il y a eu zéro ambiguïté... Vas-y, tu sais quoi, Céline, il est tard. J'ai un RER à prendre.

Il se remet en marche. Tu le rattrapes par le bras.

— Non mais Ronnie, sois pas comme ça. Pas maintenant. Et puis, si tu veux savoir, à une époque, toi aussi, t'as eu ta chance avec moi, avant...

— Avant Matthieu.

— Oui, et surtout avant que tu te tapes ma meilleure pote, dis-tu dans un rire. Tu pars après avoir tiré ton coup, c'est ça, ton délire avec les meufs ?

Il enfonce les mains dans ses poches, s'apprêtant à balbutier une explication.

— Non, pas besoin de te justifier, coupes-tu. C'est entre toi et elle. T'es assez grand pour savoir ce que tu fais...

— Ça compte pas, ça. C'est toi que j'...



— Non, Ronnie. Y a des mots qu'il vaut mieux garder pour soi. Et franchement, qu'est-ce que tu vas aller t'enquiquiner avec une Versaillaise complètement névrosée ? Et en cloque, par-dessus le marché !

— Tu voudrais que j'fasse quoi alors ? Que je fasse comme si de rien n'était, que je joue au pote Kleenex qui prête son épaule chaque fois que t'as envie de pleurer, que t'appelles les soirs de déprime parce que tu te remets pas de ton ex...?

— Non, tu peux pas me dire ça. J'ai toujours été vraie avec toi ! Ne me dis pas que tu vas te barrer juste au moment où tout part en vrille autour de moi, au moment où j'ai le plus besoin de toi. Tu vas pas faire comme tous ces vieux mecs qui fuient à la première difficulté, hein ? On va pas tout foutre en l'air aussi bêtement, quand même ?

Tandis qu'un énième bateau-mouche passe et que les touristes à bord vous saluent de la main, la tienne s'éternise sur son épaule. Le temps est suspendu à ces mots que tu ne diras pas. Tu tiens trop à lui pour t'enfoncer dans de faux-semblants – oui, c'est pour un autre que tu t'es tant désespérée ce soir, en pèlerinage involontaire sur les lieux de votre rencontre. Tu l'aimes, évidemment, Ronnie, mais pas comme il le voudrait. Tu l'aimes même *mieux*, d'une certaine manière : l'amitié est plus précieuse que la plupart des romances. Mais ce soir, il n'est pas encore prêt à l'entendre. Peut-être son cœur le pourrait-il, mais pas son ego – son ego de jeune homme – blessé. Aucun baume ne saurait être assez puissant pour soigner instantanément une telle blessure.

Le silence accompagne vos pas jusqu'au quai de la station de RER Saint-Michel-Notre-Dame. Vous restez quelques instants hébétés à contempler votre propre reflet défait dans l'œil vide de l'autre : certaines ruptures amicales ressemblent à s'y méprendre aux plus cruelles des ruptures amoureuses. La fin de l'insouciance.

# 24

## Jusqu'à l'acte poétique

Ronnie Elatre-Levy

Mauvaise vibe. Lorsque le RER part de la station Saint-Michel-Notre-Dame, elle n'est plus qu'un dos s'éloignant vers les escaliers et moi, un cœur émietté que le son du mp3 accable d'une musique sirupeuse. MC Solaar évoque les *cyclones de douceur* qui succèdent à une *tempête d'amitié*, pour sa Céline qui s'appelle Caroline. Mais contrairement à lui, je ne suis même pas certain d'avoir été l'a*s de trèfle qui pique son cœur*. 

Je me refais le film, rembobine la pellicule.: notre première rencontre mouvementée à la manif, ce rendez-vous aux allures de rencard raté l'été dernier, nos retrouvailles à la rentrée universitaire et, depuis, une relation en filigrane où cette complicité évidente s'est installée : ses yeux me cherchent en amphi le matin, son sourire ne ment pas quand elle me voit arriver, elle a toujours une histoire qu'elle a envie de me raconter... Et puis, il y a eu ce soir étrange où elle s'est réfugiée dans mes bras, où elle s'est serrée si fort contre moi, comme une gamine apeurée, que j'ai senti ce drôle de truc éclore en moi. Comme une fleur qui te chatouillerait le bide de l'intérieur... Ai-je pris mes désirs pour des réalités ?

J'aimerais être seul. Trop tard, je suis déjà moi. Connement moi, à me demander si l'amitié fille-garçon n'est possible qu'avec le concours de l'antipathie des corps.

Et même si je réussissais un instant à m'évader de moi, il y a cette jeune fille rousse, quinze ans au plus, roulée en boule contre la porte du wagon, qui met à rude épreuve ses voies lacrymales. Sa tristesse me renvoie à la mienne. Vraiment, qu'est-ce qui peut valoir qu'on se mette dans un état pareil ? Notre enfer n'attend pas de jugement, il est déjà ici,

pavé de sentiments, stigmates douloureux des gens ordinaires. J'aimerais trouver quelques mots pour la réconforter, lui dire qu'il faut savoir économiser sa haine comme sa peine puisque, malheureusement, le jeu ne fait que commencer. Je m'abstiendrai, ce serait un acte égoïste : essayer de consoler l'autre, ce n'est jamais qu'essayer de se consoler soi-même. Mais elle est toujours là, toute chiffonnée dans son sweat à capuche, alors que la trame de mon film s'achève en gare de Pierrefitte-Stains. Passant près d'elle, je m'arrête, hésite un instant puis lui tends un Kleenex sans rien ajouter. Son visage s'éclaire. Je savais qu'elle avait un joli sourire.

Il faut croire que je ne changerai jamais : pote Kleenex un jour, pote Kleenex toujours. Putain de moi.

Un appel de phares. Je me retourne. Pas des plus prudents comme réflexe sur la route mal éclairée qui sépare la gare RER du quartier des Peupliers, et Les Peupliers des autres cités. Le véhicule qui s'arrête à ma hauteur n'est pas l'une de ces berlines dont sont friands ceux qui veulent trop se montrer. La vitre met une éternité à se baisser. Je sens mon pouls s'accélérer. Dégrisement instantané de mon blues post-Céline. Rester cool, même si ça sent l'embrouille. C'est à qui dégainera le premier. Au volant, un faciès inconnu, je sors ma grosse voix pour donner le change :

— Ouais, y a quoi ?

Et de la place côté passager, j'entends répondre d'une voix moqueuse :

— Eh l'artiste, tu nous fais quoi là ? C'est quoi cette voix de gangster… ?

— Moussa ?



— Tu croyais que c'était qui ? L'inspecteur Navarro ? Allez, dépêche-toi de monter. Tu voudrais pas nous faire des problèmes avec la volaille.

Je fais claquer la portière arrière. La voiture repart en trombe. Les yeux bleus du conducteur me cherchent dans le rétroviseur. Son visage s'y dévoile façon puzzle. Le voile de la surprise tombé, sous la fine barbe, je reconnais des traits familiers sans parvenir à mettre un nom sur le visage.

— Et poteau, si Tony t'avait pas repéré, t'étais bon pour rentrer à pattes.

— Antoine, appelle-moi Antoine, corrige le conducteur d'une voix calme.

Mon regard a dû trahir ma surprise car il me lance :

— Ça y est ? Tu te souviens ?

— Mais évidemment qu'il se souvient, fait Moussa, sans me laisser le temps de répondre. C'est juste que tu nous as pris par surprise avec ta condi, frère.

« Condi » pour liberté conditionnelle, ou la rumeur incrédule de sa libération qui se murmurait depuis quelque temps aux Peupliers. Et avec elle, les histoires des anciens remis au goût du jour. Moussa y a presque laissé une jambe et aurait pu y laisser la vie. Pourtant, à l'entendre évoquer les bisbilles d'antan avec Les Acacias, on devine dans sa voix une nostalgie à peine voilée de ce quartier qu'il n'habite plus. Celui qu'il s'obstine à appeler Tony opine du chef ou fait claquer sa langue au fil des anecdotes.

De son exil, il a ramené de larges épaules qui n'ont désormais rien à envier au colosse assis à ses côtés – de derrière, une perspective presque amusante : les sièges étroits leur font des dos si larges qu'on les croirait au volant d'autos tamponneuses. Et aussi un air pénétré, soucieux, rendant méconnaissable celui qui, à l'instar de son nouveau compagnon de gabarit, devait beaucoup de sa réputation à sa gouaille et à son tempérament de feu. Son visage ne s'illumine que quand on en vient au sort de chacun. Ceux qui se sont rangés : « Tu savais qu'il avait eu un gosse ? Lui... daron... c'est pas sérieux ! » Ceux qui sont « tombés » : « Ah, tu l'as pas vu à Fleury ? Il est peut-être à Bois d'A, alors... » Et ceux qui ne reviendront pas : « Ah ouais, Malek t'a écrit ? Nous, on le voyait pas trop souvent au quartier. Faut dire, après ton départ, c'était plus le même... »

— Et toi, Ronnie, ça avance les bails ? Toujours dans la musique ? me demande Tony.

Moussa, encore à rogner sur mon temps de parole :

— Aïeeeeee ! Je t'ai pas dit, frère ? Le petit, on lui a proposé un plan en or : contrat, gros producteur, tournée et tout. Et qu'est-ce qu'il a fait ? Il a dit non. T'y crois, ça !

L'œil dans le rétroviseur me demande confirmation.

— Tout ce qui brille n'est pas or, réponds-je, laconique, moins par goût du bon mot que parce que je sais qu'aucune explication ne pourrait consoler celui qui se voyait déjà serrer des petites meufs dans les coulisses de la tournée.

— Et en plus, ça continue à faire le malin..., fulmine l'intéressé.

— Sois pas vénère, frère, ajoute le conducteur. S'il te dit qu'il le sentait pas...

— Promis, si ça marche un de ces quatre, j'oublierai pas de te faire croquer, Moussa. 

La voiture s'arrête : on est arrivés devant chez lui – un petit lotissement d'immeubles en briques rouges. Avant qu'il me cède la place de copilote, j'ai droit à un claquement de langue de Moussa, sa manière à lui de dire qu'il ne croit pas plus à mes promesses que je ne crois aux siennes.

Lorsque je m'installe à l'avant, son héritage se fait lourdement sentir : le silence. La musique en fond – un rap new-yorkais *old school* – ne parvient pas à masquer l'évidence. Antoine – puisque c'est le nom par lequel il préfère qu'on l'appelle désormais –, les yeux éteints fixés sur la route, n'est là que par intermittence, sans doute encore à moitié dans la cellule dont il n'est pas tout à fait sorti.

Au début d'une nouvelle chanson à l'instru ténébreuse, le taiseux conducteur, revenu d'entre ses songes, souffle :

— Tu reconnais ?

— Mobb Deep, *Hell on Earth*, non ?

— Non, je veux dire : le CD, tu reconnais ?

— Euh... c'est une compile, non ?

— Éjecte-le, tu verras.

Intrigant. Je sors le CD de l'appareil, curieux de savoir où il veut en venir. « French Favelas Mixtape #1 » est le titre graffé au marqueur. Et un peu plus bas, d'une écriture plus fine qu'il m'est difficile de ne pas reconnaître : « De l'évasion en barres, plus efficace que la scie à métaux. »

— Je me sens bête de t'avoir écrit un truc pareil. On dirait une mauvaise pub, dis-je, tentant de masquer mon trouble.

Le trouble de ne pas m'être souvenu que je lui avais envoyé ce CD peu après son incarcération à Fleury. Le trouble de ne pas avoir fait suivre cet envoi par d'autres, comme je me l'étais promis. Le trouble de constater l'importance qu'il y avait accordée. Là où j'attendais des reproches, j'ai droit à son premier sourire :

— Non, pas du tout. T'avais grave raison quand t'as écrit ça. C'était même mieux que la promenade, des fois.

— Et là-bas, c'était...

— C'était comment, tu veux dire ?

Je hoche la tête. Il marque une pause avant de répondre :

— Au final... dedans... dehors, c'est pas si différent : tu tâtes le terrain, tu montes une équipe – avec des connexions que t'avais déjà à l'extérieur –, tu fais ce que t'as à faire – pour « cantiner » et le reste –, tu gères la pression... Et t'attends que ça se passe. Au bout d'un moment, tu t'habitues. On s'habitue à tout, faut croire. Le plus dur, c'est pour ceux qui t'attendent à l'extérieur : le parloir, les mandats, le courrier, l'avocat. C'est pour eux, tout ça. C'est eux qui en bavent vraiment.

Quand il dit « eux », il faut comprendre « elle ». Sa mère. Parce que pour les autres... La cité réserve un meilleur sort aux martyrs qu'aux absents. Sa mère. Celle à qui il doit sa sortie anticipée. À elle… ou plutôt à son cancer en phase avancée. C'est ce que disait la rumeur. C'est ce dont je ne lui demanderai pas confirmation – l'astre éteint logé dans son orbite en dit bien assez –, par pudeur mais plus encore par manque de temps, puisque le véhicule vient de faire son entrée aux Peupliers.

Je m'apprête à sortir quand il me saisit par le bras :

— Attends, j'ai un truc pour toi, dit-il en sortant une feuille pliée en quatre de son portefeuille.



— Une lettre ?

— Oui, et pas de n'importe qui.

Mes yeux s'ouvrent de surprise quand je vois de qui elle est signée.

— En t'écoutant, je me suis dit que ça pourrait t'inspirer. Il y a quelque chose de… de poétique, dedans. Enfin, c'est le mot qui me vient. Et puis, tu lui dois ton blaze de rappeur, j'crois ?

*À Stains, le 20 juin 2004*

*Salut Antoine,*
*Pas la peine de te fâcher contre le facteur, c'est pas sa faute si tu reçois cette lettre qu'aujourd'hui ; au banc des accusés, le coup du stylo en panne que je t'ai fait, malgré moi, malgré lui. Si t'as pris le silence pour un oubli, j'en suis vraiment désolé. Mais j'ai mis du temps à apprendre à écrire sans faire de ratures…*
*J'espère que pour toi tout va pour le mieux (enfin, aussi bien que ça peut aller quand on vit sous scellés). J'ai eu de tes nouvelles*

*par Moussa. Il m'a dit que tu partages la cellule avec son cousin. D'ailleurs, passe-lui la paix et dis-lui que j'ai un mauvais faire-part : l'huissier a embarqué son merco, gros phares jaunes façon blédard, et sa petite s'est trouvé un autre chéri. J'ai souvent vu ta mère aussi mais j'ai jamais trop osé lui parler parce que chaque fois que je la croise dans le quartier, c'est le jeudi, jour de visite. Elle a la tête basse, comme si elle voulait voir personne dans la cité. En tout cas, dis-lui que si elle a besoin de quoi que ce soit… Bref, on m'a dit aussi que tu faisais mal aux haltères, que t'étais devenu balaise et barbu, et aussi un vrai du pro du yo-yo et du poisson cuit dans le papier d'alu. Mais bon, je t'avoue que pour moi, ta vie de l'autre côté, ça reste un mystère. Du domaine de l'imaginaire. Pourtant, ta lettre, je l'ai lue plus d'une fois. Presque par cœur, je la connais. Parce que je voulais comprendre pourquoi ce soir-là, en route vers leur quartier, au dernier feu rouge avant d'arriver, tu m'as obligé à descendre. Longtemps, j'ai cru que t'avais pensé que j'étais pas à la hauteur, pas un mec assez hardcore parce que ton regard dans le rétroviseur a vu ma main nerveuse sur le loquet de la portière. Tu m'as sorti de la voiture jouant au mec vénère.*

*Et j'ai été plus rien. Même plus des vôtres. Même plus des miens. Je m'en suis voulu, je t'en ai voulu… Et puis, un jour, j'ai enfin compris pourquoi tu m'as écrit que me virer de là, c'était « presque la seule chose valable » que t'as faite dans ta vie. Parce que si t'avais pas fait ça, je serais sûrement encore rien, ou quelque chose qui s'en rapproche. Même mort… qui sait ? Alors je te dis pas merci. Je te l'écris pas parce que je te le dirai de vive voix.*

*Mon permis de visite devrait plus tarder. Je viendrai te voir dès que possible (avec Moussa en* guest star *s'il en a fini avec ses béquilles). En attendant, voilà un mandat parce que paraît que du côté où tu crèches, rien n'est gratuit, même pas un sourire; j'aurais aimé t'envoyer plus mais l'argent gagné honnêtement, ça coûte toujours plus cher. Et des timbres aussi pour les jours trop hard... ces jours où t'aurais l'impression d'avoir laissé ta dignité avec tes lacets à la fouille et où une putain de voix dans ta tête te dirait trop fort: «J'abandonne, j'en ai marre.» Pour la faire taire, tu n'auras qu'à coucher quelques mots sur le papier, même si t'as pas envie de tout cracher. Pas grave. N'oublie pas que tes vraies attaches ne seront jamais celles de tes menottes. Quoi qu'il puisse se passer, tu trouveras toujours en moi un ami, un frère qui saura lire entre les lignes et te rappellera ces mots que tu m'as cités si souvent: «On est des hommes, donc on endure.» Non, un homme, ça ne s'arrête pas, ça prend juste une pause avant de mieux recommencer. Et même au mitard, même quand l'espoir se barre, quand on se met à penser à tous ses potes pas morts de vieillesse, qu'on se sent seul en somme comme drapé du silence de son linceul, il nous reste toujours cette foi en nous-mêmes. Parfois, flamme chancelante; parfois, feu invincible; elle est la lumière qui éclaire notre chemin. Si tu prends garde à ce que jamais elle ne s'éteigne, crois-moi, demain tout ira bien. Inch'Allah.*

*Malek*

# V

# NOS DESTINS SONT LIÉS

Pour une raison étrange, je ne pourrais
jamais être ce que je devrais être tant
que tu n'es pas ce que tu devrais être.
Tu ne pourras jamais être ce que
tu devrais être tant que je ne serai pas
ce que je devrais être.

Dr Martin Luther King, Jr.
Discours de remise des diplômes
à l'Oberlin College, juin 1965

# 25

## Session live
Ronnie Elatre-Levy

— Salut la famille, on est le 2 janvier 2006, et vous êtes sur Double H FM. Comme chaque soir depuis un mois, on reçoit un jeune talent du rap. Je vous rappelle le principe : un micro, une instru, un texte, et à la clé pour le MC qui aura reçu le plus de votes sur le site de Double H, une session studio et l'enregistrement d'un single ! Avec nous aujourd'hui, c'est Sarajevo qui nous vient de Stains, dans le 9-3. Il a été sélectionné après nous avoir balancé les liens de son MySpace. Du très très lourd ! Du très très frais ! Faites comme lui, envoyez-nous vos meilleurs sons, vous avez jusqu'à la fin de la semaine ! Alors Sarajevo, prêt à en découdre ? 

— Plus que jamais.

— C'est quoi le titre que tu vas lâcher à nos auditeurs, ce soir ?

— Ça s'appelle « Autoportrait au RER ». C'est un titre qui fait partie de mon nouveau projet.

— Une mixtape ?

— Non, un album. Un album solo, des prods aux textes.

— Super ! Et ça s'appelle comment ?

— *Bande originale.*

— *Bande originale* ? Ça fait très cinéma !

— Ouais, le cinéma que tu te fais dans ta tête, la petite musique intérieure...

— Ho, ho, attention rappeur sensible !

— ...

— Un dernier mot avant la session live ? Une cacedédi ?

— Ouais, je voudrais placer une dédicace pour Les Peupliers – ceux qui sont restés, ceux qui sont partis, ceux qui sont revenus... À la famille, bien sûr, aussi. Ah, et puis, surtout, je voudrais dédier ce morceau à... À l'acte poétique.

# 26

## Boîte vocale

Matthieu Vincent

Il paraît que je pars demain… Enfin, c'est ce que dit mon billet d'avion. Date, heure, numéro de vol, tout est là. Pourtant, je n'y crois toujours pas, je ne veux pas y croire. D'ailleurs, si c'était vrai, je devrais m'affoler, ressentir cette fameuse peur panique de veille de départ. Pourtant, rien. Il reste mille choses à ranger, une valise qui sera ma vie ces prochains mois me fixe du haut de l'armoire, et je suis encore là à attendre qu'elle m'appelle. 

Pire, c'est la clé de son appartement qui me nargue maintenant. Deux métros, cinq arrêts, trois étages et une serrure, c'est tout ce qui me sépare d'elle, après tout.

J'allume la radio, balaie les stations à la recherche d'une chanson, d'un signe. Sur le cadran digital, les chiffres défilent vite, très vite. Faites vos jeux, rien ne va plus. Une roulette au hasard tout relatif, puisque l'appareil s'arrête sur la première présélection enregistrée: Double H FM, la radio hip-hop où je me suis découvert *enfant seul* dans les mots rimbaldiens d'Oxmo. Je m'apprête à retenter ma chance mais, au moment d'appuyer sur la touche, je suis saisi par ce flow inconnu et familier à la fois. C'est trop écrit pour être un simple freestyle. Le texte coule, pourtant, sans forcer. Et son sprint final sonne comme une mise en garde qui me serait personnellement adressée :

*L'avenir ? Trop de fois, je les ai laissés dire que j'en avais pas*
*Qu'il me faudrait me conformer, me mettre au pas*
*Mettre mes rêves au car-pla*
*Sans sursis, sans mandat*
*J'ai failli y croire à leur scénar*
*Mais ça peut pas être le terminus*
*Ça peut pas être si gore, façon Gare du Nord*
*Juste une correspondance de plus*
*Le passé a ses torts, le présent ses entraves*
*Certains jours longs comme une gardav*
*Mais promis, le futur sera ce que j'voudrai en faire*
*Laisse-moi juste le temps de rêver, de me réinventer,*
*de tout perdre, de tout gagner*
*Laisse-moi juste le temps de m'faire la belle, brune,*
*blonde et ébène*
*De l'autre côté de la rue ou à quelques années-lumière*
*Avant de rejoindre Malek à la dernière station du RER.*

Après la dernière mesure, l'animateur s'époumone :

— C'était Sarajevo sur Double H FM !

Mes yeux s'écarquillent. C'est Ronnie, dont je viens de reconnaître la voix. C'est Céline que je revois danser colléeserrée avec lui au Studio 45. Pourquoi ne suis-je pas allé lui parler ce soir-là ? Pourquoi y renoncer encore ce soir ?

2 janvier, 23 heures. Allez, c'est maintenant ou jamais. Je ne trouve pas les ressources pour l'affronter *de visu*. Alors,

c'est mon portable que je ferai parler.

Une sonnerie. Deux sonneries. Trois sonneries. Et l'éternité dans l'intervalle. Puis, soudain sa voix : *Salut, vous êtes bien sur le répondeur de Céline. Laissez-moi un message après le bip... ça peut aider si vous voulez que je vous rappelle.*

Et l'automate d'ajouter : *À la fin de votre message, raccrochez ou pressez « étoile » pour le modifier.*

J'hésite un instant, bafouille le début d'une phrase, me ravise, y reviens plus confus encore. Et merde !

*Vous avez appuyé sur la touche « étoile ». Tapez 1 pour enregistrer un nouveau message, 2 pour l'effacer.* 

Sa voix, de nouveau. Sa voix qui me prend aux tripes et moi qui débite :

— Céline, c'est moi. C'est Matthieu. Voilà, je t'appelle parce que... parce que, déjà, je voulais prendre de tes nouvelles, que tu me racontes un peu comment vont les choses pour toi. La fac, tes parents, tout ça. Et puis, si je t'appelle, c'est aussi parce que demain, je pars. Au Mexique – rien que ça. À ce qu'il paraît, c'est là-bas que ma mère biologique habite. J'sais pas ce que ça va donner ni même si je vais la retrouver, mais je sens que c'est la bonne chose à faire, au bon moment. J'crois que t'avais raison quand tu disais que, pour être bien avec quelqu'un, faut déjà être bien avec soi-même. Je sais, j'aurais pu t'appeler avant pour te l'annoncer – après tout, c'est toi qui m'as encouragé à reprendre mes recherches. Mais j'avais peur que tu me dises quelque chose qui me donne envie de rester. Ou pire, que tu dises rien – ou un truc glauque qui nous oblige à faire amis-amis. Parce que je t'ai vue l'autre jour à la soirée. T'avais l'air tellement heureuse, à danser avec ce type, que ça m'a coupé les jambes. J'ai pas eu le courage d'aller te parler. Je me suis dit que t'avais peut-être déjà d'autres papillons dans le ventre. Enfin… ça n'a plus d'importance maintenant. Je t'appelais seulement pour que tu saches que tous les trucs bien qui me sont arrivés dernièrement, même ceux qui m'ont foutu en rogne sur le moment, c'est grâce à toi. C'est grâce à toi. T'es la plus belle chose qui me soit jamais arrivée, Céline. Et je te l'ai pas dit, ou en tout cas, pas assez… Ça vaut ce que ça vaut, ma belle, mais laisse-moi te le dire aujourd'hui,

laissez-moi te dire combien je t'…

Et l'automate d'interrompre : *La messagerie vocale de votre correspondant est pleine. Tapez 1 pour confirmer votre message, 2 pour le modifier.*

Mais qu'est-ce qui m'a pris de sortir un truc pareil ?

*Vous avez appuyé sur 2. Votre message a été effacé. Après le bip, veuillez enregistrer votre message. À la fin, raccrochez ou pressez « étoile » pour le modifier.*

3 janvier. Un double tour dans la serrure, une valise précipitée dans l'escalier, l'impression d'avoir oublié quelque chose. Le métro ne circule pas encore. À la borne de taxis, on réquisitionne mes bagages pour ne pas me laisser le temps de cogiter. Il est si pressé que je ne sais plus si c'est lui ou moi qui ai un avion à prendre. Les premières lumières pleuvent sur ma ville et j'essaie de me souvenir de la dernière fois où j'ai vu Paris dans tel apparat.

C'est con, je suis ému, je crois. Je n'avais jamais eu peur qu'un endroit me manque. Et là, tout à coup, j'aimerais le dire à quelqu'un, que je n'étais pas si mal ici.

Il y a le chauffeur, bien sûr, mais jusqu'à présent je n'ai presque pas entendu le son de sa voix. Peu importe, le terminal d'Orly-Ouest est déjà en vue. Et le voilà reparti comme il est arrivé, sans un mot.

Sa venue, je ne l'attendais pas. Je l'espérais. C'est depuis le comptoir où je viens de finir l'enregistrement que je l'ai vu débouler de l'Orlyval, à grandes enjambées. Arrivé à ma hauteur, il a fait, tout essoufflé :

— Tu ne croyais tout de même pas que j'allais te laisser te sauver comme ça ?

# 27

## La clé

Céline de Verrières

C'était pas prévu. Pas plus que le reste d'ailleurs. Et, surtout pas de manière aussi impromptue. Mais, de toute façon, ils allaient bien finir par l'apprendre : c'est pas comme si ta carcasse pouvait cacher longtemps de nouvelles rondeurs. Et puis, l'excuse des profiteroles au chocolat, après le troisième mois...



C'est sûr que tu aurais pu leur épargner ce jour-là. Mais c'est sorti comme ça, presque malgré toi. Du coup, le coming-out de ta sœur à côté, ça a presque été la « bonne nouvelle » de la journée.

Cela dit, est-ce que la pilule serait mieux passée si tu avais pris un air grave ? Pas certain. Au moins comme ça, tout le monde est au courant maintenant. Les déjeuners dominicaux : plus efficaces chez les Verrières qu'une conférence de presse.

Ton seul regret est d'y avoir mêlé ce pauvre Ronnie, coupable tout désigné, vu la comédie que tu leur as jouée. À en juger par le regard que lui a lancé ton père après ton « coup d'éclat », vous avez bien fait de vous éclipser tous les deux. Ils ont eu un mal fou à croire que c'était juste un pote qui avait accepté d'endosser le rôle du petit copain idéal afin qu'ils te lâchent la grappe.

Juste un pote... Enfin, pas tout à fait. Mais ça, c'est encore une autre histoire, brusquement interrompue sur le quai du RER Saint-Michel après une séance de ciné. Tu ne l'as pas revu depuis. Ni lui ni toi n'a fait le premier pas. Encore faudrait-il pour ça que tu ailles à la fac pour vous donner l'opportunité de vous rabibocher.

C'était pas prévu. « On te croit, si tu le dis », clament tes parents, mais des semaines après, le doute plane encore. Après tout, si c'est vraiment quelqu'un d'autre, pourquoi t'entêter à cacher l'identité du géniteur ? Ils ont même appelé ta grand-mère en renfort pour te faire cracher le morceau. La semaine dernière, au Racing – le club de sport chicos du 16e où elle traîne son ennui –, devant le court de tennis, entre deux ragots sur les vieilles peaux avec lesquelles elle échange de grands sourires, elle t'a sorti, l'air de rien :

— Ma chérie, il vaudrait mieux que vous nous le disiez. Vous savez, à la naissance, ça se verra très vite s'il est de lui...

Toi, d'un ton offusqué :

— Ah, c'est donc seulement ça qui vous tracasse ? Qu'il fasse tache sur vos photos de famille !

Elle, levant les yeux au ciel :

— Ne faites pas l'enfant. Il pourrait venir de la planète Mars, être l'arrière-petit-fils de Robespierre ou de Louis-Philippe que cela me serait tout aussi égal. Seulement, nous devons connaître le père, être présentés à sa famille, préparer la naissance de concert...

C'est à ton tour de lever les yeux au ciel quand elle dit :

— À moins que vous-même, vous ne connaissiez pas son identité ? Heureusement que votre grand-père n'est plus de ce monde pour entendre une histoire pareille.

— Oh, mais pour qui vous me prenez ?

Elle sourit, contente de son effet.

— Je préfère cela.

— Vous le connaîtrez en temps voulu, as-tu fini par concéder. Quand je serai prête. Quand il sera prêt.

— Pardon ? Vous n'allez tout de même pas me dire que le premier concerné par cette affaire n'est pas au courant ? 

Toi, dans un sourire extatique :

— Grand-mère, le court vient de se libérer. Vous ne voudriez pas plutôt me montrer vos progrès ?

Elle, sur le ton du désespoir :

— Des garçons. Merci, mon Dieu, de ne m'avoir donné que des garçons. Avec des spécimens comme votre sœur et vous, je n'aurais pas fait long feu !

Garçon. Fille. Tu sauras la semaine prochaine ce qu'il en est – ou du moins, tu le pourras… À moins que tu préfères être surprise ? Mais tu l'as déjà été bien assez comme ça, non ?

Au réveil, ce matin, plus qu'une surprise : un coup de théâtre. Sur ton répondeur, un message datant d'hier, 23 heures. À la première écoute, troublée par cette voix que tu n'avais plus entendue depuis des semaines, tu n'as saisi que quelques bribes : départ-demain-Mexique. Tu as cru d'abord que tu avais mal compris ou même que tu l'avais rêvé, ce message. Mais après t'être passé de l'eau sur le visage, à la deuxième écoute, voilà ce que tu as entendu :

*Céline, c'est Matthieu. Ça fait un bail… J'espère que tu vas bien. Voilà, je t'appelle parce que demain, je pars au Mexique… et sûrement pour plusieurs mois. J'ai eu du nouveau sur ma mère biologique, elle habiterait là-bas. Je me suis dit que ça t'aurait peut-être intéressée de le savoir… Sinon je voulais te dire aussi que… que… qu'il y a encore deux, trois affaires à toi chez moi. Ah, et j'ai ta clé aussi. Je sais bien qu'il est tard et que je te préviens au dernier moment mais c'est juste au cas où t'aurais voulu passer les chercher… Et puis, j'aurais bien aimé te dire… te dire au revoir.*



Depuis ce message réécouté une douzaine de fois, comme si, à force, le contenu allait en être magiquement changé, tu es défaite comme ton lit, à contempler le résultat de ton silence : il est parti et tu ne lui as rien dit. Si seulement tu ne l'avais pas mis sur vibreur, tu l'aurais peut-être entendu, ton foutu portable…

Maintenant, il est trop tard pour lui parler. Même son répondeur s'est fait la malle – « ligne désactivée », dit l'audiotel. Lui écrire un mail, et pour lui dire quoi ? C'est avant qu'il fallait y penser, mais t'as préféré faire celle qui pouvait tout gérer toute seule. Tu croyais qu'il te suffirait d'un coup de fil pour le voir de nouveau faire irruption dans ta vie, que ça tenait qu'à toi, finalement.

C'était pas prévu qu'il trouve soudain le courage de partir à l'autre bout du monde affronter ses vieux démons. Et s'il lui prenait l'idée de ne jamais revenir ? Et si ton enfant ne connaissait jamais son père ?

C'était pas prévu.

Un bruit de clés. Tu crois un instant que c'est la porte d'à côté… mais non, c'est bien chez toi qu'on essaie d'entrer !

À part tes parents – et un jour de semaine, peu probable qu'ils viennent te rendre visite –, il est le seul à avoir la clé.

Un miracle. C'est ça qu'il te faudrait. Tu es prête à croire à n'importe quoi pourvu que ce soit lui qui se tienne derrière cette porte.

Voilà qu'elle s'ouvre. Ton cœur bat à mille à l'heure. C'est sa silhouette que tu crois voir un instant sur le pas de la porte, son sourire qui éclaire l'entrée... Mais, c'est une voix féminine qui gronde :

— Céline ? Qu'est-ce que tu fais là ? Tu devrais pas être en cours à cette heure-là ?



M^me^ Diamanka... T'avais oublié sa clé. Tes parents lui ont demandé de jouer l'espionne, en attendant que tu emménages avec ta grande sœur et sa copine dans l'appartement qu'ils viennent d'acheter – il était hors de question, « dans ton état », que tu restes un mois de plus toute seule.

Tu as tellement voulu croire en ce foutu *happy end* que tu éclates en sanglots. Usée de tout, tu voudrais, ne serait-ce qu'un instant, cesser d'être toi, te délester de ce trop-plein d'émotions qui te fait te demander encore combien de temps tu tiendras.

M^me^ Diamanka, désarçonnée de voir sa chipie préférée fendre ainsi l'armure, reste figée devant la porte qu'elle vient de refermer derrière elle. Puis elle s'assoit à côté de toi, te murmure d'une voix douce que tu ne lui connaissais pas :

— Mais qu'est-ce qui se passe, ma petite Céline ? Il faut pas pleurer comme ça.

Tu te réfugies dans ses bras et dis entre deux sanglots :

— C'était pas prévu. C'était pas prévu qu'il parte comme ça. Comment je vais faire maintenant... ?

Elle te serre dans ses bras, dans l'une de ces étreintes qu'on n'ose plus accepter au sortir de l'enfance, et dépose sur ton front un baiser.

— Ne t'inquiète pas. Tu vas très bien t'en sortir, dit-elle en posant une main sur son ventre. Tu verras, un enfant, ça donne la force. La force de se lever le matin. La force de faire les mêmes choses tous les jours. La force de se battre même quand t'as plus de forces. Et, surtout, ça te donne la force d'aimer. C'est ça, être une maman.

## 28

## Degrés de séparation

Lisa Elatre-Levy

Dans la vie, tout est une question de timing. 

Si le rendez-vous client s'était terminé à l'heure initialement prévue, le 20 décembre 2005, Djibril serait probablement allé faire un tour au pot de départ de Salem Bensayah. Il y aurait vu le directeur s'époumoner dans le discours le plus dithyrambique qu'on ait jamais entendu chez Smith & Carlson. Un déluge d'éloges sur la trajectoire en étoile de Salem Bensayah qui a fini par faire sourire le partant, moins de satisfaction que d'amusement. *Et dire qu'il y a un peu plus d'un an, il ne mettait pas un nom sur mon visage...*

Certes, Salem n'est pas dupe, mais pourquoi bouder son plaisir ? Il lève son verre et remercie tous ceux avec qui il a eu « la chance de travailler ces cinq dernières années ». Sitôt ces quelques mots prononcés, il va saluer les personnes qui ont vraiment compté à ses yeux – son premier manager, des collègues de la team M & A et quelques autres. Puis il partira comme il est arrivé, sans qu'on ne sache vraiment comment ni pourquoi.

Si Djibril avait été de la partie, il aurait vu toute la cohorte de managers de plus ou moins haut rang réunis comme autant de courtisans venus se faire voir du directeur – on ne connaît pas encore le nom du remplaçant de Salem Bensayah.

Qu'on ne s'y trompe pas : ce n'est pas pour assister à ce nouvel acte du jeu de masques que Djibril s'est déplacé, mais plutôt dans l'espoir d'y croiser Lisa. Il n'aurait pas eu tort : à son habitude, cette dernière a fait un passage aussi bref que remarqué pour souhaiter une bonne continuation à Salem.



Djibril ne l'a en effet pas revue depuis cet étrange vendredi soir dans le bar lounge du Renaissance. Malgré l'épilogue ressassé mille fois dans sa tête, il n'en revient toujours pas d'avoir laissé filer l'occasion d'écrire l'une des plus belles lignes de sa biographie érotique.

Et même davantage, qui sait.

Pourquoi alors a-t-il agi ainsi ? Pourquoi ne pas avoir cédé au désir de goûter à ses lèvres et de connaître la sensation de son corps contre le sien, et celui, tout aussi ardent, de ne plus être du côté despentien du marché amoureux, de jouir d'une place confortable sur le marché des mâles *bankables* – Djibril s'est toujours secrètement demandé ce que ça fait d'être un de ces « beaux blacks » dont les Parisiennes un peu pompettes parlent le soir, aux terrasses de café, avec des yeux brillants ?

La raison en est simple : c'est à peine si elle tenait debout à la fin de cette soirée. Tandis qu'ils rejoignaient la borne de taxis de l'autre côté de l'Esplanade de La Défense, il a dû la retenir plus d'une fois pour lui éviter de tomber. Il la regardait s'avancer, chancelante : elle ne marchait plus, elle flottait. Il a alors repensé à ses camarades de promo, clamant avant le début d'une soirée qu'ils allaient « se la coller », « se mettre cher », « se mettre une race », « se détruire »... Il avait toujours perçu ces fanfaronnades comme des postures d'ex-nerds, voulant se rassurer sur leur capacité à la déconne. Mais, ce soir-là, quand il l'a prise dans ses bras, presque sans le vouloir, ces mots goguenards ne lui ont plus paru si anodins. En Lisa qu'il tenait contre lui, il a senti quelque chose de *brisé*. Une détresse sourde qui l'a ému. Aussi a-t-il préféré la laisser filer plutôt que de profiter de son moment d'égarement sur la pataugeoire au Martini blanc.



Dans la vie, tout est une question de timing.

Si Salem avait réservé un vol décollant un peu plus tard d'Orly, Lisa aurait difficilement pu l'y conduire. Rien ne l'y obligeait, d'ailleurs. Pour tout dire, Salem reste encore surpris de son insistance. Il n'est pas 7 heures qu'elle l'attend déjà en bas de chez ses parents, chez qui il est venu passer cette dernière nuit avant son départ.

— Je ne savais pas que vous aviez encore la vieille Renault 25, dit-il, admirant le soin porté à la conservation du véhicule.

— Vieille ? dit-elle d'une voix faussement outrée. Une pièce unique ! Le dernier modèle de la gamme en 1992 : jantes en alliage léger, feux antibrouillard, suspension à amortissement piloté et même les clignotants sur l'aile avant. Heureusement que mon père ne t'entend pas.

— Pardon, je voulais dire « vintage » ou mieux : « de collection ».

— Ah, je préfère ça. Tu sais, depuis qu'il ne travaille plus, elle sort très rarement du garage, insiste-t-elle, aidant Salem à mettre ses bagages dans le coffre. Ronnie sait qu'il n'a aucune chance de la conduire avant ses quarante ans révolus, et encore... Quant à moi, c'est seulement quand il a su que c'était pour t'accompagner à l'aéroport qu'il a fini par céder : « Ah, si c'est pour Salem, évidemment... », qu'il a dit. Il faudra que tu me révèles un jour ton secret.

— Tu le remercieras de ma part, souffle-t-il, visiblement

touché par l'attention, avant de s'installer côté passager.

— Et tes parents, comment ils prennent ce départ ? demande-t-elle, en introduisant la clé dans le contact.

— Bien. Étonnamment bien, même. Mon père doit y voir une sorte de suite logique : son père a quitté la Kabylie pour la capitale algérienne, lui-même est parti d'Alger pour Paris, et maintenant, c'est mon tour... Quant à ma mère, il y a déjà bien longtemps que j'étais parti trop loin à son goût, alors, un peu plus, un peu moins...

Le véhicule s'arrête au feu rouge, à la sortie de la cité. Des adolescents, djellabas, baskets aux pieds, crâne rasé et visage poupin mangé de barbe, traversent le passage piéton.

— ... Et puis, parfois, j'ai l'impression que c'est quand on est ici qu'on est de plus en plus loin, ajoute Salem après un bref silence, en suivant le groupe du regard. Toi, ça ne te fait pas ça ?

— Ah, tu sais, moi... Je suis probablement mal placée pour en parler. Ronnie te dirait : « Lisa, elle connaît de la banlieue que ses stations RER. »

— C'est vrai, je l'imagine bien dire ça. Et d'ailleurs,

comment il va ? Comment ça se passe à la Sorbonne ?

— La Sorbonne, disons qu'il n'a pas l'air de s'y déplaire... Mais c'est plus pour nous faire plaisir qu'autre chose. Hier soir, il a participé à une émission de radio, un genre de tremplin pour jeunes talents du rap.

— C'est du sérieux, alors ?

— Et comment ! J'ai vraiment été impressionnée par sa performance. Et je suis loin d'être la seule puisqu'il est en tête du vote des auditeurs. Si ça se confirme, il aura gagné le droit d'enregistrer un titre en studio.



— Super. Tu dois être vraiment fière !

— Fière, oui... Et peut-être même convaincue ! S'il m'entendait...

— Il n'est pas trop tard pour le lui dire. Profites-en.

Dans la vie, tout est une question de timing.

Si le trajet avait duré un peu plus longtemps, peut-être Lisa aurait-elle réussi à lui tirer les vers du nez. Elle aurait enfin pu être certaine que Salem ne partait pas pour de mauvaises raisons, qu'il s'était enfin défait des ombres de la gare du Nord. Mais, une fois engagée sur les voies rapides, en cette heure matinale où le trafic est fluide, elle n'a pas eu l'opportunité de creuser la question. Quand elle a demandé : « Tu ne vas pas me dire qu'il n'y a personne qui te retienne ici ? », il a répondu, énigmatique : « Je n'ai pas dit ça. Seulement, pour l'instant, je ne sais pas si je peux donner plus qu'un premier rendez-vous. Ou un dernier. » Et déjà, le terminal en vue, les laissant à leurs points de suspension.

Elle l'accompagne vers le comptoir. Son vol fait une

courte escale à Madrid avant de rejoindre sa destination finale. Il s'y attarde un peu, essayant de négocier un surclassement pour la seconde partie du trajet vers Mexico City, mais sa carte Platinum Grands Voyageurs n'a pas plus de succès aujourd'hui qu'il y a quelques mois au comptoir hongkongais de Chep Lap Kok.

— La classe affaires, ce ne sera pas pour cette fois, mais la classe éco, ce sera toujours mieux que le charter, hein ? lance-t-il, railleur, visiblement heureux d'avoir envoyé ses bagages faire le grand saut.



Autour d'un café, ils plaisantent un peu, se redécouvrent une complicité, se retournent sur le chemin parcouru en se disant que, tout de même, ils n'auraient jamais imaginé celui qui les avait menés des tours de Seine-Saint-Denis à celles de La Défense... D'éternels voisins de paliers, finalement.

Quand l'embarquement de son vol pour Madrid est annoncé, c'est Lisa qui aurait presque envie de partir. Elle se l'imaginait devenir tout bleu-blanc-blues. Au contraire, il a les yeux brillants. Il ne quitte pas seulement la France, il s'autorise une page blanche. Aurait-elle le cran de faire une chose pareille ? Ironie du sort, au moment de se séparer, c'est lui qui cherche maintenant un mot pour la réconforter :

— Une fois que je serai bien installé, tu pourras venir quand tu veux. Tu t'offres le billet d'avion et je t'offre les Piña Colada. Honnête, le deal, non ? plaisante-t-il avant de lui donner une dernière accolade.

*Il n'a pas tort*, songe-t-elle. Hier, pour la stagiaire, le Tel-Aviv de David, c'était l'autre bout du monde, mais aujourd'hui que l'argent n'est plus vraiment un problème pour la responsable des ressources humaines de Smith & Carlson, que représentent dix heures de vol ? Tel-Aviv, Mexico mais aussi New York, Beijing, Dakar… Le monde est là, à portée de vol.

8 h 15. La silhouette de Salem a disparu derrière le cordon de sécurité. Lisa devrait déjà être au volant du joyau paternel. Mais elle est tout embuée de cette révélation : le monde est là, et elle l'avait oublié un moment dans la grisaille de l'hiver parisien, empêtrée dans un deuil qui n'a plus lieu d'être désormais – le David qui était venu la retrouver sur le quai de la gare de Nice n'était pas celui qu'elle avait aimé, seulement sa réminiscence. Le monde est là, et elle l'avait enfoui sous son lit. Le monde est là, et elle l'avait nié parce que l'écran de son ordinateur avait fini par la convaincre qu'elle le connaissait.



Mais mardi, c'est un mauvais jour pour tout plaquer. Et puis 9 heures, c'est trop tôt pour un Martini. Un peu de caféine pour différer ses envies d'évasion jusqu'à vendredi.

Elle croit d'abord que sa vue lui joue des tours mais c'est bien un visage connu qui se détache de la foule. C'est bien Djibril Diamanka, attablé au café du Terminal W, le menton appuyé contre ses mains jointes, les yeux dans le vide. Mais que fait-il là ? Et pourquoi cet air si soucieux ?

Dans la vie, tout est une question de timing.

Entre les décisions qu'on doit prendre à un moment-clé et celles dont on se serait bien passé. C'est par le plus grand hasard que Djibril s'est retrouvé face à un dilemme.

Pourtant, au début, ce concours de circonstances lui avait d'abord paru des plus innocents. Quand Matthieu s'est enamouré de cette Céline, Djibril s'est réjoui de l'influence de la jeune fille : des mois, des années même, à le tanner pour qu'il sorte de cet état lymphatique... Sans résultat ! Et cette gamine de Versailles qui débarque comme une fleur et qui le convertit en deux battements de cils en écrivain en devenir ! Réjouissant mais un brin vexant, aussi. Manifestement, ce désir d'écrire était quelque chose que Matthieu portait en lui bien avant son coup de foudre à la laverie. Depuis que le « double du dimanche » de Matthieu est sorti du placard, Djibril s'est souvent demandé si l'évidence était bien là dès le départ, sans qu'il ait jamais voulu la voir.



Plus tard, son ami, citant le nom de famille de Céline, a fait apparaître à son insu l'improbable filiation de la demoiselle avec les Verrières – l'une des familles pour lesquelles la mère de Djibril travaille de longue date. Après une brève hésitation, Djibril s'est retenu de partager sa découverte avec son ami. Puisqu'elle avait quitté Matthieu, cette troublante coïncidence n'amuserait plus que lui désormais. Sans compter que, même s'il ne se l'expliquait pas totalement, il trouvait quelque chose de dérangeant à ce que sa mère soit la femme de ménage de la copine de son meilleur ami ; ces gens – les Verrières, comme toutes ces autres familles de Versailles et de l'Ouest parisien requérant les services de sa mère, lui avaient toujours paru vivre sur une autre planète. Et voilà qu'ils s'invitaient sans prévenir aux repas de famille !

Une image à prendre au sens propre comme au figuré, puisque c'est lors du traditionnel repas du premier de l'an qu'entre deux bouchées de yassa au poulet Djibril a entendu sa mère rétorquer :

— Pourquoi tu me fais toujours dire des choses que j'ai pas dites ? Bien sûr que l'argent fait pas le bonheur, que Dieu me garde de penser le contraire ! Je te dis juste que ça te laisse moins embêté. Regarde les Verrières, avec Marine en médecine, la petite Angélique au lycée et Céline, même pas vingt ans et déjà enceinte. C'est pas sur une paie de femme de ménage qu'ils pourraient faire vivre tout ce petit monde.

Djibril, manquant de s'étouffer :

— Tu as dit quoi ? Céline, enceinte ? Et ils savent qui est le père ?



— Si seulement. Cette petite chipie ne veut rien leur dire, glisse-t-elle d'une voix affectueuse.

Il n'en a pas fallu davantage à Djibril pour comprendre les raisons d'une rupture restée pour le moins mystérieuse aux yeux de Matthieu. Si grandes que puissent être l'affection et l'estime qu'il porte à son ami, père est encore le métier pour lequel cet enfant mal grandi lui semble le moins préparé, ce qui n'avait pas dû échapper à la demoiselle.

Seulement, comment s'est-elle arrogé le droit de ne rien lui dire ? Tôt ou tard, cet enfant viendrait taper à la porte d'un père qui lui-même ne s'est jamais tout à fait remis de l'absence de ses géniteurs, non ?

C'est sans succès que Djibril a essayé de joindre Matthieu sur son portable. Lui écrire un mail ? Trop brutal. Et pourquoi pas un texto tant qu'on y était : *Céline, enceinte. Toi, papa. Ne pars pas*. Et le temps qui s'écoulait plus vite que dans un épisode de la série 24 heures chrono.

— Et qu'est-ce tu as fait ? lui demande Lisa, captivée par le récit de Djibril et le lot de coïncidences qui les unit.

— Hier soir, je suis passé chez lui, raconte-t-il, fixant le fond de café dans son gobelet. Il n'était pas là. Je lui avais écrit une lettre pour la laisser dans sa boîte en dernier recours, mais je ne me souvenais plus du digicode de l'entrée. Il me restait plus qu'une solution : le retrouver à l'aéroport. Un problème sur la ligne B, j'ai failli le louper, mais je suis arrivé à temps.

— Et alors, comment il a réagi ? Il a repoussé son départ ?



— Il l'aurait probablement fait… si je lui avais dit. Mais il avait l'air tellement serein, tellement certain d'aller dans la bonne direction… il a même réussi à convaincre la Sorbonne de le laisser passer les derniers modules qui lui manquaient pour obtenir sa maîtrise dans une fac mexicaine. Le genre de trucs dont je ne l'aurais jamais cru capable. Alors, quand il m'a sorti : « Je fais ce voyage pour ne plus jamais fuir », ça m'a littéralement coupé la langue.

— Du coup, il ne sait rien ?

— Pour l'instant. Par chance, j'avais avec moi la lettre que j'avais prévu de lui laisser hier. Au dernier moment, je m'en suis souvenu. Je la lui ai filée, en lui faisant promettre de ne l'ouvrir que quand il serait prêt à revenir. Sur le coup, ça avait l'air d'une bonne idée mais, si ça se trouve, je viens d'enlever à un enfant l'opportunité d'avoir un père.

— Ne te dis pas de bêtises. Tu as été très bien. Et puis, si elle veut lui dire, rassure-toi, je suis certaine qu'elle trouvera bien un moyen de le contacter. Tu as fait ce qu'il fallait.

— Si je pouvais en être certain…

— On ne l'est jamais. Et c'est tant mieux. Et puis, elle

n'est pas seule puisqu'on est là, argue Lisa pour le plus grand étonnement de Djibril qui ne sait rien encore du lien tout aussi improbable de Céline avec les Elatre-Levy. Au fait, par quel vol ton ami est parti ?

# 29

## Hasta luego
Salem Bensayah

Installé côté hublot, Salem voudrait profiter de quelques instants de répit, d'un moment d'intimité avec le ciel de Madrid avant que le tumulte, passé et à venir, ne rendent presque anecdotique ce nouveau départ. 

Une trêve impossible.

Que Salem fasse mine d'être absorbé par sa lecture ou de tapoter sur son téléphone n'y change rien, son bruyant voisin n'en démord pas : il veut connaître la raison exacte qui retient l'avion au sol. Salem a beau lui répéter à l'envi : « *Incidente técnico*, cela veut juste dire *incident technique*. Rien de plus. Vous avez tort de vous inquiéter », l'angoisse du passager du milieu ne fait que s'accentuer.

Et voilà qu'à l'autre extrémité de la rangée de sièges, côté couloir, un autre se manifeste :

— Ouais, c'est sûr. *Incidente técnico*, c'est toujours ce qu'ils disent… jusqu'au moment où on retrouve la boîte noire au milieu des débris de l'avion, raille l'inconnu, en jouant nonchalamment avec la molette de son lecteur mp3.

Contre toute attente, le flot intarissable de paroles s'assèche soudain. Le passager du milieu s'est raidi sur son siège, les doigts crispés sur les accoudoirs : c'est sa funeste destinée qu'on vient de convoquer. Côté couloir, l'occasion est trop belle pour ne pas céder à la tentation d'en rajouter :

— Prenez ces pauvres gens qui se sont crashés dans les Twin Towers... Ou même, plus près de nous... Gare du Nord...

Dans la cabine résonne alors, de nouveau, la voix du commandant de bord :

— *Señores pasajeros, les habla el comandante García nuevamente. Estamos trabajando para resolver este incidente técnico, les rogamos...*



Et le jeune homme au mp3, sur le ton de la confidence :

— Mmmm... Tout ça n'augure rien de bon... *Incidente técnico*... Qu'est-ce qui peut leur prendre autant de temps ? Qu'est-ce qu'on ne nous dit pas ?

Touché.

Le voisin de Salem bondit de son siège. Inutile de chercher à ramener les mots du jeune homme à leur juste proportion, c'est décidé : il descendra de l'avion. Côté couloir, malgré la soudaine bousculade, on ne semble pas mécontent de voir l'inquiet traîner sa valise à roulettes jusqu'à la sortie. Côté hublot, la récrimination est timide :

— Tout de même, vous n'étiez pas obligé de...

— Quoi ? Tu vas me dire que t'avais envie de te coltiner cet enquiquineur pendant les dix prochaines heures ?

Salem lève les yeux de son livre pour mieux voir le visage du jeune homme qui se permet de le tutoyer ainsi. Ce n'est pas totalement injustifié : malgré sa dégaine d'éternel adolescent – cheveux en bataille et chemise au col largement déboutonné –, ce dernier ne doit pas être beaucoup plus jeune que lui, la vingtaine à peine moins tardive. Salem lui offre un haussement d'épaules en guise de réponse.

— De toute façon, se barrer, il n'attendait que ça, poursuit l'autre. Je lui ai juste fourni un prétexte. C'était un genre d'acte manqué, quoi.

— « Acte manqué » ? Qu'est-ce qui te fait dire ça ?

— J'sais pas, une impression. J'crois qu'il voulait partir... Seulement, il ne le savait pas encore. Tu sais, c'est comme dans *Fight Club* : Jack, le type joué par Edward Norton, se raconte que l'explosion qui a détruit son appartement est une fuite accidentelle de gaz alors qu'il a lui-même... Enfin, j'veux pas te spoiler si tu ne l'as pas vu.



— Si, je l'ai vu. D'ailleurs, c'est un de mes films préf...

Une nouvelle annonce interrompt leur conversation : l'incident technique est résolu, le commandant demande aux passagers de regagner leurs sièges et de boucler leurs ceintures pour se préparer au décollage.

Le bruyant passager du milieu désormais parti, Salem aurait enfin pu profiter de la vue du hublot et réfléchir, en toute quiétude, à la portée de ses propres actes manqués. Mais sa petite voix l'emmène ailleurs.

Fight Club, *pourquoi m'a-t-il parlé de* Fight Club *?*

Il repense à la scène de l'avion où Jack, l'assureur, fait la connaissance de Tyler, le personnage interprété par Brad Pitt, et à leur conversation à peine moins étrange que celle que le jeune homme du couloir et lui viennent d'avoir. Aussi, lorsque son regard s'attarde, côté couloir, sur la bouche bicolore de son voisin au mp3, il ne peut s'empêcher de laisser échapper :

— Tu as des problèmes de cœur ?

Le jeune homme paraît un instant désarçonné avant de répondre, d'un ton toujours aussi ironique :

— Tiens, on m'avait jamais fait le coup du médium. D'habitude, à ce stade-là, soit on m'ignore, soit on me demande comment je m'appelle.

— Pardon, je voulais dire, ta lèvre bleue... C'est une maladie de cœur ?

— Pourquoi ? T'es médecin ?

— Non, j'avais vu ça dans un reportage. Ça m'avait interpellé.

— Ah, si ça t'a *interpellé*... Ça change tout !

— Désolé, je... Je ne voulais pas...

— Te mets pas dans cet état, je plaisantais. Pour une fois qu'on ne pense pas que j'ai bouffé une cartouche d'encre. Et si tu veux tout savoir, oui, c'est une cardiopathie congénitale, mais tu pourras aussi noter dans mon carnet de santé que je m'en suis très bien remis. Et toi, à part interroger des inconnus sur leurs antécédents médicaux et prendre des avions pour Mexico, qu'est-ce que tu fais dans la vie... Salem ? demande-t-il, lisant à haute voix le nom inscrit sur la carte d'embarquement posée sur la tablette.

— Je travaillais dans la finance. Un groupe américain : Smith & Carlson.

Le nom de l'ancien employeur de Salem paraît désarçonner le jeune homme, plus encore que la précédente question.

— Tu connais ? Matthieu... C'est ça ? lance-t-il, lui rendant la politesse en lisant le nom inscrit sur l'enveloppe posée sur ses genoux.

— Plus que j'aimerais, bougonne Matthieu. C'est à cause d'eux – ou grâce à eux, ça dépend comment tu vois le truc – si je pars aujourd'hui au Mexique. Enfin, en quelque sorte.

— C'est-à-dire ?

— C'est une longue histoire... Et toi, si tu pars, c'est personnel ? Professionnel ?

— C'est une très bonne question. Je ne suis pas encore certain de la réponse. Comme dirait Jack : tu m'as rencontré à un moment étrange de mon existence.

C'est au tour de Matthieu d'être intrigué. La suite du voyage ne les laissera cependant pas tirer au clair leurs interrogations, puisqu'une hôtesse de l'air, une jeune femme brune aux yeux très perçants, vient trouver Salem à ce moment de la conversation.



— *Señor Bensayah?* l'appelle-t-elle avec un délicieux accent mexicain.

— Oui... Si..., hésite-t-il, pas encore certain de la langue dans laquelle elle s'adresse à lui.

— Une place s'est libérée pour vous en *primera clase*, je vous y accompagne ?

Salem se lève, presque déçu de devoir quitter son voisin. Serait-il condamné à faire les voyages qui comptent tout seul ? Matthieu a sa manière à lui de montrer qu'il partage son sentiment :

— Mexico, c'est jamais que vingt-cinq millions d'habitants, hein ? On se recroisera forcément, docteur.

— Oui, certainement, sourit Salem. *Hasta luego*, alors...

Cet ouvrage
a été achevé d'imprimer
en mai 2023
sur les presses
de Normandie Roto Impression s.a.s.
à Lonrai,
en France
pour le compte
des éditions Emmanuelle Collas.

Nº d'éditeur: 33
Nº d'imprimeur: 2301807
ISBN: 978-2-490155-83-5

Dépôt légal: septembrei 2023